赫尔曼 ·黑塞

（Hermann Hesse，1877.7.2－1962.8.9，1946 年诺贝尔文学奖得主。）

Hermann Hesse – Das Leben des Glasperlenspielers

赫尔曼·黑塞

玻璃珠游戏者的人生

[德]海默·施维克（Heimo Schwilk）著
励洁丹 译

译 歌德学院(中国)翻译资助计划

光明日报出版社

图书在版编目（C I P）数据

赫尔曼·黑塞：玻璃珠游戏者的人生 /（德）海默·施维克 (Heimo Schwilk) 著；励洁丹译．-- 北京：光明日报出版社，2017.4
ISBN 978-7-5194-2688-0

Ⅰ．①赫… Ⅱ．①海… ②励… Ⅲ．①长篇小说－德国－现代 Ⅳ．① I516.45

中国版本图书馆 CIP 数据核字 (2017) 第 059459 号

版权登记号：01-2017-2144

Title of the original edition:
Author: Heimo Schwilk
Title: Hermann Hesse – Das Leben des Glasperlenspielers

The translation of this work was financed by the Goethe-Institut China
本书获得歌德学院（中国）全额翻译资助

赫尔曼·黑塞：玻璃珠游戏者的人生

作　　者：（德）施维克　　译　　者：励洁丹

责任编辑：梁永春　　责任印制：曹　净
封面设计：李彦生　　责任校对：傅泉泽

出版发行：光明日报出版社
地　　址：北京市东城区珠市口东大街 5 号，100062
电　　话：010-67078242（咨询），67078870（发行），67019571（邮购）
传　　真：010-67078227，67078255
网　　址：http://book.gmw.cn
E— mail：gmcbs@gmw.cn
法律顾问：北京德恒律师事务所龚柳方律师

印　　刷：北京世汉凌云印刷有限公司
装　　订：北京世汉凌云印刷有限公司
本书如有破损、缺页、装订错误，请与本社联系调换

开　　本：710×1000　1/16
字　　数：460 千字　　印　　张：24.5
版　　次：2017 年 4 月第 1 版　　印　　次：2017 年 4 月第 1 次印刷
书　　号：ISBN 978-7-5194-2688-0

定　　价：68.00 元

献给我的母亲

前 言

赫尔曼·黑塞于1962年8月9日逝世，享年85岁。他留下了近40部作品，在全世界发行量总计约一亿二千五百万册，仅在德语国家就卖出了将近二千五百万册。他的约三万五千封书信中约有七分之一得以发表，黑塞的书评有整整五卷，关于其生活和作品的二级文献数量可观。后人对其各部作品进行相关研究的文献更是纷纷面世。尽管数目可观，但这些文献的基调在过去几十年间却几乎从未改变，都在试图评判黑塞其人。所有研究赫尔曼·黑塞的人，都或多或少会试着解读作者令人惊讶的成就从何而来。黑塞是青年人的诗人，也是抗议者的诗人，是各种权威的反抗者和追求最大化个人主义的拥护者。越南战争时期，黑塞在美国取得了巨大的成功，这与他深受远东人文主义思想影响的和平主义理想是密不可分的，他的书作在日本、中国和韩国都得以广泛传播，起到了文化传播者的作用。而在德国，黑塞一方面是给人一种不善交际、精神分裂的局外人形象（如《荒原狼》），另一方面则是对于“黑色教育”（如《在轮下》）进行批判的开明人士。但这些陈词滥调真的能够帮助我们了解黑塞现象吗？他那些充满张力的复杂作品真的是一种彻彻底底的无政府天性的表现吗？

是时候找出赫尔曼·黑塞真正吸引我们的地方了，这个双关语可以最好地表述他的魅力：创作和服务。无论是对黑塞的生活还是作品而言，这两者都是同等重要的。他的短篇和长篇小说中的主角就像作者本人一样，不是害怕交际，而是迫切需要和外界建立联系，他们并不想随性放浪形骸，而是试图实现自我。在对个体性的理解上，黑塞形成了自己独特的、和亚里士多德相近的观点。在他看来，人不是“生来自由”的，而是附着于一种特定的、属于原初自我的存在之中，他的行为就是要赋予这种存在一种具体形象，而这也是他要服务的对象。这种灵魂的有的放矢决定了个体和社会间的关系：个体的自我认识和大众认识是相悖的。黑塞的抗议和反叛并不是源于某种特定的、意识形态上的世界观，而是对其他世界观的不信任，他针对的是所有的规章，针对的是所有被宣称有约束力的、迫使人们不得不偏离自身发展道路的“真理”。黑塞教导人们，如何确保这种唯一真实可靠、无法被意识[1]形态学家剥夺的联系，那就是：忠于自己。

美国读者很可能也感受到了这种极端的主体性，正是这种主体性才赋予黑塞在反抗大众文化、反抗错误的权威、反对利益至上和反对挑起战争的行为时，拥有他独特的真实性。对信奉“权力归花儿”的这一代人而言，其“心灵之旅”所追求的核心不仅仅是毒品、性解放，更是一种冥想、禁欲和集体经历。赫尔曼·黑塞的真实性还体现在——这是一个在现有的黑塞研究中常常被忽略的事实——他的爱国主义上：他对德国的热爱，特别是对德意志理想主义文化和浪漫主义文化的热爱。黑塞很早就认识到这种感情是他自身独具的特质，还曾在1914年夏天撰文宣称必须维护这种感情。黑塞从未认为自己是一位和平主义者，他有三个儿子，他的孩子们都曾在瑞士服兵役，他们也都认为在必要情况下手持武器保家卫国是理所当然的事情。

赫尔曼·黑塞当然也并不像20世纪50年代的那些批评者所描述

1译者注：“权力归花儿”（英语：Flower Power）是在20世纪60年代末至70年代初美国反文化活动的口号，标志着消极抵抗和非暴力思想。它源于反越战运动。该口号是由美国垮掉派诗人艾伦·金斯堡于1965年所提出的，主张以和平方式来反对战争。嬉皮士信奉象征主义，他们身穿绣花和色彩鲜明的衣服，头上戴花，并且向市民派发鲜花，因而被称为“花的孩子”。

的那般，是一位住在瑞士小村庄蒙塔尼奥拉的田园诗人。他身负使命，自视为为欧洲遗产的继承者。黑塞代表作《玻璃珠游戏》中的主要精神就在于同野蛮抗争，其创作的最初目的就是作为反对纳粹主义的宣言。书中主要讲述了约瑟夫·克奈希特的故事，而他就是这种反抗精神的代表。书中主角的名字是黑塞经过深思熟虑才选定的，因为那是他自身超验理想的服务者，这个名字表达了在重重矛盾下祈求统一的愿景，而这种愿景在音乐方面表现得尤为明显，克奈希特的一生——直到其死亡为止——都在追求这种理想。义务和牺牲是赫尔曼·黑塞晚期作品的基调，同时也体现了他再次谨慎地接纳其原生家庭价值观的态度，以及对父亲精神世界及其宗教伦理经验的重新认识和接纳。

一个像赫尔曼·黑塞这样坚持不懈走自己道路的人，定然会为他的生活伴侣们带来不小的困扰。这种持续、永恒的个体化过程是要付出很高代价的，不仅是对寻求和怀疑个体化的黑塞本人，更是对那些陪伴他的人，比如父母、兄弟姐妹和他的朋友们——尤其是黑塞的妻子们。“玻璃珠游戏者”赫尔曼·黑塞为了获得个体“快乐”而和他人产生的分歧，不仅体现在他的自传中，更体现在一些日记篇章及其同妻子们来往的信件中。尤其是他的妻子们：她们是他生命中真正的英雄，对于传记作者而言，他同米娅·伯努利、鲁特·温格以及尼侬·杜宾的关系恰恰是最有趣的，从中我们可以看到黑塞曾试图兼顾作家的自由并同时维护家庭关系。两次婚姻的失败是黑塞几近完美的一生中经历的悲剧。

在撰写这本传记的过程中，我也回忆起了自己在莫尔布隆读书的日子，并由此深受启发。在此我要特别感谢鲁迪格·萨福朗斯基和乌韦·伍尔夫，在和他们的对话中，我更了解了传记写作的本质，也更深入认识了对极具创造力的个人而言，其作品与其人生之间充满着交互影响的关系。同时，我也要感谢我的朋友们：乌里希·沙赫特、托马斯·舍易费伦以及安格丽卡和马丁·图莫斯，他们都给我提了宝贵的意见。我还要感谢熟悉巴赫所有曲目的著名大提琴家汉斯－艾伯哈尔特·邓特勒尔，在我阐释黑塞的代表作《玻璃珠游戏》的过程中，他的音乐哲学方面的建议起到了关键作用。最后我还要感谢皮珀出版社的编辑蕾娜特·朵尔纳和克里斯汀·洛特女士在本书出版的各个阶段给予的耐心和专业的帮助。

海默·施维克
2012 年 1 月，柏林

目 录

第一章

逃亡：从莫尔布隆出发，途径施特恩菲尔斯，前往屈尔恩巴赫。死亡诗社。“奥德赛不是菜谱。”稻草堆之夜。隐形的上帝。在荆棘冠上的光芒。同乡村警察一起回修道院。“你是否知道这片没有鲜花的土地。”关禁闭。“请你还像从前那样爱我。”杀身之祸。赫尔曼必须离开学校。濒临疯狂？被送往巴德博尔祛邪。

再也不会回到从前了。心跳加速，澎湃的热血驱使着他不断前进。这个年轻人意识到这个决定将改变他的一生。就在刚才，他穿过修道院西北角的墙门溜了出去，现在他再也不会回去了。在地平线那头灰蒙蒙隐约可见的山丘上，不会再有钟声催人起床、上课、吃午饭。在修道院上面的山坡上，他挥舞着绿色的帽子，想要引起一些正站在教学楼前泉水边午休的同学们注意。一个同学边挥着手，边喊了些什么，可是那呼喊声回响在狩猎宫和修道院的墙垣间。他知道，没有人会跟他一起走。没有人敢像他这样，打乱课堂秩序，勇敢地迈向自由。大伙也就只敢背后说说老师们坏话，写写讽刺的打油诗，一旦有老师走进房间，便都立刻鸦雀无声，一个个弓着背学习，表现出一副感激的好学生姿态。

只有来自充满浓厚宗教氛围的小城卡尔夫的赫尔曼·黑塞是个例外。他很喜欢其中一位老师，不过在他看来，其他老师都差不多，只有一个是他特别讨厌的。对他来说，莫尔布隆修道院里的研习课似乎是个舒适的地方，他在这儿丝毫没有感到“男孩子身负的重压”——一些爱慕虚荣的家长会强制把自己的儿子送到这儿学习，因为这样可以节省教育开支，或者是因为他们指望自己的孩子能够成就一番大事业。“所有一切都在众人中形成了一条牢固、美丽的纽带，没有什么会给人带来强迫感”[2]，就在三个星期前，也就是1892年2月14日，他还在给妈妈的信中这样写道。这个15岁的孩子之所以来这里学习，并不仅仅因为上符腾堡的精英学校是他们家的传统。他的爷爷、他的一位叔叔还有他的哥哥卡尔都曾以优异的成绩毕业于这个新教研习班，他自己也不费吹灰之力就通过了远近闻名的“邦试”，也就是莫尔布隆、布劳博伊伦、申塔尔和乌拉赫地区修道院学校的录取考试。但他之所以选择在格平根市一所拉丁语学校准备邦试，并不是出于想做牧师的愿望。他从一开始就知道，这种埋头苦读会有多么艰辛，因为几百名极具天赋的考生中也就只有前45名才能被录取进入研习班学习。赫尔曼心中另有打算，虽然在父母看来那只是青春期的小叛逆，可他却无论如何不甘沉默：赫尔曼·黑塞要么成为诗人，要么什么都不是。他现在在莫尔布隆，这也是他的偶像荷尔德林学习过的地方，他坚信自己的梦想一定会实现。

当赫尔曼到达修道院山顶的深湖时，脑海中浮现出一首他昨天还曾为室友朗诵过的诗，他把这首诗称为将死之人的“奥西恩[3]式狂热”：

我独自站在山头，
带着我所有的苦痛，
眺望无垠的远方，
注视宁静的湖泊。
湖水如天空般湛蓝，
我忽然有种奇特的感觉，

---

2 见：Adele Gundert, Marie Hesse. Die Mutter von Hermann Hesse. Ein Lebensbild in Briefen und Tagebüchern, Frankfurt am Main 1977, S.216。

3译者注：奥西恩是传说中的爱尔兰勇士和吟游诗人，因苏格兰诗人詹姆斯·麦克弗森（James Macpherson）在1760到1763年出版的译自公元3世纪《盖尔语传说》的诗篇闻名。爱尔兰原名为Oisin。

好像我应与水相融，
那样才能美好如初。[4]

赫尔曼摇摇头，那些家伙并不知道，诗人根本不希望诗中的字字句句都被理解，诗歌不是疾呼或告解，诗人想要直击这种人类灵魂的声音，他试图用诗句来平息那种灵魂深处的痛楚。

赫尔曼离开了阳光下波光粼粼的水面，继续走向莫尔布隆北部申尔山脉的丘陵地带。以前他常常在温暖的秋日里和朋友们一起去那儿，欣赏宽阔的克莱希高丘陵，那里有着满山的葡萄园，符腾堡王国和巴登公国交界的山脊上丛林覆盖。山顶上，这群死亡诗社的秘密成员一起朗读克洛普斯托克和荷尔德林的慷慨激昂的颂歌，还分角色吟诵席勒、莎士比亚以及歌德的作品。黑塞炫耀着自己的诗作，他成功借鉴了海涅诗歌中略带嘲讽的风格。他觉得在这个文学爱好者的小圈子里，自己就是一个圣人，正如一百年前的荷尔德林一样，他也追求着“克洛普斯托克风采”以及“欲与太阳比肩的大师风范”。

早在卡尔夫和格平根的时候，德文老师们就已经不得不承认，赫尔曼·黑塞这个执拗的学生在写作方面还是颇具天赋的，他的文章感情充沛、形象生动，这是他们自己都无法达到的水平。到了修道院的研习课上，他也依旧是班级里最擅长写作的学生，还曾在州考中特立独行地写了一首六步诗。因此，他在莫尔布隆不仅会引起其余同学的关注，也引起了他们的嫉妒，有时甚至是记恨或嘲讽，当然，这也是不可避免的事儿。一旦和别人发生争吵，为了扭转别人的看法，黑塞常会暴跳如雷，恼羞成怒，甚至和他人产生肢体冲突，不过有时他也会一言不发地直接走开，高傲的眼神中满是对他人的蔑视，可最后又会突然转为对自己的同情。这份诗人的心高气傲同他那受伤的心灵一起，融化成一股深沉、轻柔的忧郁和强烈的不安。

4 见：Hermann Hesse, Sämtliche Werke, Bd.1 (Jugendschriften), Frankfurt/Main 2001, S.30。

即使是现在，他的手里仍然拿着一本席勒诗集和一本法语练习册，因为下午两点原本该上最不受他待见的语言课，不过现在他就要翘课了。匆忙之中他往薄薄的皮夹克口袋里塞了一个小面包，不过当他在耀眼的阳光下穿过修道院所在的山坡和萨尔茨埃克那片广阔的田地，最终到达克卜勒的时候，他丝毫没有感到饥饿，只觉得口干舌燥；他开始怀念从前上课时一周要去喝上三次的啤酒。刚走进丛林时，他被一场大雨淋得全身都湿透了，这会儿他很后悔出走时没有带上大衣和手套。他的鞋子里早就灌满了水，双手也冻僵了。野猪圈里的积雪泛着银光，散落在地上的枝杈和被闪电劈断后落在地面的树干拦住了他的去路。

这时，他突然想起，很早之前他就曾在一首诗中描写过这样一幅寒冬萧瑟的情景，如今这景象更是证明了他天生就有成为诗人的天分，并且拥有为冷酷的现实添上诗意双翼的能力：

我一步步走入丛林，
早已泪流满面，
满心痛楚和祈盼，
寂寞孤独。

树叶抽泣，
寒风呼啸，
一颗孤星微微闪耀 ——
这是对我唯一的宽慰。[5]

穿过通往佛兰登斯坦的街道，黑塞来到了一片空旷的田野，旁边是一望无际、坡势平缓的林间空地，这块空地一直通往学校所在的山区。西南边则是克卜勒的高楼和修道院。

5 见：Hermann Hesse, Sämtliche Werke, Bd.1 (Jugendschriften), Frankfurt/Main 2001, S.28。

现在，他呼吸着自由的空气，再次行进在空旷的田野上，在明媚的阳光下快步走在舍尔山的山脊上，经过一个独立的院落时，他还匆匆加快了脚步，就怕人看见他那顶翠绿的帽子而被认出是逃课的学生。随后，山路又蜿蜒向下通往山谷，右侧便是迪芬巴赫镇，黄昏中，赫尔曼趔趔趄趄地走在一片潮湿阴暗的杉树林里，风中还传来了类似啄木鸟发出的"呜呜呜"的恐怖声音。附近的一个院落里传来可怕的犬吠声——渐渐远去，远去。

他当然知道，这场逃亡终会停止，即使是个毫无追求的人，一旦让自己来一场浪漫而又有意义的逃亡，最终也定然会到达某个终点。其实这件事情的意义根本不在目标，不是为了逃亡，不是打破陈规，而在于强迫自我。对赫尔曼·黑塞而言，当他坐在修道院课堂里埋头苦读的时候，他的自我就已经被埋葬了，尽管一开始他觉得老师们的严谨认真还是非常激励人心的，他们要求住校生每周要上 41 课时。除了修辞学和押韵学这样的课堂练习以外，赫尔曼还给自己制定了额外的学习计划，研读《德语诗歌手册》来提高自己的语感。他还在朋友们面前抱怨过在希腊语课堂上读荷马的诗时，把《奥德赛》当菜谱一样细读的做法："每节课读两行，然后再详细地咬文嚼字，真是恶心至极！"可如果一个人真的试着像希腊人那样生活，学着希腊人的方式作诗，他一定不会被人接纳。赫尔曼曾有一篇作文被退了回来，上面写着犀利的评语："您很有想象力！"[6] 早在卡尔夫的时候，赫尔曼就已经认识到：诗人总是受到市井小民的高度崇拜，他们的作品被广泛接纳并陈列在图书馆里，但是他们却不允许自己的孩子也踏上这样的艺术道路，而是要求他们成为有忠诚信仰的牧师、成功的商人或是干练的公务员。在小市民眼中，不是人人都可以成为诗人的，诗人是天生的。没有任何教育机构能培养诗人，很遗憾的是，他现在才明白，

---

6 见： Brief von Hermann Hesse an seine Eltern, zitiert nach: Hermann Hesse. Kindheit und Jugend vor Neunzehnhundert: 1877–1895, hrsg.von Ninon Hesse, Frankfurt/Main 1984, S.142。

甚至连莫尔布隆那样充满文艺气息，几乎人人都忙着读西塞罗、荷马、李维、奥维德和色诺芬的地方，都无法培养出诗人。赫尔曼从自己的家庭生活中也认清了梦想成为艺术家要付出怎样的代价，因为他的哥哥西奥多曾经想要成为一名歌剧演员，并为此中断了药剂师学徒的学习期，可这位艺术家最后还是失败了，只得重新回来学习药学。

他，赫尔曼·黑塞，任何时候都不会后悔！不能回头！他对于自由的向往不仅仅是被席勒的戏剧激发出来的——他当时正狂热地推崇席勒的作品，一遍又一遍地反复研读——这份向往深深地藏在他的心底，那正是他生命存在的内在核心。这种不顾一切、固执已见地想要实现自我意义的做法，对他周围的所有人而言，都是一个巨大的挑战。赫尔曼虽然清楚地知道这一事实，但他觉得自己没有退路可言。面对他人，尤其是自己的父母时，他总是心存愧疚，同时还试图不断迎合他人。爱情和友谊是唯一能限制他不羁闯荡的感情羁绊。

当赫尔曼经过施特恩菲尔斯镇这片安静的葡萄园时，看到葡萄园斜坡上的守护塔高耸在泛白的天空中，他的思绪一下子回到了那个被称作“海伦”[7]的小房间里，几个小时前，他还和住在这个房间的几个同学一起宣誓成立了一个小社团。他很喜欢那间能看到走廊和喷泉的小房间，那里放着他的书桌，桌面上还留有以前的学生刻上去的名字。书桌上凌乱地堆放着字典、笔记本、素描画、圆规、墨盒、钢笔，等等。写字台的抽屉里是他自己的小图书馆，摆放着席勒、艾辛多夫、克洛普斯托克、佛莱里格拉特、莫里克、科尔纳、雷瑙、乌兰特以及歌德的《维特》等作品，这中间也夹杂着果酱瓶、蜂蜜和一串香肠。和他相处最融洽的同学要属来自尼尔廷根的威廉·朗了。“和你一起手挽手，我找到了一辈子的归宿！”[8]——他们常常高呼着唐·卡洛斯的誓言，深夜时还会偷偷地在寝室喝艾尔芬格红酒，在酒精刺激下两人慷

7 译者注：海伦是希腊的古称。

8 译者注：出自席勒作品《唐·卡洛斯》（*Don Carlos*）第一幕，第九场。

慨激昂地讨论自由、友谊和民主的话题。“斟满，杯子不能空，倒酒！”他们还会高声吟诵著名的“莫尔布隆赋格”，那是约瑟夫·维克多·冯·谢菲尔斯在参观修道院时创作的饮酒歌。有一回，“海伦”房的同学们还偷偷穿过昏暗的“地狱阶梯”溜到修道院的十字形回廊里去表演教皇游行的场景，他们一个个穿着白色的斗篷，把腹部塞得鼓鼓囊囊的，头上还戴着纸制的主教冠。不过这样的恶作剧在这所新教的寄宿学校里并不会被认为是在亵渎教义，这充其量也不过是孩子们的胡闹而已。不过就算是在这样的活动中，赫尔曼也依旧是个活跃分子，他会一边做出各种鬼脸，一边戴着主教冠走在队伍最前面。只有一次他做得有些过分了，那回他和其他同学就幽灵的存在问题进行了激烈争吵之后，便让一位同学对他进行催眠，当时他瞪着眼睛一动不动地躺在床上，那模样把在场的所有人都给吓坏了，他们不得不跑去向老师坦白此事，而学校的老师们原本明令禁止做这种装神弄鬼的事。

和朋友们在一起时，赫尔曼还是很有安全感的，每当他感受到孤独的压迫感时，他就会拉小提琴。闲暇时间他喜欢画一些历史人物的肖像，偶尔也画同学和老师的漫画像。有时他会一个人泡在修道院的图书馆里，那里的一排排书架上摞满了猪皮封面的书，一直高高叠到哥特式天花板拱顶上。如此安静的氛围让他想起爷爷的图书馆。小时候他会在那里玩耍，一个人的时候，就从书架上抽出几本沉甸甸的书，一连好几个小时，他都会细细地审视里面的插图，全身心地沉浸在图画的世界里。身处莫尔布隆修道院图书馆的时候，时间似乎也是静止的，就连他想成为诗人的远大志向在那么幸福的瞬间也消失得一干二净了，有意思的是，他可以放任自己强烈的好奇心在不同的思想间游荡，在不同的书籍中跳跃。作为集体组织的一部分，僧人能让个人的志向升华到一个更高的集体观中，这定然是一种得以让身心解脱的美妙感觉！

可到了夜里，他却常常会感到莫名其妙的不安和怀疑，他不知道这个课堂究竟是不是适合他的地方，因为这是为接下来图宾根的神学专业开设的预备学校。他经受着头痛和眩晕的折磨，那些日子里赫尔曼常常夜不能寐，躺在床上回忆自己的童年生活，试图以此来摆脱难熬的心境。眼前一遍又一遍地浮现着家乡河湾的景象，他看到自己坐在岸边垂钓，或是乘着皮筏沿着纳高特河顺流直下。在梦里，他似乎总是在开满鲜花的草坪上奔跑，一条漂亮的小裙子在他眼前的草地上一闪而过，不多久却又突然再次出现在那儿。赫尔曼躺在床上辗转反侧，不住地呻吟着，将身体紧紧贴在床垫上——一张女孩子的面孔清晰地呈现在他的眼前，她赤裸裸的身体将赫尔曼卷入一场扑朔迷离、扣人心弦的未知游戏里，然后她的容貌又渐渐消失，突然却又变成了麦当娜的面容出现在他面前，就这么站在教堂侧面的礼拜堂里冲他微笑。最后，他那诗人的幻想终于被激发了，他轻声诵读着诗篇，直到黎明的亮光渐渐倾泻进昏暗的卧室：那是一本装饰着柔美小花饰的小册子，上面写着他的名字，书名是《浪漫派诗歌》。

这份回忆让赫尔曼忘记了穿透他单薄的夹克渐渐渗入他体内的寒冷。他一直走啊走，直到太阳落山都没有停下来，就是想要通过活动身体来取暖，他像一只逃亡的小兔子一样在施特龙贝格山脚下绕行，借助森林的掩护，一路上尽量避免碰到他人，直到进入屈尔恩巴赫地区为止。这儿是黑森州—巴登州的交汇地，有一座小的宫殿、一个市政厅以及若干小旅店，他决定在这里歇歇脚，因为此时他已经离开莫尔布隆 20 公里远了。赫尔曼特别想吃一份烤猪排加土豆，再配上一大杯巴登州特有的红酒。可惜他此时浑身上下只有几个硬币，刚刚够买一份香肠粥加一小杯啤酒而已，女店家一脸嫌弃地把菜端上来。这位不怎么和善的老妇人还告诉他，想在这里过夜是不可能的。于是他只好决定尽快离开这个村子继续赶路。

在屈尔恩巴赫和德尔丁根镇交界的河边，赫尔曼发现了一个稻草堆，他钻进里面蜷缩着，想要以此来抵御夜间的湿冷。稻草堆发出的吱吱声，小溪潺潺的流水声，还有头顶那明朗闪烁、像大伞一般笼罩着他的冬夜星空，让他感觉自己的处境似乎也没有那么不舒适了——

虽然他此刻更情愿坐在客栈里，一边喝着葡萄酒一边看着书。他最惦念的还是他的小提琴，那是他最忠实的生活伴侣和灵魂慰藉，从来都不会让他感到孤独。他最喜欢独自一人在修道院泉边的那块草地上拉小提琴，在那里，琴声、流水声、灌木丛中的虫鸣声此起彼伏，相映成趣。那个修道院最初让他觉得压抑、排斥，可随着他在那里待的时间越长，他也愈发熟悉那里的一墙一瓦、一草一木，而这座修道院也渐渐拥有了独特的魅力。只有在那儿，而不是令人昏昏欲睡的《圣经》课上，他才认识到，宗教究竟意味着什么，这是一种夹杂着敬畏和惊异的复杂情感，源自某种广博且涵盖了自身存在的东西。不过每次当他试图更进一步明确这种情感时，这种伟大的东西总会一再离他而去。学校的基督教义课对他而言没有任何吸引力，对圣经的批评在他看来就像是一种强腐蚀性的漂白剂，试图洗掉圣经图片里耶和华以及他的世界所拥有的色彩。对于所谓的“敬虔”，他也持相似的态度，那是宗教对个人道德施加的巨大压力，将人类变得无比渺小，将他们强置于“义务”之下，要求每个基督徒每天都必须履行这些义务。不过，当他还在卡尔夫家中时，他并没有感受到这种压力，因为他的父亲由于自己的传教生涯而具备一种世界公民的思想，他能把基督教的理念和那些传教时接触的中国、日本或是印度人民的文化结合起来，这种具有实践性的信仰非常灵活，也更加柔和，最终也更加普适和宽容。不过他的父亲在培养赫尔曼身上的“美德”、压制其内心的“恶习”时，是非常严厉的，甚至让他觉得自己只称得上半个人，玷污了上帝赐予他的纯洁的本性，不过尽管如此，他还是感谢上帝赐予他的一切，特别是对艺术的天赋和兴趣，让他能够根据自己的原则分辨是非和美丑。

孩提时代，他就曾向自己的母亲袒露心声，那时他甚至有点怕自己:“我唱歌时就像塞壬女妖一样动听，那我的内心是不是也和她们一样丑恶呢？”[9] 想要成为诗人的人是很难融入这个不完美的世俗世界的，在这个世界里，通常义务要高于兴趣，道德要高于艺术。难道修道院本身—— 包括其宏大朴实的中殿、雕刻精美的唱诗班座椅以及唯一用一整块砂岩雕刻的十字架—— 不就是最好的证明吗？最终，艺术都会战胜禁欲主义，就像这些设施的建造者，也就是熙笃会[10] 成员那样，最后还是向艺术屈服了。只要抬头看一眼圆拱顶，就能看到柱顶、托架和拱顶石块上刻满了各种茂密的树叶、葡萄、玫瑰和动物的头像。最让他印象深刻的还是唱诗班的那些座椅。最外沿的木椅上都装饰着浮雕，每次经过时，他都满怀敬畏之心。浮雕上画的都是《旧约》里的故事情景，比如烈火荆棘前的摩西，该隐和亚伯的争执，以撒的牺牲，参孙徒手杀雄狮，等等。在这些浮雕的世界里，遵从的依旧是由耶和华制定的规则，尚不是耶稣对人类的普世之爱，不过在旧约的图像里还是出现了一些基督教的题材，比如圣母和独角兽，或是一幅圣母像，她们的目光都凝视着新生的耶稣，间接传达出救赎的旨意。尽管这些神秘的画像对他而言是非常遥远的，但同时，他也深切地感受到，在他的体内，同样存在着《圣经》中先祖们和预言者们所生活的、充斥着暴力和牺牲的世界。他的身体里同时沉睡着一位该隐和一位亚伯，而且在他卡尔夫的家中，圣经故事里的家长制风气也影响着他们的家庭关系。

言归正传，在唱诗班南面的墙上，有一张精雕细刻的华盖木制方丈椅。当他第一次看到教堂内的这一切时，栏杆上的浮雕就引起了他的注意：那里刻着一条葡萄藤，枝繁叶茂，枝叶交错构成了一座天堂般的花园，上面树木葱郁，百草丛生，各类动物汇聚一堂——当然都是

9 见：Adele Gundert, Marie Hesse. Die Mutter von Hermann Hesse. Ein Lebensbild in Briefen und Tagebüchern, Frankfurt am Main 1977, S.180。

10 译者注：熙笃会（也译西多会），是一个天主教隐修会，主张生活严肃，重个人清贫，终身吃素，每日凌晨即起身祈祷。他们在黑色法衣里面穿一件白色会服，所以有时也被称作“白衣修士”。

些神话寓言中的形象。在葡萄架后面潜伏着一位正欲搭弓射箭的射手，这个形象象征着苦痛，每每看到都会破坏原本田园牧歌的美景。随后，赫尔曼注意到一只类似鸟的生物，它张开翅膀掠过花园，就好像这个充斥着生趣和苦痛的世界是从它巨大的蛋壳里衍生的一般。这只神秘的大鸟难道就是这世界的创世主？难道创造这世界的不是那位无所不能、试图将教堂的一砖一瓦都造得美轮美奂的人吗？还有，方丈椅靠背上刻的题词“Vere Deus absconditus（神是隐匿不可见的）”是什么意思呢？难道艺术家意识到真正的上帝是不可见的，人们根本无法雕出他的画像吗？这一切又和那高耸在教堂前面、精美绝伦的十字架——那曾是普通教徒做祷告的地方——有什么关联呢？被钉在那个十字架上的人，此时正经历他最痛苦的时刻：瘦弱的胸膛由于极度疼痛引发的抽搐而高高拱起，头偏到一侧，半张着嘴：“我的神，我的上帝，你为什么要抛弃我？”有人曾在课上提到过，在夏至前后，教堂最上方的天窗上会射出一束微弱的光，当光洒在救世主的头上时，荆棘之冠就会散发出灿烂的光芒。这束光会不会就是通往没有苦痛的神之秘境的桥梁呢？包括此时，当赫尔曼把视线从身边的稻草堆投向闪烁着满天繁星的苍穹时，他再次被神秘宇宙的强大所折服，这种无边无际的晕眩感直击他的内心，让他感到了濒临死亡的冰冷，这可不仅是清晨地表的低温造成的。半睡半醒中，他隐约听到了脚步声，随后看见晨雾中有人正走过不远处的街道，紧接着人影便又消失在了一片昏暗中——就在那时，旭日冲破雾气磅礴而出，让他有了开始新一天的勇气。赫尔曼舒展了一下僵硬的四肢，掸了掸衣服上的稻草。现在他必须重新回到那个让他手足无措、不知何去何从的世界里了。

他不知道的是，就在昨天，他的同学们全都纷纷外出，到处搜寻这个不知所踪的逃离者。他们一直搜索到深夜，找遍了莫尔布隆周边的森林，不停地高喊着“黑塞”的名字，可惜徒劳无功。1892 年 3 月 7 日下午 4 点 40 分，鲍罗斯教授给赫尔曼的爸爸约翰内斯·黑塞先生发了一封电报："赫尔曼 14 点之后就不见了，若您知情，还望告知。"[11] 传教士黑塞先生傍晚时分也发电表示，他对此一无所知："请静候电联"[12]。在卡尔夫，赫尔曼的母亲玛丽陪着她因发烧而卧床不起的女儿玛如拉度过了心惊肉跳的一夜，她一面担心女儿的病情，一面牵挂着寒冷冬夜里不知身在何处的儿子。玛丽·黑塞在绝望中胡思乱想，觉得赫尔曼有可能在莫尔布隆的某个湖中溺水身亡了，对她这样一位虔敬的信徒而言，这要比她的儿子离家出走而使整个家庭蒙羞更容易承受一些。3 月 8 日早上，玛丽·黑塞请求她的哥哥弗里德里希前往莫尔布隆，帮忙一起寻找赫尔曼。不过到了 12 点 15 分，她就收到了一封电报，赫尔曼"平安回来了"[13]。

精疲力尽、冻得瑟瑟发抖的赫尔曼开始往回走。经过佛兰登斯坦和迪芬巴赫后，他来到了莫尔布隆北边的小村庄蔡瑟斯维尔，在那儿，他遇到了一名乡村警察，于是便走上前去询问前往莫尔布隆的路线。那个男人给他指了条向南的路，不过赫尔曼却转过身径直朝着相反的方向走去。这名经验丰富的警察马上就觉察到，这个奇怪的游荡者肯定就是那个逃跑的学生——早在前一天晚上，这周边的所有警察就都已经知悉了有学生失踪的事儿。这位警察彬彬有礼而又坚决地表示，他要陪着赫尔曼去往莫尔布隆，赫尔曼同意了。当他们俩到达修道院门口的时候，梅特勒老师就已经等在那儿迎接这个逃校的孩子了。这时，赫尔曼的舅舅弗里德里希也刚好到了学校，他看到自己冻得瑟瑟发抖的外甥正一言不发地站在那儿。赫尔曼知道，接下来的日子他会过得很辛苦，等待他的是审问、说教、惩罚，甚至是学校对他的处分。不过他不会妥协，因为没什么可以后悔。他所做的一切，是他必须做的，

11 见：Brief von Hermann Hesse an seine Eltern, zitiert nach: Hermann Hesse. Kindheit und Jugend vor Neunzehnhundert: 1877–1895, hrsg.von Ninon Hesse, Frankfurt/Main 1984, S.179。

12 见：同上。

13 见：同上，第 181 页。

而且以后他可能还会这么做。

3 月 9 日，赫尔曼就收到了父亲的一封长信。他很能理解儿子之所以做出这种冒险举动的根本原因："自从你到了莫尔布隆之后，你自发地看了很多书，读了很多德语文学作品，还要自己作诗，我们觉得你可能会因此没有足够的时间和精力来应付必要的学业"[14]。对于约翰内斯·黑塞而言，诗歌创作完全是一种独断专行的自傲表现，是让赫尔曼偏离正道、无法顺利成为牧师的根源。他建议赫尔曼先依照"十诫"来自省，特别是其中不要将自我当作"偶像崇拜"的这一条。他的建议正中赫尔曼的心思，因为他的儿子正好刚开始沉浸于探寻自我。父亲还在信中提到，赫尔曼应该好好自省一番，看看自己是不是确实过于看重自我了，因为这关系到他和周围人如何相处。他在信中尤为明确地指出了要尊敬父母的这一条戒律，不然赫尔曼就有可能会失去天伦之乐。信的最后还援引了《圣经》中鼓舞人心的语录："我告诉你：人类有救世主是件好事，试着去寻找他吧。"[15]

尽管信中言辞友善，但还是能看到，父亲正用自己的权威和宗教戒律的权力来威胁儿子。赫尔曼做出了让步，并感谢父亲能谅解自己的过错。"请你还像从前那样爱我吧"[16]，他措辞谨慎地给父亲写了一封简短的回信。他能感觉到，这次冲突尚未完全得到解决。果然，仅仅两天之后，他就又收到了父亲的一封信，信中字里行间都透露着约翰内斯·黑塞对儿子的那份疼爱："爱就是寻求成为一个整体，寻求团结一致。我们很希望和你成为一体"。但这种一体化是有条件的，赫尔曼必须也成为这份爱的一部分："我们最高的生活目标就是要迎合上帝并为他服务。如果这也能成为你的生活目标，那么我们就成了

14 见：同上，第 185 页。

15 见：同上，第 186 页。

16 见：同上，第 187 页。

一个整体，之后所拥有的就是光明、爱和自由”[17]。父亲认为，只有通过“自我克服”才能让赫尔曼成为“一个听话的儿子”。

这种虔敬的狭隘认识难道不正是违背了真爱吗？真爱本就是要接受他人的差异性，但在此过程中却会丧失自我的主见。赫尔曼虽然也认识到这种妥协会让自己受限于基督教的美德，从而不可能再有自由去追求自己喜欢的艺术。但他当时还太弱小，没有能力进行反抗。他只得转而在父亲面前赞扬学校领导对其逃学行为做出的和善处置：尽管他严重违反了校规，但学校只罚他关八小时禁闭，还提供面包和水，这已经是相当宽容了。赫尔曼还在信中提到，他可以因此不去上音乐老师哈希斯那讨人厌的小提琴课，在说这事儿时，他的语气是幸灾乐祸的，因为不久前约翰内斯·黑塞还在信中告诫儿子，要他忍受一些不喜欢的事情，因为“那是上帝的旨意”[18]。赫尔曼得到许可，能在那闷热的禁闭室里读荷马的诗集，并且在 3 月 12 日那天给父母写了一封极其简短、语气生硬的信：“鲍罗斯教授和另外两位老师对我很温柔，也很照顾。”不过他在关禁闭期间写下的一首诗却透露出满满的悲伤和抑郁：

你是否知道这片没有鲜花的土地，
一座混沌的、没有神光顾的地下之城？
必须搬到那里的人啊，是多么悲伤，
千万遍诅咒，这狗洞都不如的地方。[19]

这是对歌德的米尼翁之歌所做的滑稽模仿，当然也是写给他的同学们看的，他想让大伙瞧瞧自己也有如此这般的文学幽默感。

17 见：同上。

18 见：同上，第 188 页。

19 见：Hermann Hesse. <unterm Rad>. Entstehungsgeschichte in Selbstzeugnissen des Autors, hrsg. von Volker Michels, Frankfurt/Main 2008, S.169。

赫尔曼在莫尔布隆生活的日子屈指可数。尽管老师们都很仁爱，但他们依然深信黑塞这个学生“缺乏自控的能力，无法控制自己的精神状态和脾气，而这恰恰是他这个年纪以及在学校成功接受教育所必备的条件”。教师会议的记录中还提到，赫尔曼那“天马行空的想法”以及“过度夸张的情感”可能会对他的同学造成威胁。不久之后，赫尔曼寄给父母的信让他们大吃一惊，其中提到他正处于极度抑郁和过度疲劳中。他生病的因由可能是他的朋友威廉·朗搬走了，因为他的父母禁止他和赫尔曼交往。赫尔曼在家书中写道，他爱这位朋友胜于其他所有人，但现在却失去了他，他现在都不知道自己活着是为了什么。

失去最好的朋友意味着赫尔曼在莫尔布隆的学习即将结束，这是他在几个星期后才意识到的，那时恰好发生了一起新的意外，这起新事件给学校领导敲响了警钟。当时赫尔曼正好结束了四个礼拜的强制假期重新回到课堂。还在卡尔夫休假时，他就已经感到自己可悲无助了；有一回因为自制爆竹爆炸，他伤到了眼睛，不得不在 4 月 23 日回到莫尔布隆。一回来，他又感觉到头痛难忍，在和父母通信时，他甚至用“您们”来称呼他们。他几乎每天都会和同学吵架。自从他那“天才之旅”——这是他的外祖父龚德特对外孙那逃学行径的嘲讽之言——结束之后，赫尔曼就觉得自己要比其余同学高明不少。即使他回到了修道院，但期间却已经落下了 23 节课，这么大的距离让他觉得这是对自己意志的考验，他毫不惊讶地预感到自己将会陷入孤独的深渊。在他看来，那些已然适应学校生活、为了成绩排名而彼此激烈竞争的同学是非常可笑的。很快，同学间原本温和的讨论升级成了互相威胁的激烈争吵。赫尔曼开始质疑在新教课堂上学到的有关宗教世界的一切知识：他认为世界上没有天堂也没有地狱，彼岸是幸福的灵魂依存的地方，那是一种极乐世界，在那里，所有逝去的灵魂都不会强求要和彼此交往。尽管他也相信上帝的存在，却认为上帝和人类之间不存在真正的关系。赫尔曼认为和上帝的对话，即祷告，是毫无意义的。他觉得自杀是个人享有的合理、自由的权利，认为人类作为上帝创造的生命，并不会因为自杀而罪孽深重。赫尔曼甚至威胁要杀害他的同桌兼室友，斯图加特·哈特曼教授的儿子奥托·哈特曼，因为只有这样极端的举动才能让他从那畸形的抑郁中解脱出来，从而释放他那青春期的骚动不安。很多学生家长都向莫尔布隆学校校长和黑塞一家表达了自己的担忧，认为赫尔曼的精神状况可能会对他们的儿子造成伤害。事实上，望子成龙的家长们担心的是，叛逆的赫尔曼疯狂追求自由的做法迟早会影响到他们的孩子。

玛丽·黑塞临时决定 5 月 7 日去莫尔布隆接她的儿子，并带他去牧师朋友布鲁哈尔特的巴德博尔疗养地修养。克里斯多夫·布鲁哈尔特是施瓦本疗养师和祛邪师约翰·克里斯多夫·布鲁哈尔特的儿子，会通过祷告和严格的训练来治疗心理障碍。玛丽·黑塞在她的日记中写道，当时不仅是赫尔曼的同学们认为他有精神障碍，包括家庭医生扎恩也建议赫尔曼去精神病院接受治疗。赫尔曼·黑塞的天才之旅最后坠入了疯狂的深渊，他那诗人之梦也化为了泡影。

第二章

在布鲁哈尔特牧师的私人诊所。外祖父龚德特。爱意被拒。赫尔曼买了一把左轮手枪。“你们要把我送进监狱里吗？”转到斯特腾的另一家疯人院。给父亲写信：“我不会屈服，永远都不会。”前往巴塞尔找菲斯特牧师。“身体和灵魂都遭到了重创”：在坎施塔特高中里。在埃斯林根的书店当学徒。开始新的逃亡。

为了减少陌生环境给儿子带来的不适感，玛丽·黑塞在巴德博尔待了三天。事实上，赫尔曼很快便发现格平根附近的施威佛巴特令他感到亲切而熟悉，因为两年前他曾经在这儿准备邦试。他在这儿拥有一个单间，还有一把躺椅可供他悠闲地躺着看书。他会乖乖地向家里汇报自己看书的情况。尽管赫尔曼必须经常去做祷告，但他也被允许打台球、保龄球、玩音乐、散步，甚至还可以徒步前往格平根拜访从前的朋友。

他也很喜欢布鲁哈尔特牧师。这位牧师的父亲因为擅长祛邪治病而出名，他曾成功地为一名年轻女孩祛邪，不过克里斯多夫·布鲁哈尔特可不全靠他父亲才成名的。作为社会活动家和主张虔诚忏悔行动的领头人，他在符腾堡地区声名远播。他称自己的疗养所是“神界的前哨”。克里斯多夫·布鲁哈尔特被视为激进的牧师，他喜欢站在高高的布道坛上向教徒们选读《利未记》。不过他倒是非常同情和理解赫尔曼。1892 年 5 月 5 日，布鲁哈尔特从巴德博尔写了一封信给赫尔曼的父母，其中提到他们应该让自己的儿子自主决定是否愿意来这个基督教的疗养院休养，还写道“也许他自己会发现身上的病症，会为了个人健康而乐意接受治疗。”[20]

布鲁哈尔特牧师通俗直白的言辞让赫尔曼印象深刻，他给父母写信时提道：“最近他说：‘撒谎这事儿本就是毫无意义的，别老说基督教就是真善美，这全是胡扯！普通小老百姓对基督教和伦理道德都是一窍不通的。’”[21]尽管怀有抵制情绪，但赫尔曼还是开始接受新事物，包括开始认同这位疗养院负责人并接受他的权威领导。因为赫尔曼追求的是归属感、认同感和爱。如果有人愿意教导他的话，赫尔曼还是很乐于助人，也很善于倾听的。他也很积极地参与一些社交活动，并且加入了合唱团。但是他却没办法长时间坚持扮演这样的角色，时不时会有强烈的压迫感来破坏他和别人之间即将建立的亲密关系或正在形成的小团体。玛丽·黑塞认为，巴德博尔的这种平和迹象不会维持太久。“我真绝望”，回来之后，她在日记中写道：“我的心灵和精神都筋疲力竭，我日夜都在琢磨：赫尔曼此时究竟在干什么呢？”[22]

不久之后，赫尔曼的叛逆情绪就又开始高涨了。他认为克里斯多夫·布鲁哈尔特的极度自信对他而言是一种挑衅。黑塞一家之所以和布鲁哈尔特牧师交好，完全是因为他们拥有同样虔敬的信仰，以及在巴塞尔传教士培训学校共同学习的经历。因此，赫尔曼反抗这位施瓦本疗养师的行为，也意味着他在抵制家中的宗教氛围。他的父母都是出身于新教的传教士家庭，妈妈玛丽甚至是在印度出生的，玛丽的父亲赫尔曼·龚德特曾在那里从事基督教传教工作，直到1859年他得了重病才不得不回到施瓦本老家。1862年他转行在卡尔夫开始担任宗教出版社社长的工作。

---

20 见：Brief von Hermann Hesse an seine Eltern, zitiert nach: Hermann Hesse. Kindheit und Jugend vor Neunzehnhundert: 1877–1895, hrsg.von Ninon Hesse, Frankfurt/Main 1984, S.208。

21 见：同上，第210页。

22 见：同上，第207页。

赫尔曼·黑塞的父亲约翰内斯于1847年出生在爱沙尼亚的维森斯坦，他的祖先原是吕贝克的商人，后来移民到了维森斯坦。约翰内斯四岁的时候，他的母亲就过世了，七岁的时候，继母也过世了。他每天都在担惊受怕中过日子，时时处在抑郁压抑和暴躁不安之中，这让他的父母觉得压力甚大，于是，在约翰内斯十一岁那年，他被赶出了家门。在巴塞尔的一所传教士学校结束培训之后，1869年，约翰内斯被派到了印度。四年之后他才回国，同时也患上了永久性的头痛和肠炎。这个出生于德国波罗的海地区的男人在他二十六岁那年，也就是1873年11月份，来到了卡尔夫，打算协助赫尔曼·龚德特的出版社出版一些新教书籍，在那里，他遇到了出版社社长的女儿，三十一岁的玛丽。她的头发一丝不乱地向后梳起，嘴唇紧闭，一眼看上去完全是一副拒人于千里之外的态度。玛丽是个寡妇，她有两个孩子：卡尔和西奥多。她死去的丈夫叫查尔斯·伊森伯格，是她还在印度时认识的。他和当时的很多传教士一样，死于一种热带疾病。对于他父亲的这位严肃、脸色苍白、总是病怏怏的助手，玛丽·伊森伯格最初表现的更多的是尊敬，而不是爱。她在写给一位亲戚的信中提到，人们应该会留意到这位“优雅、虔诚、有文化的男人”，他给她留下了深刻的印象，就好像他“带来了一个更好的世界”[23]。玛丽很快就看到了约翰内斯身上的那种理想主义、超凡脱俗的性格。玛丽本人尽管也是一个“虔诚的”基督徒，热爱自己的信仰，甚至是严苛地服务于自己的信仰，但是她也对艺术品、诗歌和音乐有着独到的见解，她很善言谈，尽管非常严厉，却是一个慈爱、善解人意的母亲。

玛丽的母亲朱莉·杜波依斯出生在瑞士的法语区，是一位内敛、务实的人，和她一样，玛丽也认为婚姻首先是一种宗教责任，是为了履行基督教教义的一项义务。尤其是在经历了贫困、需要自我奉献的传教士生活，以及早在孩提时代就被父母送回到巴塞尔老家之后，玛丽

---

23 见：Adele Gundert, Marie Hesse. Die Mutter von Hermann Hesse. Ein Lebensbild in Briefen und Tagebüchern, Frankfurt am Main 1977, S.131。

的这种态度就更加鲜明了。前一段感情生活曾给她带来心理上的重创，这种心灵创伤甚至伴随了她的一生，但并没有动摇她对基督教的坚定信念。在写给其兄长赫尔曼的信中，以及她自己的日记中，玛丽曾承认，她经常会对生活感到绝望，只有祷告和对基督的坚定信仰才能让她坚持下来。玛丽·黑塞的内心充满了矛盾，她一方面希望能顺从、付出并为上帝服务，另一方面却又受到情感上的压迫，不得不将这种矛盾情绪说出来，而现在，这种矛盾冲突也出现在了她的儿子赫尔曼身上，不过和家教甚严、逆来顺受的母亲不同的是，赫尔曼从一开始就很叛逆，不愿顺从他人。

在施瓦本的这座小城里，彬彬有礼、举止优雅、说着一口漂亮标准德语的约翰内斯·黑塞是非常引人注目的，很快就让心思细敏的玛丽一见倾心。作为一个带着两个年幼儿子的寡妇，在卡尔夫这个到处都是世俗小民的社会里，玛丽的日子着实不好过，于是，1874 年 11 月 22 日，他们俩便结婚了。1875 年 8 月 15 日，他们的第一个孩子，阿黛尔出生了。两年之后，赫尔曼·黑塞也降生到这个家庭，这着实是件令人高兴的事，玛丽·黑塞在日记中激动地写道："1877 年 7 月 2 日，在历经万般苦痛之后，傍晚六点半，仁慈的上帝终于送来了这个饱受祝福的孩子：我们的赫尔曼！这是个又高又重的漂亮娃娃，一生下来就嗷嗷叫着想吃奶了，他那双明亮的蓝色眼睛盯着光亮处，脑袋也转向有灯光的地方，真是一个健硕有力的棒小子！"[24]

小赫尔曼的洗礼仪式是由他的外祖父赫尔曼·龚德特主持的，他也是这个家默认的大家长。由于其优秀的教育背景、为印度的传教事业做出的先锋性工作、掌握多门语言以及对《圣经》的学术性研究，龚德特在神学家当中也是属于出类拔萃的人物。对童年时代的赫尔曼·黑塞而言，外祖父就是个"神人"，是一个充满了神秘色彩的人物，他的全身都笼罩着美好的光芒，知识渊博，但又有令人印象深刻的幽默感和机敏睿智。本来赫尔曼·龚德特是想要成为一名士兵的，这位莫

24 见：同上，第 160 页。

尔布隆的学生曾对法国七月革命有着极大的兴趣，在图宾根学习神学期间，他又深受《圣经》批判者、青年黑格尔派信徒大卫·弗里德里希·施特劳斯的影响。当他通过祷告阻止了一名意图自杀的同学之后，龚德特认为这标志着他自身信仰的觉醒。1835年，他应征加入东印度传教活动，并且在那里没有花多少精力就学会了多种印度语言，以便用当地的语言来做祷告。在卡尔夫的出版社里，他出版了印度语—英语语法、词典、百科全书以及《圣经》译本等图书。

外祖父那堆满书籍和各种异域风情物件的书房深深吸引了赫尔曼，这可比他父亲那简陋、一览无余的办公室有趣多了。他抬头看着外祖父玻璃橱里湿婆神的雕像，那时候他就已经感觉，在这个小小的雕像里可能隐藏着解决他自身问题和内心矛盾的方法。在这尊由石头和金属混合物制成的雕像周围还放有许多其他的物品，比如木珠链子，印着梵文的书卷，皂石制的乌龟，用木头、玻璃或是石英制的小神像，还有来自印度、锡兰、中国、暹罗和缅甸的丝被、黄铜杯和碗——这是一个神秘的世界，恐怕只有外祖父龚德特这个白胡子老头才懂这一切。他会说各种语言，知道所有的神和宗教，会唱异域风情的歌，他虽然是信仰三位一体的基督徒，却不费吹灰之力就掌握了佛教徒和穆斯林的祈祷方式。

如果有陌生人来到位于卡尔夫山谷内的这座木框架房子里，就会在出版社那回荡着说话声的大走廊上，听到外祖父和妈妈讲印度语、马来语、意大利语、法语、丹麦语、荷兰语或是英语。而爸爸的语言就简单得多，他和赫尔曼讲德语，和他的妻子——她叫他“强尼”——总是讲英语，仅此而已。赫尔曼的父亲始终忍受着头痛的折磨，常常情绪低落，对于岳父交给他的繁重工作感到绝望至极，而他的岳父干起这一切来却都得心应手，而且老人家还身体健壮，性格也更开朗乐观。赫尔曼爱着他安静、饱受苦痛而又优雅的父亲，他不仅是一名出版人，更是一名科学家和作家。他很感谢父亲教会他对语言的敏锐感觉和对句法、语调的敏感度。但是他也意识到，自己的父亲正是因为拥有严格的道德感和正义感，同时一味地追求和谐的生活，才让生活变得愈发艰辛。他的父亲共出版了十五本书，包括他自己独立撰写的《传道故事》，小说《檀香女孩萨尔玛》《捕手的转变》《祈祷契约》，以及一篇以“你为什么不高兴”为题实则论述“手淫的奴隶或自虐”的德育论文。

在父亲信仰的基督教价值观中，抑制性欲是理所当然的事，他根本无法想象自己正处于青春期的儿子藏在心底的私密愿望。他更不可能给儿子进行性启蒙教育！自我掌控与自我牺牲的道德观是虔信主义的核心。约翰内斯·黑塞十八岁时就已经开始信奉虔信派了。当他在1865年申请加入巴塞尔传教团队时，在当时提交的申请信里他就已经明确表露了自己的这种信仰。将近三十年后，他试图让自己一度逃学的儿子赫尔曼也传承这种信仰：“我追求的是一个可以互相合作的团队，在这样的团队中，个人自我就会消失——因为对我来说，这份自我早已太过强势了”。[25] 个体的每一种动机都应该被引导到为基督教群体及其价值做贡献中去。

如果没有信仰坚定的父亲做榜样，也没有波罗的海的医生卡尔·赫尔曼·黑塞——他还在维森斯坦管理一家基督教孤儿院——引导的话，这种宗教信仰上的觉醒一定不会来得这么早，也不会这么坚定。无论是对赫尔曼的母亲玛丽，还是对他父亲约翰内斯·黑塞而言，他们出身的家庭里无不充溢着虔信的氛围。在波罗的海以及施瓦本地区，这种宗教复兴运动是最为极端的，在施瓦本的各个学校和图宾根大学里出现了谢林、黑格尔、莫里克、荷尔德林、施特劳斯和费舍尔等杰出的人物，他们无不受到这种宗教环境的影响。只有在相对保守的符腾堡地区，虔信主义才成了全民信奉的信仰，而且往往是以教派的形式。施瓦本地区的虔信派教徒们为了反对现代的生活方式，联合各个兄弟

25 见：Brief von Hermann Hesse an seine Eltern, zitiert nach: Hermann Hesse. Kindheit und Jugend vor Neunzehnhundert: 1877–1895, hrsg.von Ninon Hesse, Frankfurt/Main 1984, S.549。

教区成立了一种新的原始基督教派。俗世的生活本身并没有什么目标而言，生活就是祷告，它只是进入永恒生命的一种检验或是初级阶段。“灵魂工作”也可以算作这种检验的一种。人们通过持续、诚恳的自省来看清自己内心的欲望，并转而把它献给上帝。因为虔信教徒认为，在人们自省的过程中，上帝也在审查人们，而他知道人们所有的意图、想法和动机。不是任何教义或者基督教机构，而是自我转变的强烈情感使个体在追随基督的过程中成为一个全新的人。

和赫尔曼·龚德特一样，克里斯多夫·布鲁哈尔特在巴德博尔也是一个声名远播的人物，他有着灰白的髯须和强有力的双手，既能治愈人，也能惩罚人。这位健谈的牧师认为自己是个思想新潮、现代的人，对一切现代科学都持开放的态度。他号召大家不应该受到传统规则的限制，停滞不前就意味着背离上帝的旨意，因为上帝要求人们不断创新改变。他认为，如果要全身心地献身于耶稣的真理，那么，这样的人就不会在尘世间找到安慰，也绝对无法得到最后的安宁。布鲁哈尔特认为，就连最美好的社会主义也无法通往神之界。他主张人们应该抛弃过于人性化的、过于自我的事物，只有这样才能更好地为上帝服务：“因为首先，当人们接纳了一种全新、完美的方式时，胜利就不远了，那就是上帝对万物的怜悯之心的表现。”[26]

巴德博尔的主流思想便是接纳并接受新的、严格的道德义务，不过这和赫尔曼毫无关系。他同母异父的哥哥西奥多的来访更加坚定了他要进行反抗的意愿。西奥多比赫尔曼大十一岁，在斯图加特旁边的魏布林根一家药店工作，他是个无神论者，鼓励自己的弟弟要和布鲁哈尔特牧师保持一定的距离。他还把弟弟带到了魏布林根，让他住在自己从科尔伯太太那儿租来的房子里。赫尔曼对房东太太漂亮的女儿欧格妮一见倾心。她比赫尔曼大二十岁，言行举止却十分开放，以至于赫尔曼认为，她一定会回应自己的爱慕之情。他和房东太太及她的女儿度过了一个个愉快而又漫长的夜晚，他不断诵读着自己为欧格妮

26 见：Christoph Blumhardt, Gedanken aus dem Reich Gottes, Bad Boll 1895。

创作的诗。希望这样至少能让她明白这位年轻诗人的心意，还有他纯净无瑕的感情：

> 如果你能明白，我在嬉笑怒骂时，
> 在苦痛难捱时所感知到的神圣事物，
> 如果你在诗歌中读懂了我年轻的心，
> 那我就得到了追求已久的价值。[27]

可惜他那措辞温柔、表意明确的情书遭到了回拒："请相信我，如果我对您说：初恋永远都绝不可能是真爱。"[28]

此时，赫尔曼下定决心来一次极端举动，并买了一把左轮手枪。他向一位酒店老板借了25马克并写信要求父母替他还钱，这让父母颇为恼火。赫尔曼打算自杀的消息对疗养院来说简直就是晴天霹雳。布鲁哈尔特牧师也被吓得魂不守舍。这个年轻人身体里中了邪！再这么下去他的名声都要被毁了。他毫不迟疑地给玛丽·黑塞写了一封信，建议她把辜负了他信任的赫尔曼送到格平根他的一位同事那里去。这样的经历让他想起了来自施瓦本默特林根、曾经着魔癫痫的哥特莉宾·狄图斯，当时他的父亲虽然还是一名年轻的牧师，却通过祷告治好了这个姑娘。这位28岁的女病人在孩提时代曾经历过灵异事件并因此受到惊吓，她向约翰·克里斯多夫·布鲁哈尔特坦诚自己被恶鬼附身。她也曾经多次试图自杀。当时这位新教牧师向上一级教会提交的报告[29]中详细记录了可怖的细节，包括病人抽搐、出血、不明缘由出现伤口等，

---

27 见：Hermann Hesse, Sämtliche Werke, Bd.1 (Jugendschriften), Frankfurt/Main 2001, S。

28 见：Brief von Hermann Hesse an seine Eltern, zitiert nach: Hermann Hesse. Kindheit und Jugend vor Neunzehnhundert: 1877–1895, hrsg.von Ninon Hesse, Frankfurt/Main 1984, S.233。

29 见：Johann Christoph Blumhardt, Sieg über die Hölle. Die Krankheits- und Heilungsgeschichte der Gottliebin Dittus in Möttlingen, Bad Schwartau 2007。

而且被恶鬼附着的身体里日日夜夜都有一些金属物体在游移，它们会向上移动到头部，导致患者头痛难忍。布鲁哈尔特牧师在他的诊断报告中声称，他从病人的眼睑和下颌拔出了针和线，这些东西正是造成患者头部剧痛的罪魁祸首。克里斯多夫·布鲁哈尔特太熟悉这种着魔的病例了，当然这种治疗方法不能直接运用在赫尔曼·黑塞身上，不过从他在莫尔布隆被催眠的经历来看，这个小伙子正忍受着持续的头痛和牙痛的折磨。这个桀骜叛逆的小伙子会不会也成了黑暗力量的牺牲品呢？

1892 年 6 月 21 日，玛丽·黑塞和她的兄长大卫·龚德特一同前往格平根，克里斯多夫·布鲁哈尔特已经在那里恭候他们的到来了。他已经别无他法了，只能把赫尔曼送进疯人院里。他的治疗毫不奏效，他知道，这位年轻的患者是故意在和他作对，赫尔曼在和他的斗争中，战胜了这位德高望重的治疗师。布鲁哈尔特讨厌幸灾乐祸，无比憎恶魑魅魍魉，但他还是很高兴赫尔曼母子俩就要前往斯特腾了，那里会有别的神父照顾这个精神状态不良的孩子。他给虔信派教友约翰内斯·黑塞写了一封信，提到赫尔曼的智商“发育较低”，而且他也很高兴“自己从恐惧中走了出来”[30]。现在他不必再担心妖魔鬼怪会转移到他的其余病人身上了。

玛丽·黑塞对于儿子拒人于千里之外的冷漠态度很是伤心，儿子看到她来访时都不曾和她打招呼，只是两眼无神地盯着她看。不过她了解儿子的这种情绪波动，还在日记中不止一次地提到这样的事。她用“活跃”和“冒失”[31]来形容赫尔曼的脾气，而且还“往往太过”固执

---

30 见：Brief von Hermann Hesse an seine Eltern, zitiert nach: Hermann Hesse. Kindheit und Jugend vor Neunzehnhundert: 1877–1895, hrsg.von Ninon Hesse, Frankfurt/Main 1984, S.224。

31 见：Adele Gundert，Marie Hesse. Die Mutter von Hermann Hesse. Ein Lebensbild in Briefen und Tagebüchern, Frankfurt am Main 1977, S.164。

己见。赫尔曼很小的时候就喜欢按照自己的意志行事，甚至天不怕地不怕。“就算我死了进坟墓，我也要带上几本图画书！”四岁时他就这样对姐姐阿黛尔说过。他的妹妹葛特茹出生后几个月就不幸夭折了，那时他久久地坐在她临终的床边，并且希望自己很快也“可以上天堂”。可不久之后，年幼的赫尔曼又请求妈妈和他一起祈祷，好让上帝“让他变得乖巧可爱”，似乎他也认识到自己的叛逆给家人带来了负担。在和同学玩耍的时候，他总是要当第一名，想成为最优秀、最强势的，他还希望兄弟姐妹们都能够听他的，可有时他又会突然转性，转身拥抱、亲吻他们。有时他会扮演传教士，然后又像牧师一样祷告，或是即兴讲一些故事。儿子的这种“高高在上的暴君般的脾性”越来越令母亲担忧，玛丽·黑塞在 1881 年 8 月 2 日写道：“上帝在赐予这个孩子时一定心怀骄傲，然后衍生出了一些高贵和奢华的东西，可我不敢细想，如果疏于教育或是受了错误的引导，这个脾性敏感的孩子会变成什么样子。”赫尔曼的母亲由于受限于自己虔信教徒的义务感而没有意识到，儿子遇到的麻烦也许并不是她的错，而是赫尔曼自己复杂、矛盾的心理所致。

赫尔曼·黑塞上演自杀一幕的第二天，就被送到了哥特罗波·莎尔牧师主管的斯特腾精神病院。家里要为此支付一千二百马克。赫尔曼的病历上记录的病情诊断是“抑郁症”——一种没什么妨害的病症。后来他又被诊断为“精神错乱”：道德缺失。斯图加特旁边雷姆斯塔尔的这所占地甚广的疗养院曾经是一座宫殿，如今那里住着各种精神障碍患者和患有癫痫的儿童。当母亲带着赫尔曼走过疗养院的庭院时，他大喊道：“你们要把我送进监狱里吗？还不如让我跳进那口井里算了。”[32] 直到听到莎尔牧师的规劝，他才逐渐安静下来。表面上，赫尔曼再一次服从了自己的命运，但被送进疗养院当天，他就把自己的处

32 见：Brief von Hermann Hesse an seine Eltern, zitiert nach: Hermann Hesse. Kindheit und Jugend vor Neunzehnhundert: 1877–1895, hrsg.von Ninon Hesse, Frankfurt/Main 1984, S.223。

境写成了一首诗：

我也曾追求幸福，
却不曾在生命中微笑着徜徉，
可一切都已成为过往云烟，
快乐的梦想早已破灭，
炽热的心早已冷硬，
年幼无知被欺骗……

生活是那般灿烂，那般甜蜜，
开满鲜花的尘世就是天堂，
可现在一切都已腐朽成灰，
游戏、玩笑、俗世都烟消云散，
冲动的勇气消失殆尽，
我宁愿早已死去！[33]

赫尔曼在这些天里痛苦地意识到，他的童年已经一去不复返了，而未来却是令他难以接受的。诗中对于死亡的刻意描述是他一贯尝试的写作风格。他认为，自己的与众不同就是对外界最大的挑战，现在他想先试探一下新环境，然后再衡量一下自己挑战新权威的能力。这位企图自杀者又和以前在莫尔布隆和巴德博尔时一样，会把详细记录着自己每日行程的报告寄到卡尔夫，还告诉家人他与莎尔牧师关系良好，他甚至还决心向父母道歉。疗养院院长打算派他给那里的孩子们上阅读和算术课，也可以让他发挥自己的优势。赫尔曼可以在医院花园里工作并在自己房间里阅读到深夜。

赫尔曼的父亲总算松了口气，他用满怀同情的语气给儿子写信，说他也能体会到生活的艰难并且“感到理想与现实间的深渊令人心

33 见：同上，第 220 页及下页。

碎”[34]，他认为，只有求助上帝才能脱离这种痛苦，只要人们“愿意履行义务并一心向善”，上帝就不会放弃他们。不过赫尔曼此时却私下打算去上坎施塔特的文理中学，因为他希望能在那里再次见到欧格妮·考尔伯。

但这种风平浪静只维持了短短的几周，随之，赫尔曼便和父亲针对其信奉的基督教观念产生了激烈的争执，他再一次变得暴躁不安。8 月 5 日，约翰内斯·黑塞把儿子从斯特腾接回到了卡尔夫，两周后便又把他送了回去。赫尔曼在一首留在卡尔夫的诗中宣泄了自己的情绪，试图以此让自己的父母感到愧疚：

父母之家万岁，
你们竟将我弃之门外，
再见，亲爱的（？）各位老老少少，
我这孤家寡人要从头再来！

自由也见鬼去吧！
那最多也就是一缕青烟，
我被送进了疯人院，
谁知道——我根本就没有疯。[35]

和上次逃学事件之后一样，赫尔曼在此事之后给父母的信中都用“您”来称呼他们，他写道“尊敬的父母大人！”或者“尊敬的黑塞先生！”并在署名时写“此致，敬礼！虚无主义者赫尔曼·黑塞（哈哈！）”。现在他终于一无所有了，他抱怨自己失去了“家、父母、爱、信仰、希望还有我自己”。他认为斯特腾对他来讲就是地狱，但其实疯魔也是一种值得追求的东西，因为那可以让人们忘却一切。他也会时不时

34 见：同上，第 223 页和 232 页。

35 见：同上，第 248 页。

地拿起慷慨激昂的席勒诗集，有时又想成为屠格涅夫式的虚无主义者，因为当时赫尔曼刚好在读他的小说，包括《父与子》。莎尔收走了屠格涅夫的《烟》，因为他觉得书中描写的风流韵事和情感纠葛对赫尔曼是有害的，他在给约翰内斯·黑塞的信中提到："也许读小说也是让他误入歧途的原因之一，通过阅读他完全沉浸在另外一个世界里，以至于无法接受真实的生活，或许也因此失去了刻苦学习的兴趣？他有很强的阅读欲望，我得对此加以抑制。"[36]

莎尔牧师对于赫尔曼的行为无可抱怨，在这位严格的院长面前，他非常合作，甚至在听到他批评自己对待父母行为不敬时还会感到良心不安。赫尔曼认为父母对自己的关爱 ——他在回应父母寄来的家书中流露出的无助感时，表现出的粗鲁态度就体现了这一点——就是他们的弱点。这个青春期的小伙子正在挑战父母所能容忍的底线，但在莎尔牧师这里他永远都不敢越雷池半步。这位在和难以管教的青少年打交道方面有着丰富经验的院长，非常清楚他的每一个想法，他既会善解人意地照顾他们，也会严厉地给予他们批评和惩戒。

赫尔曼在 1892 年 8 月 30 日至 9 月 22 日期间写给父母的信中，字里行间洋溢着对世俗的痛恨和激烈的嘲讽之辞，同时又乞求得到父母的理解。这些并不是一个绝望的学生写的信，而是他在受到席勒、海涅和荷尔德林影响下进行的文学创作，他精心设计各个角色并为此撰写诗文，这个天赋异禀、却感觉被世人误解的儿子试图以此来引起父亲的关注："假如被抛弃的生活是有意义的，那么整个人生就不会忽明忽暗，我想一头撞向南墙，这样我就可以从自我中分离出来。还有这昏暗的秋天和即将来临的黑暗的冬天。是的，没错，现在是秋天，大自然的秋天也是我心中的秋天：繁华落尽，啊，美好逝去，只留下刺骨冰冷。我就是上百个疯子中唯一一个能感知到这一切的人。我甚至希望自己也精神错乱，如果能让一切沉睡不起，能遗忘一切，包括

36 见：同上，第 238 页。

高兴和悲伤、生活和苦痛、爱与恨，那定然会带来无尽的甜蜜！”[37]

斯特腾的疯人们：他们代表了外面那群不可理喻的市侩庸人，包括他在卡尔夫的家人，他们全都无法理解这位年轻诗人内心的热血沸腾和激昂澎湃，他也无法让别人接受自己。他的诗歌又被寄了回来，他试图用遗忘，甚至想到用死亡来逃避这一切。母亲不是恳求过他不要再给父亲寄他的诗歌了吗？他的父母不是一直在和老师沟通，说赫尔曼不适合朝着艺术家的轨道发展，否则会轻易摧毁一个有天赋的年轻人吗？莎尔牧师发自肺腑地写了一封信给约翰内斯·黑塞，他认为赫尔曼不该相信“人能够靠着小提琴和诗歌过一生”，如果真是那样的话，“生命将会凋零”[38]。

父亲原本也是好意，可悲的是，他没有认识到儿子那优秀的才华和天职，更不用说让他承认赫尔曼的天赋了。他的担忧是出于市井小民对生活的忧虑，当然也和赫尔曼的“心灵治疗”有关，因为赫尔曼的言行举止就像是个虚无主义者，而且对宗教持鄙夷的态度。“我看到的上帝不过是种错觉，我看到的耶稣也不过就是个人！”他的观点和父母背道而驰。他不愿参与父母的“虔信派言论”。在卡尔夫，人们希望结束“这么艰辛的人生”之后会在彼岸拥有幸福生活，但是，赫尔曼想的却是要么摆脱这样的生活，要么“从中学到点什么”[39]。父亲最不满的便是他的儿子只考虑自己“是否感兴趣”，却丝毫不顾虑“对父母和兄弟姐妹的爱”[40]。

无视他的欲望和愿望要比劝他信奉基督教义更令赫尔曼恼火。正是因为家人不认同他的才华，他才和家人渐渐疏远，而且他还不断试图向他们证明自己的才能，这从他 1892 年 9 月 11 日随附在家书中的一首夹杂着欢快和忧郁的诗歌中就可以看出来：

---

37 见：同上，第 251 页。

38 见：同上，第 269 页。

39 见：同上，第 260 页。

40 见：同上，第 255 页。

我是否应该相信？这是真的吗？
阳光明媚，溪流潺潺，
初春时日，树木丛生，花开遍野，
这一切都是幻影，都是梦？

波光粼粼的水面上，
夕阳洒下紫红色的余晖，
伴着小鸟清脆欢快的歌声，
兴致高昂地走过乡村，走过美好，
年轻的心兴高采烈，
抬头望着天，
胸中无限澎湃，
激荡着初恋的无尽爱恋。

然而一切都只是一首歌，
在无人回应的山谷里回荡，
这一切都只是痴心妄想，
到了秋天就会繁华落尽，化为泡影？

再见，我的阳光，
冬天和暴风雪来临时我会思念你，
冰天雪地里心中的热情也不会消散，
就像追求阳春、爱情和兴趣一般，
哦，太阳，当你再次回归，
听到灌木丛中鸟儿的歌声时，
请将阳光洒在我静谧的坟墓上，
带来一份温暖、爱和同情，
请带着春天最后的问候一起，

给我的爱最后一个吻别。[41]

当然这段诗充满了模仿的痕迹，它有一点艾辛多夫的浪漫主义，一丝海涅的伤情，还不断交错出现了尼古拉斯·雷瑙诗歌中对大自然的描写和对内在灵魂进行界定的印记。约翰内斯·黑塞没有把儿子的诗作视为拥有丰富想象力的表现，而是一种道德的脱轨，例如排比出现的阳春、爱情和兴趣三个词就让他惊愕不已，他意识到十五岁的赫尔曼·黑塞还痴迷于比他年长许多的欧格妮，甚至根本没考虑自己的学业和未来。如果一个年轻人要作诗的话，就应当像玛丽·黑塞那样受到宗教思想的启迪再写，她劝自己的儿子，写的时候要顺从“我主”的指示。父亲不愿——或者说不能——认可自己的艺术才华，这让赫尔曼暴跳如雷。他觉得父母的爱是自私的，并拒绝接受父母的建议。

他所追求的，就是自由的精神，就是那种将他一步步变为自由灵魂和宗教怀疑论者的东西。他发现无拘无束的身份可以让他获得更多的乐趣，可以由此摆脱很多恼人的关系。不过这种自我沉醉只能是暂时的，脆弱的，因为赫尔曼原本希望得到的是父母的理解与支持，这才是令他伤心不已的根由。不过他这种自恋、激进的性格一旦远离家人，反而会让他更爱他们，因为离开家的时候，家庭就被他理想化了；而回到家，现实总是让他心酸，因为他知道家人无法接受他的个性。在科尔伯家里，他感到很舒适，因为在那儿大家不会用道德来评判他，而是乐于接纳他这个风趣、有独立思想的人，并为他惊人的想象力和创作才华惊叹不已。他希望用各种方式讨欧格妮的芳心，因此竭尽全力表现得温柔而善解人意。

他把父亲看作是自己最大的敌人。他认为自己被父亲遗弃、背叛。这个虔诚的男人在他需要的时候永远都不曾出现在他身边，他没有来莫尔布隆，没有来巴德博尔，现在一样没有来斯特腾。赫尔曼觉得，

41 见：同上，第 258 及下页。

父亲有点怕他，害怕他大发脾气，害怕他尖酸刻薄伤人的态度，还有他那会威胁到父亲信仰的怀疑论调。这样一来，和各方机构以及老师们沟通的任务就都落在了母亲的身上。不过在赫尔曼回卡尔夫后的那段时间里，约翰内斯·黑塞为了给儿子找到一所文理高中奔波了许久，但是由于赫尔曼犯有逃学前科，没有学校愿意录取他。但在赫尔曼看来，却是父亲把他送到了这个疯人院，就因为他想安安静静地在卡尔夫过自己的好日子。赫尔曼现在就想留在斯特腾，以此远离他在卡尔夫遭受的耻辱，他在给父亲的信中用强硬的语气写道："我被强行扔上了火车，被带到斯特腾这个地方，我现在就待在这儿，再也不会成为全世界的负担，因为斯特腾本就存在于世外。另外，我现在被我主设立的四面围墙包围，我不会屈服，永远都不会。"[42]

他又一次引用席勒悲伤的腔调坚持着自己追求自由和独立的权利："我是人，活生生的人，正如席勒所说，我的创造者只有大自然，而且她永远不会虐待我。我是一个人，在自然面前严肃神圣地享有一切广泛的人权及特殊的权利。我宣布：任何功绩都无法赋予我们个人特有的权利，这取决于自然，是她决定了我们的一切。我要说，即便在我自己听来都很奇怪：大自然没有赋予我让我生活在智障和癫痫病人之中的权利。"[43]对于这样愤慨的人权问题，受到惊吓的父亲也只能用劝诫来回应，他要求儿子要有耐心和自制力，但在赫尔曼看来这意味着父亲承认赫尔曼的精神"是病态的"[44]，并因此需要接受治疗，父亲的态度让他陷入极度的沮丧之中。父亲与儿子的正面交锋在赫尔曼 1892 年 9 月 14 日写的一封信中达到了高潮，他当时写信的目的就在于竭尽全力羞辱父亲：

"尊敬的先生！

42 见：同上，第 261 页。

43 见：同上，第 263 页。

44 见：同上，第 263 页。

由于您明显地表现出愿意做出牺牲的姿态，请允许我向您索要7马克，或者一把左轮手枪也可以。您将我带入绝望的境地之后，也一定做好了准备，尽快让我解脱或者尽快摆脱我。其实早在六月我就该抱怨一番了。

您写道：虽然你在咒骂斯特腾，但我们并不是在‘严厉地责备你’。我根本无法理解您的说辞，因为人们无法剥夺一个悲观主义者咒骂的权利，因为那是他唯一的、最后的权利。

‘父亲’真是一个奇怪的词语，我似乎不明白它的含义。那应该是指一个让人由心底生出的敬爱的人。我多希望有这样一个人啊！您能给我提个建议吗？以前想要继续当下的生活很是容易：现在却变得特别困难。没有成绩单，没有各种证件就很难生活下去。我15岁了，强壮有力，也许我可以靠舞台生活过日子？

我不喜欢和莎尔先生打交道，我讨厌那个没心没肺一本正经的家伙，我恨不得刺死他。他不能给我一个家庭，连您或是随便谁都不能。

您和我的关系似乎越来越紧张，我相信，如果我是一个虔信徒而不是人的话，如果我的性格和喜好都朝着反方向发展的话，我可以和您和谐共处。但是我不想也永远不能那样生活，假如我涉嫌犯罪，那么您就是最大的责任人，黑塞先生，是您夺走了我生活中的乐趣。您那‘亲爱的赫尔曼’已经变了，变成了一个愤世嫉俗的人，变成了孤儿，只不过他‘父母健在’。

请不要再写‘亲爱的赫尔曼’这样的话，这简直就是一个弥天大谎。

校长今天两次要找我，但我都没有听他的命令，我没去。我希望，不用太久灾难就会来临。到时候就只剩下无政府主义者了！

赫尔曼·黑塞，斯特腾少管所的犯人

这个犯人‘不会受到惩罚’。我开始考虑，在这个事件中，谁才是智障。另外，我希望您能抽空来这儿看看。”[45]

在父子间爆发激烈矛盾的整个事件中，唯一保持平静的就是莎尔牧师了。在约翰内斯·黑塞收到儿子的信后，满心绝望和不知所措，他把信寄给莎尔牧师，不过后者告诉他，赫尔曼并不像他在信中所说的那样，事实上他还是很听莎尔牧师的话的。他认为这封听起来企图自杀或做出不善举动的信，“纯属吹牛和宣泄”[46]，目的就是要离开斯特腾。莎尔牧师表示，他只有一个愿望，那就是“亲爱的上帝能让他真正得病，这样他就有可能明白我早就让他铭记在心的一句话：上帝会眷顾谦虚的人”。

令人惊异的是，牧师的这个愿望很快成真了：赫尔曼意识到自己做得太过分了，表现得很谦卑乖巧。五天后他就向父母道歉，因为他在失去父母的爱之后，才感觉到，他多么需要他们的爱。不过短短几行之后他又固执地写道，他不愿再听到“善意的爱”，这对他而言是毫无意义的“胡扯”[47]。他希望能去巴塞尔找菲斯特牧师。赫尔曼·黑塞曾在那里度过了一段童年时光。父亲马上就愉快地同意了，并写道：现在“是你的心灵在和我们交流，而不是那个暂时附身在你身上的陌生又邪恶的灵魂”[48]。莎尔牧师也对这样的决定感到很欣慰，他终于可以摆脱这个难缠的病人了。他在给赫尔曼的舅舅大卫·龚德特的信中写到，他希望疑似“初步疯癫”[49]的诊断不是真的。

对赫尔曼来说，重回巴塞尔意味着重温他记忆中在瑞士度过的美

45 见：同上，第 268 页。

46 见：同上，第 279 页。

47 见：同上，第 271 页。

48 见：同上，第 272 页。

49 见：同上，第 278 页。

好童年时光。他在火车站用“你好，爸爸”来问候他在传教士小学读书时的老师雅各布·菲斯特。尽管那时他就已经被严苛的父母赶出了家门，但菲斯特并不像他父亲那般奉行道德上的虔信主义，他对当时的寄宿生赫尔曼关怀备至，让小赫尔曼感到自己并没有被人当作病人或是精神障碍者来对待。相反，对于这个瑞士牧师而言，眼前这个十五岁的孩子思想上要比他自己的儿子成熟许多。不过重回巴塞尔也给赫尔曼带来了沉重的负担，因为这使他想起了那段无忧无虑的孩童时光，而每每念及此，他都感到无比怀念又痛楚无奈。他用和善、温柔的语气给母亲写了一封信，请求她原谅他这个“乖儿子”，但同时却又暗示了自己宁可一头跳进莱茵河的臆想。只有对母亲的爱才阻止他采取如此疯狂的行为。他在信中写道，妈妈是他的“依靠”，是他的“港湾”，他猜测自己已“病入膏肓”[50]。

菲斯特牧师办事谨慎周到，他督促赫尔曼的父亲把儿子送去坎施塔特高中，好让赫尔曼通过“一年制志愿兵考试”来获得毕业证书。因为赫尔曼曾被莫尔布隆修道院录取，这样他就能用他在巴塞尔取得的瑞士国籍来顶替符腾堡的户籍，从而就不必再服德国规定的三年兵役了。通过志愿兵考试的话，服役时间就将缩短为一年。

从斯特腾到巴塞尔仅四周之后，1892 年 11 月 4 日，赫尔曼再次离开瑞士前往斯图加特附近的小城坎施塔特。他一开始就很顺利地在某位寡妇的阁楼上找到了住处。赫尔曼很快就融入了新的班级，和同学们相处融洽。负责照顾他的是盖格老师，这位中学老师不怎么懂教育，只是为了有地方吃住才留在学校的。赫尔曼在作文方面的成绩特别突出，以至于德语老师都无法再修改他的作文。可随后，他的相思之情又再次被点燃，他一直以来都在追求欧格妮·考尔伯，但这位小姐虽然很欣赏他美妙的诗歌，却一再地疏远他。他希望她不要只是把他当作普通朋友。每到深夜，他都会啜泣着在睡梦中呼喊她的名字，随后又暗暗下定决心忘记她，却总是事与愿违。

50 见：同上，第 287 页。

1892年，赫尔曼在卡尔夫的家中度过了圣诞节，他表现得友好又健谈，但临走之时又吓到了他的母亲："不要被我所迷惑，我还是病得很严重，也很抑郁不安，就像我在巴德博尔的时候一样。我恨不得马上死掉！"[51]

这是新一轮反抗的开始。赫尔曼在写给母亲的一封信里又开始暗示他的叛逆，他引用了屠格涅夫的话，承认重新掀开结痂的伤疤是一种舒适的痛楚，甚至是一种"享受"[52]。四天之后，1893年1月20日，隐藏在赫尔曼灵魂中的受虐欲再次爆发，他再一次疯狂、甚至恶毒地攻击自己的母亲，认为她的宗教情感是"毫无价值"的，赫尔曼还威胁要自杀，这使得他那刚刚大病初愈的母亲又一次受到了惊吓："我看都没看就迅速拿了几本书，还在斯图加特买了一把左轮手枪。现在我又一次坐在这里，眼前是这个锈迹斑斑的玩意儿。"[53]

玛丽·黑塞匆匆离开卡尔夫赶往坎施塔特，试图前去阻止儿子干下什么蠢事。赫尔曼见到自己的母亲时一副冷漠寡言的郁闷之态。为了陪在儿子身边，她在隔壁没有暖气的房间里一夜无眠，第二天却遭到赫尔曼的破口大骂，他要自己的母亲最好马上离开。当玛丽·黑塞1月22日终于回到卡尔夫的时候，她的"身体和灵魂都遭到了重创"[54]。

赫尔曼会定期从坎施塔特来信，他在信中总沉浸在顾影自怜中，说自己的眼前总是浮现出死亡的景象，可之后又会请求家人原谅，因为他的所作所为"现在比以前更恶劣"[55]。来自卡尔夫的回信也还是和

---

51 见：Adele Gundert，Marie Hesse. Die Mutter von Hermann Hesse. Ein Lebensbild in Briefen und Tagebüchern, Frankfurt am Main 1977, S.210。

52 见 Brief von Hermann Hesse an seine Eltern, zitiert nach: Hermann Hesse. Kindheit und Jugend vor Neunzehnhundert: 1877–1895, hrsg.von Ninon Hesse, Frankfurt/Main 1984, S.321。

53 见：同上，第324页。

54 见：同上，第326页。

55 见：同上，第335页。

从前一样的语调，父母请求他要有耐心，他们祈求能得到上帝的悲悯，能让赫尔曼的态度有所转变。约翰内斯·黑塞正努力站在儿子的精神世界和情感立场上看问题，寻找他对死亡、自由和虚无主义的看法，试图最终能说服儿子回归原来的信仰，因为没有信仰是无法克服内心的矛盾和绝望的："我们内心的声音呼吁我们服从这样的信仰，就像呼吁我们要尊崇那些高尚的伟人一样，就像要我们尊重大自然和精神世界中所有指向一个目的、一个目标、一个愿望和最高存在物的一切事物一样。相反，比如虚无主义会让我们没有耐心，让我们感到俗世的苦痛以及种种不良的诱惑，也许有些人精神世界丰富或入世颇深，却由于高傲自大或是过分自恋而无法正确给自己定位，这才使我们陷入俗世中如今这般狭隘的境地。那些将自己的生命、自己的感受、思想和愿望都寄托于一死，并试图付诸实践的人，那些想以此来超越他人的人，最后只能在地狱开始新的生活。"信的最后还承诺不会有人责备赫尔曼。约翰内斯·黑塞在信末署名"深爱着你的爸爸"[56]。

赫尔曼气愤地回信称，他可以忍受一切，"就是不能忍受爱"，现在他的"身体和灵魂几乎全都堕落了"。他讽刺地写道，他很抱歉，"这么虔信、忠诚、正直的家人们"竟有这样一个"无赖"亲人，不过也许他可以成为更好的人，前提是如果他能笨一些或者"从始至终被宗教蒙蔽双眼"[57]的话。坎施塔特的盖格老师在写给赫尔曼父母的信中控诉了他的无赖行径：他们的这个儿子行踪诡秘，喜欢在外胡混，夜里还烂醉而归，扰人安宁。还说赫尔曼显然喜欢"生活中的阴暗面"，他已经从理想主义者变为了自私自利者，正如他给父母的信中表现得那样。赫尔曼卖了所有的教科书来还债，还伪造电报借钱，再向家里要钱还债。当他的父亲威胁要把他接出学校送进疯人院的时候，他才收到儿子的回复，说他生活中唯一的动力就是那"仅剩的、苦乐参半

56 见：同上，第 337 及下页。

57 见：同上，第 346 页。

的喜悦”，对他来说这就像是一首融入骨血的诗[58]。不过我们可不要就此认为他是个幻想家，或是梦想能“带着美好、受人关爱的灵魂过上理想的生活”。事实上，赫尔曼更希望他的父亲是位百万富翁，或者还能有几个有钱的叔叔。他现在更乐意将自己从前的那些梦想都“兑换成在符腾堡生活的优惠券”[59]，好让自己能过上无忧无虑的诗人生活。

赫尔曼的祖父于 1893 年 4 月 25 日去世，赫尔曼回到卡尔夫参加葬礼后，很快便又回到了坎施塔特，又过上了从前那般混沌的生活。不过很多时候他那副自暴自弃的态度都是装出来的。他在酒吧里用冷嘲热讽的言说逗自己的朋友开心，可同时，这模样也让他越来越厌恶自己，他心中越来越害怕那些曾被他嘲弄的人和事。赫尔曼内心深处非常希望得到母亲的原谅，他在追求个人独立的叛逆行径中滥用了母亲对自己的关爱。

尽管生活一波三折，赫尔曼还是通过了考试。不过他信中的主题却始终都是头疼、牙痛、风湿病和失眠。他巧妙地运用自己的病症以期中断自己的高中学业。约翰内斯·黑塞原本一直都在考虑是不是应该让儿子参加高中会考，然后继续上大学深造。不过到了 10 月 15 日，赫尔曼的父母放弃了这样的想法，他们把儿子接回了卡尔夫。通过舅舅大卫·龚德特的介绍，赫尔曼在埃斯林根一家书店里得到一个学徒的岗位。按照培训合同的规定，赫尔曼要在斯·迈耶尔书店当三年的学徒，直到 1893 年 10 月 25 日合同到期为止。可五天后，卡尔夫出版社就收到了一封来信。赫尔曼不见了。他再次以出走来逃避自己要担负的责任。11 月 2 日，家人在斯图加特的亲戚那里找到了赫尔曼，不过他依旧对自己的行为不做任何解释。父亲失望地把他接走了。父亲现在确定自己的担心是真的，于是便向温纳登一家精神病院的医生进行咨询。紧接着，医生就对赫尔曼的精神状况做出了鉴定。现在，等待赫尔曼的不是大学生涯，而是一所封闭的精神病院。

58 见：同上，第 363 页。

59 见：同上，第 371 及下页。

第三章

在祖父的图书馆里。和莫尔布隆的同学们通信。《人生旅途》中的父子戏。在亨利希·佩洛特钟表工厂当机械师学徒。无法摆脱父亲的阴影。"我的座右铭是斗争和胜利，再不会沉溺于梦想和爱情。"又想到了坎施塔特：和坎施塔特高中的老师恩斯特·卡普夫保持书信往来。前往图宾根赫肯豪尔书店当学徒。

1893 年 11 月 3 日，赫尔曼的父亲来到温纳登，向当地精神病院的院长恩斯特·策勒进行咨询，策勒建议最好让赫尔曼在卡尔夫待一阵子，不要强迫他去找工作。院长认为，对于一个十六岁的少年来讲，这个阶段是他灵魂升华的过程，他的问题都是青春期危机造成的结果，家人必须小心对待，否则将会给孩子带来持久的精神伤害。在听了精神科医生的专业建议后，赫尔曼的父母想到了身边的熟人曾经历过的类似情况，那简直就是一场场灾难：玛丽·黑塞的一位女性朋友在自己女儿被取消订婚后就陷入了悲痛抑郁中，最后不得不被送进了温纳登的精神病院。还有一位出版社的同事之前也莫名不见了。他曾在告别信中写道，他觉得自己不够聪明能干。在回家的路上，这位前同事感到心力交瘁；他最后也被送到了温纳登。

自从祖父去世之后，对赫尔曼来说，出版社所在的小屋就没什么吸引力了。赫尔曼·龚德特曾是他生活中所有活力的来源，而如今，由于母亲体弱多病，父亲又饱受折磨，赫尔曼在生活中渐渐丧失了激情和活力。玛丽·黑塞被确诊患上了骨软化症，这也是由于她近些年身心饱受重负，尤其是她挚爱的父亲不幸过世导致的。玛丽·黑塞必须长时间卧床休息，她会静静地听赫尔曼弹钢琴，这也是他为自己作的诗谱写的曲子。她在寄给儿子卡尔·伊森伯格的信中写道："一切都是那么沉郁”[60]。自从肩上担负了新的责任，赫尔曼的父亲就变得愈发敏感。赫尔曼尽管偶尔也会去出版社帮忙，但他会尽量避免与父亲交谈。他喜欢亲近大自然，总是会偷偷跑出大房子，到结了冰的纳高特河上溜冰或是去市郊爬山。家人都对他百般忍耐。大家都在等着他能够下决心开始为自己的前途着想。

唯一一个能让赫尔曼觉得安适的地方就是祖父的图书馆。摆满图书的大厅就像是一块尚未被发现的新大陆。赫尔曼系统地阅读了德语诗歌相关的书籍，发现了许多此前他只耳闻过的诗人：诺瓦利斯、让·保罗、格勒尔特、哈曼，尤其是尼采和他那充斥着寂寞之情的诗歌更是让赫尔曼着迷不已。可惜祖父的图书馆里找不到海因里希·海涅的书籍，他只能到市集广场边上的书店去预定这位浪漫主义嘲讽家的作品。那个额头很窄的书店员工立刻就把传教士家儿子身上这个怪异的嗜好传得沸沸扬扬，当然也传到了约翰内斯·黑塞耳中。他收走了儿子手上所有海涅的书。要是赫尔曼愿意读一读敬虔派的“教父们”写的东西就好了，比如亲岑多夫、奥汀格尔、本格，等等！可赫尔曼不但不愿看这些书，反而喜欢读一些印度和中国的哲学著作，如《奥义书》、老子的《道德经》、孔子的《论语》以及一些佛教经文等。意涵丰富的宗教作品无法吸引赫尔曼，他更喜欢那些外国作家的著作，比如巴尔扎克、沃尔特·司各特、查尔斯·狄更斯、维克多·雨果、屠格涅夫和陀思妥耶夫斯基，这些作家给赫尔曼的生活增添了更多色彩，让他深深地陶醉在陌生的命运里。

为了表明自己没有被送进疯人院，赫尔曼·黑塞给他从前的同学，也就是“海伦”房间的室友们，寄了一封信，还送上了自己的新年祝福。莫尔布隆的同学们如今已经进入布劳博伊伦的高年级研修班学习。大家都还记得他，都或多或少亲切地回了信。西奥多·吕姆林还向他讲述了自己的学习生活。赫尔曼得知，在他走后，文学社就解散了，

60 见：Brief von Hermann Hesse an seine Eltern, zitiert nach: Hermann Hesse. Kindheit und Jugend vor Neunzehnhundert: 1877–1895, hrsg.von Ninon Hesse, Frankfurt/Main 1984, S.408

大家现在主要学的都是哲学或者神学，大部分人都打算考完试后进入图宾根学院继续攻读神学。这么一来，吕姆林就碰到了赫尔曼的伤疤，所以西奥多·吕姆林随后解释道，友谊并不是“理性的，而是感性的事情”[61]。他也曾前往卡尔夫拜访赫尔曼，并且始终和他保持着联系。他们俩保持着定期的书信往来，黑塞会在信中讲述自己看的书，还会随信寄去几首诗，证明他永远不会放弃自己的诗人梦。他还在信中自傲地宣称他至少要取得古斯塔夫·弗莱塔克一样的成就，“他的《借方和贷方》出版了 28 次，身后留下了百万财产”[62]。

不过赫尔曼始终还是无法和父亲谈论譬如此类的话题。因此他措辞谨慎地给父亲写了一封信，向父亲索要一笔启动资金。他没有要一千马克以参加商业培训，而是要父亲给一些钱好让他买必需的纸张，并且希望父亲允许他把所有的衣物都拿回家清洗。“我想在我熟悉的地方开始做起，比如坎施塔特、埃斯林根、斯图加特。”[63]他没有在信中透露自己想去做什么。很明显，赫尔曼不敢向父亲坦承自己希望成为一名艺术家的愿望。不过信中提到的这几个地方在约翰内斯·黑塞看来都很不错。他措辞冷淡地回了信，要求儿子保证“不可以再吸烟，也不可以沉迷酒馆或向他人借钱”[64]。他不希望儿子过“游手好闲、花天酒地的生活”，赫尔曼现在必须有一份稳定的行当，最好是手工业方面的。这样他以后才有可能通过进修拥有更好的发展前途。

赫尔曼这次不再反抗了。那套在拒绝、威胁、服从间不断转换的把戏已经过去了。他现在做好了妥协的准备，想要在合适的时候离开卡尔夫开始自己的人生道路。但父亲的权力和给赫尔曼带来的阴影却恰恰让他找到了解放自己的方式：写作。1894 年 3 月他创作了舞台短

61 见：同上，第 413 页。

62 见：同上，第 459 页。

63 见：同上，第 416 页。

64 见：同上，第 417 页。

剧《人生旅途》。这个“由四幕场景组成的扣人心弦的梦境”[65]讲述的是一个迷失的儿子。同《圣经》中迷失的儿子不同，离家出走的亨利希得到了父亲的祝福，他不是一个没用的人，而是一个理想主义者，一个试图将“死亡的教义”变成真正博爱的“爱之信仰”的人[66]。不过外面的世界确实谈不上美好，但亨利希对伊莉莎的爱给他带来了新的希望。他一直以来都希望能和她再次邂逅，但此时，早已辞世的父亲突然显灵，伊莉莎因为害怕这个“恶鬼”而逃走了。亨利希魂不守舍：他的父亲回来了，他想让亨利希记起自己曾经的理想，并通过这样的方式夺走了他唯一的爱，而原本，这份爱可以让他寻回曾失去的一切。他诅咒自己的父亲，最后还切断了他们之间联系的途径：“毁灭是我现在唯一的兴趣所在。”[67]

就像席勒作品《强盗》中的卡尔·摩尔从贵族沦落为强盗一样，亨利希不但失去了恋人，而且自己的恋人还被他的同伙劫持。此时，亨利希亡父的灵魂再次出现，并且警告他要远离“放荡的生活”[68]。但这一切都是徒劳，因为伊莉莎在被劫途中遇害了，亨利希最终成了虚无主义者。戏剧的最后一幕是他躺在父母家门口的废墟中，一副衰老、病态、堕落的模样。他的一位兄弟发现了他，但是亨利希拒绝承认自己的身份，最后他便死在了那儿。这个迷失的儿子最终还是没有回到父母的家中。

十七岁的赫尔曼用《人生旅途》这部作品极具象征性且饱含心理暗示地呈现了父亲给他带来的心灵创伤。亨利希是作者本人自我的化身，就像他在自己的诗歌中一贯强调的那样：一个孤独者，一个特立

65 见：Hermann Hesse, Sämtliche Werke, Bd.1 (Jugendschriften), Frankfurt/Main 2001, S.65–85（Lebensfahrt）。

66 见：同上，第 71 页。

67 见：同上，第 77 页。

68 见：同上，第 81 页。

独行者，同时又是一个杰出的人；对他来说，童年就如同自己已然失去的天堂，他试着在外面的世界里重新找到它，却徒劳无用。和赫尔曼一样，亨利希也觉得自己是父亲道德虔信的牺牲品。事实上，这种膨胀的理想主义只会带来失望和幻灭。父亲亡灵再现并对亨利希提出种种要求，这却毁掉了亨利希对伊莉莎的爱，而这种爱原本是唯一能拯救亨利希的东西；在这部戏剧里，伊莉莎正是欧格妮的化身。伊莉莎意识到，亨利希试图利用对她的爱情来摆脱父亲给他带来的阴影，于是她逃走了："你被鬼怪附身还试图诱骗我。"正如赫尔曼在坎施塔特的经历一样，亨利希也开始通过吃喝玩乐和玩世不恭的生活来忘却这段失败的爱情。

很明显，赫尔曼·黑塞在写这部戏剧时深受弗里德里希·尼采的影响——当时他正热衷于阅读尼采的作品。尼采也曾试图通过创作《善恶的彼岸》来摆脱新教家庭给他带来的影响。尼采曾在文中提到，基督教和其中"奴隶的道德观"是一种会削弱人们生活欲望的宗教，他还呼吁要重塑基督教的价值观，并高呼人们要为之斗争。尼采认为，生活不是建立在牺牲和谦卑的基础上，而是基于权力意志，人们必须有能力、热情和战斗力。因此，亨利希最后并没有跪倒在十字架前，而是按自己的意愿死去，直到最后他还误认为自己是在和博爱的宗教信条抗争到底。

戏剧中最后认出亨利希的兄弟名叫"赫尔曼"。很显然，尽管作者本人和剧中主角有很多相似的经历，但他并不希望自己成为亨利希。作者更希望自己成为亨利希那位好心的兄弟。赫尔曼·黑塞在这部剧中暗示，他并不希望像自己笔下噩梦般的四幕剧中的主角那样结束一生。《人生旅途》是一个转折点。虽然赫尔曼背着父亲写了这部戏剧，但他在剧中描写了自己和父亲的矛盾冲突，并最终做出了与剧中主角相反的决定：1894 年 6 月 5 日，他申请在卡尔夫一家由亨利希·佩洛特开办的、制造塔楼大钟的工厂当学徒，而且最后被对方成功录取。

这家工厂主亨利希·佩洛特向来以严苛出名。对于赫尔曼来说，高强度的工作正好是一种挑战。工厂里无产阶级作风的工作环境甚至在他看来带着点浪漫情怀。现在他开始接触那些以前只在书中读到过的人了，他自己也穿着一身蓝色工装，戴一顶蓝帽子，手上长满了因为使用锉刀留下的老茧。几个月后，他不无骄傲地向自己的好友吕姆林提道："我学会了一些机器操作方法，知道如何用缝纫机，学会了怎样穿线、转轴、拧螺丝、用锯子，还能够分清楚钢、铁、黄铜、铜、锡、锌、锑，等等，知道如何安装钟表中发出声音信号的部件，会喝果露酒，啃干面包，命令学徒做事情，还会顺着梯子滑下来，和别人一样扯破身上的裤子，还会干别的和机械相关的事儿。"[69] 信中他也不忘提到自己依旧像是着了魔一样喜欢阅读，还会用海因里希·海涅的风格作诗。

在卡尔夫，传教士之子赫尔曼·黑塞的事情无人不晓，大伙都在私下谈论他在生活中表现出来的惊人变化。早些时候，大街上的孩子们还讥笑他是"邦试结业生"，但没过多久，人们便习惯了这个一身蓝色工装的壮小伙的模样，他总是在工作之余拿着几本书在集市广场上游荡。他也常常和几个同事一起坐在卡尔夫的一家小酒馆里吸烟、喝啤酒——这是他在坎施塔特学会的。不过这不再是一种放浪形骸的行为，而是在一天的辛勤劳动后享受的闲暇时光。有一次赫尔曼还因为凿子滑落弄伤了手，但他却为手上这些老茧和伤疤感到骄傲。

他对卡尔夫的看法也和以前大不相同了。这座黑森林北部的小城不再是他童年的天堂，他曾在这儿度过了四岁以前以及九岁到十二岁之间的时光。他曾经和小伙伴们一起穿着印第安人的服饰互相追逐着穿过大街小巷嬉闹，还曾在周边的山上用火烧自己做的纸青蛙；他曾戴着草帽，拿着植物做的小鼓，扛着鱼竿和捕蝶网在市郊的草地和林间游玩；小时候还会光着脚丫坐在尼古拉斯桥的石板上踩水，任凭鱼

69 见：Brief von Hermann Hesse an seine Eltern, zitiert nach: Hermann Hesse. Kindheit und Jugend vor Neunzehnhundert: 1877–1895, hrsg.von Ninon Hesse, Frankfurt/Main 1984, S.475。

竿垂在纳高特河碧波荡漾的水中，看那竹筏从桥下缓缓漂过；有一次他还跳上一排竹筏顺水坐到了相邻的希尔萨小镇。父亲赶到那里把他接回了卡尔夫。这样的画面深深地烙印在他脑海里：父亲的阴影始终跟着他。当时赫尔曼紧紧抱住那个一脸无助地划着筏子的男人，心里有些害怕，却又被父亲那副受到惊吓的模样逗笑。

阴影始终都在，可如今他已经能很好地处理这种痛苦，并将之作为创作的素材。赫尔曼很早就已经明白，每一次的幸运最终都是要付出代价的，无论是被禁止坐竹筏还是在写作方面——尽管他擅长写作，但在校成绩却不好，不过写作在任何时候都能让他感到满足，他觉得这就已经足够了。有一次他和同学们因为打雪仗被一个特别严厉的老师用教鞭狠狠揍了一顿，但只有他一个人坦然地接受了惩罚，似乎他想要表明如果想要玩得开心，就必须同时忍受这样的痛楚。那一刻，他第一次骄傲地感到自己是在为自身的特立独行牺牲。他后来也曾多次感受到自己内心的这种优越感。

小黑塞放荡冒险的行为在这座小城里众所周知。有一次他点燃了一片森林，以至于全家人都差点遭到严惩。还有一次他彻底激怒了一位店主，因为他总是要买一些人家根本不提供的商品。他曾用一盏煤油灯烧了父亲的床；还在一次坐船出行途中把小船弄翻了。在约翰内斯·黑塞看来，这些行径已经不再是小孩子的恶作剧，而是品行恶劣的表现。这位虔信教徒认为，就算打骂孩子也没什么用。对这位上帝的信徒来说，惩罚不仅要起到恐吓作用，更重要的是能够让人警醒。

但如何才能唤醒如此顽劣的孩子内心深处的良知呢？赫尔曼每次都表现出一副试图积极改进的态度，但下一次却又会做出更糟糕的事情。有一次，约翰内斯·黑塞发现儿子从自己的书房里偷了一些糖渍的无花果，他没有马上揭穿儿子，而是期待着赫尔曼能够自己过来主动承认错误。但真到了那时候，他又会一次次反驳赫尔曼的解释，渐渐把孩子逼入了困境。赫尔曼觉得父亲的要求太过无理，这是一种审判的态度，是他无法接受的。难道父亲真的就这么纯洁无暇，没有任何弱点吗？难道他就可以给自己的儿子打上罪人的烙印吗？还是赫尔曼坚持听凭自身愿望和欲望驱使的顽固态度让他想起了自身内心深处被强压的欲望，从而觉得受到了挑衅？人们是不是可以为了坚持博爱的信条而放弃自身感官上的欲望，为了追求精神满足而放弃天性，但同时却还能避免成为一个乏味无趣之人？正因为怀有这样的想法，赫尔曼才绝望地拒绝应父亲的要求做出悔恨之态，虽然这并没有完全让他摆脱在道德上屈服于父亲权威下的恐惧，却让他忽视了自己如此叛逆的真正原因：父亲根本没有花时间在儿子身上，因为他一直都在忙着劝人们皈依！他的父亲就是正义和良知的象征。在他的信仰世界里，他是神圣不可侵犯的。可赫尔曼却不在他掌控的范围内，这个孩子希望成为一名诗人，他不想要让这个世界更加美好，却试图去解释这个世界。父亲认为，世界本身就和赫尔曼的内心一样蕴含着矛盾和对立，赫尔曼要做的只是去倾听内心，弄明白小偷和失窃者、强盗和圣人、儿子和父亲之间的关系。这个虔诚、学究的男人无法理解赫尔曼的自我辩护，他只是一个提供心灵服务的牧师，而不是心理学家，更谈不上是艺术家了。

因此，赫尔曼宁愿自己有一个不拘小节的父亲，也不希望是这样一个儒雅、正义、冷冰冰的人。在父亲面前他始终是错的，显得弱小又可怜巴巴。原本他只是想要在父亲的房间随便翻找下，试图找到他正义背后隐藏的小秘密，好让他显得更像是一个正常的人。可是他什么都没有找到，于是便随手拿了五斗柜里的无花果，一种莫名的强迫感让他不由得想干些顽劣的事，这样他才觉得符合自己弱小可怜的惯常形象。之后他就急急冲出了房间，但他犯下的错事却也如影随形，尤其是父亲给他带来的心理阴影也随之而来。

他在城里遇到了一个小学同学，和他发生了口角，还打了一架，他把对父亲的憎恨发泄在同学身上，狠狠揍了他一顿。赫尔曼怒气冲天，甚至幻想要杀死父亲，烧掉房子。很早之前他就知道，和父亲定下的条条框框对着干会给他带来一种无以名状的甜蜜乐趣。当然他知道自己也可以自杀，然后人们就会用担架把他抬回家，所有人都将围在他身边哭泣。他在这样的假想中犹豫徘徊，从意图杀人想到自我毁灭，从憎恨社会转为自我厌恶。到了晚上，他承认了自己干的错事，父亲原谅了他，但赫尔曼却无法原谅父亲。

这一切都要回到很久之前。赫尔曼·黑塞曾和父亲达成了要和平共处的一致想法。期间，他试图在其他地方获得别人的认同。在给好朋友西奥多·吕姆林、威廉·朗以及给哥哥西奥多·伊森伯格的信中，他自信地向大家讲述自己学到的知识。他为自己的偶像海因里希·海涅辩护，但这种辩词却凸显了他自身的优越感以及和他人之间新产生的距离感："我要为这位天才所遭受的恶劣的道德批判辩护，我希望他从未写过诗，但是，我却无法从内心深处恨他。读他的诗歌时，我觉得自己神奇地被一张多彩、梦幻般的网所包围，那里充斥着神秘的魔力；海涅为浪漫主义画上了句号，但他也创作了浪漫派最后的、最成熟的诗歌，那是童真的内心深处发出的声音。我读着这样的诗句，沉浸在美妙的诗行间，惊奇地发现眼前是一个充满活力的天才，那是一个自由存在的个体，他无拘无束地嬉戏、玩耍、哭泣、欢笑，可却又显得如此可怜无助。"[70]

除了对海涅个人的敬佩之外，赫尔曼的话语间也第一次批判了无限放纵自我会产生的后果，这些话也是父母批评他时经常会提到的观点。但赫尔曼只能背着父亲在同伴们面前抱怨一下。他如果在家里说这些话，就有可能被看成是亵渎神明的行为。

赫尔曼写给朋友的信中还夹杂着慷慨激昂的情绪和愤世嫉俗的态度。在抨击当时文坛的一封信中，黑塞谴责那些文学作坊，嘲讽它们是在胡作非为：

70 见：同上，第 429 及下页。

“亲爱的德国赫利孔山[71]！你让我想起沃普尔吉斯之夜[72]！我要做你的梅菲斯特，你的领袖。我们都是现实主义者：

“勇敢地抓住我的尖峰！
这里是中峰之巅。（歌德《浮士德》）

“我们闹哄哄地聚在一起看霍普特曼、布莱伯罗伊、苏德曼……当然也不能少了维尔布兰特和林道。此外还有一名沉默寡言的社会主义者，几个以色列兄弟，排在他们后面的是一位衣衫褴褛、精神不正常的反犹分子，旁边还有一群时髦的演员。再往右是屠格涅夫的追随者们，最左边则是爱弥儿·左拉先生的拥护者。一大群人都盯着霍普特曼，他是这群人的宙斯，他正针对艺术要独立于道德之外的话题侃侃而谈。美学早已灰飞烟灭。在这片混杂不堪中堆砌的是几百本现实主义的小说，但这种艺术终将分崩离析，因为这个重要的话题早已被慢慢消耗尽了。我们离开了这些高贵的人群，因为很有可能这种荒诞还没有结束。我们转向一团正烧得通红的火堆，还有人正不断地把香灰倒进火堆里。浪漫派的追随者们正围坐在篝火旁，满脸抑郁，“远离了故国——第四军团的最后十个人”。到处都是心地善良却因为毫无希望而不断哀号的人群。所有这些人都围坐在布罗肯山顶上，撒旦曾在那儿和自己的反对派代表们喝茶聊天。在撒旦统治时期，对立党派代表是欧根·里希特，后者的副手则是倍倍尔。我们不去干扰这世界的清净，尽量待在那些小团体里。我们在那儿发现了一群多姿多彩、叽叽喳喳、引人瞩目的女士，这是德国赫利孔山上的

71 译者注：希腊地名，因缪斯女神经常光临而广受赞颂。

72 译者注：沃普尔吉斯之夜（Walpurgisnacht）是广泛流行于中部和北部欧洲的一个传统的春季庆祝活动，于每年的4月30日或5月1日举办。庆祝活动通常包括篝火晚会以及舞蹈演出。

女战士们，她们荒诞不经、毫无品位、柔弱无力又不安分。这些人全都属于撒旦建立的‘废除语言联盟’，是除了自然科学家和文艺小品文作家之外最忙碌的联盟成员。在一个狭小的洞穴里隐居着一些诗人。他们在洞穴上悬挂着花环，上面洒满了古龙水，在狭隘的空间里给自己建了一个充满童真趣味的春天。在那个传世不朽的位置上曾经坐过歌德、克洛普斯托克、莱辛、席勒等人，而如今此处只孤零零地坐着几个历史学家，兰克和赫特纳这两位承继了已故宫殿主人的位置。”

黑塞在给西奥多·吕姆林的信中写道，这种讽刺批判尽管是“我情绪化的念头”“却也有据可循”[73]。这个辍学的孩子辩解称，他并不是在肆意批判他人的审美品位，这都是基于个人知识和对现状的了解。他对当时的文坛进行了猛烈的批判，认为那些作品都是矫揉造作、非原创、肤浅无知的，尽管黑塞自视甚高，但从他模仿海涅式的嘲讽语调中可以看出，这位自学成才者是非常信服权威人物的，他想要在承继传统和经典的同时又有所创新。黑塞在信末写道，其中最令人反感的就是德语诗歌，这些诗作早已过时了：“有些人会在喝得醉醺醺的时候写诗，也有人是在高烧犯迷糊的时候写的，更有些人写的全是“未来”“起义”这样的连篇空话。”为了彰显自己与众不同的审美标准，黑塞还在写给朋友的信中随附上了一首自己的诗，不过这首诗很显然也承继了浪漫派诗歌的创作传统，说到底不过也是首模仿之作：

上帝向你问好，美妙绝伦的世界！
山峰在阳光下熠熠闪烁，
金色的田野上麦穗波澜起伏，
百灵鸟幸福地高歌！[74]

73 见：同上，第 443–445 页。

74 见：同上，第 446 页。

不过黑塞的信中并没有提到斯蒂芬·乔治、胡戈·冯·霍夫曼史塔、阿诺·霍尔茨或是玛利亚·里尔克，他认为这些人是语言的创新者，同时也是现代美学的开创者。这个十七岁的孩子被浪漫派深深吸引，还为此专门制作了一份诗歌期刊（《傍晚漫谈》），他在文中引经据典、探讨诗学、回忆童年，还模仿浪漫派早期的断篇理论来创作诗歌。不过黑塞并没有把它寄给朋友们，而是作为生日礼物送给了母亲。为了避免别人认为自己在模仿浪漫派，黑塞在 1895 年 5 月 29 日写给吕姆林的信中提道，他认为浪漫派也就那么回事："我基本上不怎么认同浪漫派，但我喜欢其中的个别代表，比如乌兰特和艾辛多夫。我不喜欢蒂克。布伦塔诺的《漫游的学生》我读了几页就受不了了，只得把它搁到一旁，换句话说，我根本没看过他这部作品。而且我常常觉得艾辛多夫的文笔太浪漫了，总是扑朔迷离的，令人抑郁，而且单调乏味。基本上我从来没有看过蒂克的作品，他的风格说到底还是很幼稚的。再说我们也不能在浪漫派诗人的狭小花园里待太久，那也就是个腐朽不堪、散发着靡靡之音的小地方。"[75] 黑塞认为，浪漫派基本上已经告一段落了，现在能决定未来的应该是像伏尔泰、狄德罗、卢梭等启蒙作家的思想。作为作家，他当时的座右铭是"斗争和胜利，再不会沉溺于梦想和爱情"[76]。

这期间，赫尔曼·黑塞认为自己成熟了许多，他和自己在坎施塔特高中读书时相处甚好的一位老师取得了联系。比他大十四岁的恩斯特·卡普夫也喜欢写诗，在黑塞看来，这位老师是供他参考并评判自己写作水平的重要标杆。黑塞承认，他身为"技术工人"无法在身边找到能共同探讨诗歌的朋友。他向这位老师强调自己身上的转变，并声称自己已经成了一个"更加安静、有清晰的判断力且独立的人"。下班后他不再去酒馆，而是认真研读文学、艺术、历史和哲学类的书籍。

75 见：同上，第 472 页。

76 见：同上，第 481 页。

黑塞还在写给老师的信中提到他“已经成功地读完了”“最棒的狂飙突进时期”[77]。

他还详细地向卡普夫讲述了自己的文学爱好，坦承自己这个“穿着蓝色工装的工人”拥护的是社会民主主义，同时还痛陈社会道德败坏，并认为这些都是因为共产主义分子的宣传鼓动造成的后果：“我在工厂里听人说，有些针对他人的恶俗言论是无伤大雅的。看看那么多未婚先孕的孩子！除了我之外，工厂里还有一个小学徒，我有时还得负责照看他，这孩子才十四岁，却已经堕落不堪了！我这话可一点都不夸张——这就是事实！”[78]这一切听起来是不是有点像卡尔夫出版社出版的虔信主义书作中的论调？赫尔曼还巧妙地在信中描绘了一个和善友好的父亲形象，这位父亲对他“从小就关怀备至，为他精挑细选一些佳作让他阅读”[79]。他在信中还不忘提及，说他的爷爷是苏联国家政府官员，奶奶是出身于利沃尼亚的贵族。可见，这封信是一次经过精心策划的尝试，赫尔曼试图通过这样的方式引起对方关注并由此与之保持密切、友好的书信往来。

就连约翰内斯·黑塞也看到了儿子的变化。他生气地对女儿阿黛尔说，赫尔曼写了“太多的信，他应该用其他方式来和他人保持联系”[80]。他感到赫尔曼终于要开始和他决裂了。另外他还获悉，恩斯特·卡普夫试图鼓动赫尔曼去巴西游历，约翰内斯果断采取措施加以制止，他表示不会出钱让儿子去巴西，赫尔曼必须先完成机械师的学徒期，然后他才能看情况决定是否支持儿子的主张。

1895 年 7 月 1 日，就在赫尔曼·黑塞十八岁生日的前一天，卡尔夫遭到了暴风雨的袭击，一时间电闪雷鸣，风雨交加，就好像一股旋

77 见：同上，第 468 页。

78 见：同上，第 491–493 页。

79 见：同上，第 464 页。

80 见：同上，第 477 页。

风从山谷冲上来席卷了整座城市，冰雹纷纷落下，树木被连根拔起，屋顶被暴风掀翻，窗户玻璃碎了一地。整个城市都陷入了混乱不堪。在黑塞看来，如此恶劣的天气就是一种暗示，意味着一切都不可能像从前一样了。现在他必须继续前进，在一个新的地方开始新的生活。和以往一样，当事情发展到极端时，他会采取措施做出自己的决定。到了九月份，工厂不愿延长与他的工作合同，因为他老是生病。不过宽宏大量的亨利希·佩洛特还是为他出具了一纸证明，证明赫尔曼学到了“知识和技术”[81]。

黑塞考虑了一下自己的职业规划，很快便决定去图书行业干活，他的主张也获得了父母的支持——尽管他们还没有忘记黑塞在埃斯林根的那次失败经历。10 月 3 日，约翰内斯·黑塞在斯图加特的《施瓦本水星报》上刊登了一则启事：“一位学过拉丁语的年轻人正在寻找书店的学徒岗位”[82]。图宾根的赫肯豪尔书店看到启事后联系了黑塞。书店老板愿意为赫尔曼·黑塞提供为期三年的学徒岗位，并“确保能提供书籍零售业、古书和出版行业的专业培训”[83]。三天后，赫尔曼寄出了他的申请材料并被对方录取。这是一个很好的机会，因为现在他也可以去图宾根了，他以前的同学们都在那儿求学，不过黑塞现在可不是为了研究神学才去那儿的。他再也用不着和同学们通过书信交流了，现在他能亲自参与到莫尔布隆的同学圈里去了。

81 见：同上，第 511 页。

82 见：Hermann Hesse. Kindheit und Jugend vor Neunzehnhundert: 1895–1900, hrsg. Von Ninon Hesse. Fortgesetzt und erweitert von Gerhard Kirchhoff, Frankfurt/Main 1984, S.16。

83 见：同上，第 17 页。

第四章

图宾根："我很喜欢这个城市。"租住在院长遗孀雷奥波德太太那里。赫尔曼阅读歌德的作品。和母亲的争论："作为手段的艺术最多只能算得上是半吊子的艺术。"与父母和解。终于出版了第一本书：《浪漫之歌》。笔友、作、资助家：海伦·福格特－迪特利希斯。文学社。《午夜后一小时》。结束赫肯豪尔的工作。露露姑娘。重回巴塞尔：莱希书店。

玛丽·黑塞也认为，儿子被图宾根书店录用会带来转机。显然，上帝听到了她的祷告。她在日记里表达了自己的感激之情："哦，我的心，永远不要忘记，主为我们做的一切！"[84] 赫尔曼也很感激能得到这样的机会，他每周都给卡尔夫的父母寄去一封长信，事无巨细地告诉他们自己在图宾根经历的一切。不过在他进入赫肯豪尔书店工作之前，约翰内斯·黑塞给他寄去了一封十诫书，这也是他从赫尔曼在坎施塔特的所作所为中总结出来的：未经允许不得购买任何东西；绝对不得欠债；绝对不可赌博；要严格控制吸烟量；"因为吸烟会降低食欲，影响神经系统并且浪费钱"[85]；为了省钱，用的纸笔必须向家里拿；一日三餐由房东太太安排，每周的零花钱和理发的费用也由她支付。同时，父亲还严厉警告赫尔曼绝不能未经允许就拿走书店里的书籍。从种种警告和良苦用心可以发现，父亲在担心赫尔曼会重蹈其在坎施塔特的覆辙。

---

84 见：Adele Gundert, Marie Hesse. Die Mutter von Hermann Hesse. Ein Lebensbild in Briefen und Tagebüchern, Frankfurt am Main 1977, S.216。

85 见： Hermann Hesse. Kindheit und Jugend vor Neunzehnhundert: 1895–1900, hrsg. Von Ninon Hesse. Fortgesetzt und erweitert von Gerhard Kirchhoff, Frankfurt/Main 1984, S.18。

重获自由的喜悦让赫尔曼毫无异议地接受了父亲制定的这些严格规矩。他把全部的注意力都放在了工作上面，每天早上七点半上班，晚上七点半下班。赫曼一天连续工作十二小时，只有中间一个小时的午饭时间是在房东太太那里度过的。为了回去吃饭，他需要走出霍尔茨广场教堂对面的书店，穿过几条街道和古城狭窄的巷子，走到位于赫冷伯格大街的房子里，这间位于一楼的房子是他从院长遗孀雷奥波德太太那儿租的。市郊地段总是有些破破旧旧的，却能看到图宾根漂亮的侧影："我很喜欢这个城市"，1895 年 10 月 20 日，赫尔曼刚到图宾根不久便兴奋地告诉父母，"最重要的是我没住在市区，而是住在郊区。那儿狭小曲折，充满了中世纪的浪漫氛围，有着让·保罗·弗里德里希·李希特笔下的风情，当然也有些脏兮兮的。这儿的宫殿特别奢华，宫殿花园和林荫大道都美极了"。[86]

图宾根四百年来就一直是世界闻名的大学城，出了像黑格尔、谢林、荷尔德林等名人，拥有约一万四千居民，面积是卡尔夫的三倍左右。这座城市里到处是学者、大学生和官员，当地的居民既尊重他们，又以审慎的态度和他们保持着一定距离。图宾根民众依靠大学为生，但他们并不热爱这所大学。对他们来说，这只不过是一种有利可图的共同利益而已，市民们惯以各种笑话来宣泄他们对这些外来人群的不满。赫尔曼也曾经历过被当作外地人的情形，那回他正蹚过泥泞的街道，迎面碰到一个种葡萄的农民，那家伙幸灾乐祸地朝他大喊："别摔倒咯，先生！千万别摔倒咯！不然就是狗啃泥啦！"[87] 赫尔曼在写给父母的信中也曾描述过所住区域内的图宾根居民，言辞相当犀利："这群种葡萄的农民真是群可怕的家伙，又矮又胖，脏兮兮的，还经常喝得酩酊大醉。他们只讲施瓦本方言，听起来就像斯洛伐克人。我回家要走的路正好经过最糟糕的脏乱差地区，每回我都得微笑着或同情地看着那些醉鬼，还有瘦骨嶙峋、衣衫褴褛的妇女和脏兮兮的调皮孩子。

86 见：同上，第 20 页及下页。

87 见：同上，第 26 页。

不过这情形也是充满了勃勃生机的。”[88]

书店的工作既有装订新书，也有整理旧书，单调而辛苦。赫尔曼负责书籍的打包和拆分，还要分类标记，好将这些书送到住在周边山区的那些教授们手上；他还要打扫营业区，清理堆在地下室的书籍，分发杂志；向客户提供咨询以及记账。赫肯豪尔是一家主要经营神学、哲学和法律书籍的书店，所以赫尔曼没有办法像先前预期的那样接触一些文学类的书籍——尽管在书籍分类过程中他可以看到最新的书目。对于他的老板，这个留着八字胡的高大强壮的男人，他充满了“敬畏”[89]。赫尔曼在信中言辞直白地向父母描述他的同事们：“我的顶头上司斯特劳斌先生，就是爸爸说的那种沉默寡言和怏怏不乐的人。事实上他看起来确实让人毫无好感，总给人一种苦大仇深、卑微怯懦的感觉。他就好像是他手上日日捧着的那些泛黄、皱巴巴的书页，不知道什么是欢笑，也不懂如何和人聊天。”[90]他还细致地描述了自己的房东太太，说她就像是查尔斯·狄更斯小说中的人物一样，活泼开朗，精神奕奕，喜欢一刻不停地讲各种趣事。这个有趣的寡妇给她的租客准备了苹果汁、水果、热香肠放在桌上。赫尔曼在信中说，他觉得自己“生活太惬意了”[91]。

信中字里行间都传达出赫尔曼对新生活非常满意。他表现乖巧，似乎已经忘掉了和父母的嫌隙，并且让他们感到，他正认真地对待自己的学徒期。赫尔曼现在甚至在信仰这件事情上也做出了让步，以此来证明自己已经迷途知返：“至少我的看法发生了转变，我重新开始推崇、喜欢并阅读《圣经》。我认为这些伟大、神圣的话语就像是一座古老、不可动摇的大山，在它面前我是如此渺小、不值一提。”[92]一

88 见：同上，第 27 页。

89 见：同上，第 23 页。

90 见：同上，第 25 页。

91 见：同上，第 21 页。

92 见：同上，第 28 页。

天之后，约翰内斯·黑塞就回复了儿子这封“令人高兴的信”[93]，说自己年轻时面对《圣经》也有同样的认识。简短的信中透露出父亲希望儿子能回归家庭宗教信仰的期待。

赫尔曼早就开始从学生时期非黑即白的认识转变成了兼容并包的观念。夜晚就是属于他的领地，他在那儿寻找日常生活中不可见的事物：友谊、爱和美好。这一切他都在自己阅读的书中找到了，每晚他都孜孜不倦地看书，直到挨不住睡意为止。现在他终于有了自己的房间，里面摆好了床、洗漱台、床头柜、写字台、沙发、衣柜等必需物品。他给家里寄去了一张详尽的草图，告诉他们自己屋子里挂了哪些图片：沙发上面挂着格哈德·霍普特曼和弗里德里希·尼采的画像，五斗柜上面是他最喜欢的音乐家弗里德里克·肖邦的画像。写字台上是父母的照片，他们正满怀期望地看着他。等他拿了第一笔工钱，他还要买一尊赫尔墨斯的石膏像来给这个简陋的小房间增添一丝魏玛古典派的风情。

黑塞现在特别痴迷歌德，因为他在歌德的书中找到了自己生活中缺少的那种乐趣。他甚至写信告诉父母，有可能会把自己书房里的藏书全部换成歌德的作品。“歌德的作品就像大理石画，我们并不是为了其中的某种思想或行动而着迷，而是被它们自身蕴含的那种永恒之美所吸引，因为我们知道，这些画作不会消失，它们会永存。”[94]歌德之所以伟大，正是因为他身上“诠释了新时代的困惑，水与火相交融，古典主义和浪漫主义元素在思想和创作中相结合，融合了是与非、柏拉图与亚里士多德、观点与讽刺、荷马和但丁。”[95]歌德成了赫尔曼·黑塞的偶像，他开始自我沉静下来，这也是他来图宾根的目的：“在歌德身上我发现了唯一的、最棒的事情，那就是艺术，在所有的兴趣、所有的想象力、所有的动力之外，心灵深处还有一小块灵魂的藏身之

93 见：同上，第 29 页。

94 见：同上，第 54 页。

95 见：同上，第 63 页。

地被静静地保留着，即使外面狂风暴雨，内心仍有一处宁静。”[96]赫尔曼学生时期的偶像席勒和他自己身上那种反抗、叛逆的性情十分相似。不过现在席勒的《强盗》和《唐·卡洛》不再是他眼中“文学的新教改革之作了”[97]，取而代之的是歌德的《威廉·迈斯特》。

赫尔曼喜欢迈斯特小说并非偶然。在歌德的《威廉·迈斯特》身上，他看到了自己的影子，他在父母的小市民观念限制下不断抗争的身影，以及自己对艺术的热爱。年轻的威廉·迈斯特所处的世界与虔信派倡导的“美好灵魂的自白书”恰恰相悖，歌德让处在艺术家和社会责任之间苦苦挣扎的威廉·迈斯特读这些自白，想让他能直面由柔弱的内心深处滋生出的道德感。书中修女的自白在赫尔曼看来简直就是他母亲性情的投射，她也是在自己的青少年时期就将个人的幸福献给了信仰。与修女隐世避居的虔敬信仰不同的是，歌德塑造了一个强壮有力、追求一切美好事物的舅父形象，这是一种积极向上的生活态度，也可以解读为作者自己的生活态度。虔信修女的舅父说出了歌德自己的生活信条：人不能只注重道德层面的修养，同时也要提升感性的修养。只有这样他才能成为一个完整、和谐的个人。这正是赫尔曼内心深处的想法，因为现在他通过自己的研究知道了歌德在年少时期也深受虔信派的影响。因此，歌德笔下那“美好灵魂”的人物画像指的就是虔信徒苏珊娜·冯·克莱腾伯格，也就是他母亲的一位表姐。

如何区分艺术作品和令人虔信的宗教作品之间的界限，这是赫尔曼常和母亲一起探讨的话题。歌德笔下的修女最后承认，她一直只是在诗歌和音乐中寻找一种拥有道德教益的事物，因此并没有全然领悟艺术的美妙，但玛丽·黑塞与她不同，她始终坚信，诗歌创作应当服从于“更高级的”东西，传递基督教的真理。她自己作诗时秉持的也正是这样的观念：“如同鲜花吮吸着露水，/那是上天为她而降的，/哦，

96 见：同上，第54页。

97 见：同上，第53页。

亲爱的耶稣，降临到你的身上，/ 我的心像浸泡在蜜罐里。/ 哦，最美不过，没有人看着 / 在他纯净的美好之中，/ 我甘愿做你的新娘 / 如此谦逊而至高无上。”[98]

对赫尔曼来说，诗歌首先是艺术，而不是赞美上帝。当他的诗歌被维也纳杂志《德国诗人之家》录用的时候，他骄傲地在 1896 年 8 月 10 日写了封信到卡尔夫，宣称他的诗歌被成功录用就证明他已经自学获得了艺术能力：“在其中一首诗里，我第一次试着在两行诗句中运用了五音步的扬抑格，押阳韵，这可是一种最简单却最难运用的节奏。”[99]在后来的书信中，赫尔曼表示自己已经形成了一种独特的诗歌创作风格，他用“音调中神秘而又不断变换的规则”打破了诗歌创作法则中僵化的传统规定，想要使诗歌成为一种“文字音乐”[100]。他用一首三段诗来呈现自己的想法，诗中用狄俄尼索斯梦幻般的声调重新阐释了肖邦的《华丽大圆舞曲》：

肖邦舞曲响彻大厅，
一支肆意随性的舞曲。
窗户烁烁发出惨白光影，
枯萎的花环悬在窗顶。

提琴是我，钢琴是你，
我们就这样演奏，永不停息。
心惊胆战地等待着，我和你，
谁先破开这种魔力。

98 见：Adele Gundert, Marie Hesse. Die Mutter von Hermann Hesse. Ein Lebensbild in Briefen und Tagebüchern, Frankfurt am Main 1977, S.167。

99 见：同上，第 129 页。

100 见：同上，第 133 页。

谁先停下演奏，
灯光就将从他身上移去，
谁先提出这样一个，
没有答案的问题。[101]

1897 年 9 月，赫尔曼寄了一整卷《诗人之家》到卡尔夫，其中就包含这首肖邦之歌，不过家人的反应令他大失所望。父亲说，他没有发现“任何可以令他尊敬的东西”[102]。在这首诗中，热恋中的两个人在音乐声中将自己对对方的爱慕之情推到了高潮，对于严肃拘谨的约翰内斯·黑塞来说，这确实就是“一首肆意的舞曲”。玛丽·黑塞则用一本瑞士“民族女诗人”热古拉·尔博的宗教小诗集作为回礼寄给了儿子。赫尔曼并没有因为自己的诗歌无法得到父母认可而表露失望之情，但他却忍不住自负地对基督教诗歌做了几句评判：“要是连瑞士人也发现自己身边有民族女诗人的话，上帝就真的与艺术同在了！这个行业正欣欣向荣。包括宗教诗歌！这是我所知的最困难、而且最没希望的领域。文字越诗情画意，就越不够虔诚忠信——反之亦然！这一流派早已被那些虔信派团体绞死了。”[103] 玛丽·黑塞坚决地驳斥了赫尔曼对虔信派诗歌的严厉批判。她表示，“令人惊讶的是”，并非保尔·格哈特、格哈德·特斯蒂根或格拉夫·辛森朵夫的诗歌，而是《献给上帝的歌》“每天都在滋养我的灵魂”[104]。为了表明自己无法认同儿子的偏好，作为一名基督徒，她明确表示了自己的倾向：“我也确信，和歌德、席勒、莎士比亚的作品相比，格哈特和特斯蒂根的诗歌能更

101 见：Hermann Hesse, Sämtliche Werke, Bd.10, Frankfurt/Main 2001, S.66f (Valse Brillante)。

102 见：Hermann Hesse. Kindheit und Jugend vor Neunzehnhundert: 1895–1900, hrsg. Von Ninon Hesse. Fortgesetzt und erweitert von Gerhard Kirchhoff, Frankfurt/Main 1984, S.204。

103 见：同上，第 205 页。

104 见：同上，第 207 页。

好地揭示世间的美好，尽管我相信，这些全都是上帝赐予我们的佳作。”[105]

赫尔曼坚持自己的观点，但并没有像从前那样让矛盾激化成争吵。他在 10 月 4 日的回信中写道，诗歌艺术并不是为了制造真善美而存在的：“作为手段的艺术最多只能算得上是半吊子的艺术。”[106] 他认为艺术家的道德就是一种美学。他也表示很遗憾，因为自己无法得到父母的认同。约翰内斯·黑塞认为，在这一些异端言辞的背后有一个共同点，就是儿子的话语间态度温和，这也让身处卡尔夫的家人们开始意识到，赫尔曼身上产生了巨大的变化：“相互理解或者不理解是个人的事。又有谁能完全明白自己呢？我们每个人都在学习，都在变化。重要的是，大家能互相容纳对方，爱护对方，能信任和祝福彼此。我们正在朝这个方向努力。一切都会越来越好的，我只想说：那些忽视了不完美的人，也不配去拥有完美。”[107] 约翰内斯的想法之所以有所转变，是因为赫尔曼在之前的一封信中为“我给你们带来的诸多麻烦”[108] 表达了歉意。

当约翰内斯·黑塞写这封信的时候，他并不知道自己的儿子在到达图宾根不久之后就开始深入研究起了自己的童年。尽管赫尔曼会常常去看望同样住在图宾根的姐姐马茹拉和姨妈伊丽莎白·龚德特，而且每周日还会在热爱音乐的旅店老板冯·洛伊特小姐那里参加咖啡聚会，但他却总感觉经受着“自己选择的寂寞孤独”[109]。因此他觉得自己就是威廉·迈斯特，是一个名为赫尔曼·劳歇尔的虚构人物，也是一个“现代美学家和特立独行的人才”——就像他在几年后出版的书作前言里

105 见：同上。

106 见：同上，第 209 及下页。

107 见：同上，第 208 页。

108 见：同上，第 56 页。

109 见：同上，第 37 页。

写得那样[110]。化名为赫尔曼·劳歇尔的赫尔曼·黑塞回想起自己的童年就觉得那是一幅“镶着金边、色调深沉的画”[111]，那一大块一大块的内容都是他自己用画笔涂上去的，里面有着过往岁月中或美好或可怕的印记。巴塞尔城郊那繁花似锦的大草坪曾是黑塞一家在1881到1886年间居住过的地方，这儿是赫尔曼笔下的伊甸园，他就是从那儿被出人意料地驱逐到了学校的“男生宿舍”里。二十岁的赫尔曼已经能够得心应手地用诗意的语言将这些美好的记忆详尽地描述出来：“那是一个个明朗的清晨，我躺在草地上，头枕双手，日光掠过那一大片在阳光下粼粼闪烁、阵阵摇曳的草地，草地上种着红色的罂粟、蓝色的风铃草和紫色的香草。黄翅蝶在花草上方呼扇着翅膀，还有款款飞舞的灰蝶，罕见的浅蓝色帝王紫峡蝶和蓟紫蝶，黄缘蛱蝶正扑棱着沉甸甸的翅膀，还有丽蛱蝶和黄凤蝶，以及罕见的、被敬称为阿波罗的黑红色红蛱蝶，我从其他同学的描述中早就听闻过这种蝴蝶，那天它翩翩飞到我身边，在我边上的草地上停了下来，缓缓震动着雪花石般美轮美奂的双翼，我看到它身上那精美绝伦的色彩和线条，还有那一双翅膀上长着的一对血红的双眼。久远的记忆中很少有事物可以让我有如此深刻、鲜活的印象，目睹当时的场景，我感到的是一种令人心悸的愉悦。”[112]

不过这部作品的真正主角其实是他的父亲。赫尔曼终于要让他成为正义的代表了，他对彼此间过去的嫌隙只字未提，书中充满温柔爱意的话语被视作是一种重归于好的迹象；不过在个别段落中还是能读到赫尔曼在过去内心饱受折磨的痕迹，他曾一度害怕遭到惩罚，也担心失去父亲的关爱。赫尔曼·黑塞在文章开头就描述了他对童年的记忆：“一个年轻的叔叔把我高高举起，让我跨过高高的围墙俯视下面的风景。我害怕极了，眩晕不已，胆战心惊，浑身发抖，直到回家躺在自己的

110 见：Hermann Hesse, Sämtliche Werke, Bd.1, Frankfurt/Main 2001, S.224（由赫尔曼·黑塞出版的《赫尔曼·劳歇尔的遗稿文和诗》）。

111 见：同上，第225页。

112 见：同上，第227页。

床上才转好。从那以后我总是会做噩梦，梦到自己被人抓住，那种压抑的紧张感常常折磨着我的灵魂，我在梦中抽泣呻吟，直到泪流满面地被惊醒。”[113]

这个关键场景表现出了赫尔曼当时害怕被遗弃的心理，他渴望回家，这是因他个人极度的自我怀疑而产生的忧虑，他担心失去他人的关爱，害怕不知何时就被驱逐，变得无家可归。事实上，这种落差就是赫尔曼灵魂中不被他人所理解的东西，是他对爱的欲求不满和内心神秘的破坏欲之间的矛盾，这必然导致他陷入挑战父亲权威的矛盾里。现在，本着和解的态度回头看，约翰内斯·黑塞也并不仅仅是权力和规则的象征，他更像是一名老师，一个为他开启诗歌创作之门的领路人："美好而神圣，饱含着崇敬和爱戴，在花园里，在田野上，在书房里，我聆听着父亲的谆谆教诲。这些都指引我走向了历史和诗歌的王国……父亲那蕴藏在友好问答和亲切叙述间的教诲都为我打下了良好的基础。学校和老师那里听来无趣枯燥的内容，到了父亲这里就变得生动有趣，让我觉得该为此付出所有的勤奋和努力。”[114]赫尔曼在文中美化记忆中的家庭时，自然也提到了玛丽·黑塞。他笔下的母亲总是能够成功化解父子之间的矛盾，那是因为她总能忍受赫尔曼怪异的性格："她总是告诉我，我变得让她不认识了，她对我的担忧和关爱一直伴随着我，她的每一句话都令我欢喜、令我羞愧，我们俩的谈话间满是对彼此的关爱和对父亲的敬畏，并双双期待着父亲早日回家。”[115]

与父母的和解为黑塞减轻了双重负担，填补了他在工作赚钱和创作求生的双重生活状态中产生的社会孤立感和孤独感。频繁的书信往来也使他获得了记录全新的自我意识的机会。为此，他放弃了享受这所大学城提供给年轻人的各式各样享乐的机会。尽管在最初的几个月里，晚上他也会偶尔和以前莫尔布隆的同学一起喝酒，但由于父亲严

113 见：同上，第 225 页。

114 见：同上，第 241 页。

115 见：同上，第 238 页。

历要求他必须节俭生活，这种交际活动很快也都被取消了。在给他的老师恩斯特·卡普夫的一封信中可以看出，迈出这一步并不容易："一大群学生吵吵嚷嚷地从我身边经过，有时候他们的脸上洋溢着快乐，有时冷漠淡然，有时又冒冒失失，有些人喝得醉醺醺的，还有些人脸上是一副坠入爱河的表情。他们的行为在我看来又可怜又有趣，有时候我会感觉自己在恒久寂寞的生活中变得有些心胸狭窄，特别是夜里，当我坐在书桌边反复思考时，听到附近酒馆里传来阵阵欢笑声的时候，这种心情尤为明显。"[116]

赫尔曼的父母推荐他参加了神学教授、卡尔夫出版协会组委会成员海岑举办的沙龙，那里他遇到了很多"会员"，他们都是新教—神学协会的大学生，他作为一名学徒觉得无法融入其中，也插不上什么话。黑塞也会向父母抱怨赫肯豪尔书店的工作是多么的单调乏味，很多时候他也非常向往"同形形色色的人群一起涌进大学礼堂"。书店里找不到"真理和高贵"，因此即使非常辛苦，他也必须努力确保自己不要失去"对伟大事物的敏锐感"。对他而言，伟大的事物就是诗歌创作，可惜他的实际创作情况却不太乐观。他引用了偶像歌德的话来引证自己的观点："为什么我们这个时代的天才和智者总是面戴着会遮挡阳光的肮脏面纱来到这个世界？为什么不再有艺术家、智者和诗人能以积极乐观的勇气去治愈一些疾病？"[117]

和同母异父的哥哥卡尔·伊森伯格相比上，赫尔曼更清楚地认识到了一点：他在文学方面是很"保守的"，他害怕那些"心理戏剧以及旨在挖掘、剖析肮脏的病态心理的小说"[118]。最后他觉得只有歌德的《维特》和《亲和力》才是最现代的作品。这当然是对当代文学的又一种消极评价。黑塞在写给恩斯特·卡普夫的一封颇有预见性的信中

116 见：Hermann Hesse. Kindheit und Jugend vor Neunzehnhundert: 1895–1900, hrsg. von Ninon Hesse. Fortgesetzt und erweitert von Gerhard Kirchhoff, Frankfurt/Main 1984, S.32。

117 见：同上，第 38 页。

118 见：同上，第 43 页。

提到，自然主义和现实主义是时代转型期没落的象征，在此期间，自然科学以及政治经济学占了上风，这是“机器主导的时代”，不过，对后世之人来说，他们可能也会觉得这能带来“病态的利益”。黑塞认为，这种“荒诞的可行性”总是会带来诸多“宏大的计划”，而在此期间，人类变得越来越渺小，“怀揣着妇女解放的愿景、大众哲学，以及精英文学或是大众文学”，人类不再尊重星空，并将“伟大的和最伟大的思想当作消遣”。[119]

赫尔曼·黑塞重述了尼采的言论：对于“接受教育的小市民”而言，文化本身根本不是证明自身存在的唯一方式，而是它身侧美妙的附属品，人们将它视作装饰品欣赏，根本不愿去理解它或甚由此改变自己。但黑塞在“浪漫派”那里却发现了与之全然相反的做法，尤其是在诺瓦利斯、艾辛多夫、蒂克和华肯罗德身上。最能打动他的是诺瓦利斯，他在 1898 年 11 月 21 日写给父母的信中提到：他将诺瓦利斯视为“整个德语新诗界最高尚的诗人，他从未写过任何一个修饰性的、毫无意义的词句”[120]。弗里德里希·冯·哈尔登伯格，笔名“诺瓦利斯”（意指开辟新天地），以此来向全世界宣告，他是如何亲身实践诗歌创新的。对于黑塞而言，诺瓦利斯就是他的榜样，不仅仅由于他能勇于摆脱自己虔信的父亲 ——下萨克森的一位地主——带来的宗教影响，更重要的是因为他创立了自己的“艺术宗教”。很长一段时间里，诺瓦利斯过的都是花天酒地的日子，就像黑塞在坎施塔特时一样，他试图以这种方式来表达自己对参军后得服从的那些严苛外部规定的不满。在写给父亲的信中，诺瓦利斯阐述了自己的宏大计划，他遇到了年仅十三岁的苏菲·冯·库恩，从而激发了他马上实践这些计划的雄心。只有苏菲才能激发他诗人的想象力，只有在她身上，诺瓦利斯才能感受到神便是“幻想力”，是一种能把现实世界转换为理想化的、更美好的、“永恒”境界的超验能力。

119 见：同上，第 68 及下页。

120 见：同上，第 302 页。

黑塞很理解诺瓦利斯的这种表现，他当年在坎施塔特遇到欧格妮·科尔伯的时候就曾体验过这种自我升华。诺瓦利斯的《夜之颂歌》是唯一一首赞美诗人借助想象力从此岸跨越到彼岸的诗歌。诗人可以追随心爱之人而死，从而陷入“永恒的深夜”，那便是诗人所要面临的现实世界。只有在深夜才能看清爱人的真实面目，暗夜只是诗歌的一个别称，那些对立的事物——白天和黑夜、光明和黑暗、生和死——都在仁和、圣洁的爱中得到了升华，拥有了“神圣的含义”。一旦俗世之人以冷静理智的目光去看待诗歌，那它的魔力便会消失得无影无踪。诺瓦利斯曾说：“清晨必将重返？尘世的强权永远不会终结？不祥的繁忙吞噬了夜空那庄严的微茫？爱从不让秘密的献祭燃烧？时间曾将距离丈量，但是暗夜的权威超越了时空。”[121]

对诺瓦利斯和其他浪漫派诗人的研究对黑塞个人的创作也产生了直接的影响。在他的诗中，诗人就像是“燃烧在自己激情中的”夜星，或是只剩梦想、“没有领地的国王”，就像《午夜后一小时》——这是其中一首诗的标题——那样，等到晨曦微露，它就会陡然消失于无形：

四面金碧辉煌，
艰难的生活在不断叫嚣，
我必须屈从于他的权力为之效劳，
羞怯，沮丧，陷在桎梏中，
—— 哦！午夜！我多么期待你的到来。[122]

寂寞、对爱的渴求、思乡以及对死亡的向往奠定了黑塞在图宾根

121 见：“Novalis. Hymnen an die Nacht/Geistliche Lieder/Die Jugendwerke”, in: Deutsche Klassiker. Bibliothek der literarischen Meisterwerke, Herrsching 1978, S.153。

122 见：Hermann Hesse, Sämtliche Werke, Bd.10，Frankfurt/Main 2001, S.23 (eine Stunde hinter Mitternacht)。

所创诗歌的基调，他把这些作品拿给德累斯顿的毕尔森出版社出版成册。这些诗歌对形式有极高的艺术要求，读者能明显感受到他对韵律和节奏的独特感觉。它们属于新浪漫派、新青年风格以及象征主义，和艺术上因受自然主义影响而出现的去诗歌化和去魅化流派截然不同。1898年9月，黑塞出版了一部囊括五十六首诗歌的诗集，其标题《浪漫之歌》本身就有宣告主旨的意图，其中还包括了献词《致玛利亚和盖特露德女士》—— 现在，黑塞想要成为一名诗人的梦想终于实现了。这个学徒从此走出了阴影，向世人宣告了自己的天职。当黑塞手捧着这本薄薄的小册子时，他的思绪回到了莫尔布隆，当时他就梦想着有这么一刻。他的同学们终将明白，他没有夸夸其谈，他就是一名诗人，一名矢志不渝地走自己道路的诗人。

初登文坛的喜悦却无法让他忘记自己得兑现和出版社的约定，黑塞自己必须承担175马克的印刷费用。因为黑塞在1898年9月30日就已学徒期满，而且他已经成为赫肯豪尔书店的正式员工，所以他轻轻松松便付清了这笔费用。唯一让他痛苦的是，当他将诗集作为生日礼物送给母亲时，她那淡漠抗拒的反应。为了赶上母亲的生日，黑塞此前甚至曾催促出版社务必赶在那天之前把书刊印出来，可当他把自己的作品送给母亲时，玛丽·黑塞对儿子带来的生日礼物并没有大受感动。在她写给儿子的感谢信中，她提到自己希望得到的是“内容更高尚”的诗歌，“因为现在的这些诗歌让她怀疑其中的爱并不贞洁、单纯”[123]。她还抱怨说自己都不知道诗集献词中提到的那两位女士是谁。玛丽完全没有想到这可能不过只是想象出来的人物，是诗人心中缪斯女神的化身，她只觉得儿子陷入了性爱上的歧途，而事实上，诗歌呈现的不过是诗人的想象力以及爱人间神秘的婚誓：

因为我爱你，我就属于夜，

123 见： Hermann Hesse. Kindheit und Jugend vor Neunzehnhundert: 1895–1900, hrsg. von Ninon Hesse. Fortgesetzt und erweitert von Gerhard Kirchhoff, Frankfurt/Main 1984, S.304。

狂热地来到你身边低声耳语，
你永远都无法忘记我，
我已经带走了你的灵魂。

它现在在我身边，全然属于我，
美好的或是邪恶的；
没有任何天使，
能让你摆脱我野性、炽热的爱。[124]

玛丽·黑塞提醒儿子，叫他不应该把自己的才华浪费在一些不圣洁的事情上，而是应该献给上帝："如果你找到了他，把这美好的天赋奉献给他，只有这样，你年迈的母亲才会为你感到幸福……"[125]

赫尔曼觉得很遗憾，他不得不再次和母亲陷入讨论诗歌创作如何陶冶情操这样的话题中，不过这回他做了让步，并回复说，诗集的题目包含了"美学上和个人方面的一种自白"，现在他的想法已经不一样了："我把它当作一段时期的终结，并且相信，你们也不会同意我将来停止诗歌创作……"[126]信末他表示尊重母亲的看法："我的心思你也知道，我无法理解并遵从母亲的这些告诫和担忧。"[127]黑塞的母亲认为诺瓦利斯信奉"天主教"[128]，觉得他是个危险的诗人，可正因如此，黑塞难道就不可以向母亲解释，其实他的诗歌中那些美好的爱里也涵盖了对基督的爱吗？诺瓦利斯在诗歌中描述的蓝花难道就不能是用来

124 见：Hermann Hesse, Sämtliche Werke, Bd.10，Frankfurt/Main 2001, S.23（weil ich dich liebe）。

125 见：Hermann Hesse. Kindheit und Jugend vor Neunzehnhundert: 1895–1900, hrsg. von Ninon Hesse. Fortgesetzt und erweitert von Gerhard Kirchhoff, Frankfurt/Main 1984, S.305。

126 见：同上，第 306 页。

127 见：同上。

128 见：同上，第 301 页。

表达自己对上帝旨意的领悟吗？难道人们没有一直把耶稣的名字挂在嘴边就不会受到宗教启迪而创作吗？

可是连他的哥哥卡尔·伊森伯格对他的作品也持批判的态度。在他看来，这些诗歌太过局限于自我层面，没有真实的生活素材，没有深入了解他人的情感：“只是基于你自己的伤痛 ——甚至连爱情也只涉及你自己的感情经历，而不是你女朋友的——因为你并未考虑到其他人的感受，因此这些诗歌的毛病就在于太过单调。”[129] 作为歌德的追随者，黑塞应当对这样无情的批评深有感受，因为哥哥指出他犯了浪漫派常见的唯我主义问题，歌德也曾被人这样批评过。对于这位魏玛的领军人物而言，浪漫主义就是其“症结所在”。

被这些爱情诗惹怒的玛丽·黑塞根本不会想到，事实上确实是一名年轻女士促使自己的儿子出版了第一本诗集。来自德国北部的年轻小说家海伦·福伊特因为黑塞发表在《诗人之家》上的几首诗注意到了他。海伦·福伊特 1875 年出生在石荷州的一个庄园里，凭借一部小说集在文坛初露头角。1897 年 11 月 22 日，她给黑塞写了第一封满怀崇拜之情的信：“我该怎么跟您说呢？当一个人用短短几句话便拨动了我的心弦，直到现在都还余音袅袅，我简直无法用言语来对此加以形容。人们不住地转头去倾听那深沉、神秘的声音。这种声音实在太精妙了，就好像可以用手去把握，可以以此来探寻自己的故土和存在……如果一个年轻的女孩来到他的面前，默默地向他伸出手，这位诗人会不会感到不快？绝不会如此！因为他肯定能感受到，她正以如此简单的方式表达自己内心受到的强烈震动。”[130] 黑塞很惊讶，也深受感动，他在回复这位陌生女士的信中描述了自己孤单落寞的心境，并微妙地暗示自己尚无爱人：“我坐在熟人身边，感到恼怒和忧愁，工作令我筋疲力尽。我的朋友，一位无名的、可爱的艺术家，为我演奏了一曲古老、淳朴的嘉禾舞曲。我想到了您，和像您这样为数不多的人，我希望您

129 见：同上，第 308 页。

130 见：同上，第 225 页。

们能成为我的听众和朋友，我还想到了曾经美好的时光，想到了还未吟唱的诗歌……然后我就收到了您的来信和亲切的问候，我对此深感欣慰——我只是不太习惯他人的友情和友善。”[131]

不过当时信中最后一句话其实并不妥当，因为黑塞在 1897 年夏天认识了洛特灵根的法学学生路德维希·芬克，他也喜欢写诗。芬克介绍黑塞认识了另外两个同学，卡尔·哈梅雷——这是黑塞以前在莫尔布隆时的同学——以及奥斯卡·鲁伯，他们组成了一个小团队，成员们一致同意按照法国后浪漫主义诗人的做法组成一个“文学社”。黑塞在寄往卡尔夫的家书中激动地提到，芬克写了几首“无比温柔、芬芳、充满情调的”[132] 诗和随笔。这位热情好客、总是情绪高涨的朋友三番五次邀请他到自己位于洛特灵根附近的家里做客，黑塞在那里受到了热情的接待。文学社里的这些朋友 ——1898 年上半年又加入了两名新同学——会一起到图宾根周边郊游，每周一次聚在一起喝啤酒，一起探讨文学和哲学领域的最新动向。

尽管和男性朋友间的友谊令人无拘无束、催人奋进，但 21 岁的黑塞还是渴望有一位女朋友，好让他一直以来幻想中的情形变为现实。海伦·福伊特在 1898 年 5 月往图宾根寄了一张照片，照片中是一位年轻貌美身着黑色骑装的女士，黑塞见之立即为之倾倒，他甚至匆匆赶去影楼拍了照片。照片上是一张禁欲、瘦削的脸，镍框圆眼镜后面是一双严肃冷静的眼睛。黑色外套加上高高系紧的白色衬衣领更使他看起来显得刻板。不过黑塞的希望换来的只是失望。他的女笔友告诉他，她认识了年轻的莱比锡出版人欧根·迪特里希斯，并且和他订婚了。“如果是上天决定了两人是为彼此存在的话，我们就是这样两个人”，她在信中兴高采烈地写道。不过她仍然希望能够维持他们之间的友谊，而且她的丈夫也希望如此。黑塞一开始感觉挨了当头一棒，不过对方的这场婚姻也给他带来了惊喜：欧根·迪特里希斯是诺瓦利斯忠实的

131 见：同上，第 227 页。

132 见：同上，第 203 页。

拥护者，他想要出版黑塞的散文集《午夜后一小时》，这部作品由长长短短总共九篇文章组成。书名是黑塞从《浪漫之歌》里的同名诗歌中引用过来的：

> 午夜后一小时，
> 只有森林和晚月，
> 没有任何人的灵魂是苏醒的，
> 一座雄伟宏大的白色宫殿里，
> 只住着我和我的梦。[133]

这两本书作间的内在联系就是对“神圣睡眠”的浪漫设想，就像诺瓦利斯在他的《夜之颂歌》中诗情画意地描述一般。尤为引人注意的是黑塞笔下第二首颂歌的韵律：“白天喧杂又残暴，只适合孩子和战士们生活，白日的生活中处处充斥着不满。难道每一次的夜幕降临，不就是一次归乡？一扇新开启的大门？聆听永恒的声音？”[134]九篇散文讲述的都是幻想中的梦之国，是构建在想象基础上的。在其中最主要的一篇《岛之梦》中，黑塞带领读者踏上了一个满是花园和大理石宫殿的岛屿。在那里，做梦者遇到了一群正在拿金球取乐的年轻姑娘。很快他就发现，这些女士们都曾出现在他的生活中，都是他“认识或者欣赏的”。其中一位美丽的姑娘，一位“女王”，更是脱颖而出，她就是他对爱的所有向往之情的原初化身，她让作者意识到梦中的一切其实已经背离了他青年时代的梦想：“是不是你，把我曾经教你唱的歌都唱成了污言秽语，把我欢欣喜悦送给你的杯子，滥用作日后的

---

133 见：Hermann Hesse, Sämtliche Werke, Bd.10，Frankfurt/Main 2001, S.22 (eine Stunde hinter Mitternacht)。

134 见：Hermann Hesse, Sämtliche Werke, Bd.1，Frankfurt/Main 2001, S.211 (eine Stunde hinter Mitternacht)。

酩酊酒醉？”[135] 这位女王其实就是诗人的缪斯女神，她给了他最后一次机会，让他在她的统治下再一次尝试真正的艺术。借着“新生活开始了！”[136] 的口号，黑塞在这部书中最核心的段落宣告自己开始了新的创作阶段，这是他精神的“重生”，是以自己的童年为原型进行的全新创作：“你在此看到的这一切，都要比现实更美好，比现实更真实。”[137]

这种思想贯穿了整部作品，其中的最后一篇《麦浪之梦》讲述的就是黑塞在巴塞尔天堂般的童年生活，四岁的孩子幸福地沉浸在大自然中，每时每刻都像生活在神话中一般。“那金闪闪的麦浪，你就是我自由的灵魂吧？你和我都在这一片流淌的明亮之中，双双词穷，我们把自己相互馈赠给对方，又成为彼此的甜蜜负担？”[138]

黑塞当然也向读者展示了浪漫主义的黑暗面。书中女王的对手，轻浮放荡的“疯狂缪斯”唤起了诗人内心深处无意识的邪恶情感，将他引上了一条邪恶美学的道路，一种“极度的狂喜”和“异常兴奋的开端”。《国王的节日》一文中描述的就是这种黑色浪漫派，文中弥漫着一种世界末日的压抑气氛，充斥着病态和没落：在王宫的一次假面舞会上，善良的王后被英俊的宫廷歌手引诱，而发现了他们奸情的王子最后被歌手杀害——前一刻歌舞升平、人声鼎沸的宫廷秩序被血案打破了。黑塞在这篇以及其他类似的小说（《同哑巴谈话》《夜曲》）中描述的都是一个充斥着欲望、恐惧、绝望和死亡的灰暗世界。

迪特里希斯犹豫良久，不知道是否应该出版这本书。作者希望能在 1899 年 6 月 14 日，也就是父亲 52 岁生日之际，将此书作为礼物献给父亲，这更让他压力备增。迪特里希斯最后虽然答应了，却怀疑这本书出版之后能否取得好的反响：“我必须说，总体上我觉得其中还是缺乏自由解放的内容。如果我想要深入了解另一人的精神世界，就像

---

135 见：同上，第 177 页。

136 见：同上，第 191 页。

137 见：同上，第 181 页。

138 见：同上，第 218 页。

去理解但丁和维吉尔一样，我想看的并不是对方内心的苦闷，而是其内心的自由和解放思想。否则人们看完这本书之后只会觉得它很有趣，却无法让人有触动，也就不会再读第二遍。从商业角度来说，我更偏向那些能让人反复阅读的书籍。”[139] 不过与之不同的是，他的妻子海伦却对黑塞的这部作品做出了积极的评价：“在您这样的浪漫主义者身上，字里行间都弥漫着那种无法言喻的东西、超越时空的东西、永恒的悸动……我认为，与您的有些诗作不同的是，这部散文集展现了您更为纯粹、不受抑制的自身形象，尤为重要的是，其中的您显得更加成熟。”[140]

尽管如此，迪特利希斯作为一名出版人还是深信这部作品的文学价值。他建议作者，七月份先小规模简装印刷六百册，这样黑塞还来得及送给父亲一本样书作为生日礼物。约翰内斯·黑塞生病了，根本无法看书，于是就由玛丽·黑塞读给他听，可当她匆匆读完第一章时，便吓得惊慌失措，她给儿子写信，称自己简直寝食难安。散文的形式确实非常唯美，但内容却“不纯洁”。疯狂缪斯简直就是一条毒蛇，试图“彻底毒害爱和诗歌的天堂”，有些语句太过不堪，根本不适合女性阅读。她请求儿子一定要认真对待书中宣称的新生活：“愿主让你彻底摆脱过去的伤痛和肮脏，远离那些恶心污秽的东西。”[141]

母亲的道德说教让黑塞深受打击，他无法忍受她那宗教角度的艺术评论。他愤慨地写了一封信给她，最后却没有寄出去。无论如何，他都需要宣泄自己失望的情绪。他言辞冷静地请求母亲把书还给他，还要他们不用为了自己即将到来的生日给他送任何礼物。几周后，他终于得到了他人的认可，这也是黑塞期待已久的。那时还无藉藉名的诗人莱娜·玛利亚·里尔克在9月出版的《德语文学展望》中发表了一篇友善的书评。里尔克在黑塞的创作尝试中看到了一个寻找上帝的

139 见： Hermann Hesse. Kindheit und Jugend vor Neunzehnhundert: 1895–1900, hrsg. von Ninon Hesse. Fortgesetzt und erweitert von Gerhard Kirchhoff, Frankfurt/Main 1984, S.340f.。

140 见：同上，第 328 页。

141 见：同上，第 359 页。

诗人："有一本书确实值得一谈，其中黯然祷告的声音中充满了敬畏和虔诚，这部作品非常接近艺术。艺术的初级阶段就是虔诚：对自己虔诚，对每一种经历虔诚，对一切事物虔诚，对一个伟大的榜样虔诚，对自己潜在的能力虔诚。我们心中的每一个期望最初都始于上帝设置的藩篱，当我们穿过一百道门最终来到他黑暗的势力范围时，这一切才得以结束。我们的生活开始了：崭新的生活。"[142] 里尔克并没有认为黑塞和诺瓦利斯是类似的，而是将他和但丁归为一类，后者就是在贝阿特丽切的引领下闯过六重地狱才进入天堂，来到上帝面前。神秘的"盖特露德女士"是黑塞精神上的引路人，她教会了诗人只有克服性欲才能解放自己的创作能力。

一边是提升创作能力，另一边却是一个年轻小伙子追求爱情的现实欲望。1898 年 10 月 8 日，黑塞向海伦·福伊特—迪特利希斯勇敢地承认，是什么在日日让其饱受煎熬："缺少和女性交往的经验……因为我内心的孤寂始终驱使我要讲话，需要同我爱的人、我认识的人交谈。"[143] 一年之后，也就是 1899 年 8 月，这样的机会终于来了。当时，"文学社"的成员们一起到附近的克尔希海姆郊游，圈子里的三个成员，法学学生奥斯卡·鲁伯、奥托·埃里希·法波和神学学生威廉姆·尚尼西就来自这儿。黑塞不久前结束了赫肯豪尔书店的工作，他还前往卡尔夫探望了父母，和他们一起钓鱼、划竹筏、放他最喜欢的鞭炮。从家里回来之后，8 月 16 日这天，他和朋友们在克尔希海姆的一家"王冠"酒馆见面。这家酒馆位于克尔希海姆宫殿附近，路德维希·芬克是这儿的常客，他的朋友们爱管他叫"乌戈尔"。整个文学社把这个酒馆租了下来。酒馆里最迷人的是一对漂亮的姐妹花，她们是酒馆老板的侄女。二十三岁的苏菲·赫莱曼在厨房里帮忙，比她小两岁的妹妹朱莉负责跑堂。黑塞对活泼可爱的朱莉一见钟情，但和另外两位同样钟情于这位姑娘的朋友芬克和法波相比，黑塞太过羞涩，他都不敢

142 见：同上，第 604 页。

143 见：同上，第 288 页。

和这位漂亮小姐说话。

整整八天，伙伴们一起在施瓦本山脉乘坐马车出游、骑自行车、游泳、爬山。到了晚上，大家会吟诗唱歌。为了见到“露露”——这是他们五个人给朱莉·赫莱曼起的昵称——伙伴们常常会定期去王冠酒馆吃饭，而酒馆老板娘则会一脸警惕地盯着他们，试图保护她的侄女不受这五个仰慕者骚扰。露露比黑塞大一岁，完全没有意识到他试图接近她的羞涩举动，于是黑塞失望地回到了卡尔夫。走之前，文学社成员们集体到克尔希海姆的一家照相馆合影留念，他们一个个穿着整整齐齐的西装，戴着领带和帽子。黑塞则躺在铺在伙伴们前面的一块白色地毯上。黑塞有一首诗是献给文学社的，听起来就像是在评论社员们分别拍摄的七张单人照：

人们认为我们颓废又时髦，
坦然相信这便是事实。
可实际上我们只是年轻的男士，
举止品行高雅时尚。[144]

在8月24日的告别宴上，酒馆被灯笼和花环装饰一新，大家唱歌、跳舞、放鞭炮。最后，朱莉被仰慕她的追求者们推选为“露露公主”。回到卡尔夫之后，黑塞马上写了一封《致露露姑娘》的信。他满怀激情地把不敢当面说出口的话写在了纸上：“在道别时，您有没有看到我颤抖的双手？听到我颤抖的声音？……我早上起床后，想到一整天见不到您，就觉得心神不宁，我来来回回尝试了各种办法，却对任何事情都提不起兴趣，因为我必须每时每刻闭上眼睛，想象您的模样，

144 见：Volker Michels, “Vom Überdauern einer abgewiesenen Liebe. Hermann Hesses ´Lulu´ in Kirchheim/Teck”, in: Spuren 57, hrsg. von Heike Gfrereis, Ulrich Ott und Thomas Scheuffelen, Deutsche Schillergesellschaft Marbach am Neckar 2004, S.12。

您那纤瘦、漂亮的身影整天都徘徊在我的脑海里，如此安静、友善，驱逐了一切杂念。我怨您夺走了我所有的宁静！我怨您不断地折磨着我！您不知道，是怎样的爱情和嫉妒正折磨着我。不过我也要感谢您。为什么呢？因为您如此漂亮，因为我遇到了您，因为您的样貌印在我脑海深处让我备感幸福。从我离开克尔希海姆的那一刻起，我就懊恼不已，我离开了，而那之后没有您的每时每刻都令我心痛不已。”[145]朱莉就是他童话中的公主，他愿意做她“爱情的奴隶”，也愿意将来为她寄去一朵花或是一首歌。黑塞在这第一封信中表露了心迹，后来又寄了很多信过去。

身处黑森林的他确实给自己仰慕的姑娘寄去了诗歌、书籍和花，并告诉她，自己不久之后要去克尔希海姆。朱莉的回答很简短，也很客套，完全以朋友之情为托词：“您近来可好？我们很挂念您，如果您能顺利按计划过来，我们都会很高兴。”[146]尽管如此，黑塞却并不失望，就算去了巴塞尔，也依旧一厢情愿地爱慕着这位姑娘——1899 年 9 月中旬，他在那儿得到了一个新职位，帮忙进行图书分类。

莱希书店的工作和图宾根相差不大：收寄期刊和书籍，整理库存和书目，开发票，贴邮票，等等。黑塞向他的朋友海伦·福伊特—迪特利希斯解释了自己换工作地点的原因：“这里是我最喜欢的城市，是众多城市中我最钟意的，也是勃克林和布克哈特的故乡。而且，巴塞尔还承载着我童年大部分美好的回忆……”[147]黑塞的行李中装着《赫尔曼·劳歇尔》的初稿，一些写给露露的诗歌以及弗里德里希·尼采

145 见：Hermann Hesse. Kindheit und Jugend vor Neunzehnhundert: 1895–1900, hrsg. von Ninon Hesse. Fortgesetzt und erweitert von Gerhard Kirchhoff, Frankfurt/Main 1984, S.377。

146 见：Volker Michels, “Vom Überdauern einer abgewiesenen Liebe. Hermann Hesses ´Lulu´ in Kirchheim/Teck”, in: Spuren 57, hrsg. von Heike Gfrereis, Ulrich Ott und Thomas Scheuffelen, Deutsche Schillergesellschaft Marbach am Neckar 2004, S.6。

147 见：Hermann Hesse. Kindheit und Jugend vor Neunzehnhundert: 1895–1900, hrsg. von Ninon Hesse. Fortgesetzt und erweitert von Gerhard Kirchhoff, Frankfurt/Main 1984, S.372。

的书——尼采年轻时曾在巴塞尔执教。黑塞现在想要重温这些书，尤其是《悲剧的诞生》。黑塞还随身带着他最喜欢的一幅画，那是勃克林《死亡之岛》的复制品，画作还被镶了边框。对他而言，其中最有意义的是，巴塞尔让他接触到了造型艺术的世界。

第五章

勃克林、布克哈特和尼采。书店里的工作。在瓦克纳格尔家中。和建筑师亨利希·耶能合租。伊丽莎白·拉·罗赫。入伍体检。乘船游琉森湖。《赫尔曼·劳歇尔》。第一次意大利之行。调动到瓦滕维尔的旧书店。诗集。母亲去世。和斯蒂芬·茨威格的友谊。第二次意大利之行。

对黑塞来说，巴塞尔首先是其度过最初童年岁月的地方。1899 年 9 月 24 日，他写信告诉父母，在到达巴塞尔之后，他立刻就去了他们家从前位于穆勒威格的住所，特别是他以前最喜欢的游乐场“舒岑马特”。这一片被五彩斑斓的蝴蝶环绕的草坪位于其原先的住所附近，是他童年时代最美好的梦想和象征。所以也难怪当他在市立博物馆看到勃克林的十二幅画作时，立刻就喜欢上了“生活是一场短暂的美梦”这幅画了。画中画了三个不同年龄段的人，其中有两个孩子正在开满鲜花的草地上玩耍，远处是一位老者，死神正高举镰刀逼近老人。在他们之间站着一个年轻的少女，而她的恋人，一位身穿铠甲的骑士，正踏马远行去冒险。黑塞写道：“童趣、恋爱时光、追逐名利、苍苍暮年都借着极其巧妙的人物构思呈现在了狭小的空间中”，他还对勃克林“现代的色彩感知力”大为赞赏[148]。

为了纪念这位出生于巴塞尔的艺术家，该博物馆还特地设立了一间勃克林馆藏室来收藏其画作，一到周日，只要有空，黑塞都会过来参观这些画作。他在写给父母的信中说，在这间馆藏室内逗留的时间

148 见：Hermann Hesse. Kindheit und Jugend vor Neunzehnhundert: 1895–1900, hrsg. von Ninon Hesse. Fortgesetzt und erweitert von Gerhard Kirchhoff, Frankfurt/Main 1984, S.389f。

“极其的美妙”，他在这“无与伦比的华丽”前感到心旷神怡[149]。当时恪守礼仪的人们认为阿诺德·勃克林作品中的情色题材——群兽、山林水泽女神宁芙、池中仙女、人马兽和潘神——是轻浮放荡的象征，但黑塞却更喜欢勃克林，而非宗教礼仪，这自然无法让玛丽·黑塞宽心。不过黑塞喜欢的就是这种异教徒式的情欲，喜欢这位画家诉诸色彩的象征主义。勃克林用古希腊罗马神话来反抗当时唯物主义的世界观。黑塞也跟他的笔友海伦·福伊特—迪特利希斯讲了自己新近对造型艺术的热爱：“通过观察色彩和绘画，我本性中原本抑郁的部分变得欢快明朗、充满激情，这也影响了我的行为和举止。”[150]

巴塞尔位于莱茵河转弯处，地处瑞士、德国和法国的交界处，由于历来深受统治当地的名门贵族影响，一直都是非常保守的城市。但在加尔文主义的影响下，当地市民却很乐于接纳迅猛发展的工业化进程。巴塞尔在过去的几十年里经历了经济的飞速增长，并因此成了具有国际影响力的金融和商业中心，同时，这也在当地催生了一定的自由精神。黑塞在体验过小城图宾根的狭隘局限之后，在这里感受到了自由和解放。但对他来说，最重要的是，巴塞尔曾深受雅各布·布克哈特和弗里德里希·尼采的影响，他们俩是好友，都推崇“唯有通过艺术才能理解历史、唯有通过文化才能理解权力”的主导思想。布克哈特正是在这种思想的主导下完成了他划时代的著作《意大利文艺复兴的文化》，而尼采则撰写了《悲剧的诞生：源于音乐的灵魂》。除了黑塞在图宾根就已经读过的《查拉图斯特拉如是说》外，他认为这本1874年诞生的“悲剧”极好地表现了最让他深感触动的想法：艺术中狄俄尼索斯般疯狂的黑暗驱动力与阿波罗般高尚的光明驱动力间的对抗。尼采的辩证法正是在狄俄尼索斯式的混乱和阿波罗式的灵性之间通过心理，也就是在精神上得以彰显的，黑塞已经开始注意到了这一点，不过他

149 见：同上，第387页。

150 见：同上，第434页。

直到后来才学会从中归纳出解决自身生活困境的办法。

从黑塞位于霍贝荫大街的公寓到莱希书店不过十分钟的路程。黑塞到了巴塞尔之后，写的第一封信中是这样描述这家处处可见石膏花纹、宽敞明亮的双层书店的："我在店里有很多活要干，不过同事们都很友善（5个同事，1个学徒），这是一家非常漂亮的书店，很新，很敞亮，而且也看得出莱希先生是一个很亲切的老板。我今天早上去拜访了他，也认识了他的妻子和女儿。他的妻子是伯尔尼人，非常友好。学徒狄施豪森虽然有点笨手笨脚，却非常可爱，也肯干活。我的任务主要是运送期刊（我很不喜欢），负责'小金库'的收银、整理仓库、贴邮票，等等。很多时候需要讲法语！"[151] 黑塞热情地投入到法语学习当中，以便为说法语的顾客提供服务。他还给哥哥卡尔·伊森伯格（他用法语称其为"我亲爱的哥哥！"）寄了一封用流利的法语写的信。[152]

和在图宾根的时候一样，黑塞这回依旧利用父亲的人脉网络融入了巴塞尔的知识分子群体中——这一次，他有足够的自信，作为沙龙中积极进取的作家，他相信自己有能力跻身更上流的社会群体。现在就需要用到约翰内斯·黑塞在八十年代建立的那些职场上以及私人生活上的人脉了——他和巴塞尔传教协会以及卡尔夫出版协会一直都保持着良好的关系。赫尔曼最初结识的是历史学家、国家档案馆长鲁道尔夫·瓦克纳格尔，也就是《巴塞尔城市历史》的作者，在约翰内斯·黑塞的推荐下，赫尔曼常被邀请到他位于布隆恩嘉斯利附近的家里去。"这座房子是如此迷人，如此宝贵，我简直无法用言语来描述这一切"，赫尔曼在1899年10月2日写信回卡尔夫表达感激之情时曾如此写道。在瓦克纳格尔家里出出进进的都是艺术家和教授，其中就有著名的艺术史学家、巴塞尔大学的教授海因里希·伍尔夫林，历史学家约翰内斯·哈勒和卡尔·乔伊。黑塞还是他的上司莱希先生家的常客，特别是莱希家的孩子们非常喜欢这个总是兴致高昂、亲切友善的图书分类

151 见：同上，第383页。

152 见：同上，第388页。

助理周日来家里作客，他会和他们一起玩猜谜语或是捉迷藏的游戏。

在巴塞尔教授之家的聚会上，黑塞虽然是年纪最小的一位，而且没有任何学术头衔，但由于他极佳的口才，以及他在自学过程中积累的文学知识而受到大家的热烈欢迎。他还在那里认识了年轻的建筑师亨利希·耶能。这个充满活力的莱茵兰小伙子刚刚在扩建巴塞尔市政厅项目的竞赛中赢得了第一名的好成绩，并被认为是个前途无量的天才。耶能和另一个建筑师朋友一起住在巴菲尔德大街，10 月 16 日，黑塞也用 25 法郎租到了那里的房子。他觉得和两位年轻建筑师为邻的生活非常有意思，他们交流读书心得，这两位建筑师让这个对艺术情有独钟的德国人接触到了设计图和规划设计。

在离开“文学社”后，黑塞重新找回了与好友亲密共处的快乐，他在给父母的一封信中兴奋地描述了自己的心情：“三个有艺术追求的勤奋小伙子住在一起，三个人天性大不相同，却成为好兄弟。耶能是一个真正的艺术家，有天赋，也很情绪化，每当心情不好的时候，他常常发呆，之后很快又重新精神抖擞，精力充沛。另一位德拉赫先生性格开朗，很有爱心，和我关系很不错。”[153] 三个人常常一起打台球，泡在老城区的小酒馆里，比如鱼市边的“盔甲”或者“鸵鸟”酒家。集体外出喝酒游乐的目的地后来延伸到了艾尔萨斯和巴登，在此期间，黑塞也越来越懂得品酒。

赫尔曼搬过去和亨利希·耶能一起住的事却让他的母亲感到了不安。因为赫尔曼没有在 11 月份父母亲庆祝银婚之际回卡尔夫，而且还不确定这一年会不会回家过圣诞节。现在似乎他的新朋友要比自己的家人更加重要。而且，赫尔曼还往卡尔夫寄了一本名为《无眠之夜》的散文集，玛丽·黑塞虽然很喜欢里面的文章，因为儿子在其中描绘的“金发缪斯”名叫玛利亚，很明显就是在暗指她，但她还是觉得这本书书名听起来着实让人不安。不过这篇散文中最让人觉得压抑的应

153 见：同上，第 395 页。

该是儿子身上历史重现的迹象，赫尔曼似乎又倒退到了原本早已克服的精神状态中。其中作为男性无意识中永恒女性原型的玛利亚让赫尔曼彻夜难眠，读到温柔抚摸的双手、亲吻和“粉红的恋爱时光”[154]这样的语句，玛丽·黑塞有理由相信，这当中可能隐藏着儿子的性欲问题。赫尔曼有没有在信中向父母提及自己因大量喝酒而要支付昂贵的酒馆账单呢？不过今时不同往日了，他现在从书店拿到的报酬可是图宾根的两倍，自己就能支付这些酒水账单。不过玛丽·黑塞还是觉察到了儿子在巴塞尔过的这种放荡生活，便又开始担心起来，1900年3月9日，她在信中抱怨说赫尔曼显然没有时间陪自己的父母，这让她彻夜无眠：“亲爱的孩子！哦！请你追求真正的良善和高尚，远离那些罪恶吧！世事凶险，邪恶的诱惑力又是如此巨大：为了不受蛊惑，我们就必须有坚定的意志！要呼唤上帝，求他赐予我们力量来获得最后的胜利。”[155]

对于母亲这种突如其来的态度转变，黑塞只讥讽地回应道：“我三月底就会从恶人耶能那里搬出去，现在你们满意了！”他还说自己“不会被教堂的钟声打动”，因为在巴塞尔，“虔敬派备受推崇，一个人到了这儿就会觉得虔敬派那些习以为常的形式化做法就已经让人受够了”[156]。最后，他推说自己疏于写作是因为患了流感，而且头疼的毛病一直折磨着他。黑塞随后搬离了巴菲尔德大街，住进了一个相当简陋的屋子，那是“普通老百姓居住区的一间小屋”，不过他之所以搬家可不全是因为母亲的警告，而是认识到自己要写作就必须独处，不然那些忙忙碌碌的同住者会不断地转移他的注意力。

1900年10月，黑塞搬到了莫斯塔克街10号，他在那儿专心创作《赫

154 见：Hermann Hesse, Sämtliche Werke, Bd.1，Frankfurt/Main 2001, S.293 (hinterlassene Schriften und Gedichte von Hermann Lauscher)。

155 见： Hermann Hesse. Kindheit und Jugend vor Neunzehnhundert: 1895–1900, hrsg. von Ninon Hesse. Fortgesetzt und erweitert von Gerhard Kirchhoff, Frankfurt/Main 1984, S.453。

156 见：同上，第455页。

尔曼·劳歇尔》，同时为《瑞士汇报》撰写文艺评论。《赫尔曼·劳歇尔》不仅是他的童年回忆录，而且还反映了他在图宾根过的双重生活经历。为了在小说《十一月的夜晚》中体现自己在莫尔布隆时期不稳定的精神状态，黑塞还借鉴了一起当时令其印象深刻的事件：早前有一位莫尔布隆的研习生自杀身亡，黑塞曾参加过他的葬礼。黑塞把图宾根时期的自己分成两个人物，一个是冉冉升起的作家赫尔曼·劳歇尔，另一个则是一事无成的大学生“可怜人厄勒”。在某一个通宵狂欢之夜后，赫尔曼·劳歇尔大肆嘲笑那位烂醉的酒友，自大地觉得自己是个了不起的诗人，随后，可怜人厄勒在一位神秘陌生人的逼迫下开枪自杀了。黑塞笔下的这位陌生人是个恶魔般的诱骗者，他会买下年轻人的灵魂，最终让这些灵魂消失得无影无踪。这个神秘可怕的形象代表着居住在黑塞内心深处的魔鬼，正是它逼得黑塞在青春期时差点自杀。

在巴塞尔生活得越久，就越容易将自己从饱受折磨的自我当中解放出来——即使他仍不断受到内心深处从前那些魔鬼的侵扰，特别是在深夜里。之前始终让他念念不忘的朱莉·赫莱曼，这位克尔希海姆的露露姑娘，在他认识了瓦克纳格尔家里年轻漂亮的钢琴家伊丽莎白·拉·罗赫后，顿时变得逊色不少。伊丽莎白出身于一个牧师家庭，家里素来和黑塞一家交好。一想到自己曾在矜持的“露露姑娘”那里碰壁的经历，黑塞又退缩了，他悄悄地为伊丽莎白作了一首诗，只不过她从来都没有亲眼看到过：

伊丽莎白

像一朵白云，
高悬在天际，
你是，伊丽莎白，
如此洁白美丽而遥远。

白云悠悠，
不曾惹你侧目，
可是深夜里，
它将在你的梦里漫游。

漫游，银光闪烁，
倏尔远行不曾驻足，
而你却患上了甜蜜的乡愁，
思念那白云悠悠。[157]

瓦克纳格尔一家周末会定期去温肯霍夫郊游，这是巴塞尔城外的一处农庄，配有庄园住宅和一个漂亮的花园。赫尔曼也能在那里见到伊丽莎白，他们一起弹钢琴，一起散步。这个地方给了黑塞灵感，几个月来，他首次重新开始写诗。黑塞在日记中坦承，这些诗都是献给伊丽莎白·拉·罗赫的，他打算以后以赫尔曼·劳歇尔的名义出版这本日记。他还给伊丽莎白写了很多封信，信中解释了自己犹豫不定、笨头笨脑的行为举止，还试图弄明白她的反应，并坦承早已在“灵魂深处”认识了她。不过黑塞还是没有勇气将这些告白寄出去。他知道自己得遵守礼仪，要内敛谦逊。这种备受折磨的情形让他想起了自己对欧格妮·科尔伯的单相思，想起那“熊熊燃烧的爱火”，当时他甚至一度陷入了人生首个最大的危机，不过现在情况可不一样了，他很明白自己的感情。这位尼采爱好者体验到了自身内心狄俄尼索斯式的混乱和阿波罗式的灵性之间存在的张力，感受到了心中混乱和秩序、自然天性和文明意识、感性与理性之间的矛盾，他希望自己能保持“理性”，融入社会，重回热血激昂的青少年时代，“那时因傲慢自大、放荡不羁而给自己

157 见：同上，第 468 及下页。

带来了灾祸”[158]。“哦！如此的灵魂！”他笔下的劳歇尔高喊道：“这美丽、黑暗、温暖安适又危险重重的大海！当我不知疲倦地审视、爱抚、质询、投入这波光粼粼的海面时，她却时不时从我面前深不可测的海底嘲讽般地翻腾出一个个色彩诡异的谜团……”[159]

黑塞开始认识到，他的痛苦从深层次上来看是与其创作密不可分的。尽管他尚无法完全明白自己的情绪转变、自我怀疑和内心痛苦的矛盾，但这种无解的状态却催生了迫使其创作的驱动力，让他感到了急需表述的强迫感，至少这样能让他暂时忘却内心苦痛的矛盾冲突。他现在明白，这种神秘的深度是任何艺术品都不可或缺的，只有如此，那些从他内心深处喷薄而出的东西才能成“真”。和尼采一样，对他来说，存在只是一种美学上的合理存在，只有通过艺术的美丽表象才能让其接纳这种存在。这种美丽的表象需要能感染他人的激情和悲剧性的冲突，否则艺术就只会流于空洞的形式。黑塞很担心随着自己知识面的不断扩展，这种狄奥尼索斯的疯狂、原始状态和创作欲望会慢慢消退。特别是持续不断的自我反思更是让他渐渐脱离了能刺激想象力的本能直觉：“我相信没有人是对自己内在生命的根源、对其内心渴望和不满的真正原因毫无了解的，也不会只发现内心深处的混沌与黑暗，就像这个人一样，他观察着自己每一个细微的举动，并探究每一种刺激的来源，似乎这么一来就能关注到那转瞬即逝的无意识，就好像这些无意识的事物会战战兢兢地躲避每一种审视的目光一般。”[160]

为了再次回到这种原始状态，他就必须经历新的事物，这样才能开放性地接纳狄奥尼索斯般充满激情的创作欲。黑塞寻找灵感的地方是能让他深刻体会神性显现的地方：大自然。它既美丽又有挑战性，

158 见：Hermann Hesse, Sämtliche Werke, Bd.1，Frankfurt/Main 2001, S.308 (hinterlassene Schriften und Gedichte von Hermann Lauscher)。

159 见：同上，第 319 页。

160 见：同上，第 308 页。

人们可以占有、改造大自然，却永远无法驯服它。黑塞现在经常一大早就会去冰冷的莱茵河游泳，在琉森湖畔的山间漫步，在湖上划船、钓鱼。“高耸在湖畔周围的雪山上会传来放羊人高唱岳德尔调的歌声，很美妙！太美妙了！天蓝水清，天气微热，四周遍布着紫堇花、三叶草和樱花草，”他在 4 月 15 日写给父母的信中如此描述道，同时，在他的日记中，同瑞士春日美景的这一邂逅也让他形成了从尼采身上学来的美学观：“我现在终于明白，我的宗教信仰并不是异端，从美的角度去观察所有肉体以及精神事物是非常值得的，这种宗教信仰还会带来升华，而且这种升华所含的纯净圣洁丝毫不亚于殉道者和圣人。”

1900 年 7 月，在黑塞再次前往琉森湖之前，他必须先到巴登—符腾堡州的勒拉赫接受体格检查。因为从他在莫尔布隆读书开始，黑塞就已经不再是瑞士公民了，现在他很有可能会被征召加入德国军队。7 月 8 日，医生告诉他，因为他“高度近视”无法参军，只能被编入预备军。黑塞如释重负，前往卢塞恩和好友莫里克碰头，他们俩打算一起深夜游湖。黑塞把自己无法参军的事情告诉了父亲，后者随即写信警告他：“希望你瞧见世上这些罪恶、诱人入歧途的东西时也总是近视的！”[161] 约翰内斯·黑塞怒气冲冲地在这封信中说自己在火车上被一个陌生男子搭讪，对方还塞给了他一本避孕小册子。父亲的话是在隐晦地提醒自己身处大城市、面临各种诱惑的儿子，不过这种警告现在对黑塞已经毫无作用了。如今，他对来自卡尔夫的道德劝诫早已习以为常，看到这种话题一律置之不理。他现在不想再做心怀感激、善解人意的乖儿子，而是一名寻找自我的诗人。家庭危机，比如哥哥卡尔精神崩溃的事，都无法让他有所触动——尽管他当时还满怀关心地往图宾根寄了一封信，不过他可不愿意收拾行李去医院看看哥哥。当他的弟弟汉斯因为在卡尔夫学校成绩不好转学到巴塞尔传教士学校时，他依旧无动于衷。

161 见： Hermann Hesse. Kindheit und Jugend vor Neunzehnhundert: 1895–1900, hrsg. von Ninon Hesse. Fortgesetzt und erweitert von Gerhard Kirchhoff, Frankfurt/Main 1984, S.476。

他学会了远离家庭矛盾，这样才能让自己从父母身边独立出来。

当黑塞结束了琉森湖畔的夏日假期之后，又开始觉得大自然令其厌烦：连续几小时泛舟湖上、白天无休止地游泳和垂钓。劳歇尔的日记里记录了他的这种日益不满和心烦意乱："这令人压抑的平静湖面，这枯黄泛白的高山牧场，还有那冰冷的山脉和沉寂的天空，无不让我感到害怕……我得见见人，要听到车水马龙声，我想割开新书和新报纸，也想呼吸新生活中陌生、浑浊的空气，我还希望在小酒馆里过夜，和情投意合的姑娘一起高谈阔论，想打台球，在那无所事事的晃荡…….那儿肯定还有我不知道的乐事，还有能让我的神经受到剧烈刺激的事物，还有我喜欢的书籍珍本，还有那新奇、美妙的音乐。"[162] 黑塞本性中热爱消遣娱乐、社交和渴望获得他人认同的另一面此时再次凸显了出来。

可惜回到巴塞尔之后，并没有出现黑塞所预期的振奋人心的日子，而是空虚苍白的工作。黑塞开始日日怀念湖畔那无忧无虑的假日，于是，他决定辞职重新找一份旧书商的工作。尽管收入可能会低一些，但他会有更多的时间写作和旅行。12 月底的时候，书店老板同意黑塞从 1901 年 9 月开始转调到隶属莱希公司的瓦滕维尔旧书店去，这家店离莱希书店不远，就在普福鲁克盖斯莱茵。尽管黑塞现在只能拿到 110 法郎的报酬，但由于在这儿接触到的书籍在他看来更有价值，新工作也就更有意思了。在此期间，"劳歇尔"一书的初稿终于完成了，黑塞开始着手一部长篇小说的创作，这部作品的创作灵感来自琉森湖，故事最后也终结于此。

十月份时，出版人迪特利希斯拒绝出版黑塞的《赫尔曼·劳歇尔》，因为之前的《午夜后一小时》销售情况非常糟糕，现在对方不敢再冒险出版黑塞的作品了。于是，黑塞就把这本只有 83 页的小册子交给了莱希书店旗下的出版社出版，而且只刊印了极少的数量。作为作者，黑

162 见：Hermann Hesse, Sämtliche Werke, Bd.1，Frankfurt/Main 2001, S.321。

塞自己也不确定这部作品是否会一举成功，于是他就采取了伪装措施，在前言中假称自己是编者，这次是帮助一位“可怜的已故好友”出版其遗作，所以这本1900年圣诞节前不久出版的书作现在题为“《赫尔曼·劳歇尔的遗稿文和诗》——由赫尔曼·黑塞编著”。黑塞之所以化名，也只为了试图掩饰自己在回忆录中记录的自白和私密情感，同时表明文中的矛盾性。他在前言中写道：“此书几乎囊括了所有劳歇尔的遗作，对他的朋友们来说，这其中最重要的是其个人价值，感兴趣的读者们可以注意到，这些作品记录了一位现代美学家和特立独行者内心灵魂的独白，尤其是‘日记’中那自我折磨般痛苦的、执着于真理的激情。文中几乎没有任何精心雕琢的精美形式，这也是劳歇尔作品的一大特点，因此，按照作者的意愿，就算最善于研究文学作品的人也无法把握这位作者的其余身份。”

这卷薄薄的小册子中囊括了除了黑塞在图宾根创作的小说《十一月之夜》以及对巴塞尔童年的回忆之外，还有受到恩斯特·西奥多·阿玛迪斯·霍夫曼激发而创作的小说《莉莉娅公主》。克尔希海姆“文学社”的经历也成了他发挥想象创作新作品的原型，黑塞笔下的作品中现实和幻想毫不违和地交织在一起，而古怪的哲学家德雷迪希翁则作为代表在这两个领域间进行神奇的转换，他是开启“幕后世界”之人。文中出现了许多对话式的玩笑和微妙的嘲讽，这是黑塞在过去几年间详细钻研之后尝试的全新的浪漫派叙述理论。

在经历了圣诞节期间繁重的加班工作后，黑塞终于迎来了为期半年的假期。他先去了卡尔夫，打算在那儿为自己期待已久的首次意大利之行做准备。他仔细研读了旅行指南，还学了意大利语。他原本是打算利用出行之前的时间继续之前的小说创作，不过故乡的环境给了他新的灵感，他开始热情地投入到施瓦本方言故事的创作中。这些故事主要和初恋以及青春期的迷惘有关，都深深地烙印在他的脑海里，如今，他一点一滴地将其写了下来，其中还包括某位天才儿童不幸过世的悲剧故事。这是一段早已遗忘且令人心痛的经历，在黑塞的记忆深处，一想到这件事情，他似乎感到连身体都会疼痛——这是一种奇异的强迫感，在出发去温暖明亮的南方之前，他还得克服童年的这种灰暗面，克服自己心中令人费解的恐惧感。

1901年3月25日，终于到了出发的这一天，黑塞之前卖了25本手写小诗集，赚的钱足够这次旅行开支了——他的拥趸们非常推崇这些诗集，因此，黑塞得到的报酬自然也不低。他乘坐三等座的火车，途径斯图加特前往米兰，在那儿，他第一次看到了富丽堂皇的大教堂和里面泛着神奇光芒的玻璃窗。随后，他继续前往托斯卡纳，为了能欣赏到大海，途中还在热那亚暂停了一阵："我在热那亚第一次感受到了真正的意大利景象：阳光，敞亮的白色屋子，蓝绿色的大海波光粼粼，身着五颜六色服饰的民众，屋宇间、教堂的走道上、楼梯间里到处都是乞讨者和闲逛的人，港口里停泊着来自全世界的船只……第一眼瞧见大海时，我感觉恍然如梦，但这景象却深深地印刻在我记忆深处，这绝对是一种无与伦比的宏伟印象。"[163]

黑塞的主要目的地是文艺复兴之都佛罗伦萨，因为他想要亲眼看看雅各布·布克哈特笔下所描述的景象。他住在一个能望到维奇奥宫和乌菲齐美术馆的房间里，很快，他就对这所举世闻名的博物馆内的每个角落都了如指掌了。为了弄明白有些画作的主题和绘画技术，他甚至反复多次前去参观这些作品，而且每次都是在一位德国艺术史学家的陪同下一起去的，就是后者把自己位于西尼约里亚广场附近的房间出租给了黑塞。在此期间，黑塞参观了波提切利、基兰达约、利皮、提香、斯齐亚沃尼、伦勃朗、拉斐尔和弗兰德画家雨果·凡·德尔·高斯的画作展。他还去了巴杰罗博物馆的雕塑展，参观了陈列在美术学院中著名的米开朗其罗"大卫像"和佛罗伦萨画家弗拉·安杰利科的作品。在碧提宫展出的一系列著名画作中，最让黑塞印象深刻的是提

163 见：Hermann Hesse, Sämtliche Werke, Bd.11，Frankfurt/Main 2001, S200 及下页（Italienische Reise 1901）。

香的肖像画和丁托列托以及菲利普·利比的麦当娜像。他觉得这些作品看起来“结构和色调上都无比和谐，看起来温柔而甜美，整幅画作犹如乐曲一般”[164]。黑塞从雅各布·布克哈特的视角出发来欣赏佛罗伦萨，后者认为，这座城市在文艺复兴历史中最重要的意义体现在进行人物描写时清晰地呈现了个人主义的萌芽。受到歌德《意大利游记》的激发，黑塞在日记中详细记录了自己参观的所有展览、教堂、庭院和花园，不过他的关注点不仅仅是当地的文化，他也很喜欢那儿热情开放的居民，他会和小摊贩妇女、酒店老板、叫花子聊天，而且最喜欢的是那些在街头乱跑的“欢快活泼、邋邋遢遢的孩子们”。他在4月6日的日记中满怀热情地写道：“这些人不做生意的时候真是非常天真可靠，热情开朗，而且生活方式和行为举止都很自然纯粹，跟他们一比，我们这些北边国家来的人就都跟木偶人似的。”[165]与对待当地人的态度截然不同的是，黑塞对“德国守财奴们”表现出了相当的不满，认为这些人行为举止不端，这些住在城里的人们一到天黑，除了胡说八道开玩笑，就不知道还能干些别的有意义的事儿了。

黑塞最喜欢的一个地方是菲耶索莱，从那儿的山顶可以俯瞰整个佛罗伦萨。1901年1月1日，也就是在黑塞尚未到佛罗伦萨的几个月前，阿诺德·勃克林就是在这个小地方辞世的。黑塞喜欢躺在菲耶索莱的草地上，在柏树下小憩，一整个下午，他都会和那儿的“采花姑娘”和老人们闲聊。很快，他就觉得自己无法想象是否还能以其他方式继续生活：“这种无所事事，悠闲惬意的闲逛日子，这种能随意在城墙、凉亭、阶梯上或躺或坐的生活拥有一种特殊的魅力。”而且，他很快学会了在这所旅游之城如何维持生活：“如果饿了，我就只需要吃点奶酪或香肠夹面包，再来两杯红酒就好了，一杯酒20分，也可以只要半杯或四分之一杯。这儿最棒的一个词就是‘就这么定了！’几乎到处都能用到，跟小贩、服务生和乞丐打交道时也能用，要是用冷酷的

164 见：同上，第213页。

165 见：同上，第210页。

语调斩钉截铁地说出来，更是非常管用。有时候我也会用德语说脏话，也能管用。”[166]

4 月 28 日，在享用了一顿“莱茵葡萄酒和香槟的美妙晚餐”[167]之后，黑塞启程离开了佛罗伦萨，一路途经博洛尼亚、拉文纳和帕多瓦前往威尼斯。在威尼斯，黑塞也是穿行在大街小巷游荡，环着潟湖航行，前往布拉诺岛和托尔切洛岛参观，在圣马可广场闲逛。尤其是在圣马可广场上用玉米粒喂鸽子，抚摸它们柔软、“闪闪发光的”羽毛时，黑塞体验到了童真和快乐。他在关于威尼斯的日记中兴奋地描述了自己对鸽子和孩子的热爱，那时他就已经感到，在“这里度过了梦幻般无忧无虑的几小时之后，将来肯定会无比怀念此地的”[168]。

不过和在佛罗伦萨时一样，黑塞的日记中也记录了威尼斯的灰暗面。比如他在圣马可教堂做祷告时，就嘲笑了那些挺着“德国啤酒肚”的人们动不动就拍手的举动：“坐在一位意大利叫花子边上的那位肥头大耳的德国商人看起来可真可恶！”[169]黑塞在此期间已经能流利地说意大利语了，而且感觉自己已经是半个意大利人了，不过他对同胞的种种不满却都源自他对自身理解的改变。按照欧洲人的传统，黑塞认为自己目前正处在“感伤之旅”期间，已经完美结束了自己的个人修养之旅：他是一个懂得欣赏意大利文化的内行，也是一个会名传千古的作家。他完全是从美学角度在欣赏威尼斯，以至于那些衣衫不整的德国游客在他眼中显得和这座城市的美景如此格格不入。

最好玩的莫过于坐着贡多拉在威尼斯大运河穿梭，黑塞对此简直就是乐此不疲。坐着小船无声地缓缓划过河面时，迎面而来的城市美景就像一幕幕戏剧，城中繁忙的景象在船上的游客眼中倏忽闪过。他还喜欢坐着贡多拉驶向潟湖，好从远处欣赏威尼斯美景：“傍晚 6 点时分，

166见：同上，第 216 页。

167 见：同上，第 238 页。

168 见：同上，第 260 页。

169 见：同上，第 245 页。

我坐船快速驶往丽都岛；潟湖是浅绿色的，跟莱茵河的颜色一样，倒映在湖面上的夕阳余晖精美绝伦，美不可言，闪烁着猫眼石和珍珠母的光辉。远望城市，那美景更是如此独特而令人难忘：圣乔治教堂后面的礼炮清晰可见，缓缓地向左侧倾斜，布满圆屋顶和塔楼的整座城市露出了黑色的侧影，倒影在水面上宛如美丽的灰暗色点缀。”黑塞在日记中写道，他现在终于知道丁托列托和保罗·委罗内塞是从何处学会“将各种色彩融汇成神秘、甜美的一体”。黑塞的游记像是一幅幅画作，他为了更加准确地把握现实而不断练习着各种风格和精细度。

5 月 16 日，黑塞接到通知，他得再次参加入伍体检。坐了两天火车后，5 月 19 日，他回到了卡尔夫；他打算暂时待在家里，直到重新在巴塞尔找到新工作为止。体检机构的结论依旧是黑塞不适合参军，不过他并没有感到多么高兴。卡尔夫出版社里的氛围十分压抑，因为他母亲的病情正在急剧恶化。玛丽·黑塞正饱受肾部剧痛的折磨，这也是早前确诊的骨软化症带来的并发症。家里给病人搭建了一个游廊，好让她在天气暖和时躺在那里晒晒太阳，赫尔曼也常会在此陪着母亲。她当时还有力气聊天，也能写诗。1901 年 6 月 14 日，在约翰内斯·黑塞 54 岁生日那天，病愈无望的玛丽·黑塞写了一首诗总结自己作为基督徒的坚定信仰：“我们都是朝圣者，向着故乡匆匆前行，/ 往往饱受折磨 / 还有那源自内心深处的恐惧。/ 但他却始终在我们身边 / 亲切、友善、抚慰人心。”[170]

黑塞回到自己从前的房间，开始思考《彼得·卡门青》的创作。母亲的重病和出版社的繁重工作都让他有些招架不住，以至于无法专心致志地写稿。八月底时，他决心离开卡尔夫返回巴塞尔，好在那儿专心写作。但是旧书店里的新工作却和他想象中的大不相同，尤其是在意大利惬意地待了几周后，这份工作更令他觉得不满。虽然他也有

---

170 见：Adele Gundert, Marie Hesse. Die Mutter von Hermann Hesse. Ein Lebensbild in Briefen und Tagebüchern, Frankfurt am Main 1977, S.229。

很多顾客，但是不少都是老买卖，最重要的是，黑塞得到的报酬现在只有莱希书店时的一半。他必须额外赚些钱来补贴家用，当然这样做也妨碍了他的创作。他还得费心思为《巴塞尔日报》的游记专栏撰稿赚取稿费，这份活花了他好几周时间，而且80法郎的稿费还得他亲自到报社去拿。在这样艰难的情况下，他收到了柏林著名作家卡尔·布赛的一封信，布赛问他是否愿意在《新德意志诗人》诗集丛书中出版一卷诗歌。黑塞马上就同意了，因为对于24岁的他来讲，这样的机会就是一种莫大的认同。他欣喜地从1899年之后创作的诗歌里精心挑选了一些，并于1901年9月26日寄到了柏林。他在写给布赛的信中冷静理智地评价了自己的作品，说自己寄去的“诗歌集”“也许有一些拙劣之处，却没有谎言”[171]。黑塞当然知道布赛有多么欣赏他的诗歌，所以他完全可以小小地自谦一下。如其所愿，布赛对这本诗集大加赞赏，并且承诺将在秋季由古鲁提出版社出版。

黑塞要将这本标题朴素，题为“诗集”的书献给他的母亲。但是玛丽·黑塞最终因饱受病痛折磨于1902年4月24日去世，那时这本诗集尚未得以出版。临终之时，她告诉自己的丈夫，她已经感觉到了“救世主”就在她身边，并且认为“一切都会好起来的”。就算是身处病痛之中，都没有任何事物能动摇她的信仰。赫尔曼·黑塞在一首诗中表达了自己对母亲的感情，并且在新诗集出版之前临时将其加了进去：

致我亲爱的母亲

我有许多话要对你讲，
我在异乡待得太久长，
可无论是在什么时光，
最了解我的人都是你。

171 见：Hermann Hesse. Gesammelte Briefe 1895–1921,hrsg. Von Ursula und Volker Michels, Frankfurt/Main 1990, S.83。

如今，当我要把期待已久的，
第一份礼物献给你，
用孩子般胆怯的手捧着它时，
你却已经闭上了眼睛。

可是，我读时，竟然感到
我神奇地忘记了自己的苦痛，
因为你那无比慈祥的存在，
正如千丝万缕将我包裹。[172]

读到这些情真意切的诗行时，可能没有人会想到，字里行间都表达出对母亲深切哀悼的儿子，居然没有参加她的葬礼。尽管黑塞在和父亲的通信中对母亲的状况，包括最后一刻的病情，都非常了解，但他却不愿下定决心回到卡尔夫。在母亲去世前不久，黑塞在写给父亲的信中提到，他希望母亲能早日从苦痛中得到解脱。黑塞的另一首献给母亲的诗歌中解释了他的这种看似无情、明显深受罪恶感困扰的举动，《在我母亲的花园中》这首诗的第三节中写道："罪恶的阴霾驱赶着我 / 让我备感屈辱，不知如何自处。/ 我亲爱的母亲，你别着急 / 你就当我已经死去。"[173] 黑塞在此处提到罪恶感是相当奇怪的，因为事实上他不可能知道，其实当他从莫尔布隆的课堂上逃走时，玛丽·黑塞真的想过与其让家人蒙羞，倒不如就当儿子已经死了。黑塞知道，他在自己家里一直以来都是一个陌生人，一个逃离父母掌控的孩子，说到底就是个失败者，因为家人从未认同过他的任性肆意和顽固不化的另类存在。所以他很无辜地觉得自己是有罪的，因为对他来说，玛

172 见：Hermann Hesse, Sämtliche Werke, Bd.10，Frankfurt/Main 2001, S.119（meiner Mutter）。

173 见：同上，第 54 页。

丽·黑塞不只是关怀备至的母亲，同时也是他在这么多年寻求正确道路的过程中需要不断抗争的对手，她的基督教诗歌和儿子想要成为诗人的雄心壮志是正好相悖的，而且，她的言行举止、社交行为也确实符合她的言论和信仰。对一位正在寻求自我的年轻人而言，玛丽·黑塞的言行是令人惊恐的，尤其是他寻求实践自我的道路并不是屈从和自我奉献，而是达到艺术家具有创造性的个人主义。如今，这位楷模般的女性无惧无畏地辞世了，为她自己毕生的作为留下了一个惊叹号。而黑塞则躲在一堆堆毫无意义的空话里逃避自我，他觉得此时母亲的“存在和关爱要比她生前更为强烈”，并认为自己留在巴塞尔对其他人来说要更好些。尽管在面对父亲时，他不再如从前那般“冷酷无情”，但父亲还是更担心儿子这副伪善的模样，觉得这要比不虔敬的信仰态度更令他不安。可对黑塞来说，下定决心继续走自己的路要比表达孝心更为重要，这一点在他的诗歌中也有所体现。

《诗集》很快获得了读者的普遍赞誉。奥地利作家理查德·绍卡尔在《维也纳晚报》上撰文介绍了赫尔曼·黑塞，认为继艾辛多夫之后没有人能如黑塞那般拥有如此“能让人心旷神怡的力量”，并断言称黑塞的诗歌是“我们拥有的最美德语诗歌的一部分”[174]。另一位评论家特别强调了黑塞诗歌中的反现代性和“艺术上匠气的缺失……而有些当代诗人却正试图用这种匠气让自己的诗歌显得时髦、华丽”[175]。虽然我们不能断言说黑塞的第二部诗集取得了真正的成功——主题变换太过肆意，诗歌韵律不够统一——但押韵的四行诗当中体现的民谣特色却使其拥有了一些与众不同、旋律优美的特征和一种迷人的哀愁，而除了情绪上的感染力外，黑塞的诗歌中更有激发读者思考的魅力。尽管有着优美的音调，但黑塞的诗歌并不是为了艺术而艺术，他的诗

174 见：Siegfried Unseld, Hermann Hesse. Werk und Wirkungsgeschichte, Frankfurt/Main 1985, S.17。

175 见：同上。

总是旨在成为人们生活的助力——由此一来，这些诗作也就和他母亲推崇，但备受黑塞抗拒的宗教诗歌相距不远了，这其实是非常自相矛盾的状况。《诗集》囊括了咏春的诗歌、写给露露和伊丽莎白的情诗、哲理诗、朴素的描述性诗歌、“威尼斯贡多拉谈话”、卡尔夫印象以及或明朗或灰暗基调的诗作。黑塞还吟诵了自己的小提琴，再次回忆了已然失去的“神奇故乡”。尤其是《你也了解吗？》这首诗更是颇具价值[176]：

你也了解吗，
偶尔在无比快乐的时候，
譬如欢宴中，在欢乐的礼堂里，
你必须突然噤声且离席？
然后你躺在屋子里辗转难眠
似乎心脏突然开始隐隐作痛；
欢声笑语烟消云散，
你啜泣着，无法不止——你也了解吗？

这种突如其来、令人费解的悲世悯已是黑塞身上常见的心理情绪，就算生活阅历再丰富，抑或像不谙世故的年轻人一般漫游山林，都无法消除他的这种心理，这也使得他在创作诗歌时拥有了超乎常人的敏锐感觉。母亲过世后的几个月间，黑塞又陷入了图宾根时期的抑郁低迷和忧郁多疑状态中，他饱受头疼折磨，医生甚至建议他做眼部手术。早在勒拉赫接受入伍体检时，医生对黑塞的诊断结果就是“两侧太阳穴肌肉痉挛”以及泪管过窄，这些都会导致疼痛及发炎。当时黑塞写长篇小说时进展不顺，这更加剧了他的绝望心理。因为他对这部小说寄予了厚望，希望以此结束自己的浪漫派阶段，顺利转型投入当代文

176 见：Hermann Hesse, Sämtliche Werke, Bd.10，Frankfurt/Main 2001, S.91（Kennst du das auch?）。

学流派。在此期间，黑塞在卡尔夫休养许久，他再次迷醉在黑森林的美景中，随后，他又回到了巴塞尔，在写给姐姐阿黛尔的信中，他说感觉自己获得了“重生”。在过去几个月间，黑塞因为远行而冷落了自己在巴塞尔的朋友们，如今，他又重新和他们交往起来。1902 年 1 月 19 日，他在写给鲁道夫·瓦克纳格的信中为自己太长时间没有待在巴塞尔道了歉，同时还向他提到了自己的新书创作计划：“这本书我已经写了快一年了，如果继续按照目前的进度写下去，这本书可能会在 10 到 12 年之后写完。”[177]

同时担任文艺小品专栏作家的兼差也耽误了黑塞《彼得·卡门青》的创作。黑塞撰文评论的书作都是欧根·迪特利希斯出版社出版的，其中包括他的女性好友海伦·福格特—迪特利希斯的新诗集，他还撰文描绘了“意大利北部的美景”，在此期间，也和众多读者和作家保持了密切的联系，这些人都希望能结识黑塞，因为现在他已经被视为文坛黑马了。1903 年 1 月，时年 20 岁的维也纳大学生斯蒂芬·茨威格写信给黑塞讨要一份他刚出版的《魏尔伦》诗集签名版。黑塞是这位法国象征主义派诗人的推崇者，在他的第二部诗集中还收录了魏尔伦《我熟悉的梦》一诗的译文。黑塞也很推崇茨威格在 1901 年出版的诗集《银弦集》。作为谢礼，黑塞给茨威格寄了一册自己的新书，在随附的信中，他谨慎地指出，自己不过是个“窘迫”、可怜的穷光蛋，得在“各方朋友那里到处寻求接济”[178]。黑塞这话自然有更深的含义，因为他不久之前在巴塞尔做了一次报告，主题是当代最重要的诗人，其中就提到了斯蒂芬·茨威格。他知道茨威格是德国一位犹太纺织工厂主的儿子，家境非常富裕。对于黑塞提出的小要求，茨威格表现得非常热情友好，他甚至有点炫耀似地介绍了自己和一些著名作家之间的关系，

177 见：Hermann Hesse. Gesammelte Briefe 1895–1921,hrsg. von Ursula und Volker Michels, Frankfurt/Main 1990, S.91。

178 见：Hermann Hesse / Stefan Zweig. Briefwechsel, hrsg. von Volker Michels, Frankfurt/Main 2006, S.7。

友好地表示要介绍给黑塞认识，不过黑塞在1903年2月5日写给茨威格的信中却冷淡地回应，他对此并没有兴趣，而且也“不擅长和作家们书信往来”[179]。和茨威格不同的是，黑塞对那些“需要言谈谨慎、讲究礼仪”的地方完全不感兴趣，他给自己的定位是来自边远地区的特立独行之人，他对大城市里的沙龙文化毫不了解，而且更愿意和农民、孩童、水手这样的普通人来往。最重要的是，他更爱大自然和书籍，当然还有从事造型艺术的艺术家们：“我总是喜欢待在能闻到色彩味道、挂着建筑图纸或摆放着文件夹的工作室里，我不喜欢和文学家、演员、音乐家相处。画家们谈论的不外是大自然，其他人不是谈自己的作品，就是讲身边那些对自己心怀嫉妒的同事们。”[180]

黑塞这种不友好的冷漠态度并没有让茨威格觉得难堪，他坦承自己有时候身处维也纳咖啡馆和那些作家们相处时，也会感到不适，同时，为了结交黑塞，他还建议不久之后同游意大利。不过茨威格在家里是个乖儿子，他表示在此之前得先获得博士学位。同时，他还对黑塞的《赫尔曼·劳歇尔》大加赞赏，认为这完全是一部伟大的小说。黑塞在3月6日的信中对此表示了衷心的感谢，同时表示他们之间最初的小误会早就消弭了，在短暂的书信交往之后，他们已经成了朋友。茨威格答应夏天会前往巴塞尔亲自拜访黑塞。

对黑塞之后的成长起到更大影响的是瑞士作家保罗·伊尔格对《劳歇尔》一书的赞赏。他在看完这部小说之后，立马将其推荐给了柏林著名的费舍尔出版社。《劳歇尔》给萨穆埃尔·费舍尔留下了深刻印象，他向这位年轻的作家邀约新的文稿，1903年2月2日，黑塞在写给这位著名出版人的信中略带委婉地提到自己正在写一些新的诗歌，不过

179 见：同上，第13页。

180 见：同上，第14页。

“只是出于个人需要”[181]。事实上，自从费舍尔向其约稿之后，黑塞满怀激情地投入了创作中，早在复活节之前就差不多完成了这部诗集。

在他把手稿寄往柏林之前，黑塞再次旅行去了南方。他之所以会再游意大利，完全是受了巴塞尔的画家玛利亚·君德鲁姆的影响，后者打算在佛罗伦萨长期定居下来。她邀请了自己在巴塞尔的好友们——其中包括黑塞——送她去意大利。黑塞是被这位画家的好友玛利亚·贝诺丽劝说着一同前往的，因为他当时原本是打算在这段时间写完《卡门青》。玛利亚·贝诺丽是一位摄影师，年长黑塞九岁，出身巴塞尔的一户书香门第之家，黑塞很早之前就去她家拜访过。玛利亚·贝诺丽和她的姐姐马蒂尔德·贝诺丽一起开了一家照相馆，黑塞就是在这家照相馆的一次肖像照“接待日”中认识玛利亚·贝诺丽的。贝诺丽姐妹被看作是瑞士首批职业女摄影师。4月2日，在两位女伴的陪同下，黑塞从巴塞尔出发，途径米兰，前往佛罗伦萨。4月8日，黑塞从佛罗伦萨写信给家里，介绍了这次旅行的情况：“我们乘坐夜班车前往米兰，因为我们三个都没钱，一路上就只能坐三等座，到那儿的时候全都筋疲力竭了。尽管如此，星期四一整天我们都在米兰逛，还去了我两年前曾参观过的帕维亚修道院。星期五那天，我们早上7点开始坐火车，直到晚上6点才到达佛罗伦萨（途径博洛尼亚），一路上都没有停留。此时，我们正坐在佛罗伦萨，确切地说，坐得不多，倒是一直在城里四处逛，还去了美丽的近郊。我刚到这儿的最初几小时感觉像是回到了故乡，这实在是太奇妙了。我认识这儿的每条路，感觉就像是短暂离开之后又再次归来。两位女士在一座16世纪的大宫殿里找到了住处，那个豪华的房间古老却很漂亮，而且价格低得不可思议。我不想让自己的眼睛遭罪，就没有去画廊这样的地方，而是在街头巷尾、广场、市场、酒馆和小饭馆闲逛，体验这儿普通市民的生活，特别是物美价

181 见：Hermann Hesse. Gesammelte Briefe 1895–1921,hrsg. von Ursula und Volker Michels, Frankfurt/Main 1990, S.491。

廉的菜肴。可惜贝诺丽小姐星期天一大早就要离开了……”[182]

最后一句中的“可惜”二字是出自真心的，因为在佛罗伦萨的七天时间里，这两位游伴对彼此的好感与日俱增。玛利亚·贝诺丽热爱冒险，会和黑塞一起在月光下游荡在古老的街巷间，喜欢在“深夜咖啡馆”消遣玩耍。黑塞带她去了自己最喜欢的地方，比如波波利花园、圣米尼阿托和菲耶索莱，也会把她带到自己房间，彼此畅谈自己“最棒的经历”。“我们相处融洽”[183]，黑塞在 1903 年 4 月 3 日的日记中写道。而现在，这位“能干、可爱的”姑娘得回巴塞尔去了，而黑塞则在 4 月 14 日继续独自前往威尼斯。在寒冷的暴风雨中，这座城市在他眼中显得摇摇欲坠、乖张冷漠，彻底失去了他第一次旅行至此时的那种魅力。黑塞做梦还梦到了自己早已逝去的母亲，这揭开了他内心深处陈旧的伤痕，那些被压抑许久的东西再次喷薄而出，醒来之后，他泪流满面。4 月底时，黑塞又回到了巴塞尔写完了《彼得·卡门青》，5 月 9 日，他将书稿寄给了费舍尔出版社。他把自己所有的希望都寄托在了这本书上，一旦成功，他就能彻底摆脱这份讨厌的书商工作，成为一名自由作家了。

182 见：同上，第 100 页。

183 见：Hermann Hesse, Sämtliche Werke, Bd.11，Frankfurt/Main 2001, S.288（Italienische Reise 1903）。

第六章

赫尔曼·黑塞与萨穆埃尔·费舍尔出版社签订了作者协议。与玛利亚·贝诺丽订婚。小说《彼得·卡门青》成了畅销小说。莫尔布隆再现：《在轮下》。《盖尔贝绍短篇小说集》。迁居博登湖畔的盖恩霍芬。获得首个文学奖。路德维希·芬克来到博登湖。长子布鲁诺出生。造房子。与“阳光兄弟”一同前往阿斯科纳的真理山疗养院。

1903年5月是赫尔曼·黑塞命运的转折点。5月18日，萨穆埃尔·费舍尔热情洋溢地表达了他对这部“美妙作品”的感谢，费舍尔认为《彼得·卡门青》以其抒情的叙述方式赋予了该作品本身“饱满感及光辉”[184]，他很荣幸能获得许可出版此作品。此外，出版社还保证在之后的五年内会优先出版黑塞的所有作品。赫尔曼·黑塞终于从重重压力中解脱出来了，他成了一位广为人知的作家，同时，他也终于与玛利亚·贝诺丽确定了恋爱关系。自他与玛利亚·贝诺丽从意大利回来之后，两人之间的关系就日渐亲密，这从他写给一位友人的信中就可以看出来：“我已经多年没有恋爱了，也没有与女性发生关系，最多也就对着女孩子吹吹口哨罢了，我差不多就是个纯粹的清教徒了。但是近来我每晚都会将我可爱、小巧、有着乌黑头发的迷人宝贝搂在怀里，我们一起在月光下漫步，我还为她作诗、采摘茉莉花，我们一同躺在郊外的小草坪上。我的书桌上还放着许多未回复的信件，墨水瓶也已经干了，我的椅子和书上都寂寥地落上了许多灰尘。因为我全部的闲暇时间都给了这个小巧的女孩，她站着只到我胡子的高度，这样的身高让她可

184 见：Hermann Hesse. Gesammelte Briefe 1895–1921,hrsg. von Ursula und Volker Michels, Frankfurt/Main 1990, S.497。

以恣意地亲吻我，亲得我都快窒息了。”[185] 但是黑塞却补充说他还不打算结婚，他对经营一段婚姻似乎没有天赋。一个朋友劝告他不能拿爱情当游戏时，黑塞向他澄清说，对方绝不是一个“单纯盲目的小姑娘”，而是一个成熟的女性，“至少在教育、生活经验和智力上都能与他相匹配”。[186] 同样在自己父亲面前，黑塞也表示了他对婚姻的抗拒，他说自己没有足够的钱，并且对婚姻有着“一种莫名的恐惧”[187]。

黑塞对各种质疑所表现出的严肃态度表明，他其实早已考虑到要确定两人之间的关系了。尽管他的岳父认为，他这个有着诗人风范的小书商并不属于理想的对象，但他还是悄悄地在圣灵降灵节与被昵称为“米娅”的玛利亚订了婚。玛利亚·贝诺丽身材小巧敦实，有着温暖的褐色眼睛以及黑色的头发，这都像极了他的母亲。她并不是很美，但绝对是一个别有风韵的女人。而且巧合的是，她和黑塞的母亲名字也一样。不过最吸引黑塞的却是他和玛利亚之间的情欲。现在他终于不再只憧憬“火红、放荡不羁的”爱情了——他现在享受着有阅历的女人所散发出来的魅力，而且着迷般地初次体验了性欲。除了强烈的性欲外，他还感觉到了一丝悲伤和忧郁，一种向着病态发展的奇异趋向，一种无法掌控生活的感觉。尽管玛利亚作为摄影师及音乐家对艺术也有很多自己的认识，但她同时又非常内向，有时会倾向抑郁、自我封闭。黑塞很熟悉这种忧郁——但是那些他已然学会自我承受的东西如今到了自己的伴侣身上却显然成了两人间的问题。

在他的未婚妻寻找房子、筹备婚礼时，黑塞正满怀热情地期待着发表他迄今为止最重要的小说。与此同时，他辞去了在巴塞尔的职位，在 9 月份时搬去了卡尔夫。家人们为他的新婚仔细做了各方面的准备，以便当玛利亚第一次来卡尔夫拜访时给她留下一个好印象。紧接着便

185 见：同上，第 104 页。

186 见：同上，第 106 页。

187 见：同上，第 105 页。

是：从1903年9月至11月，《彼得·卡门青》在文学杂志《新评论》上进行了预发。为此，黑塞得到了480马克的报酬，同时还预支了这本书销售收入的300马克。这部作品产生了非常大的反响，以至于费舍尔出版社在1904年2月就提前出版了这部小说。仅在出版后14天，第一版就脱销了，出版社3月底就推出了第三版。斯蒂芬·茨威格非常推崇这部作品，并且劝他的朋友面对自己的成功时不要妄自菲薄，他认为黑塞是“德国第一人”，比“如今国内那些全靠自我吹嘘的”作家都要优秀[188]。

为什么这部作品能大获成功呢？评论界认为，黑塞这部作品中的独特性是其成功的关键，看似不起眼的个人命运中生动地承载了整个时代感。因为就像他之前的成千上万人一样，作品中农民家的孩子彼得·卡门青离开了他原本生活的瑞士乡村，来到了自由、充满进步思想的城市，想要在此寻找自己的幸福。就像其他忍受着忙碌生活和巨大工作压力的普罗大众一样，在无法适应现代生活时，彼得·卡门青又想回到能过上原初生活的地方：回到未受干扰的大自然。在《彼得·卡门青》这本书中，读者能看到自己向往远离技术和科学、远离生产和消费、单纯追求感官生活享受的欲望。特别是德国读者认为，德意志帝国迅速发展成经济强国的过程不仅是一次机遇，同时还是一种威胁，他们觉得在此过程中人们失去了社会生存的根源，迷失了个人身份，陷入了无休止的竞争状态。工厂设施以及工人居住区改变了城市的面貌，舒适惬意的马车被电车和汽车所取代。很多人开始抗拒当时生活中发生的这些迅猛改变：卡尔·费舍尔倡导的“候鸟运动”主张远离“灰色的城市”，追求回归大自然的生活，他们喜欢在野外围着篝火弹吉他；鲁道夫·斯坦纳和玛利亚·蒙台梭利致力于全面改革教育学。随着自然疗法、素食主义、生态农业、裸体主义以及体操运动的发展，人们开始推行不同的生活方式。同样地，大学里也开始大力推行各种活力论：

188 见：Hermann Hesse / Stefan Zweig. Briefwechsel, hrsg. von Volker Michels, Frankfurt/Main 2006, S.24。

为反对无感情的物质主义而形成了所谓的“生活哲学”；充满活力的人们不再需要尼采所倡导的“背后世界”，而是需要真实的体验，需要通过直接体验让精神与自然相融合；生活哲学家们反对将理性抽象化，他们推崇直觉，认为通过这种直觉可以让那些陌生化的现代人重新感觉到自己是存在的一部分、是大自然整体中的一部分。

这种神秘的整体经验是这本书原本想传达的主旨——尽管黑塞绝对没有将自己视为当前哲学风潮的介绍者。梦想成为诗人的彼得·卡门青代表着黑塞自己，也代表着他通过无数的野外漫游和登山涉水获得的自然经验：“众所周知，我有一个愿望，希望在宏大的文学创作中，将无垠、无声的大自然带回到现代人的生活中，让他们爱上大自然。我想要教他们去聆听地球的心跳，融入大自然的生活，在追求自己个人命运的时候不要忘记，并不是上帝或我们自己创造了人类，我们不过是地球及宇宙整体的孩子，是其中的一部分…… 我还想教会他们，在热爱大自然的同时发现快乐的源泉和生活的始末；我想要告诉他们欣赏的艺术、漫游和享受的艺术，让他们懂得享受当下的快乐。我想以一种引人入胜的语言来向你们述说山川、海洋和绿岛，也想推荐你们去看看，在你们屋外、在你们城市之外的世界里，每天正上演着如此生机勃勃、欣欣向荣的生活。我还想要让你们感到羞愧，比起你们城外生机勃发的春天，比起你们桥下潺潺流淌的河水，比起你们的铁路所穿越的森林和草地，你们更了解国外战争、时尚、流言八卦、文学和艺术。我还想告诉你们，我这个孤独者和生活艰辛者在这个世界里找到了难以忘怀的美妙享受。你们可能会比我更加幸福快乐，但我希望你们能带着更大的喜悦去发现这个世界。”[189]

黑塞的第一部叙事文学作品所包含的雄心抱负从文中开场的几个句子中就能看出来，这几句话就像尼采在《查拉图斯特拉》中圣经般

189 见：Hermann Hesse, Sämtliche Werke, Bd.2，Frankfurt/Main 2001, S.97f（Peter Camenzind）。

的语句一般强有力并且意义深远。《约翰福音》中的影射表达了黑塞对现实和文学作品中神秘主义的观点，这也是他创作伊始从浪漫主义唯我论得出的观点："世界的开始只是一个神话。就像上帝在印度人、希腊人和日耳曼人的心灵中进行创作并表达自己的意图一样，他也每天都在每个孩子的心灵中进行如此的创作。"[190] 一切事物的起源并不是逻各斯，也就是思想，而是这些神话，这些如画般形象生动的经验。创作意味着在自己心灵的映射中重新找到大自然的语言及图像，就像上帝创造了作为自己强大力量映射的世界一样。文学创作对于黑塞来说并不是一种可以自控的作家身份，而是回忆性的事后创作。生活在阿尔卑斯山尼米孔小村庄的小彼得将他的世界看成是一部宏大的创造史，就像描写创世纪一般。在这个故事的创作过程中，小山壮大成了山脉，河流潺潺流动，海洋渐渐形成，裸露的岩石开始变绿。在孩子们的情感中，大自然仍然在述说着自身起源的故事，所有事物和人都处在一种神秘、不可思议的相互关系中。属于这种神秘的还有忧患和痛苦，一种不屈不挠的思想抗衡，正是这种思想上的对抗深刻地影响了村民，也让人们变得沉默寡言、郁郁寡欢。

彼得·卡门青希望将"这种神的隐秘愿望通过语言传达给我们"[191]，因为他"时常会有这样一种甜美得可怕的强烈感觉，好像朦胧夜色间这些美好的事物正满怀正义地在谴责他，好像这些星星、山川和海洋都在寻找一个人，希望他能理解并讲述它们这些沉寂的存在所经历的美好和痛苦，而我似乎就是它们寻找的那个人，似乎我真正的天职便是通过文学创作来描述这沉默的大自然。"[192] 这是叙述者运用的巧妙艺术手段，他将这种有着宗教色彩的自我理解铺陈在充满困惑的背景中，使之成了被认为虚有其表、只会冷嘲热讽的"普通文学家的可悲生活"的对立面。因为黑塞也曾经在巴塞尔工作，所以"青涩的小彼得"

190 见：同上，第 7 页。

191 见：同上，第 82 页。

192 见：同上，第 47 页。

也和文人圈有往来，他在大都市巴黎和苏黎世开始“接触国际化的思想”[193]。尽管他凭借着一些小说获得了人们的重视，但是为文艺专栏撰文还是开始占据他越来越多的时间，因为他需要以此谋生，这么一来，他自己的创作梦想就只能暂时搁置了。

作为描写艺术家一生的成长小说，《彼得·卡门青》与瑞士作家戈特弗里德·凯勒笔下的《绿衣亨利》有许多相似之处。就像凯勒笔下的画家亨利·雷一样，彼得·卡门青也没有成功地将现实与他内心的世界观、生活以及艺术融合在一起。这也同时体现在彼得·卡门青坎坷的恋爱关系中——因其基本上与黑塞自己的经历是一致的。彼得爱上了尼米孔一位律师的漂亮女儿罗西·吉尔塔娜，这便是黑塞当年对欧格妮·科尔伯狂热初恋的折射；不管是画家艾米利亚·阿格莉提，还是暗示了黑塞在巴塞尔的女友伊丽莎白·拉·罗赫的小提琴家伊丽莎白，都没有给彼得·卡门青任何机会。来自阿西西的卖菜姑娘浓齐娅塔·纳尔迪尼热烈地爱着彼得，但直到他离开许久之后才坦诚了自己的爱恋。彼得与音乐家理查德之间同性恋般的友情和黑塞在莫尔布隆时与威廉·朗之间的友情一样，都是以悲剧告终的：理查德在他们的意大利行之后溺死在了一条河里。在他唯一的朋友死后，彼得·卡门青的生活便陷入了绝望，他日日夜夜沉溺于酒精中，沉醉在“酒神浓郁、香甜的怀抱里”。

尽管在人际关系上颇为不顺，但这个迷失在城市中的阿尔卑斯人并不是赫尔曼·劳歇尔，没有像后者那样沉溺于脱离现实的唯美主义，卡门青是典型的尼采般的角色：那些无法杀死他的东西将使他变得更加强大。彼得的阿西西之行，也就是前往纯洁的圣方济各世界之行，成了卡门青生活中决定性的转折点——尽管在此之前他原本还要走一些弯路才能学会人们“应该善待他人”[194]的做法：对自然的爱是与对人类的爱相关联的。残疾人波皮成了彼得的新朋友，他教会了彼得忍耐

193 见：同上，第 41 页。

194 见：同上，第 81 页。

之道。彼得照顾着波皮，并在其死后回到了尼米孔去照料自己病重的父亲。彼得的返乡之行也影射了黑塞自己的卡尔夫之行，同时也代表着他开始融入父母亲所处的世界。《彼得·卡门青》不仅是一本具有高度现实性的时代小说，其中一些影射个人生活经历的片段还成了黑塞用来自我治愈的手段，彼得圣方济各的人道主义态度是对玛丽亚·黑塞这一生的致敬。黑塞用感人的笔触描述了彼得·卡门青母亲辞世的情景，在此过程中，黑塞也成功地描写了失去母亲时自己内心的感情——就好像他是一个只能在书中表达爱意和谅解之情的儿子一样。

在卡尔夫父母的家中，黑塞感觉很舒适。他在 1903 年 10 月 11 日写给斯蒂芬·茨威格的信中写道："我舒适的小房间现在布置好了，屋子里的书桌和众多的书籍显得我勤勉且博学，房间里闻起来还有一股烟草味。墙上挂着我的钓竿、我母亲的照片、我那身在巴塞尔的爱人的照片、一些烟管及一张意大利地图，我经常沉醉在其中的意大利美景里……我在这里找到了我梦寐以求的东西——彻底的宁静和孤寂……我希望在这个冬天能更加勤奋地工作，至少写一本小说或其他文章。现在我主要在为过冬做准备，也就是说，我每天都会拖着两小包装满冷杉球果的袋子回家，好在冬天时在屋子里生火。我已经囤了一大箱子的球果，但我可能还需要更多。在此期间，我在森林里看到了、经历了许多美好的东西。比如昨天我就看到了一大群野鸡，今天我又看见了一只野兔。这里真是有意思，比城市生活有趣得多。只可惜我的爱人不在身边，我还需要为此花费许多邮费。我想在这个冬天结婚，但是被她的父亲断然拒绝了，另外我也没有钱，为此我需要辛勤地工作。一旦我有了足够的钱，这个老顽固自然就管不着了。"[195]

为了快速筹集到钱，1903 年 10 月，黑塞开始创作《在轮下》。这部作品的话题非常敏感，以至于他从未和任何人谈起过。但是他对同

195 见：Hermann Hesse. Gesammelte Briefe 1895–1921,hrsg. von Ursula und Volker Michels, Frankfurt/Main 1990, S.108。

父异母的哥哥卡尔·伊森伯格暗示过，这部作品不仅仅描述了他在修道院的个人经历，而且还呈现了德国学校的现实情况："现代的文化问题中，唯一让我严肃对待且偶尔让我恼怒不已的便是学校问题。我上学那会儿觉得自己差点被毁了，我认识的很多名人也都和我有着类似的经历。我在那儿学到的只有拉丁语和撒谎，因为在卡尔夫和学校里，不撒谎根本就活不下去——就像我们的汉斯那样，就因为他很诚实，差点被卡尔夫的人们杀死。自从他们在学校里击碎了他的傲骨，汉斯就一直生活在轮下了。"[196]

黑塞创作《在轮下》这部小说是受了施瓦本作家埃米尔·施特劳斯所著的讲述学生生活的小说《好友海因》的影响，《好友海因》1902年由萨穆埃尔·费舍尔出版社出版，并掀起了一阵类似小说的创作热潮。小说中描述的学生海因里希·林德纳因不堪重负而被逼走向死亡，他的命运使黑塞想起了自己的弟弟汉斯在学校经历的悲剧。因此，黑塞的小说主人公汉斯·吉本拉特也名为汉斯，这自然并非巧合。虽然吉本拉特的成长过程反映了黑塞本人求学的过程：在格平根参加邦试时的苦闷，成功地考取莫尔布隆修道院——这意味着将来能进入施瓦本地区最好的学校。但是黑塞在小说中还是对人物做了很大的改写。吉本拉特出身于完全不同的家庭：这个害羞敏感的孩子是自幼丧母的孤儿，有个十分市侩的父亲。他的父亲是个商人，以儿子的成功为傲，却不知道儿子在被人强加的压力下所承受的痛苦。虽然汉斯·吉本拉特和黑塞一样都住在"海伦"号房间，但他并不是诗人和美学家，那位蔑视传统、天才似的赫尔曼·海尔涅（"拥有治愈能力的"海尔涅）才是当年莫尔布隆的黑塞。既统一又矛盾——黑塞在文中将自己分裂成了这两个有着相反个性的人物，这样他才能解决当年自己面临的矛盾：一方面要满足他虔诚的父母施加给他的压力，另一方面要追随自己身为诗人的使命。只有这样，他才能使其作品中的情节达到令人振奋、扣人心弦的程度。

---

196 见：同上，第130页。

海尔涅对勤奋的吉本拉特影响颇深：他的成绩迅速退步，同时变得精神恍惚、无精打采，他的老师认为这是一种反叛。一个轻浮草率，一个认真踏实；一个是捣乱分子，一个是模范学生：他们之间奇特的友谊遭到同学们的蔑视和非议，也引起了校长的厌恶和反感。“一个老师宁愿自己的班里有一群蠢驴，也不愿意有一个天才。仔细想想，老师拥有这样的想法也是有道理的。因为他的任务不是培养与众不同的思想家，而是优秀的拉丁语学家、算术家、老实人。”[197]老师逼迫这位原来的好学生和与他截然不同的朋友绝交。但吉本拉特不愿背叛好友，他一天天变得越发精神恍惚，陷入了反抗般的孤立状态。在与校长发生争吵后，赫尔曼·海尔涅消失了，而且再也没有回到学校。不久之后，陷入精神紊乱的汉斯·吉本拉特为了“休假养病”也离开了学校。大家都知道，这个学生也再没有回到莫尔布隆。

在象征着自由精神、无视修道院所有规定的海尔涅这一人物中，黑塞重构了他自己青年时期的理想，好让他去追求自己作为艺术家的使命。在经历了莫尔布隆的不幸之后，汉斯·吉本拉特被失望万分的父亲送到了一个机械师那里做学徒。相对海尔涅而言，汉斯代表着那些最终失去勇气的人物，他做什么事情都一事无成——显然这影射了黑塞结束莫尔布隆的学业后经历的现实生活。经历了失败的初恋后，汉斯在一天晚上喝得酩酊大醉，他在回家的路上不幸溺水身亡。悲剧性的结局不仅给人极其深刻的印象，同时也给这位学生遭受的磨难添上了一层灰暗阴沉的色调；这当中还包含了象征意义，这同时也是黑塞在其后期作品中常用的表现手法：溺水身亡带来的是一种解脱，因为水象征着永恒的变化，每一次完结都意味着重新开始。这对作者本人来说也是一样：《在轮下》的终结代表着黑塞也——看似 ——已经跨越了一个发展阶段；汉斯·吉本拉特的失败就是黑塞的失败，这就像维特之于歌德一般。

197 见 Hermann Hesse, Sämtliche Werke, Bd.2，Frankfurt/Main 2001, S.212（Unterm Rad）。

莫尔布隆的教育方式被认为是不当的，却鲜明地代表了所谓的“黑色教育学”，也就是充斥着压抑沉闷、只注重提高学生成绩的教育方式。这是黑塞继“青涩的卡门青”之后第二次在作品中直击时代精神。黑塞明确地指责了那些该为主人公经历的种种失败负责的人：“所有出于义务对学生负责的老师，从校长到吉本拉特的父亲，从各位教授到所有的老师，都在汉斯身上看到了阻碍他们实现自身梦想的东西，这东西如此顽固不化，以至于他们必须不惜一切代价强行将其拉回正途。或许除了几位慈悲的老师之外，在看到这位瘦弱男孩无助的笑脸时，没有任何人会认识到他那不断沉沦的内心，在他溺水时，也没有人看到他恐慌绝望的目光。没有任何人考虑过，父亲和个别老师霸道自私的野心以及学校的种种要求将这个孱弱的孩子逼到了何种境地。为什么他必须在最敏感、最危险的少年时期夜以继日地学习？为什么要夺走他的兔子？为什么强行要求他疏远自己在拉丁语学校的同学？为什么禁止他钓鱼、散步？为什么要给他灌输这种空洞、可恶的野心和空虚、害人不浅的理想？为什么在他考完试之后就不能给他一个应有的假期？现在，这匹筋疲力竭的小马驹累瘫在了路边，再也跑不动了。”[198]

《在轮下》绝对不单单是讲述一个以悲剧告终的可怜学生的故事，其开头和结尾的篇章更多的是在赞美黑塞位于施瓦本的家乡，他在写这部作品时重新认识了自己的家乡，这是一种愉快的体验。在汉斯·吉本拉特前往莫尔布隆前，在描述其最后一个暑假的最后时光时，文中森林和草地的美景如拥有魔力一般逐渐形成了黑塞那已然消逝的童年中最明亮迷人的画面：“高大的菩提树在午后炎热的阳光下无力地闪烁着，集市广场上的两个大喷泉水花飞溅，光耀夺目，越过一排排参差不齐的屋顶可以看到附近长满蓝黑色枞树的山峦。男孩觉得仿佛这一切已经很久没有见到了，因而在他眼里，一切都显得异常美丽和诱人。”[199]

198 见：同上，第 229 页。

199 见：同上，第 141 页。

黑塞深深地沉醉在这种美丽的回忆中，他在这部小说完结后立马以同样的写法创作了《盖尔贝绍短篇小说集》。盖尔贝绍是施瓦本地区的一个小城，跟卡尔夫类似，值得一提的是，这个名字影射了已经搬迁到纳戈尔德的制革厂厂名。《卡门青》与戈特弗里德·凯勒的成长小说《绿衣亨利》有所类同，而黑塞的“盖尔贝绍”则会让读者联想到凯勒的《赛尔特维拉的人们》。黑塞在1903年3月完结的小说《在古老的阳光下》描述了一家救济院中的生活，其中塑造了懒惰的破产企业家赫尔林和他的对手——奸诈狡猾的海勒两个人物形象，而这两个人物也能让读者联想到凯勒《乡村的罗密欧与朱丽叶》中的两个怪人——曼茨和马蒂。凯勒的这部悲伤爱情故事在黑塞的长篇小说《大理石的传说》中又一次得以重现，小说讲述的是一个小女孩走向死亡的故事，因为她已经被许配给了他人，却爱上了小说中的第一人称主人公——一个艺术家。

黑塞和他的瑞士偶像凯勒一样，都热衷于描写边缘人物、古怪的人、流浪者、流氓捣蛋鬼、狂妄自夸的人、不幸的情侣和无用废柴等角色。短篇小说《卡尔·欧根·埃瑟莱恩》讲述了盖尔贝绍进口商品销售商邵施·埃瑟莱恩的儿子冲破其出身的局限性，并在父母的资助下成了大学生，每天过着花花公子般的生活，一心想要成为诗人。在学费被挥霍完之后，埃瑟莱恩带着忏悔之心回到了家，他那果敢的母亲给了他最后期限让他完成其大作《苍白的灵魂之谷》。埃瑟莱恩在这部小说的开头沿用了加布里埃尔·邓南遮的狂热风格，却无法继续写下去。最终他认识到自己天生就不是诗人，于是开始在父亲的店铺帮忙：“在这几年时间里，他身上的天才特质就如蛇皮一般悄悄地蜕去了，事实证明，在如此表象之下，他其实遗传了父母亲身上的很多品性。”[200]这种可笑、自嘲般的转折——很明显，这部分的描述影射了黑塞当年在坎施塔特荒诞不经的生活——与描述莫尔布隆生活的长篇小说中控诉般的严肃态度形成了鲜明的对比。

200见：Hermann Hesse, Sämtliche Werke, Bd.6, Frankfurt/Main 2001, S.190f（Erzählungen 1）。

《彼得·卡门青》让黑塞一夜之间在德语文学圈名声大噪，此后黑塞也得到了各种各样的机会与名流大拿齐聚交流。1904 年 3 月 19 日，黑塞给他非常尊敬的女诗人里卡达·胡赫寄去了《彼得·卡门青》，并请求能与她会面一叙。复活节期间，黑塞去了慕尼黑，萨穆埃尔·费舍尔将黑塞介绍给了托马斯·曼，同时他也在那儿接受了里卡达·胡赫的款待。黑塞在康斯坦茨结识了作曲家奥特玛·舍克和伯尔尼交响乐团的指挥家弗里茨·布伦。新作品的发表又为他赢得了新的读者群：4 月到 5 月的《新苏黎世报》上连载发表了《在轮下》的样章。在这部讲述学生生活的小说首次连载不久后，向来保守的《施瓦本商业之神》报就希望能获得该书的翻印权，但编辑部很快取消了这个计划，因为他们意识到黑塞在他的这部小说中对德国教育制度进行了严厉的谴责。萨穆埃尔·费舍尔建议黑塞，为了这部作品能够出版，他得重新修改一下个别地方，减少一些过激的文字。同年春天，黑塞出版了两部小部头的人物传记，分别是关于薄伽丘和黑塞最喜欢的圣人圣方济各。同时，黑塞为了继续多赚钱，也接受了几家报纸和杂志的撰稿委托。他给《慕尼黑报》《法兰克福报》《莱比锡文学回声报》和维也纳《时代周刊》《新自由报》以及威廉·舍费尔的杂志《莱茵流域》撰写文章。黑塞撰文介绍新书，做了《关于新型叙事小说》[201]的报告，还写了薄伽丘、莫里克和瓦肯罗德尔的个人传记。黑塞的书评主要是推荐新书，他不做分析性的评论，更没有抨击他人的作品。他详细地介绍了新书的内容，描述了其中的风格特点，也会突出强调优秀的书刊印刷和图书设计。

黑塞最后的单身生活是在卡尔夫度过的，在此期间，他笔耕不辍，而他的未婚妻玛利亚·贝诺丽却一直在忙着找房子以便婚后居住。他们没有在巴塞尔附近找到租得起的房子，随后，他们将范围扩大到了博登湖地区。早在 1903 年时，埃米尔·施特劳斯就曾给他们俩提起过

201 见：Hermann Hesse, Sämtliche Werke, Bd.16，Frankfurt/Main 2001, S.101ff（Die Welt im Buch）。

位于德国博登湖附近拉多夫采尔地区的下湖，施特劳斯就住在康斯坦茨附近的艾米霍芬。7 月，玛利亚·贝诺丽在霍利半岛上找到了一个名叫盖恩霍芬的小村庄，她在那以每月 150 马克的租金租了一个小农舍。

1904 年 8 月 2 日，黑塞终于和他的"米娅"在巴塞尔"仓促"[202]结婚了，他在给斯蒂芬·茨威格的信中说，那一天正好那个"老头"，也就是他的岳父，不在巴塞尔，黑塞知道，他永远也得不到他岳父的同意，因为玛利亚曾从巴塞尔写信给黑塞说，她父亲"已经把《彼得 · 卡门青》读完了，他不久前跟我说，他由此对你的印象更差了，他绝不会同意我嫁给你"[203]。然后这对新婚夫妇便搬到了盖恩霍芬。而就在前不久，黑塞还跟他的朋友海伦·福格特—迪德利希斯坦诚说自己有多么害怕婚姻："内心深处我时常觉得自己只是个 12 岁大的小男孩儿，所以我常常觉得很奇怪，人们居然这么认真地对待我，那些精于世故、优雅高尚的人会像对待同龄人一样对待我，而且我居然很快就要有家室了，竟然就要像所有成熟男性公民一样成家立业、安身立命了。"[204]与此同时，玛利亚也很担心自己是否能好好和这个聪明男人一起生活。"与你聪明、睿智、洞察力十足的想法相比，我是这样的肤浅"，在他们刚确定关系时，她在写给黑塞的信中如此说道，不过她表示自己对他们两人之间的爱坚定不移，因为他们的爱是"如此激烈而狂热"[205]。

一开始是精力充沛的米娅在管理他们的新婚生活。地处偏僻的婚房正合她的心意，因为她是生活改革运动的支持者，追求的是无欲无求、

202 见：Hermann Hesse. Gesammelte Briefe 1895–1921,hrsg. von Ursula und Volker Michels, Frankfurt/Main 1990, S.126。

203 见：Eva Eberwein, Mia Hesse geb. Bernoulli – Gaienhofener Alltag neben Hermenn Hesse, hrsg. vom Förderverein Hermann–Hesse–Haus und Garten e.V., Edition I, S.4。

204 见：Hermann Hesse. Gesammelte Briefe 1895–1921,hrsg. von Ursula und Volker Michels, Frankfurt/Main 1990, S.122。

205 见：Eva Eberwein, Mia Hesse geb. Bernoulli – Gaienhofener Alltag neben Hermenn Hesse, hrsg. vom Förderverein Hermann–Hesse–Haus und Garten e.V., Edition I, S.3f.。

安逸淡泊的生活方式。“盖恩霍芬是一个美丽的小村庄”，黑塞在9月11日写给斯蒂芬·茨威格的信中提到：“没有铁路，没有商店，也没有工厂，村里甚至连一个牧师都没有，因此今早去参加邻居的葬礼时，我不得不在大雨天蹚水走了半个多小时的泥路。这里也没有自来水，所以我必须从井里挑水；也没有手艺人，家里什么东西坏了都得我自己修；当然也没有屠夫，我每次只得坐船到湖对岸图尔高州的小城里买肉、香肠之类的东西。这里有的就是宁静、新鲜的空气、优质的水源、肥美的家畜、好吃的蔬菜和勇敢的人。与我做伴的只有我妻子和我的猫……彼得 · 卡门青万岁！要没有他，我就无法结婚，也不可能搬来这里。这部小说帮我赚了2500马克，如果我们一直住在这里，这些钱至少够用两年了”[206]。

虽然家里没有浴室，但是离水源只有五分钟路程就已经很好了。他们房子的对面就是毛尔齐乌斯小教堂广场，还有一口井。农民们经常用这口井里的水喂养家畜，到了周日，教堂里就会响起钟声。黑塞从他位于最顶层的书房放眼望去，就能看到湖对岸瑞士的阿尔卑斯山。米娅在一楼有一间自己的屋子；里面摆放着她的钢琴，她经常给丈夫弹肖邦的曲子。边上就是安装着绿色瓷砖壁炉的小屋子，公猫加特米拉达总在壁炉的“火塘”里打呼噜。黑塞在小花园里种了花、醋栗树和南瓜，湖边泊着一艘小船，他经常划着船去对岸的瑞士买东西。

玛利亚在装修房子时伤到了坐骨神经，他们不得不搬回到巴塞尔，原本的田园生活也就此蒙上了一层阴影。黑塞重新体会到每月为获取固定收入而工作、为满足报纸和出版社的种种要求而写作是个什么滋味儿。由于写书评需要长时间的阅读，这给他原本就不好的眼睛更加重了负担。他向他的哥哥卡尔抱怨道：“他的工作堆积如山，不得不因此拒绝一些诱人的活”[207]。就在这样的烦躁时期突然传来了一个令人

206 见：Hermann Hesse. Gesammelte Briefe 1895–1921,hrsg. von Ursula und Volker Michels, Frankfurt/Main 1990, S.125。

207 见：同上，第130页。

欣喜的消息：11 月，黑塞凭借《彼得 · 卡门青》获得了“维也纳鲍尔斯费尔德文学奖”，奖金上千克朗，同时他的名字被收录到《迈尔斯百科全书》中。对于这突如其来的荣誉，黑塞倒不是那么兴奋。小说大获成功——到 1904 年末已经第五次出版，黑塞的收入也涨到了 9007 马克——但他却感到不是很满意，在写给诗人汉斯·贝特格的信中黑塞写道：“《彼得》的过度成功 ——当然除钱之外 ——并没有让我感到高兴，如今我简直成了一种人人追求的时尚，这并不是我想要的。”[208]

面对社会各界寄予他的厚望，黑塞开始担心自己之前的书作会损坏他的名誉。因此他建议出版人欧根·迪德利希斯将他“失败的作品”[209]《午夜后一小时》下架。他说这本书是自己“在迷失自我、寻求出路时期的一次失败的尝试”。黑塞已经习惯了多年以来孤僻的生活，公众对他的认可让他茫然无措。他甚至开始怀疑自己应该是怎样的人。这种情绪偶尔会爆发出来，其表现就是黑塞坚决的排斥态度。亚历山大·贝尔努斯是一位现代神秘主义者和炼丹术士，他最能代表当时的人们致力于追求另一种独特生活方式的态度，面对贝尔努斯，黑塞把自己描述成了一个矛盾的诗人、一个孤僻者，他认为自己不适合上流社会的生活。“非常感谢您邀请我住您家，可惜这对我来说有点困难，因为像我这样生活不定的人到了华丽的屋子里就会无所适从，而且我向来也都没有适合在这种场合穿的西装和内衣。”[210]

现在他已经实现了自己青年时期的梦想，但黑塞觉得这一切又是那样无聊，他向往回到从前无拘无束的生活。他感觉自己身处“庸人之国”，在同名散文集中，黑塞表达了自己对此日益不满的情绪：“夜幕降临，当我漫步在沙滩上，听到泊船处杨树发出响亮而温柔的沙沙声，潮湿的风很快将我包围，又越过湖面，呼啸着拂过汹涌的流水而去。我的内心备感痛苦，我不再是孤独者或流浪的人，我很愿意用我的小屋、

208 见：同上，第 132 页。

209 见：同上，第 131 及下页。

210 见：同上，第 135 页。

我的幸福以及我舒适生活的一部分去换一顶破旧的帽子和一个背囊，好让我再一次拥抱世界，好让我跋山涉水来传递我的思乡之情。”[211] 有妻有房，像普通市民一样生活，这样的状态让黑塞感觉自己被困住了，他害怕自己失去能带来灵感的孤独，而之前害怕明确婚姻关系的恐惧则再一次袭来。他已经注意到自己内心的矛盾让他无法专心写作，很多时候，这种内心的分裂状态已经成了他个性中一部分不安的本能。

12 月 7 日，米娅经过长时间的疗养后从巴塞尔回到了盖恩霍芬。1905 年 3 月，她怀孕了，于是便不得不再次回到巴塞尔接受治疗。她不在的这段时间，黑塞的老朋友路德维希·“乌戈尔”·芬克从图宾根来盖恩霍芬看望黑塞。他现在已经是一名乡村医生了，还出版了一部通俗小说《罗斯医生》，并因此名声鹊起。芬克很喜欢盖恩霍芬这个小地方，所以他决定留在这儿。他在这里买了一座小房子，5 月份的时候他带着两头科西嘉驴、两只瑞士雪山救人犬搬了进来。这个孔武有力、穿着宽大短上衣、嘴上还长着小胡子的高大男人成了小村盖恩霍芬里一道亮丽的风景线。当然，对黑塞来说，这是天大的好事儿，因为这个爱开玩笑、总是心情愉快的施瓦本人给他的生活带来了不少乐趣。在黑塞生日那天，芬克早晨 6 点钟就开始在窗外指挥 5 个人为他吹奏乐曲，1905 年 7 月 3 日，黑塞在写给他父亲的信中提道：“在乐队演奏的时候，所有村民都陆续聚集到屋前的井边，当我从房子走出来的时候，所有人都祝福我……7 点左右的时候，芬克来了，还给我带来了一桌子的礼物，上面放着 24 瓶上好的莱茵河葡萄酒。”[212] 当黑塞像“印第安人”一样在充满自然气息的村子里到处漫步时，乌戈尔总是陪伴左右：他们一起在湖上划船、打渔，还会把船停在一个安静的湖湾，赤身裸体晒太阳。当这两位诗人每天拿着钓具、蝴蝶网和一瓶酒穿过村子往

211 见 Hermann Hesse, Sämtliche Werke, Bd.13, Frankfurt/Main 2001, S.57(Herbstnächte)。

212 见 Ralph Freedman, Hermann Hesse. Autor der Krisis. Eine Biographie, Frankfurt/Main 1982, S.169。

湖边走去时，村民们就会和他们打招呼："呦，又散步呐？"[213]这些农民有点看不起他们俩这样"码字"的作家，觉得这些人就是好吃懒做的懒汉。

炎热的夏季有助于改善黑塞的风湿病和米娅的坐骨神经痛。但是对于那些大老远从德语区慕名过来拜访黑塞的人来说，这样的天气却增加了他们旅途的辛劳。斯蒂芬·茨威格也曾来过一次，但是他一踏进黑塞的书房，脑袋就狠狠地撞到了低矮的天花板横梁，他不得不先躺下来休息。另外还有一些不请自来的客人，他们的好奇心浪费了黑塞大把的时间。8 月 28 日，黑塞在写给亚历山大·贝尔努斯男爵的信中提道："我的工作状态还不错，但是我的夏天却被大批的来访者给毁了。作为调节，我(大部分是徒步)游览了恩嘎丁、贝尔格尔和圣哥达。今年我的工作没什么进展，整整一年就完成了一部中篇小说。"[214]

黑塞目前主要在修改小说《在轮下》，而且即将收尾，1905 年 10 月就会由萨穆埃尔·费舍尔出版。可以预见的是，这部小说又引发了各方争议。阿图尔·埃罗瑟在《福斯日报》上讽刺地写道："这部小说简直就是给父母、监护人和老师的一本指南，告诉他们如何彻底毁灭一个健康、有天赋的孩子，如何斩断这些幼苗的根，好让他们早早堕落，直至死去。"[215]而德国的一本教师周刊却质疑黑塞小说内容的真实性："黑塞可能是个有天赋的诗人，但他绝不擅忠于事实。"[216]早前拒绝刊印这部小说的《施瓦本商业之神》报也对《在轮下》中被丑化的符腾堡州学校的形象非常不满。由于认识到这可能成为这部小说的一个缺陷，黑塞在 1903 年 12 月 28 日写给出版人的信中委婉地提到：

---

213 见 Ludwig Finckh, Himmel und Erde, Stuttgart 1961, S.16。

214 见：Hermann Hesse. Gesammelte Briefe 1895–1921,hrsg. von Ursula und Volker Michels, Frankfurt/Main 1990, S.134。

215 见 Siegfried Unseld, Hermann Hesse. Werk und Wirkungsgeschichte, Frankfurt/Main 1985, S.27。

216 见：同上，第 24 页。

“请您耐下心慢慢读这个故事，里面抨击了施瓦本的教育机构（学校），这对您来说可能很棘手。但是从中您或许可以发现主导本文的那些具有普遍人性的观点。”[217]事实上，这部小说主要描述的是黑塞在卡尔夫拉丁语学校经历的严厉的教学方法，而他的弟弟汉斯也同样被这样的教学手段折磨过。早在1901年，他在未完结的短篇小说《尤利乌斯·亚波德雷克的第一次和第二次童年》中，就曾描述过上学时这段痛苦的经历，这部残篇也成了《在轮下》的早期雏形。许多年后，黑塞向戈特弗里德·贝尔曼·费舍尔坦承说，《在轮下》属于那些“我宁可没写过，让我惭愧不已”[218]的作品，还说《在轮下》里莫尔布隆修道院的形象并不符合事实。

《在轮下》的成功出乎所有人意料。11月末时已经发售了第15版，也就是卖出了约15000册。1905年12月9日，玛利亚生了一个儿子，起名叫布鲁诺。著名作家黑塞现在身兼父亲和家庭负责人的双重身份，当然也要为此担起相应的责任，而这种责任势必会限制他对自由的向往。和以往一样，在这样的转折时期，内心的紧张不安也引发了他身体上的不适。1月份时，黑塞患上了严重的眼部和头部疼痛，但是这并没有阻挡他到处旅行的脚步。1906年3月，他在意大利北部住了几周，又看望了他住在施瓦本的姐姐阿黛尔，5月份时又去了慕尼黑。作家路德维希·托马是受到当局严格监管的讽刺画报《简约》的联合出版人，他和该杂志的出版商阿尔贝特·兰根一起来盖恩霍芬拜访黑塞，想邀请这位著名作家一起合办一本新的杂志。他们打算将这本半月刊命名为《南德周报》，打算把它做成跟普鲁士帝国的《新柏林报》[219]——该杂志支持威廉皇帝的“军国主义”和“帝国主义”——相抗衡的自

217 见：Hermann Hesse. <Unterm Rad>. Entstehungsgeschichte in Selbstzeugnissen des Autors, hrsg. von Volker Michels, Frankfurt/Main 2008, S.13。

218 见：同上，第90页。

219 见：Ralph Freedman, Hermann Hesse. Autor der Krisis. Eine Biographie, Frankfurt/Main 1982, S.173。

由杂志。黑塞同意了，他成了《三月》——这是该杂志最后确定的名称——的出版人之一。自 1905 年起，黑塞就成为讽刺杂志《简约》的长期合作者。

在此期间，米娅一直和布鲁诺待在盖恩霍芬——尽管黑塞知道，她是多么的孤独。夏天的时候，黑塞又回家和家人团聚了，他在写给表哥保罗·龚德特的信中提道："我们经常荡舟湖上晒太阳，小家伙长得健康又结实。"[220] 但是黑塞在信中隐瞒了他同妻子间日渐糟糕的关系，他妻子越来越无法忍受自己在家里的身份，玛利亚是个有事业心的职业摄影师，她不希望自己一直处在身为名人的丈夫带来的阴影下。她丈夫的情绪很不稳定，说不定什么时候就会大发脾气，这样的伴侣总给人带来很大压力。他有时对她怒气冲冲，有时又很难接近。当他写作的时候，不许任何人跟他讲话。米娅又开始变得沉默、自闭，有时候甚至表现为躁狂、抑郁，这让黑塞也难以忍受。之后她就搬回了自己的房间，独自在里面弹钢琴或冥想。生活上的不如意让她根本无法理解自己那善于辞令的丈夫。黑塞在写给自己父亲的信中说，得知他的岳母得了忧郁症后，他非常担心，怕米娅早晚也会得上心理疾病。在婚姻危机初显的情况下，黑塞写了一首诗，这首诗十分纯朴深刻，同时也是黑塞最有名、最受欢迎的诗歌之一：

雾中

在雾中散步真是奇妙！
一木一石都很孤独，
树树各不相见，
棵棵都很孤独。

220 见：Hermann Hesse. Gesammelte Briefe 1895–1921,hrsg. von Ursula und Volker Michels, Frankfurt/Main 1990, S.136。

当我的生命充满光华，
我的朋友遍布世界，
如今，雾幕低垂，
我一个也看不见。

确实，未识黑暗之人，
绝称不上是智者，
难以摆脱的黑暗悄悄地
将人与万物相隔。

多么奇妙，在雾中漫步！
生命就是孑然孤独。
人人互不相识，
个个都很孤独。[221]

黑塞在秋天散步时感受到湖面景色在浓雾弥漫之中是如何瞬息万变的。诗中的这种变化象征着黑塞当时的生活状况，同时也是所有人的生活情境。第一节出现的雾完全是自然现象，但是在后几节中，变化中的雾就被赋予了另外的寓意，它象征着生活（单词“雾”本身是一种回文，反过来拼写即为“生活”[222]），生活中每个人依靠的都只能是自己，这和能消除各种分歧的爱情不同，生活中的每个人都是独立的。

当浓雾消散在灵魂的阴暗处时，我们窥探到了生活的美好——当1906年1月赫尔曼·黑塞决定建造属于自己的房子时，他曾如是说道。他要建一幢宽敞明亮的房子，仿照的是瑞士村舍的建筑风格，底层有围墙、游廊，上面楼层是木框架建筑和木瓦结构。选址地点在村庄前

221 见：Hermann Hesse, Sämtliche Werke, Bd.10，Frankfurt/Main 2001, S.136（Die Gedichte）。

222 译者注：文中“雾”的德语词为“Nebel”，“生活”的德语词为“Leben”。

面美丽的厄尔棱洛山坡，那里视野开阔，可以看到赖歇瑙岛和康斯坦茨。黑塞把自己的计划告诉了父亲，并给他寄去了建筑草图。1月17日，他骄傲地对父亲说，他慷慨的岳父给他们提供了盖房子的费用："顺便说一下，贝诺丽的父亲会无息借给我们大部分的建筑资金，或者说我们也可以把这幢房子看作是从他那儿提前获得的遗产。我自己再补上几千，一共大概花费20000马克。盖房子的预算约为16000马克，其他的钱用来买家具、栅栏和搭建花园。"[223]

3月份建筑工程就启动了，然而，在盖顶之前，黑塞就离开盖恩霍芬去了马焦雷湖，他要参加那里的素食疗养活动。他在那儿遇见了一群蓄着长头发、长胡子的"阳光兄弟"，他们像拿撒勒人一样穿着麻布长袍和凉鞋，朝圣般地前往洛迦诺的真理山疗养院，这些人的出现激发了黑塞从前想要逃避现实的冲动。他丢下了建了一半的房子和怀孕的妻子。"你也应该来这里"，4月6号，他从提契诺写信给盖恩霍芬的好友，也就是画家马克思·卜克河，信中写道，"你能在这里得到巨大的收获：阿尔卑斯山、海、岛、原始风貌的菲尔森山、野外活动等。我们这儿吸氧的场地和裸体晒日光浴的地方是芬克那块地产的两倍大。我在这儿感觉很惬意，无论如何都想在这儿多待一阵。"[224]

在渔村阿斯科纳上方的真理山上聚集了一群来自世界各地、推崇自然生活的人，他们组成一个避世者居住区，其中有主张改造生活方式的人、革命者、通神论者、和平主义者、神秘学者、信仰治疗师、印度教徒和艺术家。他们住在小茅草屋或洞穴中，吃生的素食，实践自由的恋爱方式。黑塞同真理山自然疗养院的建立者——比利时工业家之子亨利·奥登科芬成了朋友，同时也开始结交古斯托·格莱泽，

223 见：Thomas Scheuffelen,< Vor meinen Fenstern stundenweit See...> Hermann Hesse als Bauherr in Gaienhofen am Bodensee, Spuren 3, hrsg.v. der Deutschen Schillergesellschaft Marbach am Neckar 1988, S.4。

224 见：Ralph Freedman, Hermann Hesse. Autor der Krisis. Eine Biographie, Frankfurt/Main 1982, S.173f.。

后者曾是一名雕塑家和画家，他被追随者们尊为精神导师。可能就是在他的影响下，黑塞接受了一种极端的禁食疗法，他避居在一个所谓的“阳光—空气—小屋”内，想通过禁欲来彻底摆脱身体上的病痛。他的住所没有床，也没有桌子，他必须睡在自己用树叶和树枝做成的床垫上。他从小池塘里挑水，每天吃的是浆果和杂草。他被日光灼伤，因爬山而伤痕累累，多日的忍饥挨饿让他备感虚弱，他脑子里总是不自觉地出现文明社会中安逸的生活状态，如“在浴缸里舒服地洗澡，傍晚和朋友们愉快地聊天，在铺着干净亚麻床单的床前惬意地打哈欠，温暖的灯光，一支雪茄和一瓶冰爽的摩尔泽白葡萄酒”[225]，黑塞在随身携带的一张纸上潦草地写道。幻想有多么诱人，战胜自我的意愿就有多么强烈。“带着虚荣和刚愎自用的这种固执”[226]让黑塞坚持了下来。

这样的暴力疗法发生在黑塞三十岁生日，同时也是他即将搬去厄尔棱洛的新家前不久，这是黑塞在开始身为人父的安定生活前做出的最后一次叛逆行为。从阿斯科纳回来时，黑塞不仅想好了今后他要如何养家、如何打扮穿着，他也因为在真理山上接受了东亚的冥想练习后，更加剧了自己反文明的态度。从阿斯科纳回来后，黑塞在写给一位读者的信中提道：“三十岁这一年给我带来了一次严重的危机，首先是我身体上患了病，不得不因此接受疗养和漫长的治疗，然后又是心理上的不适。当一个原本沉溺于物质享受的年轻人放弃宴席、酒杯、雪茄和咖啡的时候，他当然不会是被迫的，而是受了相应的哲学思想的影响。几个月来，我一直在思考的就是这件事。”[227]黑塞对东方、对印度宗教世界和文学创作产生了新的兴趣，而且执着于此，无法摆脱，这也意味着他即将开始下一次突破。

225 见：Hermann Hesse, Sämtliche Werke, Bd.11, Frankfurt/Main 2001, S.315（Autobiographische Schriften 1。

226 见：同上，第 317 页。

227 见：Hermann Hesse. Gesammelte Briefe 1895–1921,hrsg. von Ursula und Volker Michels, Frankfurt/Main 1990, S.140。

第七章

新房子。米娅小产。海伦娜·布拉瓦茨基和亚瑟·叔本华。小说集。艺术家小说《盖特露德》。儿子海纳出生。在巴登韦勒疗养院调养精神。旅游。遇到威廉·拉贝。与萨穆埃尔·费舍尔产生冲突。同妮侬·奥斯兰德书信往来。意大利之行。儿子马丁出生。同汉斯·施图岑艾格去东印度旅游。

从提契诺回来之后，黑塞只能被动地融入家庭生活中去。他的皮肤晒得黝黑，身形消瘦了很多，比以往更加敏感易怒，他要求米娅把所有的食物都换成素食。他甚至不再喝牛奶，也不吃奶酪和鸡蛋。米娅得特意到康斯坦茨的素食店才能买到他要的格拉汉姆面包和加有杏仁、葡萄干的毕希纳混合麦片。黑塞现在戒了烟，也戒了酒，只喝没有肉的汤，吃大量的水果和蔬菜。他对房间的具体布置也有明确的设想。每一个细节，包括颜色的选择，都要符合生活改革活动提倡的功能性。四面环墙的一楼被粉刷成明亮的颜色，木瓦则被刷成了显眼的薄荷绿色。他对工作间瓷砖壁炉的颜色也十分吹毛求疵，因为瓷砖的绿色与其心仪的色调有偏差，黑塞把整整一车的瓷砖都退回了工厂。起居室的主调则是浅棕色，这符合传统的瑞士风格，也和橡木家具以及绿色的油毡地板相得益彰。工作间和藏书室都放着高高的书架以及嵌入式的柜子。儿童房内的地板铺得高了一些，这样布鲁诺就可以和住在一楼的妈妈一样看到湖景。“所有人都能获得同样的生活经历”——黑塞家里也同样贯彻执行了教育改革的这项原则。

一家之主的禁欲式生活方式和这幢气派宏伟的屋子形成了鲜明的对比。厄尔棱洛的这幢房子拥有七个房间、凸窗和山墙，与其说是一幢民居，倒不如说是一栋别墅。屋子里装有自来水管，一间浴室里还配有浴缸，两个便桶都可直接冲水——在盖恩霍芬这么个地方，这算得上是非常豪华的配置了。屋子里甚至还预留了一间“女仆房”。黑塞让人建了一间酒窖，给米娅配了一间暗房。黑塞最钟爱的是那个面积将近1500平方米的大花园。在隔壁农夫家一位儿子的帮助下，他在花园里铺了小路，划出了花坛和花圃，在里面种了一株栗树苗；黑塞孩提时代曾非常喜欢卡尔夫布吕尔街的那一大片栗树，可惜这片林子在1895年的一次飓风中被摧毁了，如今，为了再次看到栗树苗欣欣向荣蓬勃生长的景象，他在自家花园里也种了一棵。虽说是为了寄托思乡怀旧之情，但做起来却有点任性随意：因为没有足够的石块，黑塞就把出版社送给他的那些堆在藏书室里没有用处的赠书拿来铺在了沙路上，上面再铺上一层砾石，这就成了路面。回归自然——当时流行的卢梭主义在这些用来铺路的书本上得到了真正的体现。为了能够自给自足，黑塞还专门辟了一块菜园，在里面种上了花椰菜、豌豆和生菜。路德维希·芬克的驴子下的“驴粪蛋儿”为黑塞的花圃提供了必要的肥料，园子里种了浆果灌木和果树，还种了大丽花、桂竹香、风信子、水仙、旱金莲、翠雀花和玫瑰等色彩艳丽、气味芬芳的花朵，另外还有一排漂亮的向日葵。当黑塞后来迁居到提契诺时，他嘲讽般地称自己当年在盖恩霍芬花园里的辛勤劳作像是“干农活”[228]。

在盖恩霍芬村子上方的山丘上，除了黑塞家的屋子外，同时也新建了另一幢房子。因为黑塞的好友“乌戈尔”原先住的小屋子冬天时被烧毁了，于是他就在距离黑塞新居一步之遥的地方也造了一幢新房，打算和他的妻子朵拉一起搬进去住。在新居建好之前，乌戈尔和朵拉全靠好友们的帮助才有地方住，他们俩和赫尔曼以及米娅一起住在后者家里。这么多人挤在一起生活，以及因为新屋建造成本越来越高而导致工程一再延后，这都让黑塞感到心烦意乱，他要家里人不用再考

228 见：Hermann Hesse, Sämtliche Werke, Bd.12，Frankfurt/Main 2001, S.145（Beim Einzug in ein neues Haus）。

虑过来看他们了，因为盖恩霍芬这儿的一切都乱了套。搬入新家前不久，米娅小产了，这件事再一次让一切变得令人不安。就算终于搬入舒适的新家，过上了表面上事事如意的日子，黑塞还是一直怀疑这一切是否真是他想要的。他在写给奥地利作家卡尔·金茨基的信中说："我们家的日子看起来确实非常幸福，我妻子和儿子身体很好，精神也很好……但我年轻时候所梦想的幸福却不是这样的，现在也傻乎乎地觉得对目前的状态不甚满意，我想要的是完全不同的生活。"[229] 虽然对理想有着强烈的憧憬，但黑塞依旧无法不顾一切地投入到新事物中去。同年九月，他在日记中心灰意冷地写道："年轻时，我觉得或许能和唯一志同道合的爱人一起手拉手走过这一生，这是非常美好的愿望，然后我认识到，每个人其实都有自己的路要走；人们总会在不经意间分道扬镳。慢慢地，当我们走的路和别人的路渐渐靠拢时，能在某个瞬间和他们点个头，问个好，我们就已经非常满足了。如果一个孩子在深夜醒来，看到眼前一片漆黑，所有原本熟悉的事物都看起来全然陌生，他就会感到惶恐无措。而现在，当我们有时从美好生活中突然醒来，看见包围着我们的这一片灰暗时，也会同样恐惧不安。"[230]

黑塞在这几个月创作的中短篇小说都是同一个主题：向往一种不会受日常琐事侵扰的生活，希望婚姻生活不会因为渐成习惯而变得平淡乏味。黑塞笔下的主人公钟爱的是爱情本身，而不是承载其爱情理想的那些人；如果他们的理想被玷污，他们就宁可离开爱人。在小说《秋日的一次徒步旅行》中，为了看看自己年轻时曾经钟爱的那个"美丽

---

229 见：Hermann Hesse. Gesammelte Briefe 1895–1921,hrsg. von Ursula und Volker Michels, Frankfurt/Main 1990, S.144]。

230 见：Hermann Hesse, Sämtliche Werke, Bd.11，Frankfurt/Main 2001, S.323（Aus einem Notizbuch von 1907–1914）。

骄傲的姑娘”[231]朱丽叶如今是个什么模样，主人公——一位空想家——回到了自己的家乡。而如今，朱丽叶已经是一位受人尊敬的夫人，也是孩子的母亲了，她尊称主人公为“您”，昔日光彩照人的姑娘如今变得“黯淡无光”。她不愿谈及过去，只知道关心孩子上学的问题和生病求医的事情。失望的主人公离开故乡继续远行，但在他内心深处，仍铭记着他曾经梦想的那份爱情，这份爱曾给了他力量，“能在某个瞬间不顾一切地投入其中，能花几年时光博得某位姑娘一笑，这就是幸福”[232]。

黑塞在中篇小说《厌世》中描述的也是类似的情况。一个生活在乡村、沉迷书本的年轻人只能通过回忆自己从前的经历来摆脱厌世的情绪，而这些经历就是他原本生活中的乐趣。他端坐下来记下了自己的一次慕尼黑之行，在那一次旅行中，“在某一个夜晚，我真正拥有了自己的青春”[233]。对他来说，青春意味着率真开朗，意味着丰富而单纯的情感。在一位施瓦本画家的工作室里，他在参加某一次社交晚会时，认识了十九岁的工艺美术学校女生玛利亚，她那“蓝色的眼睛，瘦削的脸蛋”深深地吸引着他，玛利亚就是他梦想中的爱人，是“热忱而纯洁的美”的化身。然而，两天后，他在参加画室的聚会时，却发现这位漂亮姑娘只不过和他玩玩而已，事实上她早已和一位施瓦本有名的画家确立了关系。玛利亚代表着超现代意识的那一个艺术阶层，而这却是他完全无法企及的。文中有一段自我反思的话语勾起了这次慕尼黑之行的回忆，其中也透露了这份回忆所暗藏的真实信息。这当中最重要的是“身份意识”，这是人们在内心深处认同自我的方式：“一幅又一幅的图像从眼前掠过，它们都说：‘瞧，这就是曾经的我’，

231 见：Hermann Hesse, Sämtliche Werke, Bd.6，Frankfurt/Main 2001, S.550（Eine Fußreise im Herbst）。

232 见：同上，第537页。

233 见：Hermann Hesse, Sämtliche Werke, Bd.7，Frankfurt/Main 2001, S.216（Taedium vitae）。

随即，这些图像就不再是只可远观的美景，而成了生命的一部分，成了我生命的一部分。意识到自己的身份是一件奇妙的事，它会让人快乐，也会让人感到害怕。每个人都有身份意识，没有它就无法过活，就算没有一直在想它，也会经常考虑到它。它能湮灭时间，这很美妙；它会否定进步，这又很糟糕。”[234]

在迄今为止的任何作品中，黑塞都没有像在这部小说中那样开诚布公地阐述身份问题。“我们无法逃避的，是自己”[235]—— 黑塞笔下的幸福和痛苦是紧密相连的一体，这听起来就像是歌德这句名言中所描述的个人命运的先天决定论。回忆不同于记忆，回忆会保留过往经历的真实性，人们会在回忆中看到曾经的自己。回忆中的事物就是一种证明，它让我们高兴地认识到，那曾是我们自己，而且不管过多久，那样的自己都会存在。与这种自我安慰般的连续性相对的是，我们不可能摆脱让我们感到负累的身份所带来的羁绊，而且也无力从根本上改变自己。值得一提的是，小说中以第一人称出现的主人公在清醒地认识到自己和这位漂亮女生之间的关系后，遇到了一位神智学者。为了帮他解决困惑，这位学者还给他阐述了“羯摩”和“轮回”。同时，这位慕尼黑的古董商还向他介绍了俄国神智学者海伦娜·布拉瓦茨基的“神秘信条”。海伦娜·布拉瓦茨基是俄国的一位占卜家，通神学会的创始人，于 1891 年去世；在世时，她宣扬理想化的世界观，这种世界观综合了各种宗教和神秘主义，可以说算得上是另一种实证科学。海伦娜·布拉瓦茨基幻想着精神能再次主导物质，认为人类能通过禁欲、冥想和灵异之事回归到原始存在。德国的人智学家鲁道夫·斯坦纳因为出版了歌德的自然科学著作而声名远播，他也倡导这种神秘信条，并将其融入了自己的人智学学说。黑塞在这里暗示了另一种不同于“有可能存在另一个‘我’”这一设想的可能性。在神智学者的观念中，

234 见：同上。

235 见：“Urworte, orphisch” in: Johann Wolfgang Goethe, Gesammelte Werke in acht Bänden, Bd.1 (Gedichte), Gütersloh 1970, S.392。

个人并不是一个独立的连续体，而是宇宙的连续体，个人在过去以及现在的行为是彼此关联交织的，而这一切都遵循羯摩法则。

从《厌世》这部作品中，我们也可以看到赫尔曼·黑塞热衷于研究叔本华哲学。这位哲学家的主导思想是人类可以通过“无意志的直观”摆脱盲目的生命本能，也就是“意志”；叔本华的这种思想对黑塞产生了深刻的影响。人类作为个人是“意志的主体”，应该直观地面对世界，也就是人类的行为应该符合美学。摆脱意志——就算只是瞬间——是叔本华的理想。这种希望从忙碌的参与行为中得以解脱自我的追求也决定了黑塞在1907年末—1908年初创作的哲思短篇小说《朋友们》。小说中的汉斯·卡尔维是一个特立独行、非常有想法的人，在他退出大学生联谊会后，也和自己的好友兼联谊会的会员埃尔文渐行渐远了，埃尔文不愿放弃享受“美好的少年时光”，十分热衷社交活动，而这就导致了两者关系的最终决裂。汉斯·卡尔维是个钢琴家，非常崇拜叔本华，他报名参加了学校的佛教课，在那儿认识了东方学专业的学生海因里希·维尔特，后者渐渐成了卡尔维的新朋友和导师。维尔特建议他像自己一样加入素食者行列，因为他认为理性的饮食能解决大部分的难题：“您想要开始思考，不想再过这样的生活，而我的做法则完全和您不同，这就是我刚才说的方法。”不过卡尔维很快认识到，这种禁欲的生活方式并不能解决他的问题。同时，海因里希·维尔特也认识到，汉斯·卡尔维身上拥有他自己欠缺的东西：“他对美和艺术有着天生的理解，而且这种理解不是出于任何目的的。艺术是更高生活的唯一范畴，可惜的是，这也是他全然陌生的领域，同时，他也感觉到，艺术中暗藏着他追求的解脱之道。因此，虽然汉斯从他身上学到了一些东西并因此有了很大的进步，但他并没有把汉斯看作自己的学生，而是希望自己可以向汉斯学习并将其视作自己的领路人。”[236]

这两个人都不可能走上对方的道路。汉斯·卡尔维想要实现艺术

236 见：Hermann Hesse, Sämtliche Werke, Bd.7，Frankfurt/Main 2001, S.164（Freunde）。

家的梦想，他不愿像海因里希·维尔特一样放弃自我，成为“愿意献出全身心的”佛教徒。对黑塞来说，这种暗含着不知所措情绪的犹豫状态是非常典型的，他的个性中本就包含了这样的矛盾和对立。从他在 1908 年 3 月 8 日写给卡尔夫家中的一封信中，就可以看出，哲学上的研究更是加剧了他的这种困惑：“从伦理学上来说，对前世存在的探求或许是无关紧要的，但对我来说，这个问题虽然不至于让人困惑烦恼，却有着独特的吸引力。我们在内心深处总是幻想着个体的不朽不灭，因为我们无法预料非个体的永存；于是，我们就会不断地问自己，这个个体灵魂的前世该是怎样的。印度的轮回说——尽管我并没有全‘信’—— 给了我一个较为满意的解释，按照这个学说，那些无法想象的事物是一种伟大的存在。当然，除此之外，轮回说对我毫无裨益，因为在我看来，它首先是一种认知方式，而不是信仰。在我看来，印度的轮回说阐述的是一种非常完美、甚至现代化的决定论，但在涅槃时，却刻意只留下了一种途径才能摆脱意志得以自由。——不再赘述了，我在信中也无法说清楚。”[237]

搬入新家之后，黑塞一直处在不安的情绪中，他不停地出行，多数是前往慕尼黑，作为讽刺杂志《简约》的合作者和《三月》的共同编辑，他要亲自前去协商业务或商讨编辑事宜。他也会去施瓦本、乌尔姆、路德维希堡，或是去卡尔夫看望父亲。黑塞 1907 年的笔记中记录了他见到约翰内斯·黑塞时的情形，从中也可以看出这位年届三十的儿子还是很难摆脱从前的父子关系。不过现在两人的角色已经换了过来，父亲不再是他想要超越的权威，但他在面对父亲时依旧感到惴惴不安：“再次见到如今衰老了的父亲时，我的感受：父亲目光温和，态度温柔，变得虚弱了许多；他的目光不再是探究式的，也不再是独断、批判的，儿子见到他时毫不胆怯。但他宁可看到严厉的父亲，而不是虚弱的老父。

237 见：Hermann Hesse. Gesammelte Briefe 1895–1921,hrsg. von Ursula und Volker Michels, Frankfurt/Main 1990, S.145。

这种感觉类似于内疚。”[238]

1907年春，黑塞的第一本短篇小说集《此岸》出版，这部作品得到了外界的广泛认同；短期内就出了十版。于是费舍尔出版社着手准备出版第二本他的施瓦本短篇小说集（《邻居》）。《此岸》中的小说都是和“此岸”之人的成长生活相关的境遇，选集中的第一篇中篇小说《童年轶事》里甚至回忆了作家在巴塞尔的童年时光，里面还描述了黑塞当年的玩伴布罗斯过世的情形。《盖尔贝绍短篇小说集》里收录了黑塞的《大理石的传说》《月》《拉丁语学校学生》以及《秋日的一次徒步旅行》。施瓦本时事评论员和自由派人士特奥多尔·豪斯从一开始就对黑塞的作品给予了善意的评价，1949年，豪斯当选了西德第一任总统，他在评论中特别强调了黑塞个人经历对其小说的影响：“黑塞属于那些对自身生活进行创作的人：他抑制了自己的想象，在陈述中宣泄自己全部的创作精力。”[239]

黑塞的爱情小说都是以自己在卡尔夫上学时的经历为原型的，这些戏剧化的悲剧故事反映了他当年内心的种种冲突和青春期的迷惘。值得注意的是——如果有人想知道这些小说是在什么情绪影响下产生的——黑塞小说中的女性人物要比男性更加成熟，也更有处世能力。这是黑塞作品中的一大特点，在对自己的回忆进行创作时，他首先要表现的是个人性格中的矛盾性，黑塞笔下的大部分女主人公都是以正面形象出现的，他想要以此对自己的女伴——可能也包括他已经辞世的母亲——对他的种种忍耐表示敬意。黑塞家里发生的种种冲突主要归咎于他自身性格的不足，他有着几乎病态的敏感，而且很不擅长体谅、关心和理解他人，自从和他结婚之后，米娅就不得不忍受丈夫的这种

238 见：Hermann Hesse, Sämtliche Werke, Bd.11，Frankfurt/Main 2001, S.323（Aus einem Notizbuch von 1907–1914）。

239 见：Siegfried Unseld, Hermann Hesse. Werk und Wirkungsgeschichte, Frankfurt/Main 1985, S.29。

性格。在黑塞家里，他个人的创作才是高于一切的。

在小提琴家、作曲家库恩身上，黑塞也投入了所有的艺术创作热情。他花了三年时间来写这部讲述音乐家的长篇小说《盖特露德》，但在创作过程中他却无法找到一种令人满意的形式；在这部小说中，黑塞犀利地解析了自己的生活态度。库恩小时候因为一次意外残疾了，他心爱的姑娘也因此投入了他一位好友的怀抱。对库恩来说，艺术就此成了生活中的一种代偿，成了一条通往“解脱、遗忘和自由”[240]的道路。残疾在这里象征着艺术家的一种病态的生存状态，意味着自我制约、痛苦和生活的艰辛。尽管这部小说是以第一人称写的，但在创作过程中，和描述学生成长过程的小说《在轮下》一样，黑塞也使用了双重化方式，将自己分裂成了伤残的库恩和精明世故的歌唱家穆奥特，库恩深爱着的女歌手盖特露德·伊姆托尔后来嫁给了穆奥特，但在他们的关系破裂后——盖特露德离开了穆奥特——后者自杀去世了。穆奥特是一个轻浮、懦弱的花花公子，是个追求生活享乐的音乐家，他代表了艺术的另一面，也就是音乐所具备的社交、娱乐功能。但同时，也正是穆奥特发掘了库恩的才华，将库恩所作的歌曲搬上了舞台。对他们二人而言，最具悲剧性的是，穆奥特在此期间认识了女高音歌唱家盖特露德并赢得了她的芳心。

《盖特露德》这个名字并不是随意取的，黑塞的第一部诗集就是献给“盖特露德女士”的，而且，这个女性形象也出现在了《午夜后一小时》中。在这部作品里，她象征着掌管诗艺真谛的缪斯女神；盖特露德·伊姆托尔也代表着感知的纯粹性和精神的世界，与耽于感官享受的穆奥特构成了对立面。在狄俄尼索斯式的混乱和阿波罗式的灵性抗争的过程中，光明战胜了黑暗，精神战胜了物质，美德战胜了恶习。也正因此，最后成为盖特露德知交的还是库恩，只不过他们之间的关系成了柏拉图式的友谊，而情欲则被升华成了艺术。在这部小说的后记中，黑塞从人类学和哲学的角度阐述了自己身上的矛盾性，以

240 见：Hermman Hesse,Gertrud, Berlin 1927, S.51。

便从理想化的艺术理论角度来解释这种对立性："命运并不友善，生活也曾变化无常、残酷无情，大自然中原本并没有善和理性。但现在，在我们身上，在我们人类身上，有了善和理性，这是一种偶然，我们却因此可以比大自然、比命运更加强大——就算只有短短几小时。如果需要，我们彼此间可以靠得更近，能更好地理解对方，会爱上彼此，也会彼此相依而活。

"而有时候，如果黑暗尚未来临，我们还可以做得更多。我们或许能在短暂的瞬间成为神明，拥有话语权，能创造出前所未有且失去我们便无法存在的东西。我们可以用声音、话语以及其他脆弱无价值的东西来创作音乐作品，创作出意义深远、能抚慰人心、充满善意的旋律和歌曲，这一切都要比偶然事件或命运的特殊安排更加迷人、更加永恒不朽。我们可以把上帝珍藏心间，如果有时我们的内心充溢着对他的挚爱，他就可能从我们的话语间流露出来，并与那些试图认识或不认识他的人交流。我们的内心不能逃避生活，但我们可以通过锻炼和学习让自己的内心超越任何偶然性，也让它能直面所有的痛苦。"[241]

但矛盾依旧存在，就像黑塞笔下的库恩所说的："因为我自己最不想把自己的生活变成一首歌或纯粹的音乐"[242]。不想把自己的生活变成一首歌，而是希望将其变成一首诗，小说里要陈述的是这样一种认识，不过小说最后却感觉是在寻求自我原谅和突破。黑塞的生活依旧充满了各种冲突，他试图通过写作、通过与亲友的交往让自己在已然陷入困境的婚姻中达到平衡。黑塞位于厄尔棱洛的房子成了住在博登湖附近的作家、画家和音乐家们聚会的地方，比如伊曼纽·冯·博德曼、威廉·冯·舒尔茨和住在于柏林根的埃米尔·施特劳斯等作家就是常客。米娅·黑塞很喜欢和常来她家的一些音乐家们待在一起，比如为黑塞的很多诗歌谱过曲子的作曲家奥特玛·舍克，以及歌唱家伊罗娜·杜丽戈。黑塞在自己的长篇小说《盖特露德》中就描述了他与这些人共

241 见：同上，第 380 及下页。

242 见：同上，第 53 页。

处时的气氛。

这些定居在盖恩霍芬及附近地区的艺术家都是厌倦了城市生活的人，他们在这里组成了一个小圈子，其中也包括了画家、版画家和木版画家马克斯·布赫尔，他和黑塞早在巴塞尔时就已经认识了。他在德国盖恩霍芬的一家农村寄宿女校担任素描老师，很快就和路德维希·芬克一样成了黑塞的知交。除了瑞士的艺术家，还有不少人从慕尼黑来到博登湖畔拜访黑塞，比如画家安东·克欣斯坦纳，1909 年之后，艺术老师路德维希·莱纳和版画家、插画家奥托·布鲁梅也成了黑塞家的常客，布鲁梅还接替了马克斯·布赫尔在农村寄宿学校的职位。1910 年，阿尔伯特·朗恩出版社出版了黑塞的这部描写音乐家一生经历的长篇小说，其封面便是由布鲁梅设计的，他还促成了限量版诗集《途中》的出版，1911 年，该诗集在慕尼黑的格奥尔格·米勒出版社限量出版了 500 册。和费舍尔出版社合作的另一个插画项目虽然最后没有得以实施，但几年之后，布鲁梅设计了黑塞诗选《德意志诗人之歌》的封面，该作品由阿尔伯特·朗恩出版社出版。奥托·布鲁梅也接受路德维希·芬克的委托替他设计藏书签。1910 年圣诞节时，黑塞和芬克家还收到了布鲁梅亲自制作、绘画的圣诞马槽。

1909 年 3 月 1 日，黑塞的第二个儿子，被称为海纳的汉斯·海因里希出生了。早在 1908 年 12 月时，考虑到他当时的计划，黑塞就曾对鲁道夫·瓦克纳格尔—布克哈特提及过想要离开的打算：“可能是我太过自负、理性，终有一天我会抛下这乱糟糟的一切，悄悄地躲进翁布里亚的某个修道院里去”[243]，他这么说是为了提前告诉别人他打算在儿子出生之后几周，也就是 4 月 18 日，离开盖恩霍芬去远行。“一旦有了孩子，人们就不由自主了。不过我偶尔还是得匆匆远行，去那

243 见：Hermann Hesse. Gesammelte Briefe 1895–1921,hrsg. von Ursula und Volker Michels, Frankfurt/Main 1990, S.152。

些陌生的城市逛逛，在那儿度过几个疯狂的夜晚。”[244]黑塞的目的地是疗养胜地巴登韦勒，为了治疗风湿和长期以来的头痛，整个七月份他都待在了那儿。不过至少这次米娅并没有独自留在家里，有一个女管家陪着她。黑塞现在完全请得起管家了，因为他的书都卖得非常好，收入也增加了许多。另外，他和费舍尔出版社的协议中还添加了一项附加条款，其中规定出版社在接下来的三年时间中一共会付给作者 5400 马克，支付方式是每月 150 马克，其余报酬再另算。萨穆埃尔·费舍尔之前可从没有和别的作家签订过这种协议，他甚至同意黑塞将接下来要出版的每四部作品中的其中一部交给另一家出版社，因此，长篇小说《盖特露德》才会在 1910 年春时由慕尼黑的朗恩出版社出版。《简约》和《三月》这两份杂志都是由阿尔伯特·朗恩出版的，作为回报，他要求黑塞让其成为《三月》的联合出版人，同时，他会支付黑塞每月 200 马克，但要黑塞至少让他出版一本书，鉴于黑塞和费舍尔签订的新协议，他当然同意了。

巴登韦勒是举世闻名的疗养胜地，不过黑塞对这儿的印象却是非常客观的，他在 7 月 9 日写给友人的一封信中提到：“从黑森林里找个漂亮的山谷出来都要比这个疗养胜地好。这儿的建筑毫无章法，又大又奢华，几百块毫无用处的指路牌被涂成各种颜色，人工挖掘的小池塘里养着病怏怏的天鹅和蠢笨的金鱼，人工搭建的小瀑布边还放着白铁做成的小矮人、小鹿或钟乳石搭建的低矮围墙。还有吵吵闹闹的乐队一天三次在这儿演奏乐曲，那令人绝望的可怕乐声每次要整整持续一个半小时，打破了山谷原本的宁静安逸，让人逃都无处可逃。而面对这一切，那一大群来自世界各地、风度高雅的观众不仅欣然接受，而且似乎还乐在其中。真让人无可奈何。”[245]只有“那位聪明优雅的医生”[246]—— 这里指的是阿尔伯特·弗兰克尔医生——是个例外。两天

244 见：同上，第 154 页。

245 见：同上，第 155 页。

246 见：同上。

之后，黑塞在写给父亲的信中说，这位医生的“心理学疗法”主要是“把精神和情绪上的问题回溯到心理状态的不平衡以及过往经历上”。但他同时也认为，这种方法对那些“有着极高敏感性和复杂个性的”知识分子，也就是艺术家和诗人，是毫无用处的，因此他从一开始就没期望会得到良好的治疗：“我可不愿改变自己，不过我还是希望能学到一些东西。”[247] 在一年后出版的《温泉疗养客》中，黑塞再次提到了《盖特露德》中的主题，并更为鲜明地表示，所有艺术创作都是建立在苦痛的基础上的。黑塞在其中描述了一位诗人，而且几乎毫不掩饰地表明这就是他的自画像：“饱受痛苦的他认识到，自己的精神特质、内在命运的特殊性、个性上的缺陷、缺乏教育和自我教育、缺乏适应性和服从性，这些就是导致其郁郁寡欢的原因。他一开始似乎走的是正确的道路，对生活有明确的认识并从容接受之。但他却迷路了，并犹豫不决，止步不前……然后我想要呈现的是，我们的主人公或许是出于正确的直觉感知才犹豫无措的，他害怕面对纯粹的认识，害怕变得精于世故，因为他内心有一个声音告诉他，他一旦失去精神上这些不受控制、黑色的波动，那他同时就会失去身为艺术家的创造力。他可以选择继续遵循思想和精神的构造，最终过上安稳无忧但贫乏无味的生活，或者选择继续听从黑暗处那个魔鬼的支配，在偶尔狂热兴奋的时刻放弃那些安稳宁静的幸福。他离开了阿波罗，回归到了狄奥尼索斯身边。”[248]

黑塞放弃了他在盖恩霍芬安稳宁静的幸福，继续坚持着自己四处游历的脚步。他相继在希尔德斯海姆、奥斯纳布吕克、戈斯拉尔、不莱梅、汉诺威和布伦瑞克做了作品朗读会，10 月 28 号那天，时年 78 岁的威廉·拉贝在布伦瑞克接见了黑塞。除了戈特弗里德·凯勒之外，拉贝是在诗意现实主义作家中对黑塞影响最深的一位。在拜访了这位

247 见：同上，第 159 页。

248 见：Hermann Hesse, Sämtliche Werke, Bd.7，Frankfurt/Main 2001, S.300f.（Haus zum Frieden）。

令人尊敬的作家之后，黑塞从布伦瑞克出发返回博登湖，中途不得不在法兰克福接受一次盲肠手术，这次手术让他的身体变得异常虚弱，米娅不得不从盖恩霍芬过来照顾他。黑塞在写给威廉·拉贝的信中描述了术后清醒时的情景，认为这是他个人的一次重生："手术后第二天，我终于从疼痛和麻醉剂带来的混沌意识中醒过来了，那时已是正午，我惊奇地听到了从整个法兰克福城传来的钟声。"[249] 事实上当天法兰克福是在庆祝弗里德里希·席勒 150 岁诞辰，不过黑塞却忘记提及了。

1910 年初，黑塞和他的出版人之间爆发了激烈的矛盾。萨穆埃尔·费舍尔得知自己的畅销书作家把小说《盖特露德》交给朗恩出版社之后大发雷霆，要求黑塞必须履行和费舍尔出版社的合约，把之后所有的作品都交给费舍尔出版——尽管他曾在合同中应承黑塞，同意他将每四部作品中的其中一部交给另一家出版社。1 月 29 日，黑塞言辞犀利地回信给费舍尔："您提这些意见时虽然尽量表现的像是施恩于我，但我还是宁可放弃后面的合约，因为您现在在对待我的书信和合同上就已经太过强硬了。我跟您签订过合同，按规定我完全有权利把其中任何一本书交给朗恩出版社，可您这么做就好像我做了什么违规的事一般，我把《盖特露德》交给他们，您就要求我得为此做'补偿'。我曾多次向您保证，我非常尊重您的出版社，对您本人也非常满意，我此前甚至完全没考虑过不再合作的事——可您对此却不满足，非得强迫我接受这么一份对您有利、对我却毫无益处的合同。"[250] 黑塞给萨穆埃尔·费舍尔算了一笔账，认为如果他从该出版社拿到包括每个月 150 马克在内的 20% 的报酬，加在一起不过只是德国其余四大出版社给出的报酬的 25%，那他定然会离开费舍尔出版社。他认为延长合同只会剥夺他的自由，对他而言没有任何好处。两天之后，萨穆埃尔·费舍尔做出了让步，客气地请求黑塞交给他一本书，好在第二年出版。黑

---

249 见：Hermann Hesse. Gesammelte Briefe 1895–1921,hrsg. von Ursula und Volker Michels, Frankfurt/Main 1990, S.162。

250 见：同上，第 167 页。

塞把短篇小说集《弯路》给了他，但这本书直到1912年才得以出版。黑塞在一封措辞友善的信中不忘提及，说《盖特露德》这本书朗恩付给他的报酬甚至达到了35%，而按照他和费舍尔出版社的协议，接下来的两部作品他也只能拿到20%的报酬。黑塞的提醒起了作用：为了让黑塞继续和自己保持合作，萨穆埃尔·费舍尔承诺在合同到期后继续向他支付每月的报酬。

在这几个月间，黑塞还不得不应对《三月》杂志越来越犀利、越来越具争议性的论调，尽管他主要负责的是文化方面的内容，一般不涉及政治话题。自从1909年4月阿尔伯特·朗恩过世后，杂志的涉及面越来越小，主要是针对国内，而黑塞特别感兴趣的是发表国外作家的作品，但这样的机会却越来越受限了。《三月》的一位作家发文挖苦巴塞尔，将之描述成一个偏狭闭塞、市侩庸俗的地方，这让黑塞非常不满，他甚至在1910年1月15日给路德维希·托马写了一封抗议信，说这样的做法会让《三月》变成"滑稽小报"[251]，是一种自我贬低的行为。他同样在写给斯图加特的合作出版人康拉德·豪斯曼的信中愤怒地提到了"某些毫无用处的文章"，认为《三月》如今"不再是面向德国文化的杂志，而成了面向自由民主政治的刊物，却伪装成无足轻重的文艺小报模样。"[252]这话当然也是在讥讽他的好友豪斯曼，因为后者是符腾堡进步党的州议会会员。而同时，黑塞又不得不去安抚自己的父亲，因为他看见杂志上刊登的反宗教杂文后非常生气。黑塞在3月6日的信中回复说，他本人"对宗教问题越来越有忍耐力，而且某种程度上也越来越客观中立"，同时认为自己无法坚持自小接受的"宗教信仰的唯一性"，不过黑塞也保证，"不管自己的生活有多世俗，终会对虔敬的信仰保持深深的崇敬"。[253]但这种虔敬并不等同于"公众信仰的基督教"，因此，他认为自己在《三月》从事的"文化工作"虽然并未

251 见：同上，第166页。

252 见：同上，第179页。

253 见：同上，第174页。

针对信仰问题，却和官方教会是对立的。黑塞的父亲完全可以理解他的这种反教会态度，因为让“敏感的心”[254]不再依赖教会权威，这本就是虔信派的一大思想。

1910年对黑塞来说也是一个转折点，这一年他首次遇到了负面消极的评价。特别让他有触动的是备受其尊重的特奥多尔·豪斯发表在《帮助》杂志上的评论，他认为黑塞在小说《盖特露德》中选择了第一人称的形式，这表示作家放弃了“原来善于自省的特色”，同时认为这使得整部小说“显得抑郁沉闷”[255]。黑塞坦承，因其今年多病，不再像“八年前”——也就是写《卡门青》那会——“那么有活力”，但他同时认为《盖特露德》中使用的全新、朴实的“基调”是一种进步。在写给康拉德·豪斯曼的信中，黑塞表示评论界的这种说法不过只是善变的媒体耍的手段，它们惯于将其“描述成一个天才，然后厌烦了这种说法，又突然宣称他不过是个白痴”[256]。

这些负面评论是黑塞此前从未经历过的，受此刺激，黑塞的反犹态度越发强烈了，而《简约》杂志的作者们此前对德国民族主义者的反犹态度是大加批评的：“我觉得柏林那些聪明机智的犹太人特别可笑，他们觉得我一文不值，却不得不承认我的德语不错。这些人觉得有人天生有这个能力且能毫不费劲地运用这门语言，就如同使用母语一般，这好像是件奇事，因为直到现在，比起说德语来，他们的祖辈更擅长说希伯来语，他们的父辈则更擅长说波兰语。”[257]在1911年4月2日寄往卡尔夫的一封家书中，内心无比愤怒的黑塞假装镇静地说，原本“备受推崇的人”如今收到了“奇怪的诽谤和攻击性文章”：“慕尼黑的

---

254 见：Resco Karalaschwili, Hermann Hesse. Charakter und Weltbild, Frankfurt/Main 1993, S.25。

255 见：Hermann Hesse. Gesammelte Briefe 1895–1921,hrsg. von Ursula und Volker Michels, Frankfurt/Main 1990, S.184。

256 见：同上，第189页。

257 见：同上。

一位评论家还建议我说可以写写军官轶事之类的文章，别再写《盖特露德》这样的东西了，还有一位老师评价《在轮下》，说：叔本华和尼采是刁钻刻薄之野蛮人的典范，而与我相比，他们倒成了无知无辜之辈。——公众的这些言论如此不加掩饰，我都开始慢慢习惯不再认真对待此类说法了……”[258]从这一时期的不少信件中可以看出，尽管黑塞没有表现出来，但他的内心其实受到了不少伤害。不过与此同时他也收到了不少年轻人的来信，他们非常尊重这位作家，或者想要请他看看自己写的书稿。黑塞在1910年10月14日写给其中一位年轻人的回信中说，可惜他不得不辜负他们对他的信任了。黑塞在这份简短的回复中还附上了一封誊印的标准书函，其中详尽地表明了自己的态度。这封书函是1910年3月15日刊登在《三月》杂志上的公开信，标题为《年轻的诗人—— 致众人的一封信》，信中表示，人们不可能从某位新手的一些尝试性做法中就看出他的天赋才能，如果有人这么说，那他定然在撒谎，“有些年轻诗人”，黑塞说，“二十岁时就能写出绝美的诗行，可到了三十岁却再也写不出这样的内容了，更糟的是，有些写出来的东西可能变得更糟，更不要说写出从前那么令人叹服的佳文了。也有一些才能是到了三四十岁才会显现出来的。简而言之，您们问我能否看出这位诗人的前景，这种问题就像是在问一位母亲她那五岁小儿长大后是会又瘦又高还是又矮又小一般。”[259]

不过黑塞还是给这些年轻诗人提了一个建议，其中不无偶然地提到了他自己当年在卡尔夫的父母那里经常遇到的问题，也就是虔信派要求个人进行道德自省的做法：“只要您感觉您写作的尝试对您是有裨益的，能帮助您更清楚地认识自己和世界，能提升您的体验力，能让您更有良知，那您就继续写作吧。不管您能否成为诗人，您都会因此成为一个清醒、睿智的有用之人。我希望这就是您的目标。但如果

258 见：同上，第191及下页。

259 见： Hermann Hesse. Die Antwort bis du selbst. Briefe an junge Menschen, hrsg.von Volker Michels, Frankfurt/Main 2000, S.37。

您在享受或创作诗歌时就能认识到将要面对的所有阻碍，认识到可能使您走入歧途、变得浮华、减弱您纯善生活感知力的所有诱惑，那么，您就放弃写作吧！丢弃所有您和我们的文学作品吧！”[260]

1910 年 2 月，奥地利切尔诺夫策的一位年仅 14 岁的中学生给黑塞写了一封信，黑塞收到信的时候还未认识到，这件事将来会对他产生命运般的深远影响。妮侬·奥斯兰德在信中激情洋溢地描述了自己看完《卡门青》后的感受，同时以和她年龄不符的成熟言辞表示，她和作者一样也梦想着成为诗人：“不是诗人的我们都是非常可怜的，我们不知道创造的快乐，在面对公众生活带来的污秽时，我们常常会忘了隐藏在我们身上的天性和美丽，我们惊叹于卡门青这样保有纯洁灵魂的人，他的心脏只为善和美跳动。”[261] 这封信和黑塞收到的大部分年轻读者的来信有着本质上的不同：中学生妮侬有勇气告诉这位备受尊敬的作家，她觉得《卡门青》的结局太不幸了。她在信中质疑有天分的作家是否真的会把尚未完结的手稿塞在抽屉里，好在将来回到家乡的小村庄时找一家客栈继续写下去。“我不相信一个人会突然彻底抛弃那些偶尔让他心烦意乱的感觉而开始全新的生活，也不相信一个总在‘变化的人’会突然说：‘停下！到此为止！’然后满意地露出略带苦涩的微笑而回顾过往。不！像卡门青这样寻找幸福的人是不幸福的，因为他得到的是满足，而不是想要的幸福。满足是世俗之人的幸福，但卡门青不是个世俗之人！”[262] 这位年轻的读者以其惊人的敏感性认识到了赫尔曼·黑塞生活中面临的主要难题：如何协调自由和义务之间的关系？为了获得其中一种，是否就要放弃另一种呢？艺术和生活能互相交融吗？对这位读者来说，彼得·卡门青就是赫尔曼·黑塞，她质疑小说中那位不忠于自己的年轻诗人，其实也就是在质疑黑塞，她以惊人的

---

260 见：同上，第 39 页。

261 见：Ninon Hesse. Lieber, lieber Vogel. Briefe an Hermann Hesse, ausgewählt und erläutert von Gisela Kleine ,Frankfurt/Main 2000, S.49f.。

262 见：同上，第 50 页。

敏锐性感知到了黑塞精神上的不安。后来，黑塞对精神困境的抗争也成了妮依·奥斯兰德要面对的事。

1911年春，黑塞又开始到处旅行了，这次陪同他的是他的两位好友，作曲家奥特玛·舍克和指挥家弗里茨·布鲁恩。这两位音乐家和福尔克马尔·安德雷艾、伊罗娜·杜丽戈一起在米兰参加了《马太受难曲》的演出，这也是该节目第一次在意大利上演。紧接着，他们三人乘坐火车、马车或步行去了佛罗伦萨、锡耶纳、奥维托和斯波莱托。黑塞还给自己怀孕的妻子米娅寄去了一张言辞亲切的卡片，可能是因为觉得自己又一次没有陪伴在家人身边而有所不安，他在信中提到了想要和妻子一起出行的打算："亲爱的，斯波莱托是我在意大利最美的发现，我想了想：我们，甚至包括我们的孩子们，什么时候能一起来这个美丽的城市，在这如画的风景中待上一两个月，那样或许我们还能在这儿拍上一些漂亮的照片，写一些随笔。你考虑一下吧！这儿到处都是几乎不为人知的美景，山川、河谷、桥梁、橡树林、修道院和瀑布都美不胜收！想你和孩子们！你的赫尔曼。"[263]

然后，就在黑塞生日前不久，也就是7月9日，他在写给康拉德·豪斯曼的信中说自己正计划一次前往东南亚的长途旅行："我妻子将在月底生产，如果一切顺利的话，我之后不久将会离开此地一阵去很远的地方。我订了去新加坡的票，一位朋友将会和我同行，我们打算去苏门答腊岛，之后我还打算去吉隆坡的原始森林，那是一个只有16万居民的中国小城，我想在那儿待一阵，去抓抓蝴蝶——有一位独自定居在当地的瑞士工程师邀请我去那儿。回程路上我会去一趟锡兰，如果顺利的话，可能还会去一下印度半岛。"[264] 黑塞信中提到的朋友是瑞士画家汉斯·施图岑艾格，后者的哥哥罗伯特继承了其父在新加坡的

263 见：Hermann Hesse. Gesammelte Briefe 1895–1921,hrsg. von Ursula und Volker Michels, Frankfurt/Main 1990, S.193。

264 见：同上，第194页。

公司。黑塞认真地准备着这次亚洲之行，还在姐姐阿黛尔那里学了英语，详细阅读了旅行指南，购买了在热带地区生活需要的装备。作为实践练习，他在7月28日写给父亲的信就是用英语写的，其中告知了他的第三个儿子马丁出生的消息："就像我上次在寄来的明信片中写的那样，我们前天又得了一个小男孩，小家伙很健康，模样长得酷似他的母亲。"[265]在黑塞出门远行之前，家里上演了一场吃醋的戏码，因为米娅觉得自己的丈夫对女仆安娜要比对她更上心。米娅不屑地称安娜为"那个女人"[266]，在这次事件之后不久，安娜离开了盖恩霍芬。几年之后，黑塞称这次争风吃醋的事件是导致他和米娅出现婚姻问题的主要原因。

1911年9月7日，黑塞和同伴施图岑艾格一起在热那亚登上了"艾特尔·弗里德李希王子"号轮船，正午十二点，在岸边乐队的演奏声中，轮船缓缓出发了。黑塞在日记中高兴地写道，和利古里亚海岸一起消失的，还有他"所有的烦恼"[267]。萨穆埃尔·费舍尔给了他足足4000马克的旅行补贴，这事儿当然也是让黑塞高兴的主要原因。他在出发当天给自己的好友、《简约》杂志的出版人莱茵霍尔特·格黑博寄去了友善的问候：

> "我宁静地离开了这个港湾
> 此刻欧罗巴正从我身边缓缓而过……"[268]

黑塞非常期待此次旅行。他终于能亲眼看到那个东方的印度了，

265 见：同上，第195页。

266 见：Eva Eberwein, Mia Hesse geb. Bernoulli – Gaienhofener Alltag neben Hermenn Hesse, hrsg. vom Förderverein Hermann-Hesse-Haus und Garten e.V., Edition I, S.13。

267 见 Hermann Hesse, Sämtliche Werke, Bd.11，Frankfurt/Main 2001, S.329（Tagebuch der Indonesienreise）。

268 见：Hermann Hesse. Gesammelte Briefe 1895–1921,hrsg. von Ursula und Volker Michels, Frankfurt/Main 1990, S.120。

这是他当年从父母讲述的故事和带来的书中接触过的世界，他读过和古老的印度相关的宗教书，认为自己对印度已然非常了解了。1907 年，他在《印度国王的传说》中描述了一个年轻统治者的故事，他为了寻找智慧之道而选择从权力之巅隐退。这部短篇小说就已经在质疑，通过寻求婆罗门宣扬的智慧是否真能找到真理。这位年轻的国王通过“思想与言论的交战”[269]之后，最后选择了回归自我，他成了一位智者，随后消失在丛林深处成了一位隐士。这位国王并不是通过他人的知识，而是通过个人的体验，才达到了最终的证悟。黑塞希望能从不同的风土人情中得到灵感，怀着这样的期待，他开始了自己的东方之旅。当轮船到达亚丁湾时，他所有的期待都落空了。黑塞不得不在酷热中忍受蚊虫的侵扰，还得了腹泻和晕船病。他只有靠着佛罗那安眠药才能在闷热的船舱中入睡，边上的鼓风机还不断发出烦人的噪音。只有冰镇威士忌和打牌才能让他摆脱压抑的情绪。前往锡兰的航行中唯一值得一提的是游得飞快的鱼儿和迷人的海上荧光——不过到达港口城市科伦坡之后的异域美景很快让黑塞着迷不已：“扑面而来的是周围五颜六色的东方美景，奇异有趣，像是在童话中一般，这儿的人们有着漂亮的褐色皮肤，妇女的鼻翼上带着金片，乞讨的孩子们用冰冷的双手来抓我的手，所有的人都很敬重我们，周遭的一切看起来是如此奇异。”[270]

四天之后，轮船到达了隶属荷兰殖民地的印度群岛（如今的印度尼西亚），最后在槟榔岛靠岸，罗伯特·施图岑艾格迎接了这两位游伴。他们住在“依斯特东方大酒店”的一个套间里，这家酒店是按照殖民地风格建造的，可以看到海景。坐着黄包车穿城而过的第一趟出

269 见：Hermann Hesse, Sämtliche Werke, Bd.9，Frankfurt/Main 2001, S261（Die Legende vom indischen König）。

270 见：Hermann Hesse, Sämtliche Werke, Bd.11，Frankfurt/Main 2001, S.336（Tagebuch der Indonesienreise）。

行就让他们领略了“完全欧式”[271]的马来西亚岛城。街上主要是新文艺复兴风格的屋子和广场，商店里卖的布料、盘子、杯子、鞋子、纸牌、首饰和酒全都是从西方进口的，连当地剧院里上演的都是由欧洲音乐、中国式布景和马来西亚服饰交杂在一起的节目。黑塞认为，将欧洲文明移植到另一种截然不同的民族文化是极为野蛮的行径：“如果白人曾建在这儿或正在这儿建造的所有建筑物是位于八十年代德国的班霍夫街的话，那么，这一切自然是值得尊重的……而现在，在追求时髦的当地富人群里，流行的是不合时宜的大理石、波纹白铁皮和牵强的文艺复兴风。来自日本的医生和来自中国的放高利贷者在毫无品位的街上建的屋子看起来更适合出现在德国的中小城市。这儿的桥梁、喷泉和纪念碑风格也同样如此。最糟糕的是这儿的教堂。从宁静的棕榈林、宽阔漂亮的马来西亚乡村小路或是整齐划一的深蓝色中国式街道望去，可以看到一座教堂矗立在一个寂寥的广场上，教堂是英国的哥特式风格，但看起来不伦不类，似乎彰显了西方在文化上的无力感，在此次印度之行遇到的难堪之事中，这情形是其中最不忍直视的；因为我们内心深处感到自己对此也负有一定的责任。”[272]

不过当地人本身当然也是有责任的。黑塞觉得马来人都是“可爱、软弱”的孩子，他们臣服在了西方文明带来的种种诱惑之下：“这儿的民众非常懦弱胆怯、卑躬屈膝，这是欧洲官员和商人非常喜欢的，但有时候却让我们觉得难以接受。不过，这些懦弱的马来人在接纳欧洲礼仪和西方文明带来的便捷、享乐方面，却是非常聪颖的。”[273]因此，在黑塞看来，除了殖民统治者的剥削之外，更糟糕的是当地文化的自我丧失。而那些镇定从容的中国人却和马来人完全不同，几千年来，他们都忠于自己的文化。黑塞在印度尼西亚之行的日记中写道，这些

271 见：同上。

272 见：Hermann Hesse, Sämtliche Werke, Bd.13, Frankfurt/Main 2001, S.229（Aus Indien）。

273 见：同上，第 254 页。

中国人坚持自己的戏剧和音乐演出风格，穿着传统服饰，按照古老的中式风格建造房屋："我在中国人身上第一次看到了一个民族是如此的团结一致，以至于所有的个别异同现象最后都消失不见了。"[274] 他认为中国人是东方真正的统治者。

在槟榔岛和科伦坡短暂停留之后，他们继续乘坐轮船前行到新加坡，10 月 4 日，黑塞和施图岑艾格一起在新加坡搭乘一艘荷兰的小型船只前往南苏门答腊岛。他们沿着巴丹哈利河而上，于 10 月 16 日到达巴陵旁。半路上，黑塞还不情愿地参与了抓捕鳄鱼的行动，为了讨当地人喜欢，他还试图用自己的捕蝶网抓当地巨大的热带蝴蝶。最让黑塞感到震撼的是苏门答腊的原始森林，那儿肥沃富饶、欣欣向荣的景象与殖民地被占领剥削的情形构成了鲜明的对比，在原始森林中，"繁殖能力强大得令人难以置信，身处其中，看到的世界和几千年前没有任何不同。人类可以把绳索钉在高里三喀峰（喜马拉雅山）上，可以驾着摩托艇破坏爱斯基摩人原始的捕鱼方式，但面对这样的原始森林，我们暂时依旧束手无策。我们会在这儿患上疟疾，我们的钉子和猎枪都生了锈，各种生物在此死去、腐烂，而在腐尸堆上，又会有新的族群不断地繁衍生长，代代不灭。"[275] 欣欣向荣的大自然以千万种形式呈现出其多样性，从中还可以看到所有生命的统一性，这似乎也证明了印度古老的智慧之书中倡导的真理。黑塞非常强烈地渴望能够体验一次能消融所有对立和矛盾的统一性，这从他做的一个梦中可以看出来。黑塞有一次在新加坡看电影的时候做了一个梦，梦见自己正躺在轮船的甲板上，那是一个深夜，身边还躺着他的父亲。

"'我们要去哪儿呢？'我睡眼朦胧地问。

"他没有抬起头，自顾自继续擦着眼镜，平静地说：'我们去亚洲。'

"我们用马来语交谈，间或夹杂着英语，这样的英语让我想起自

274 见：Hermann Hesse, Sämtliche Werke, Bd.13，Frankfurt/Main 2001, S.352（Erinnerung an Asien）

275 见：同上，第 249 页。

己早已逝去的童年，那时我父母一讲到秘密的事情就会用英语，我却完全听不懂。

“‘我们去亚洲‘，我父亲重复了一遍，突然，我明白了一切。是的！我们要去亚洲。亚洲不仅是世界的一部分，而且正处在印度和中国之间。所有的民族及其宗教学说都起源于此，那儿是所有生命存在的根源，是所有生命内在的源泉，那儿有神祇的图像，也产生了种种戒律章程。哦！我怎么能忘记呢！我一直以来都在寻找这样的亚洲！除了我，还有无数的男男女女、老老少少，都在寻找亚洲的路上！

“我轻轻地唱着我们的远行之歌：‘我们去亚洲！’我想到了金色的巨龙、令人敬仰的雪山、神圣的蛇。

“我父亲高兴地看着我说：‘我没有教导你，我只是让你想起来罢了。’在说话的当口，他已经不再是我父亲了，他微微笑着，那神情就像梦中我们的印度教精神导师一般，就在那瞬间，他的笑容疏忽不见了，他的脸变得圆润、平静，犹如一朵莲花，就像佛祖的脸一般，那是一张完满的脸，随后，他又笑了，那是救世主脸上成熟睿智、饱含痛苦的微笑。”[276]

然后黑塞一头撞到了电影院的护栏上，随即他便醒了。电影结束了，但在他看来，让东西方文化、让他和父亲的信仰互相包容的这条路才刚刚开始。也正因此，他决定不再按计划去父母及祖父母做传教士时曾待过的那些地方，也不打算去母亲的出生地塔拉斯塞尔伊。黑塞找到了自己内心的印度，尽管经历了日常生活中的肮脏、疾病、乞讨、交易、卖淫、赌博和腐败等现象，但他依旧没有对此失望。在攀登锡兰最高山皮杜鲁塔拉格勒山时，黑塞突然认识到——这也是受其内心深处对原始大自然的崇敬之情影响——对他这样的欧洲人来说，现在不是在异域风情中寻求逃避的机会，这其实是回归自我，回归的这条路上本就包含了所有陌生的事物：“就在这荒芜高山之巅冷冽清寂的空气中，在这白云悠悠下，我彻底明白了，我们全部的存在和我

276 见：同上，第 231 及下页。

们北方的文化是起源于荒芜贫困地区的。我们对南方和东方充满了憧憬，在隐秘、饱含感激的思乡之情的推动下，我们在这里找到了天堂，发现了所有自然生物正欣欣向荣、蓬勃生长，我们发现了天堂里那些自然纯朴、简单童真的人们。但我们自己却和他们截然不同，我们在这儿是陌生人，没有公民权，我们早就失去了天堂，而我们想要拥有、想要建造的新天堂并不在赤道上，也不在东方温暖的海洋里，而是在我们北欧人的未来。”[277]黑塞认为，欧洲人缺乏的是“自然的灵性”，这是和文明带来的成功相对立的，文明的成就导致了我们精神的贫乏：“宗教是否能被超越、替代，这一点值得商榷；但我们目前最缺的是宗教或其替代品，这是我身处亚洲民众间时最清楚、深刻的认识。”[278]

康提是此次为期两个月的印度之行的最后一站，确切地说，这其实是一次印度尼西亚之行，他们参观了锡兰最古老的一座岩洞神庙。祭司带黑塞去了神庙的圣所，也就是一个岩洞里，蜡烛微弱的光辉笼罩了一个卧佛巨大的脑袋，佛像的身体舒展到了整个洞壁。“山石顶在他的左肩上，如果他站起来，我们头上的整座山都会崩塌”[279]，黑塞见到神像时感到非常震撼，这次参观让他想起了佛教的教义：所有存在的核心便是静，如若不静，整个宇宙将会崩塌。1911 年 11 月 24 日，黑塞搭乘英国汽轮“约克”号启程返回欧洲，腹泻不止的他一路上只有用鸦片和红酒才能让自己保持精神。

黑塞在那不勒斯收到了米娅的第一封来信，信是以电报文体写的，提到了她和孩子们的近况。不过黑塞没有在信中发现什么好消息，只预感到可能需要和妻子深谈一次。因为这样的家庭不可能长久下去——其中一个总是出门在外，毫无目的地远行，而另一个却留在家里独自

277 见：同上，第 277 及下页。

278 见：Hermann Hesse, Sämtliche Werke, Bd.20，Frankfurt/Main 2001, S.354（Erinnerung an Asien）。

279 见：同上，第 272 页。

照顾孩子、料理家事。回到盖恩霍芬之后，黑塞在 12 月 25 日写信给自己的医生阿尔伯特·弗兰克尔，说他想要尽快前往巴登韦勒："我又回来了，从日光怡人之地回到我们这偏僻荒芜的沙漠，我真是干了件不可原谅的蠢事，我得了感冒和喉咙痛。我很想立刻来您这儿，不过我妻子不同意，而且时节也不好，所以我们还是决定再等等……现在我用机器来写自己的旅游札记，一个个干净的文字就那么喷射在纸上，我边上是一大堆需要处理的邮件。另外，我想把房子卖了——您认识什么人吗？包括房子、花园和草坪在内，总共最多 3 万马克。如果能顺利卖掉，我就不欠我岳父什么债了，也能搬到其他地方去，比如慕尼黑或苏黎世。"[280] 赫尔曼·黑塞在东南亚之行中获得了灵性的启发，此后，他也试图设法处理自己的婚姻问题，认为从乡村搬到城市可能会是一个全新的开始。

280 见：Hermann Hesse. Gesammelte Briefe 1895–1921,hrsg. von Ursula und Volker Michels, Frankfurt/Main 1990, S.203f。

第八章

搬到伯尔尼的维尔提别墅。描述家庭生活悲剧的小说《罗斯哈尔德》出版。小儿子马丁患重病。重访莫尔布隆神学院。“我们所有人当然都是支持德国的”：1914年8月，战争爆发。申请成为志愿者。“1914年理念”。战争诗集《朋友们，别唱这种调子！》。与“叛国者”言论进行舆论战。参加慰问战俘的工作。《克诺尔普》。父亲逝世。进入卢塞恩宗玛特温泉疗养所接受治疗。

暂时，一切都还按原来的轨迹发展着。1912年3月，黑塞开始做巡回朗诵会，分别去了维也纳、布拉格和德累斯顿。德累斯顿之行的主要目的是去看看按照现代标准建造的花园城市黑勒劳，因为他考虑将其作为新居住地，同样列入他考虑范围的还有苏黎世、伯尔尼、斯图加特和慕尼黑。到了5月30日，他听说画家阿尔伯特·维尔提因妻子艾米丽的离世以及自己身患重病想要转出他在伯尔尼市郊的房子。黑塞在当天也给他在苏黎世的朋友瓦尔特·舍尔德林写了一封信，说伯尔尼是“唯一一个直觉上让他觉得可靠的城市，他的妻子无论和他还是孩子们处得向来都不是很好，不过这里应该会让她感觉舒适”[281]。瑞士画家及蚀刻家阿尔伯特·维尔提和黑塞在1905年于慕尼黑相识，两人由此也成了朋友。黑塞钦佩维尔提继承了阿诺德· 柏克林的精湛绘画方式，也敬佩他热情好客、慷慨大方的态度。

当黑塞一家在1912年9月10日真正从盖恩霍芬搬去伯尔尼时，大家都感觉这是一个幸福的时刻。米娅终于实现了愿望，能住得离她

281 见：Hermann Hesse. Gesammelte Briefe 1895–1921,hrsg. von Ursula und Volker Michels, Frankfurt/Main 1990, S.209。

娘家更近一些了。长子布鲁诺也可以上瑞士的学校。但事情却以令人伤感的方式急转直下：6 月 7 日阿尔伯特·维尔提突然过世，因此他在梅尔新布尔 26 号的房子也空出来了。尽管黑塞和米娅经常去维尔提家做客，并且也很喜欢这位城市新贵的房子，但是因为居住者相继去世，使得这幢房子显得有些许阴郁。“它闻起来……有死亡的味道”[282]，黑塞后来在回顾此事时这样写道。但在短时间内在伯尔尼找到一个相似的大房子却并不容易，而且黑塞一家在内心深处也早已不想回盖恩霍芬了。所以他们收养了维尔提的牧羊犬，住进了后者名下一个既没有电灯也没有炉灶的简陋农庄里。

维尔提农庄的位置再理想不过了。它位于奥斯特蒙迪根城门前，从电车终点站步行至家中只需 20 分钟。这个庄园还拥有一个小农场，黑塞一家就可以从租户那得到的蔬菜和牛奶。这幢房子按伯尔尼风格建造，撑托阳台的是白色的长圆柱，山墙看起来雅致漂亮，房子被古树环绕，其后是长着许多果树的大花园，那里还有一个喷泉。从阳台向南眺望，可以看到维特霍恩和少女峰的群山。房屋的内部结构较为混乱，个别地方显得黑乎乎的，看起来很阴暗，通过一道盘旋向上的石楼梯可以到达木板屋。屋主的肖像画和旧雕刻作品装饰着墙面、瓷砖壁炉和古典家具，高挂的镜子、法式钟摆以及大理石壁炉营造出了一种明朗的氛围，同野草丛生的花园以及农庄一起给人一种贵族风和田园风的混搭感，这正是米娅想在新住所寻求的感觉。搬进新屋后，她在给汉学家理查德·威廉姆的信中写道：“这个房子位于城外很偏的地方——不过我们还能看到一些灯光——但是这个距离还可以，我们还能享受城里的娱乐：音乐会、戏剧等。我们在盖恩霍芬时，想和朋友们会面时交通就非常不便——但在这儿我们完全没有这样的顾虑，

282 见：Hermann Hesse, Sämtliche Werke, Bd.12，Frankfurt/Main 2001, S.146（Beim Einzug in ein neues Haus）。

我们不用为了去看个朋友就非得长途跋涉。”[283]

虽是全新的开始，但一切并不顺利，这主要和越来越无法挽回、越来越糟糕的婚姻有关。家庭现状彻底毁掉了这段婚姻关系—— 三个吵吵闹闹的孩子、一个消极抑郁的妻子，她如今越发无法理解自己身为作家的丈夫从事的写作事业。黑塞在搬家之前给康拉德·豪斯曼写了一封信，从中可以看出黑塞对自己的婚姻已然不抱希望，他内心深处向往过上另一种生活方式："我自己本人定然想要不断地旅行和漫游，但多年来我的家庭生活限制了我，我必须挣钱养家，这让我感到痛苦；自从搬来昂贵的伯尔尼之后，家庭支出也更高了……很久以来我都未曾想过除了写作之外我还有什么个人能力，而且我也很少在这方面做什么努力。”[284]

和以往一样，面对这种危机，黑塞依旧会尝试通过写作来弄清自己的生活状况。他最初曾写过音乐家小说《盖特露德》。小说中，黑塞没有让另一个与他同龄的自己，也就是音乐家库恩，拥有一段恋情，也是为了让他的艺术事业能走得更远。早在盖恩霍芬时，他就开始写小说《罗斯哈尔德》了，在这部作品中，爱情与事业、责任与自由之间的冲突越来越尖锐了。这次代表了黑塞双重身份的主人公叫约翰·维拉古特，是一个已婚的画家。这个不幸艺术家的一生在各个细节上都复制了黑塞自己的生活状况：约翰·维拉古特和他的妻子阿黛尔及小儿子皮埃尔一起居住在农庄里，庄园名叫“罗斯哈尔德”，而维尔提在伯尔尼的房子所属的庄园就叫“硕思哈尔德”，两个名称非常相似。画家的妻子单独住在一幢房子里，而她丈夫则独自住在画室中，她住的房子也很容易让人联想到位于梅尔新布尔的新住宅。约翰·维拉古特和阿黛尔两人渐行渐远。冷漠无情、和丈夫日益疏远的阿黛尔拒绝

283 见：Michael Limberg, Hermann Hesse. Leben Werk Wirkung, Frankfurt/Main 2005, S.39。

284 见：Hermann Hesse. Gesammelte Briefe 1895–1921,hrsg. von Ursula und Volker Michels, Frankfurt/Main 1990, S.210。

为她丈夫的艺术家生涯做出任何牺牲，所以两人在庄园的高墙下过着外人看来似乎和谐的共同生活，但各自内心却早已互相疏远了。他们唯一的联系就是共同的儿子皮埃尔，维拉古特非常疼爱孩子，但他的妻子不愿意将其让给他单独抚养。如果能和皮埃尔一起生活，他早就已经离开他的妻子和这座庄园了。

当他青年时期的朋友奥托·布克哈特意外拜访罗斯哈尔德时，这个画家才意识到，他已经无法维持目前私人生活的现状了，他开始厌恶自己一直以来做出的妥协。对皮埃尔的爱在他的艺术工作前显得黯然失色，他的艺术工作才是最重要的。他的朋友劝他放弃与阿黛尔的婚姻关系，因为它现在不过是两人之间的一种协议："你必须丢弃你现在拥有的一切，必须舍弃你的所有过往，否则你永远不能完整、自由地看世界"[285]。作为迈向新生活的第一步，他和朋友一起去了印度旅行——这个转折也与黑塞自己的经验直接相关。他决定与阿黛尔分开，将儿子和房子留给她，做出这个决定后，维拉古特"第一次感觉自己超越了妻子。他结束了婚姻，他在内心做出了牺牲，他放弃了皮埃尔"[286]。但之前他还得经历一次最后的考验：皮埃尔死于病因不明的脑膜炎——黑塞为了在他的小说中描述其恐怖的症状，还专门从巴登韦勒一位专科医生那里询问了具体病症。文中对孩子的死进行了极其感人的描述，这也象征着仅靠俩人的孩子来维持的这段婚姻终于结束了。

黑塞在写《罗斯哈尔德》时显得无比坦率，他提到了自己的爱无能。痛失儿子后，维拉古特做出了总结："他坚定不移地回顾了自己生活的主线，他从未如此清晰并且满足地看到它的简单脉络。他毫无怨言地总结：他过去走过的路是多么盲目无知。他明白，尽管做过种种尝试，尽管那些尚未完全磨灭的渴望都已留在了生活的花园里，但这一切都已经过去了。他从未在他的生活中将一段爱情经营到最后，也从未享受过这样的爱情，他从未坚持到最后一刻。这时他躺在亡儿的床上，

285 见：Hermann Hesse, Sämtliche Werke, Bd.3，Frankfurt/Main 2001, S.58（Roßhalde）。

286 见：同上，第 109 页。

终于感受到他对孩子这唯一又真挚的关爱了，他第一次忘记了自己，忘记了去超越自己，但这一切已经太晚了。这将会成为他永生难忘的一段经历，变成他可怜又微薄的财富。”[287]

如果黑塞将他的这部婚姻小说当作自我治疗的最后尝试，并且希望以此摆脱长期以来的家庭危机，那么，他当时就已经彻底失败了。因为书中描述的关系太现实了，精神危机也太过严重，黑塞无法深刻理解并解决这样的冲突——就像他在 1914 年 3 月这本书出版之后向父亲坦承的那样，他已经无法坚持下去了：“因为书中描述的不幸婚姻并不完全是出于一次错误的选择，更深层次地来看，是基于‘艺术家的婚姻’问题，即基于艺术家或思想家——一个不仅靠直觉生活，并且试图尽可能客观看待并描述生活的男人——是否有能力经营一段婚姻的问题。我并不知道问题的答案；但是我在书中尽可能清楚地描述了我对此的理解；在书中，婚姻最后走向了终结，但在我的生活中，我希望它会不一样，因为它对我非常重要。”[288]

对于熟悉黑塞的读者来说，这部小说就像是作者自己的映射，他现在也同样希望为解决自己的生活问题寻找答案。因为黑塞在《罗斯哈尔德》描述的阿黛尔和他的妻子米娅几乎一模一样，而且他对自己的缺点也毫不避讳：“她从来都没有活力；她总是严肃、犹豫，我要是早前知道这点就好了。她从不马虎对待任何事，她从不带着些许幽默或轻松感解决难题。对于我的要求、情绪、我热切的期望以及我最终的沮丧，她都不会表示抗拒，而只会沉默、隐忍，这种动人、沉默、无畏的忍耐常常打动我，但是于我于她都没有任何好处。我生气和不满意的时候，她总是沉默或忍耐，于是我立马就会试图更好地理解她，我请求她原谅或是逗她开心一小会儿，但是却不管用，她还是沉默着，

287 见：同上，第 142 页。

288 见：Hermann Hesse. Gesammelte Briefe 1895–1921,hrsg. von Ursula und Volker Michels, Frankfurt/Main 1990, S.242。

固执地沉浸在她慢吞吞、自我封闭的本性里。我站在她身旁，她顺从、不安地沉默着，无论是面对我的勃然大怒还是愉悦欢快，她都表现出同样的冷静。如果我继续保持这样的情绪，她就会独自弹着钢琴回忆她的少女时期。所以我总是显得理亏，然后就与她无话可说了。我开始变得勤奋，开始渐渐学会像筑城堡一样地投入工作中去。”[289]

为了从婚姻中解脱出来，约翰·维拉古特做出了惨痛的牺牲，不过黑塞对他倒没有非常残忍。1914 年 3 月，黑塞最年幼的儿子马丁也一度生命垂危，家庭医生诊断他患的是神经疾病，并且要求将他与其他兄弟姐妹隔离开来。五岁的海纳被托付给苏黎世的朋友暂为照看，他们还禁止当时正在上小学三年级的布鲁诺在这段时间去见他的小弟弟。小说中犀利的预言更让正忙于照顾马丁的米娅害怕，也让她陷入了更深的孤独之中。她日日夜夜都在为拯救她孩子的生命抗争，好像她可以用此来拯救自己的家庭一样。当马丁度过最艰难的时期之后，家人把他带到乡下修养。米娅此时已经筋疲力尽了，她不得不卧床休息数周。

在马丁恢复健康之后，4 月初，黑塞去了意大利佛罗伦萨周边地区，此次旅行为期三个星期。他从贝尔加莫它给米娅寄了一张他最喜欢的卡片，提到他希望能和她以及孩子们一块儿登山旅行。黑塞 1914 年的笔迹中只提到了一次米娅，其中以极为犀利的言辞表达了他对奇迹的期待、提到了他的困惑以及由此产生的痛苦：“在我看来，女人最显著的特征是：她们可以眼睁睁看着别人陷入慢性折磨中，最后面临崩溃，而她们对此毫不同情——她们甚至根本毫无觉察！”[290] 黑塞在同年发表了名为《孤独者的音乐》诗集，其中抑郁的诗歌也反映了这种忧郁、以自怜和悲天悯人为基调的情感。从中可以明显地看到他正在哀叹自己和米娅的爱情即将结束：

---

289 见：Hermann Hesse, Sämtliche Werke, Bd.3，Frankfurt/Main 2001, S.49（Roßhalde）。

290 见：Hermann Hesse, Sämtliche Werke, Bd.11，Frankfurt/Main 2001, S.328（Notizbuch 1907–1914）。

我们的日子过得很艰难！
没有火能让我取暖，
没有太阳向我微笑，
一切都是荒凉的，
一切都是冰冷、没有怜悯之心的，
可爱又明亮的星星也暗淡地看着我，
自从我在内心发现，爱情也是会死亡的。[291]

他与米娅的关系愈加恶化，他的作家事业却蒸蒸日上。他的散文、诗歌集《印度之旅》取得了巨大的成功。由费舍尔出版社出版的《新评论》曾在1912年3月拒绝刊印这份旅行笔记的文稿。黑塞第一次感觉受到了侮辱，把当时萨穆埃尔·费舍尔给他的4000马克旅行补贴寄了回去，不过紧接着费舍尔又把这笔钱打回了黑塞的账户，费舍尔说自己并不期待从黑塞那里得到任何回报——不过他其实应该是期待作者不久之后会给他一份真正完整的书稿，而事实上，黑塞也这么做了。这些印度之行的文章被加进了《罗伯特·阿格因》——这是和一位传教士相关的故事——这部短篇小说里，并于1913年秋天在萨穆埃尔·费舍尔出版社出版。在极短的时间内，《印度之旅》就印刷了六版，并且广受好评。评论家威廉·舍尔夫在《莱茵报》杂志发表的评论正说中了黑塞的想法，他说黑塞“不是印度人，也正因此，他去了印度，所以他带回来的也正是他自己的东西：机智、有见地的观点，冷静的观察和理性的觉察力”[292]。

对黑塞来说，他的艺术家小说《盖特露德》曾饱受批评，如今《罗斯哈尔德》引起的积极反响算是一种慰藉和补偿。作家库尔特·图霍

291 见：Hermann Hesse, Musik des Einsamen, Heilbronn 1915, S.11。

292 见：Siegfried Unseld, Hermann Hesse. Werk und Wirkungsgeschichte, Frankfurt/Main 1985, S.39。

尔斯基甚至认为，《罗斯哈尔德》是黑塞文学创作的一个新起点：“现在他不同了：随着年龄的增长，他有了不同的经历。如果不是封面上写着黑塞的名字，我们不会想到这是他写出来的作品。这不是我们原先认识的可爱、美好的黑塞：这是另外一个人……黑塞又变成了维拉古特：他把家里的帐篷拆了，他走了——他会去哪儿呢？”[293]特奥多尔·豪斯认为，赫尔曼·黑塞并不逊于戈哈特·豪普特曼和托马斯·曼：“他现在已经能驾驭自己的语言了，幸运的是，他摆脱了戈哈特·豪普特曼和托马斯·曼在语言组织上惯用的‘古老的歌德式’风格。黑塞的作品呈现出节奏性、色彩感和生动性，且都是在一种明智却自由的艺术思想引导下”。事实上，从《彼得·卡门青》起，黑塞在小说组织和内部的戏剧性结构上借鉴学习了很多他人的特点。他不再有所犹疑，不再沉迷于对自然或内在灵魂的自由描述，而是创作了更接近生活、能准确表现现实冲突的对话，同时还能在情感上与之保持距离。多年以后，黑塞再读《罗斯哈尔德》时是这样评价的：“我很喜欢这本书，它经久不衰，即便今天再看，书中也少有句子需要删减或者修改。反过来，其中有许多东西是我今天没办法再做到的。写这本书时可能已经达到了我写作水平与技巧的巅峰，现在我再也达不到那种状态了。”[294]

1914 年 3 月，黑塞告诉他的姐姐阿黛尔，不久之后他要去一趟莫尔布隆修道院，他曾经的同学威廉·海克如今是那里的教授。这是阔别 22 年后，黑塞第一次回到这个对他影响最为深远的地方。他在写给姐姐的信中提到：他很高兴能再见到修道院和周边地区的景象，也很乐意“给现在的年轻学生们讲讲印度”[295]。那是 7 月 1 日，黑塞乘坐

293 见：同上，第 41 页及下页。

294 见：Joseph Mileck, Hermann Hesse. Dichter. Sucher. Bekenner, Frankfurt/Main 1987, S.92。.

295 见：Hermann Hesse. Gesammelte Briefe 1895–1921,hrsg. von Ursula und Volker Michels, Frankfurt/Main 1990, S.240。

并不宽敞的区间列车穿过莫尔布隆地区的丘陵，在一个破旧的车站下了车，穿过树林前往山上的莫尔布隆，他在《莫尔布隆十字形回廊的喷泉》[296]一文中对此进行了相应的描述。曾经的差生如今成了著名诗人回到了修道院，当教堂的塔尖出现在树梢后时，失败，或者说是背叛的悲伤感涌上他的心头——因为在他那部描述学生生活的小说《在轮下》中，他为了取得文学上的轰动，或是为了取得文化政治上的影响，不就把修道院课堂描述成一个充满压迫的地方了吗？而现在，他却感觉到了“深深的爱意”“自由地呼吸着甜蜜的奇异感——这是故乡的空气，对于没有故乡的人和游子们来说，这是如此珍稀，如此新鲜！这仿佛是一份早已被破坏、闲置一旁的珍宝在一夜间重新变得完整而美丽，并彻底为我所有。仿佛逝去的爱人站在我身边，微笑地看着我的眼睛，让我相信她已然逝去。仿佛现在一切都唾手可得，而这使得遥远神秘的青春一度变得真实可信起来，令其欣慰不已：父母家的屋子、母亲、伙伴、诱人的未来。”[297]

其中最美妙的经历是再次见到莫尔布隆神学院十字形回廊的三层喷泉，这个建筑物因为那“充满魔力的歌曲”已然变成了天籁之音。叮咚作响的阶梯瀑布让黑塞想起了曾经的迷茫、和同学们之间的意见之争以及急于成为诗人的迫切之情：“你是我青年时代的一首歌，世界无声，听不见家乡教堂的钟声，听不见故人的声音，只有你依然在对我倾诉，我青年时代的歌，我竟曾将你忘记！我满怀迷惘与惭愧地一步步靠近奇迹，站在喷泉大厅的入口处，在穹顶落下的清晰阴影中，我看到了三层喷泉波光浮动，唱着歌的泉水从第一层化作八束细水柱坠入第二层，这八束水柱再从第二层落入巨大的第三层中，穹顶应和着这生动、优美的乐章，日复一日，亘古不变，华丽而完美，像一幅

296 见：Hermann Hesse, Sämtliche Werke, Bd.13，Frankfurt/Main 2001, S.357–360（Der Brunnen im Maulbronner Kreuzgang）。

297 见：同上，第 258 页。

超越时空的美丽画作"。[298]

这种时常涌上心头的怅然若失的感觉，这种对过往依恋不舍的情感，都意味着深埋在黑塞心中对归属感、依附感和对家乡的渴望，这份渴望使他难以摆脱同米娅之间日益难以维系的婚姻，但1914年夏天突然发生的暴力事件却扫除了这所有对过往的依恋，那是黑塞此前只在历史书中看过的事件：战争。1914年6月28日，塞尔维亚的民族主义者在萨拉热窝谋杀了奥匈帝国皇储弗朗茨·斐迪南，像其他千百万的德国人一样，黑塞也低估了这次事件带来的影响。而8月1日，这一事件引发的灾难引发连锁反应，第一次世界大战爆发了，这也让黑塞感到无比震惊。瑞士境内也流传着战争的传闻，但沉浸在自我世界的作者并未对此多加关注。不过黑塞在战争爆发前几周写下的童话《神之梦》似乎就是一个可怕的征兆。童话中做梦的人正身处"科学的庙宇"，那是一座通往巴别塔的现代塔楼，战神与他的随从出现了，欢呼着的人群朝他飞赴而去，随即塔楼坍塌，世界末日般的转折点开启了。

8月1日是瑞士的国庆日，本该像往年一样放烟火庆祝。由于危机，今年这项活动被取消了。黑塞答应了正在图恩湖边疗养的儿子布鲁诺去探望他并从伯尔尼给他带烟花过去。在德国与俄国宣战的当天，黑塞带着布鲁诺来到图恩湖上的一个高山牧场放鞭炮。但是没过多久，民众间这种狂热的情绪让黑塞觉得厌恶，他害怕和乌泱泱的一大群人在一起。他避居在花园里工作，逃离了城市。但是如同其他成千上万的德国知识分子一样，黑塞自认为是一名爱国人士，于是他在伯尔尼的德国领事馆报名成了一名战争志愿者。他在8月5日的日记中写道："我们所有人自然都心系德国。下午我去了领事馆询问我是否可以入伍，但国外的战时后备军还没有召集起来。"[299] 黑塞听说德国军队——当时德国也已经向法国宣战——为了在大规模全面战役中避开法国的边境

298 见：同上，第359页。

299 见：Hermann Hesse, Sämtliche Werke, Bd.11，Frankfurt/Main 2001, S.392（Tagebuch-Notizen vom 1. August 1914 an）。

封锁而开入了中立的比利时时，在8月7日的日记中坦承："我意识到，我的爱国情感是多么的片面啊！当看到别人批判德国针对比利时的行动时（虽然我自己也不赞同！），我感到无比愤怒。希望一切都速战速决，也不要有太多的流血牺牲！"[300]

中立的瑞士害怕自己被卷入战争，因为整个国家已经被分成了两派，以法语为母语的瑞士人支持法国，说德语的人支持德国。说意大利语的提契诺人则在观望，看犹豫不决的意大利最终会做何抉择。到处都是激烈的争论声，农舍前飘扬着瑞士国旗。8月9日，黑塞得到消息，他的画家朋友奥托·布鲁姆报名参加了志愿者。由于志愿者人数众多，黑塞被列入战时后备军的候补人员，并没有被分配去参加实际工作。

黑塞感受到，战争将会对他产生双重影响，他在8月8日的日记中写道："我希望，用不了多久我会应召入伍，但是也很害怕。"有一天他会不由自主地写下这样的话："对于法国人我感到非常抱歉，但我希望他们会被彻底打败"。[301]最让他愤慨的则是英国，在他9月9日给父亲的信中可以看到，黑塞抱怨那些被卷入战争的欧洲国家正因为复杂的联盟政治而逐渐走向灭亡，只有英国自私地等着"渔翁得利"。"现在是生死存亡的关键时刻，人们只能希望印度动荡或者英国海军舰队倒大霉。若果真这样，再加上奥地利半路放弃，那么德国就可能在通往和平的道路上领先一步，未来的生活和文化才有希望。否则一旦英国占上风，那么欧洲就会落入吝啬的英国佬和无知的俄国人手中。我们所喜爱和推崇的东西可能被遏制。我个人当然非常相信德国，即便其他的梦想尚未实现，但最终这种强大的道德觉醒定然对我们有益——尽管会有牺牲。无论是俄国的壮大或法国的势力日衰，对所有人来说都是灾难性的后果，尤其是在这样的大战中，这种情况是非常可怕的，或许最好能够避免发生这种情况——至少可以如此祈求。在我看来，

300 见：同上，第394页。

301 见：同上，第396页。

俄国人和英国人还是比较人道、和善的，但我不希望这两个国家在文化和政治上日益强盛。”[302]

像同时代的其他诗人一样，黑塞也是所谓的“1914年理念”的捍卫者，战争期间，该理念的代表是一大批德国的时事评论员。黑塞特别赞同维尔纳·桑巴特的观点，即德国“英雄”的“牺牲精神”远胜于英国“商人”的“斤斤计较”；同时，哥廷根现象学家马克思·舍勒在《战争天才和德国战争》一书中热情洋溢地表示接纳战争，呼吁以此实现“精神的德国”，让其与英国的“物质主义”和“帝国主义”相抗衡，该书也得到了黑塞的支持，这从他发表在文化杂志《三月》中的一篇积极评论中可以看出来[303]。深受黑塞推崇的新教神学家恩斯特·特勒尔奇在1914年8月的战争狂热中见证了“精神信仰”的诞生，这种信仰击溃了物质主义时期的颓废状态。这些受生命哲学启发的作者们提出了“1914年理念”，以此对抗“1798年理念”，也就是反对法国大革命以来被推崇的个人自由、法律平等、人民团结等普适价值观。这些准则掩盖了英法帝国主义势力追求的现实利益，他们在所谓普适价值观的掩盖下试图瓜分世界和全球资源。

“1914年理念”的其中一种思想是把战争当作一种精神考验、一种本质上的革新。如果说七年前作为真理山的朝圣者，黑塞苦行修炼希望得到全新的生活，那么现在，战争和痛苦让人们被迫失去了安逸和平。因此，黑塞在写给父亲的信中提到牺牲会带来“道德觉醒”[304]。他非常赞同托马斯·曼提出的民族爱国主义主张，后者认为，德国在战争中完成了一个历史使命，它代表了“文化”高于“文明”，“团体”

---

302 见：Hermann Hesse, Sämtliche Werke, Bd.15，Frankfurt/Main 2001, S.7f.（Die politischen Schriften.）。

303 见：Hermann Hesse, Sämtliche Werke, Bd.17，Frankfurt/Main 2001, S.445f.（Apologie des Krieges）。

304 见：Hermann Hesse, Sämtliche Werke, Bd.15, Frankfurt/Main 2001, S.245（Die politischen Schriften.）。

取代“社会”的胜利，代表着情感、态度、风格高于理智、怀疑和瓦解。黑塞和托马斯·曼一样由于身体原因不用上战场服役，后者画了一幅讽刺漫画，其中表明德国战败会意味着什么：“结局是欧洲变得有些滑稽可笑、有些不人道、有些腐朽衰败、略带女性的优雅气质，成为一个太过‘人道’、有一些土匪气、张口闭口都是民主的欧洲，一个到处是探戈和二步舞的欧洲，爱德华七世统治下如蒙特卡洛一般到处是交易和赌博的欧洲，就像是小说中某位巴黎的交际花。”[305]

如托马斯·曼在他的《一个非政治人士的反思》一书中期望的一样，黑塞也希望战争能够带来巨大的净化，带来内部的反转，能结束威廉二世时代小富则安的心态，特别是令人讨厌的“非德国式”资本主义。1914 年 12 月，他在写给苏黎世一位熟人的信中提道：“我对战争整体的道德价值会给予很高的评价。如果能从资本家们崇尚的那种愚昧的和平中解脱出来，对许多人来说都是有好处的。特别是在德国，我觉得对一个艺术家来说，男性民众敢于直面死亡、亲身体验到真实的军营生活，这是非常有价值的……即使只有一部分参战的年轻人深刻领悟了生命的价值，巩固了他们坚不可摧的信念，减少了愚蠢的喜悦，那就值得了，这要比我们失去的城市和教堂更有价值。”黑塞的信中还称战争是一种内心的经历，同时对战争目标或者目的进行了深刻的思考：“我本就很喜欢这样令人难以置信的战争，似乎它完全没有任何‘物质意义’，它和温饱无关，而是一种荡涤，以此转变原先的风气。因为我们的风气本就腐朽不堪，所以无论如何转变都是好事。我们无法判定代价是否太大。因为自然总是尽情挥霍着，对它来说，单个的生命根本就毫无价值。”[306]

---

305 见：Thomas Mann, Betrachtung eines Unpolitischen, Frankfurt/Main 1983, S.65。

306 见：Hermann Hesse, Sämtliche Werke, Bd.15, Frankfurt/Main 2001, S.19（Die politischen Schriften.）。

在战争爆发前写的一些诗歌里，黑塞已经多少预感到了 1914 年 8 月里受生命哲学影响而弥漫的种种情绪。他认为人们应该尽情燃烧、释放痛苦、热情和激情，不要让自己“在痛苦的日子里”变得麻木不仁。因此，他在 1910 年创作的这首富于表现力的《火焰》被看作是第一首战争诗，该诗发表于 1914 年 9 月。现在战争成了大众的共同经历，人们将开始一场新奇而难忘的经历，这其中就包含着死亡：

但是即使每一天
都吞噬数百人
巨大的海浪
将我们从世间抬起

将我们从世间抬起的
是最刚强的思想
不管一切是否坍塌
都不会使我们动摇！[307]

黑塞还主动为德国在伯尔尼的殖民地写了一首题为《致皇帝》的致敬诗，诗中他将威廉皇帝在宣战时说的话，即他除了德国之外不关心任何阵营，用抒情的方式大加赞美：

戒指戴在你的勇士们手上
忠实地守卫着德意志帝国
我们德意志的荣誉
闪耀在一场场战役的盾牌上。

307 见：Hermann Hesse, Sämtliche Werke, Bd.10，Frankfurt/Main 2001, S.220（Die Flamme）。

所有的障碍都已倒下
没有名字也没有党派
我们拥有一个新的王国
如神圣的珍宝般为我们共有。

让我们在这片土地上建起
未来的城堡，高大、美丽
信任是它坚定的基石
你相信我们，我们相信你。

那么德意志的崭新精神
在重新焕发生机的故乡飘扬
在朴素的忠诚中
走向宁静的和平。

屠杀带来了熊熊怒火
人人时刻准备
去挽救和捍卫那战果：
德意志民族的统一！[308]

但是从黑塞于1914–1915年间写的24首战争诗中却可以明显感受到，他多么希望将这一历史事件归于有意义的整体事件，这与他厌恶真实战争的情绪恰好相反。一想到可能会作为记者被派往西部战线，黑塞就感到惶恐不安，他甚至一度精神崩溃。1914年10月5日，他在冷静过后写道："不，我们必须以上帝的名义将这场战争进行到底。

308 见：Hermann Hesse, Sämtliche Werke, Bd.15，Frankfurt/Main 2001, S.25（An den Kaiser）。

但是这并不是一场庆典，而只是让人厌恶、却无法避免的事情”[309]。不久之后他承认了自己内心的矛盾：“我审视自己。我对战争怀着喜悦之情？不，一刻也没有！出于胆怯、安逸、因其余目的而自私自利地希望避免战争？是的！是的！我承认”。[310]

黑塞在公开发表的文章中更明确地表明了自己的态度，比如在战争教育诗《致孩子》中就可以看到他的表态——这首诗与上文自我批判的日记是同时创作的。这部充满童真的战争作品作为反战题材得到了广泛称赞，同时还被用于战时的精神动员，以此捍卫民族的自由。诗的第四节和最后一节这样写道：

你们要知道，贵族
在他的灵魂里永远是战士，
从来不带枪，
不要忘记！
每天都有敌人，
每天都要面对战斗和命运。
记住血、战争、破坏，
那关乎你的未来，
那最微小的幸福建造在
许多人的死亡和牺牲之上 。

然后你们将生命熊熊燃烧
跟死亡来一次亲密拥抱。[311]

在这种被提升到宗教层面的活力论中，从很多当代人的观念、刻

309 见：Hermann Hesse, Sämtliche Werke, Bd.11，Frankfurt/Main 2001, S440（Tagebuch-Notizen）。

310 见：同上，第 442 页。

311 见：Hermann Hesse, Sämtliche Werke, Bd.10，Frankfurt/Main 2001, S.226（Den Kindern）。

意表现出的自我标榜中可以看出，人们无不似回避战争般地沉溺在偶然的幸福状态和从前美好的回忆中。托马斯·曼在他的作品《一个非政治人士的反思》中写道，谁在战争中幸存下来，那么从战场归来的他就如被净化一般“变得完美了”[312]。尽管黑塞坦承自己并没有做好拿起武器参战的准备，但他也想象能得到这样的净化。在他的《艺术家致战士》一诗中，士兵不仅仅是英雄，而是能与他人感同身受，能体会并表现人类所有苦痛的诗人。战斗中的士兵成了真正的英雄，而黑塞也希望自己能成为他们中的一员：

我带着伤痛，没有矛，
牺牲了千万次，
为了上帝，带着流血的良知，
被束缚在苦痛的山谷深处。

今天，炮声隆隆，
几乎被忘却的战神旗帜亮起，
我看到曾嘲笑过我的兄弟们，
欣喜中油然而生一种英雄感，
他们在手推车旁昏天暗地地做苦役，
为了安宁健康的生活而奋战，
现在所有人都摆脱了平凡的日常，
每个人是艺术家、英雄和男人。

那些胆小怕事之人，
现在他们的眼里看到命运的光亮；
因为他看到了一百次死亡，
现在生命的泉水向他流去。

312 见：Thomas Mann, Betrachtung eines Unpolitischen, Frankfurt/Main 1983, S.461。

谁像你们一样热爱生活，
那上帝给予你们的便是神圣的——
身处战争之外，
我眼中的兄弟们又变得可爱可敬！[313]

将诗人神化的做法可以被视作故作姿态，黑塞和沃尔特·惠特曼、乔治、 波德莱尔或兰波等人一样把诗人升华为救世主。不过也可以把1914年11月刊登在德国报纸上的《艺术家致战士》这首诗视为黑塞对当时宣传媒体的一种微妙对抗。最初是11月3日黑塞在《新苏黎世报》上发表了《朋友们，别唱这种调子！》，这篇文章使黑塞一夜之间在德国成了不受欢迎的人。他明确地把自己热爱德国的感情同热爱欧洲文化的感情区分开来，也就是说他同样热爱敌人的文化。黑塞在文中写道：谁撰写了“赞美血腥战争”的文章，或发表了会引发民族仇恨、贬低敌方文化成就的文章，那么他就背叛了思想。黑塞在文中将矛头直指记者以及作家。如果德国人和法国人都拒绝看对方的书，那就是欧洲的损失。远了不说，放弃一本拙劣的德语书而读一本优秀的英语书，这也是一种勇气。

这种呼吁民众鼓起勇气的号召也遇到了激烈的反击。黑塞被二十多家报刊骂为卖国贼。老朋友与他断绝来往，他收到了德国寄来的众多匿名诽谤信，德国图书商抵制他，他的作品销量大幅削减。但是黑塞赢得了法国作家罗曼·罗兰的友情，这位法国作家于1915年获得了诺贝尔文学奖，他到伯尔尼拜访黑塞，高度赞扬了他宽容的心态。在写给康斯坦茨作曲家阿尔弗雷德·施兰克的信中，黑塞提到了自己在爱国主义和国际主义间徘徊的尴尬境地：“面对战争，我正面临一个

313 见：Hermann Hesse, Sämtliche Werke, Bd.15，Frankfurt/Main 2001, S.20（Der Künstler an die Krieger）。

尴尬的处境。我完全支持德国，感受到了此刻那里民族主义的热潮，但我却无法赞同，也不认为我必须完全参与。我生活在国外，远离这种病态般的思潮，也无法扭转德国对比利时做的这一切。由于出身和习惯，我的生活更国际化一些，因此纯粹的爱国主义者会对我大肆批评。我的父亲是德俄混血儿，也就是来自波罗的海东岸三国的德意志人，我的祖母来自纳沙泰尔，我自小将瑞士看作是我的第二故乡，当然我还是德国人。因此我需要旅行，需要融入外国文学。”[314]

由于年龄和近视的问题，黑塞第二次申请参加战争志愿者时依旧遭到了拒绝，因而他向伯尔尼的德国大使馆申请服民役。1915 年中，他被分配到战俘慰问机构，在红十字会的支持下为德国战俘筹办一个图书中心。黑塞与聘用的太平洋动物学教授理查德·沃尔特里克一起创办了战俘报，创建了图书馆，馆内收入了托马斯·曼和亨利希·曼兄弟、戈特弗里德·凯勒、特奥多尔·施笃姆、埃米尔·施特劳斯等人的作品及一些小说。黑塞捐赠了一些他自己的藏书，还拜托朋友、图书馆和出版社捐赠图书，四处呼吁，还举办了不少朗诵会，积极为图书中心募集款项。最多时 300 多所法国监狱的 100 000 个德国战俘拿到了图书。完全超负荷工作的黑塞向作家费利克斯·布朗抱怨说自己每天得工作 12 个小时，“同时使用两部打字机，管理两个办公室的工作，曾经一丁点儿忙碌的状态都让我厌恶，现在却要从早忙到晚”。[315]

黑塞对战争的态度一直是非常矛盾的。他的战争诗仍被收录进了诗集里，他和莱昂哈德·弗兰克、雨果· 巴尔或者斯蒂芬·茨威格这些因反战而逃离瑞士的作家完全不同。《走向胜利》[316] 这本小册子鼓舞

314 见：Hermann Hesse. Gesammelte Briefe 1895−1921,hrsg. von Ursula und Volker Michels, Frankfurt/Main 1990, S.249。

315 见：同上，第 317 页。

316 见：Hermann Hesse, Sämtliche Werke, Bd.15，Frankfurt/Main 2001, S.26ff.（Einführung “zum Sieg. Brevier für den Feldzug”）。

了前线战士们，鼓励他们拿起武器完成自己的使命。在这本册子的前言，黑塞再次强调，这场战争的关键是“统治世界”，而且必须是由德国来统治。战士们肩负的使命艰巨却明确：他们必须服从命令并取得胜利。但是这种民族主义的观点没有让黑塞免于非议。1915年10月，他的对手利用他的这篇文章对其发起了新一轮的攻击。黑塞在新《新苏黎世报》中写下了他某次德国之行的印象。他在一篇游记中感性地表示，德国人的道德感令其印象深刻，战争让德国变得“更安静、更庄严、更严谨”，当然也变得“美丽而高贵”[317]。然而黑塞又遭到了大批非议。因为他在一些短评中表示和平高于战争，并表示他没有被应征入伍令其感到释然，黑塞也因此被骂做“不爱国的家伙”“狞笑着的逃兵”“狡猾的懦夫”[318]。不过也有少数人士是支持黑塞的，其中包括特奥多尔·豪斯和他的律师、帝国议员康拉德·豪斯曼，后者认为黑塞的这种态度可与歌德并论。1813年德国对抗拿破仑的战争期间，歌德就曾被骂做不爱国的家伙。

尽管与家乡的爱国主义者们有所冲突，但黑塞仍然同和平主义者一样相信，在德国受到排挤的人们得团结起来。1915年11月，黑塞拒绝加入和平主义者们创办的报纸和组织，他提出，战争属于生活，战争不是仅靠法令便能废止的。和平主义者要实现和平就如科学家代表大会要发现真理之石一样困难。因此可见，黑塞在层层夹缝中找到了自己的位置，也就是成为局外人。在这样一个政治动荡的年代，这对于他这样的作家是非常不利的，因为他的作品仍然在德国出版。

在战俘慰问机构的工作也给黑塞的财政带来了负担，因为他在图书中心的工作是义务的。作为“基层工作人员”，他只能得到微薄的补助。由于他目前得在这些机构工作，德国出版社每月就只给他的德国账户

317 见：同上，第55页（Wieder in Deutschland）。

318 见 Ralph Freedman, Hermann Hesse. Autor der Krisis. Eine Biographie, Frankfurt/Main 1982, S.228ff。

汇入 200 马克，同时他又没有太多的时间定期为瑞士的报刊写稿。1915 年 5 月，讲述流浪者的小说《克诺尔普》在萨穆埃尔·费舍尔出版社出版，是“费舍尔当代长篇小说系列”之一，但这没有减轻他的财政负担，因为稿酬都很低，而且是打入他的德国账户的。《克诺尔普》创作于 1907 年至 1914 年，一部分早前就已在杂志上发表过了。这本书出版时，黑塞正处于特殊的人生阶段，因为他现在有义务不得不在相关机构服务——这是黑塞发表作品以来最具讽刺性的时刻。因为克诺尔普是独立的化身，是一个按传统观念看来没出息的流浪汉，一个浪漫派、局外人，他冷眼旁观市民们的体面生活，看着在生活中苦苦奋斗的人们梦想破灭。克诺尔普无论去哪儿，都会精心装扮，用他的热情和智慧蛊惑人们，尤其是女人。女士们在他身上看到了自己少女时期梦想的男人，他体贴可爱，而且不会为了自己要到处冒险就随时离开。但是黑塞赋予了这位主人公一种神奇、能刺激他人的力量，以此让人们在某些瞬间摆脱自己的角色、质疑自己的生活，甚至最后他们会选择在流浪途中忍饥挨饿、饱受痛苦却仍不愿改变自己的道路。不过，克诺尔普是无辜的，因为他其实是非常尊敬庸人的，这些人满足于在自己的小世界里安家乐业。克诺尔普之所以会居无定所就是因为他不幸的爱情造成的，他为了一位姑娘失去了自己的工作，但她却最终转身投入了他人的怀抱。失望过后，他再也不相信爱情和小市民追求的幸福了。在他的理解中，生活的真谛便是每个人从根本上都是孤独的。然而孤独也是一种收获：克诺尔普用所有感知去感受世界，他成了一个真正快乐的旁观者，他不会在任何地方扎根，在他眼中只有有意思的事，没有长久的事，他只身一人四处而行，成了真正的生活家，以戏谑的心态探寻生活的种种可能、寻求生活的全部财富。

在小说第三章的最后一部分（结尾处），克诺尔普回到了他的家乡盖尔波绍，他的老同学为他在养老院找了一个栖身之所。时日不多的克诺尔普不愿意接受这样的失败，他穿过城市，在一个冬日逃到了山区里，想要在那儿孤独终老。当他穿过森林在暴风雪中迷路，悲叹自己糟糕的人生时，上帝出现并劝慰他不要对所有经历过的美好视而不见，要他接受自己的人生：“你这个傻瓜，你还没看到世间一切的意义吗？你没看到正是因为你是个流浪者，你才能拥有孩子的天真和笑容吗？这样人们才对你有些许好感、些许嘲弄、些许感激……你这个样子，正是我想要的……你以我的名义游荡，让定居的人开始向往自由。你以我的名义做了傻事、受到嘲讽，因为你我也被喜爱和嘲讽。你是我的孩子，我的兄弟，也是我的一部分，你没有任何损失，在你遭受一切时，我都是与你同在的”。[319]

面对战乱，像《克诺尔普》这样一本讲述平静生活的故事有些不起眼。不过奥托·弗拉克和斯蒂芬·茨威格这两位作家却还是英雄所见略同般地推崇无用者故事里纯粹的德国浪漫主义情怀。多年后，安德烈·纪德也对这“精致、娴熟、简单的语言”赞美不已，正因为这样的作品，他才开始阅读德国作品。[320]

1916 年初，由于长期以来需要应对德国的一些时事评论对手的攻击，而且伯尔尼办公室的事务又很繁重，黑塞身体变得很虚弱，深受胃肠疾病困扰的他不得不接受治疗。德国国防机关对他职务的长期监察也给他带来了负担。他不再想当战士、上前线，德军对战法国的战役到了第三年就显得毫无意义了，战争已经成了耗资巨大的物资战。1 月 14 日，他告诉弗里茨·布伦，医生认定他“不具备服役能力”，确诊他患了“肺气肿”[321]；但黑塞只被批准延迟服役 6 周。2 月，图书中心被纳入国防部成为其隶属机构，这样一来，黑塞就不得不跟柏林的官员打交道。就在这一艰难时刻，1916 年 3 月 8 日，消息传来：69 岁

319 见：Hermann Hesse, Sämtliche Werke, Bd.3，Frankfurt/Main 2001, S.216f.（Knulp）。

320 见：Siegfried Unseld, Hermann Hesse. Werk und Wirkungsgeschichte, Frankfurt/Main 1985, S.47。

321 见：Hermann Hesse. Gesammelte Briefe 1895–1921,hrsg. von Ursula und Volker Michels, Frankfurt/Main 1990, S.317。

的约翰内斯·黑塞在斯图加特的科尔恩塔尔市去世。他的女儿玛如拉在一个基督教兄弟社区的疗养院照顾他，陪着他直到最后一刻。

黑塞于前一年9月探望过他，那也是他最后一次见到自己的父亲，当时他的父亲已经几乎完全失明，但黑塞感觉父亲精神上还是很清醒的，他们两个人比赛背诵拉丁文的俗语，父亲获得优胜。在过去几年里，两个人关系越来越亲密，因为他们清楚感受到两个人是多么相似。长久的头痛、慢性眼疾、失眠和清醒的头脑、好奇心一样，都是父亲遗传给黑塞的一部分。去世前不久，他的父亲创作了一本名为《圣经是一部战书》的作品，但两人还没有来得及对此进行更多的交流。跟父亲最后的通信是一张潦草的问候明信片。黑塞和父亲会开诚布公地交谈，话题包括宗教信仰、正确的教育问题、黑塞的不幸婚姻。在最后一次见面交谈时，两人都还来不及讨论黑塞青春期的艰难时刻、多年来被疏远和轻视的事情，以至于黑塞到后来因此产生了一种遗憾和负罪感。

黑塞是在去往苏黎世的火车站接到了父亲去世的噩耗，当时他刚要上车去温特图尔参加一个朗诵会，他的朋友奥斯马·舍克给他带来了这个消息，说是米娅从伯尔尼给他发了一封电报，请他去拦住黑塞转告这个消息。如果要回符腾堡，黑塞就不得不先回伯尔尼办一张新的护照。一路上，父亲的形象在他脑海里清晰地浮现着。跟以往“细腻的虔信教徒”相比，父亲现在更多是一个“纯粹世俗之人”[322]的形象。从前他认为父亲对信仰的坚定和固执对他而言是一种考验，他的父亲带着基督教徒的谦恭忍受了一辈子肉体上的病痛，履行着自己对出版社和家庭的义务，而如今，在失去父亲之后，父亲的这个形象在他内心深处引发了更加深刻的认识：“我想起了父亲生病之后的那段时期，病痛带来的无尽痛苦折磨着他，一瞬间我更清楚地看清了他的形象，他那可爱却充满痛苦的表情，呼吸沉重，睡醒后用手整理自己的长发，

322 见：Hermann Hesse, Sämtliche Werke, Bd.12，Frankfurt/Main 2001, S.302 (zum Gedächtnis des Vaters) 。

眼神平静而悲伤，好像正从很远的地方看向我。此刻我终于再次感受到，他的本性完完全全就体现在我身上，它正对我说：‘他们不理解他，没有人理解他，包括他所有的朋友。只有我理解他，因为我像他一样，孤独而不被人理解’”。[323]

在科尔恩塔尔，姐姐阿黛尔、妹妹玛如拉和弟弟汉斯接待了他。他们喝着咖啡，回忆共同经历的童年。讣告上写着由约翰尼斯·黑塞自己选择的诗篇选段，这段文字也会刻在他的墓碑上：“绳索已断，飞鸟自由”[324]。十四年前，尽管当时的交通条件要比如今更为便利，但黑塞拒绝了参加母亲的葬礼，他感觉自己对父母的感情非常复杂，还无法真正与母亲告别。现在他意识到，这是彻底改变这种心态的机会，他可以在告别父亲的同时找到自己的安宁。他在房间里待了几个小时，父亲躺在灵柩上，他亲吻了父亲的手，把手放在已逝父亲的额头上，就像小时候把冰凉的手放在父亲额头上为他缓解头痛一样。晚上，他从姐姐阿黛尔那得到了一枚金戒指，这原本是玛丽·黑塞送给她第一任丈夫查尔斯·伊森伯格的，十年后她又给了约翰尼斯·黑塞。黑塞将这枚戒指理解为“养育和信仰的遗物，它曾经属于父亲和母亲，它也一直伴随着我们这些孩子，就算切断了所有语言和地区的羁绊，它依然在我内心深处。现在我们所有人都感受到了这份信仰，这是对使命、职责与义务的信仰”。[325]

他选择了违背父母心愿的工作，多年来，父亲的榜样形象一直伴随着他，有时也使他痛苦羞愧，黑塞深深地知道，用裹尸布盖住一位宽容的虔信教徒，却无法完全掩盖过去的创伤。他在给姐姐阿黛尔的信中写道：他的心愿不是“坚持或者复制过去，而是要用我们的力量

323 见：同上，第 299 页。

324 见：同上，第 304 页。原诗句出自《旧约》中的《诗篇》124，第 7 行。

325 见：同上，第 306 页。

适应、经历新的事物”[326]，因此沉浸于驶去的悲伤是无用的。“绳索已断，飞鸟自由”—— 科尔恩塔尔父亲墓碑上的墓志铭是要求儿子能将自己从束缚中解放出来，希望他万事如意：成为好丈夫和勇敢的儿子，爱国者和国际主义者，德国人和瑞士人，诗人和公民。父亲的死让这些矛盾更为纷乱，将他推入了一个严重的危机中。为了寻求安宁，他又去了那个曾让他一度找到人生转折和内心纯净的地方：提契诺。1916年3月31日，他从马焦雷湖给他苏黎世的朋友瓦尔特·舍尔德林写信说，说他在布里萨戈的山区漫游，独自一人在山崖、湖畔、山坡穿行，他感到非常惬意轻松。但是他也暗示这一次并不是逃避：“否则，在这样懒散闲适、享受自然风光的生活中，我就至少能暂时忘记时事，忘记漂泊的感觉了，我不得已得融入一个对我来说陌生、难以信任、从根本上就让我讨厌、充满敌意的世界秩序，这个世界只会追求权力，全然不懂和平、思想和美”。[327]

黑塞从充满阳光的提契诺回到伯尔尼昏暗的房子后，就立刻陷入了以往那种沮丧抑郁的境地。同米娅的长久冲突，以及现在已成为黑塞负累的战俘慰问工作，都需要得到彻底的解决。1916年4月底，38岁的黑塞住入了卢塞恩一个名叫“宗玛特温泉疗养所”的私人疗养院接受治疗。他在那遇到了一个年轻的精神病医生，他承诺黑塞能够解决他的精神疾病，使他摆脱绝望的困境。

326 见：Materialien zu Hermann Hesses < Demian>. Entstehungsgeschichte in Selbstzeugnissen, hrsg. von Volker Michels, Frankfurt/Main 1993, S.80。

327 见：Hermann Hesse. Gesammelte Briefe 1895–1921,hrsg. von Ursula und Volker Michels, Frankfurt/Main 1990, S.322。

第九章

在荣格弟子约瑟夫·伯恩哈德·朗格处接受治疗。《长笛之梦》。卡尔·古斯塔夫·荣格的集体无意识理论。童话。《灵魂的黑暗面和原始面》：黑塞的梦境日记。受荣格影响创作的小说：《德米安》。反对军国主义。在阿斯科纳接受治疗。米娅被送往库斯那赫特的疗养院。查拉图斯特拉归来，或是把战争当作机遇。逃离婚姻，回退到提契诺州。

在“宗玛特疗养院”，黑塞接受了轻度电击治疗，“推拿、梳洗、晒太阳”——他在 1916 年 5 月 18 日以挖苦嘲讽的语气向一位熟人说道。这么久以来，他终于又可以整夜安睡了，但最关键的并不是治疗他身体上的病痛，因为那些只是“内心情绪不佳和精神崩溃的征兆”[328]。在黑塞写给挚友瓦尔特·舍尔德林的信中，他毫不留情做了自我批评，从中也可以看出他对卢塞恩疗养院的治疗抱有多大的希望：“我的书是不是他们想要的，现在已经不重要了。但是就算这些书很好地认识了世界，写作依旧不等于生活。人们能创作神圣的圣经诗篇，但他们也可能并不是满怀正义的工匠。作为诗人，作为黑塞先生，我曾饱经苦难。由此才能找到可以解决矛盾、继续前行的出路。我十年前的苦行如今于我已然无用，现在应该寻找更全面的解脱之道。”[329]

他把希望寄托在了瑞士著名精神分析学家卡尔·古斯塔夫·荣格的学生、比自己年轻五岁的精神病医生约瑟夫·伯恩哈德·朗格身上。这位卢塞恩心理治疗师的能力令黑塞印象深刻，他能从黑塞的梦境和书

328 见：Hermann Hesse. Gesammelte Briefe 1895–1921,hrsg. von Ursula und Volker Michels, Frankfurt/Main 1990, S.324。

329 见：同上，第 325 页。

中知道造成他精神困扰的症状，还在谈话中表现出了感同身受的态度。这两个外表完全不同的男人很快对对方充满了好感——黑塞中等身高，干瘦，没有太过丰富的肢体语言；相反朗格高大强壮，活跃，精力充沛。他们在青春期时拥有相似的经历。约瑟夫·伯恩哈德·朗格出身于一个信奉天主教的农民家庭，来自卢塞恩附近一个名为里格施维尔的小地方。和赫尔曼·黑塞一样，他在十五岁时离开父母，进入了一所天主教寄宿学校，父母希望他将来能成为天主教牧师。和黑塞一样，他也不愿成为一名牧师，学了医学后以优异的成绩通过了国家考试。他在慕尼黑、伯尔尼、圣乌尔班以及苏黎世的精神病诊所工作，发表了一系列论文，最出名的是关于精神分裂症的博士论文，这也使他在同行中备受关注。朗格融入了荣格在苏黎世的朋友圈，但也和其他知名的瑞士精神病科医生，如阿封斯·麦德尔和弗兰茨·里克林，保持着密切联系。

朗格和黑塞在卢塞恩的见面就像命中注定一般。对朗格来说，这个会面为他带来了与著名作家接触、了解艺术家工作的机会。黑塞则期待心理疗法可以解决折磨他多年的问题：婚姻和性生活，他和父母之间无法解释的问题，他那沮丧、恐惧不安的现状。从 1916 年 4 月末至 6 月初住院期间，黑塞接受了十二次治疗，最长有三小时。“不幸、无法向任何人坦承自己的生活、必须隐瞒和掩饰某些事，这都让人觉得羞耻。”[330] 在小说《罗斯哈尔德》中，约翰·维拉古特对他的朋友戈特弗里德·布克哈特这样说道。黑塞终于能坦承那些隐晦之事，他摘下了所有的面具，直面心中被压抑的的事，他现在想要“撞倒那些把我和我自己隔开的墙”，这话也是他在十五岁时写给父母的一封信中说过的。[331]

他在巴登韦勒疗养院接受弗兰克尔医生的治疗时也意识到了，心

330 见：Hermann Hesse, Sämtliche Werke, Bd.3，Frankfurt/Main 2001, S.50（Roßhalde）。

331 见： Hermann Hesse. Kindheit und Jugend vor Neunzehnhundert: 1895–1900, hrsg. von Ninon Hesse. Fortgesetzt und erweitert von Gerhard Kirchhoff, Frankfurt/Main 1984, S.251。

灵的康复不能以牺牲艺术的创造力为代价，他作为作家需要保持敏感，而内心的矛盾正是其推动力。他在 1916 年 8 月 5 日写给好友希尔德加德·诺伊格伯恩——他会经常造访她位于马焦雷湖的房子——提到，他认为康复并不是改变本性，“而是从内心深处甘愿接受他的本性，并发扬其中积极的部分。”[332] 为了表明自己作为诗人能从直觉上感受到内心的活动并将其呈现在作品中，在接受第一次谈话治疗前，黑塞将他创作的童话《长笛之梦》交给朗格读。在结束与朗格的合作后，也就是 1918 年 7 月，他发表了一篇发人深思的题为”艺术家和精神分析“[333] 的随笔。其中提到，作品中精神分析的大量理论都是源自他的自我意识，这是在他研究艺术和文学的过程中就已经认识到的，并认为像陀思妥耶夫斯基、诺瓦利斯或简·保罗这样的诗人对心灵的了解并不少于心理学家。

1912 年问世的童话《长笛之梦》读起来就像是这一观点的论据。这篇浪漫主义艺术风格的童话所描述的恰恰就是一次通往自我精神深处的完美旅行。为了闯荡世界，主人公离开了父母。他的父亲给了他一支长笛伴他上路。他吹奏长笛，很快便用美妙的音乐获得了布里吉特的芳心。在神话中，长笛的音色被视为是超凡美好的，但也具有诱惑力和煽动力，那是酒神、爱神厄洛斯和潘神的音乐。诗人黑塞知道，长笛在所有的文化中都是思念和倾心的象征，但它同时也意味着改变。在童话中，做梦的人最终到达了一条河边，他让一位船夫——这位显然就是心灵的引路人 ——带他去大海。船夫所唱的那首神秘的歌听起来虽不如长笛的音色响亮，却讲述了生活的黑暗面，水流湍急而具有

332 见：Hermann Hesse. Gesammelte Briefe 1895−1921,hrsg. von Ursula und Volker Michels, Frankfurt/Main 1990, S.332。

333 见：Hermann Hesse, Sämtliche Werke, Bd.14, Frankfurt/Main 2001, S.351−356(Künstler und Psychoanalyse)。

破坏性，他的爱情“不可捉摸且令人忧愁”[334]。做梦的人向他的心灵走得越深，天色越暗。当黑夜完全到来的时候，引路人消失了，他必须自己掌舵。通往自我认知的路最终通向了无意识的一片黑暗，只有在那里他才可能找到自我认知。

黑塞通过做梦之人讲述的那条路和荣格理论中的个体化过程，即“自我实现”[335]，十分吻合。为了达到真正的“自我”，人们会通过“自我实现”来发现自己的“黑暗面”，而在这样的“自我”中，自我意识和无意识会结合形成“整体”的个性。这样的自我只能在梦境中感受到，因为在梦境中，意识和无意识的界限可以互相渗透，这是自西格蒙德·弗洛伊德 1900 年出版《梦的解析》以来人们达成的普遍认识。特别是艺术家们自世纪之交以来便非常推崇弗洛伊德的理论。约瑟夫·伯恩哈德·朗格把荣格的无意识概念作为其疗法的基础，他让黑塞注意到了弗洛伊德和荣格之间的差异。这和梦境中被抑制的力比多欲望有关，它被“超我”，也就是被社会准则所规定的良知所抑制，性欲被压抑到了“下意识”和“本我”中。荣格认为弗洛伊德的这种解释太过单一，他区分了个人和集体的无意识，认为在梦境中看到的是原始模型和神话的母题，是不断反复的模型，它不会简化成我们无法解释的日常经历或压抑本能欲望的行为。荣格的老师弗洛伊德称之为“远古的遗存”[336]，因为他无法用他的力比多理论对其进行解释，但荣格将其视为把人们同“原始、天生、遗传的思想模式”[337]隐秘地联系起来的东西。就像人体的器官拥有久远的进化史一样，思想也承载着它史前、原始人的特征，这些特征以梦的形式浮现出来。荣格认为梦境有一条“蜥

334 见：Hermann Hesse, Sämtliche Werke, Bd.9，Frankfurt/Main 2001, S.53（Flötentraum）。

335 见：Lexikon Jungscher Grundbegriffe, hrsg. von Helmut Hark, Trimbach 1988 S.150ff.；另见：C.G.Jung, Die Archetypen und das kollektive Unbewusste, Freiburg 1992。

336 见：C.G.Jung, Traum und Traumdeutung, München 1990, S.51。

337 见：同上。

蜴尾巴”[338]，在人类遗传过程中留下来的梦中形象，也就是“原型”，让人想到史前时代，那时身体和思想还是一个整体。重新获得这种史前的“感触思想”，其实就是心理疗法在治疗时追求的目标。在荣格看来，心理疗法的任务不是精神分析，而是精神综合，不是本能欲望的完全解放，而是与心灵的融合。在印度文化中，“感触思想”属于宗教实践，荣格认为这是非常值得学习的。和将宗教视为“童年神经障碍”的弗洛伊德不同，和黑塞一样出身于新教家庭的荣格想要实现一种普遍的、建立在宗教基础上的道德。对荣格来说，自我经验也就是神的经验。

与朗格博士进行了几次谈话后，黑塞就认识到，荣格的心理学为他提供了机会，让他用一种新的、与时俱进的、令人振奋的方式阐述他生命中的宗教基础，让他的创作生涯更有成就。朗格向黑塞指出了他老师的一篇重要论文，即《死者七讲》[339]。这篇文章写于 1916 年，但当时尚未出版，荣格在文中分析了古典哲学家巴西里特的诺斯底教派学说。公元 300 年，巴西里特被基督教徒视为异端分子，他是诺斯底派信徒，因为他们以极端的方式解释恶魔问题，由此从根本上质疑了基督教中神的概念。诺斯底派认为，如果上帝真的是全能、善良的，那他为什么还创造了痛苦和悲伤？他们认为，上帝是双面的，一方面代表着思想、光明，另一方面则代表着黑暗和罪恶。人类因为其身体和思想而属于两个世界，身体是罪恶的，思想和灵魂则是光明的一部分，来源于永恒、遥远、善良的上帝。正如基督教所说，并不是整个人，而只是囚禁灵魂的身体犯了罪。解脱之法便是将其从物质的牢笼中解放出来，灵魂要通过冥想、苦行、忏悔，甚至是死亡才能回归神圣的光明。

对身体持消极态度的诺斯底学派摩尼教深深地吸引住了黑塞，他在其中找到了自己愿意接受禁欲进行自我苦行的哲学依据。他还深信

338 见：Günter Zehm, Der Leib und die Seele. Von den vielen Wurzeln der menschlichen Vernunft, Schnellroda 2004, S.168。

339 见：Uwe Wolff, Hermann Hesse. <Demian> – die Botschaft von Selbst, Bonn 1979。

诺斯底派对于光明的隐喻，该学说推崇灵知，也就是纯粹的灵魂，认为这样的灵知会在尘世传播，而且总会激起人们对天堂般的起源地的向往之情。这让黑塞想起了他早已失去的美好童年，想起孩童天真无邪的情感，想起自己儿时对善恶的无知，这些回忆也是他在诗中经常吟咏的内容。此外对其产生深刻影响的是该学说中提到的造物主，那是结合了善与恶的创造之神。荣格引用了巴西里特的话，将这位造物主描述成公鸡、人类与蛇的混合体，他身上同时融合了恶魔和上帝："阿卜拉克萨斯就是太阳，同时也是永远吞噬、化解一切的深渊和魔鬼。"[340] 作为内心分裂平衡的标志，阿卜拉克萨斯就是矛盾的对立面，它分不清白天和黑夜，分不清善与恶，它是虚无，是一切，像鸟一样，它可以重新开始、复活，它永远处在变化当中。因为对于荣格来说，神圣的事物和自我是一致的，善和恶之间也没有明确的分界线；在"世间灵魂"的集体无意识中混杂着"善"与"恶"的欲望，它们反复出现，让灵魂充满种种活力，因此也就不再具有道德意义。

心理治疗师这种富于表现力以及生动诗意的语言让黑塞很容易便理解了荣格的象征世界。他的原型理论让黑塞的自我认识更完善、系统化，并且得到了证实。特别是作为女性灵魂形象的阿尼玛原型对黑塞产生了深刻影响，荣格认为这个原型是男人在与其母亲争论的过程中逐渐形成的，对于创作了盖特露德、伊丽莎白的黑塞来说，他早就已经熟悉了这种原型。毕竟黑塞作品中的主人公们更像是有着真实性格的人们，这些形象具有人类基本的天然本性。"我清楚地看到并提到了"，黑塞 1918 年回顾他在卢塞恩接受治疗时总结道，"我听到的那些预感和瞬间的想法都是无意识认识的一部分体现"[341]。

---

340 见：Uwe Wolff, Hermann Hesse. <Demian> – die Botschaft von Selbst, Bonn 1979, S.19。

341 见：Hermann Hesse, Sämtliche Werke, Bd.14，Frankfurt/Main 2001, S.352（Künstler und Psychoanalyse）。

黑塞在1916年离开“宗玛特疗养院”的时候，感觉自己并没有痊愈，而是刚刚开始走上通往更加伟大的“真实自我”[342]的道路。他和朗格博士约定会继续接受治疗，为此，他每个星期都会从他在伯尔尼的住处前往卢塞恩一次，每次要花费他六小时的宝贵时间。治疗的同时还伴随着定期的书信往来，朗格和黑塞会互相交流、推荐阅读书目，或者约定见面时间。此外，黑塞还写了一系列童话，以此展现他在治疗期间获得的新知识。从他在疗养院生活期间所写的童话《艰难的道路》就可以看到他接受的心理治疗过程。一位有耐心的登山向导——心理治疗医生——尝试劝说那位满怀敌意的随行者，他得自愿走完从山谷到山顶的道路，也就是追求认识的道路，只有这样他才能获得内心的自由。在荣格的理论中，高山代表着我需要追求的更高阶段，也就是自我。成功登顶的话，登山者会穿过黑暗的缝隙进入光明之中，山顶上一只孤独的鸟儿为他们唱着永恒之歌。鸟儿和向导飞走了，治愈者“向下无尽地坠落，落入了母亲的怀中”[343]。即使这个童话的大部分内容就像是作者接受心理治疗时所遇经历的象征，但还是告诉读者他得到了解脱。黑塞对于阿尼玛原型和“伟大母亲”形象的强调是在他之前的作品中从未出现过的。

同样具有自传特点，但更具文学性的是童话《伊利斯》，这是借助精神分析方法分析自己婚姻问题的艰难尝试。黑塞将它献给妻子米娅，童话中他描述的女孩伊利斯的形象和他在《罗斯哈尔德》中所塑造的画家维拉古特的妻子阿黛尔的形象极为接近：“她的年纪要比他理想的妻子更大。她很古怪，和她一起生活是非常不容易的，她无法理解他的雄心壮志，因为她根本就不想听到这些……有时，她也很脆弱、敏感，一切陌生的东西都会让她痛苦，她很容易因此哭泣。然后她又

342 见：同上，第354页。

343 见：Hermann Hesse, Sämtliche Werke, Bd.14，Frankfurt/Main 2001, S.120（Der schwere Weg）。

会静静地高兴着，好好地享受孤寂的幸福。看到这些的人都会感到要给这位美丽而奇特的女人送些有意义的东西定然是非常困难的。安塞姆也经常想，她是爱他的，在他看来，她不爱任何人，只是温柔友好地对待所有人。她只想静静地待着，对世界上的任何东西都没有欲望。但他却想从生活中获得其他的东西。他希望自己有了妻子之后，家中就能有生活、音乐和朋友。”[344]

安塞姆追求伊利斯，伊利斯要求他先重新找回他孩子般无拘无束的心性，这样她才会爱上他。通往真实自我的道路是漫长的，在安塞姆完成这一任务之前，伊利斯死了。但她成了唱着歌的鸟儿，成了他内心的声音，指引他来到了一个隐秘的山口，在那后面等待着他的是熟悉而陌生的纯洁无邪。通向蓝色花朵深处的梦幻旅程开始了，他开始回归到母亲的世界：“是伊利斯，他穿过了她的心，是母亲花园中的鸢尾花，他轻盈地踩在它的花萼上，他静静地走向金色的暮光，所有的回忆和认识突然涌现，他摸了摸自己的手，那是小而柔软的手。爱情的声音越来越近，进入他的耳朵。声音不断回响，金色的柱子发出光芒，就像他在童年的春天里听到、看到的一般。”[345]但这样的宽慰只是一种假象，因为伊利斯的死是前提，没有这个条件，安塞姆是无法成功实现自我的。当黑塞有意把这个童话献给和伊利斯几乎一模一样的妻子时，这样的举动似乎有点发人深思。伊利斯的死会先结束他和米娅的婚姻吗？因为黑塞已经无法忍受再待在家里了，孩子们也因为母亲的抑郁状态纷纷离家投奔了朋友们。

约瑟夫·伯恩哈德·朗格是一位好心的治疗医生，他没有直接提到黑塞这个梦境童话中的代偿性特点，因为很容易就可以看出，这个婚姻问题非常有代表性，明显是因为他无法确定自己和母亲之间的关系而造成的。为了获得更多实证材料，朗格鼓励黑塞画下自己的梦境，并在专门的日记本上将其记录下来。在经过了很长时间的犹豫后，黑

344 见：Hermann Hesse, Sämtliche Werke, Bd.19，Frankfurt/Main 2001, S.127（Iris）。

345 见：同上，第136页。

塞才认识到素描和画画能带来解脱。1916 年 12 月 25 日，他告诉画家汉斯·施图岑艾格，他正在尝试成为他的同行："您来伯尔尼吧！要是时局太平的话，我就过来给您看看我亲手画的彩色粉笔画。因为我没有时间写诗和思考，我一得闲就会开始画画，四十年来我第一次拿炭笔和颜料。我可不会成为您的劲敌，因为我不画自然风景，只是画梦到的东西而已。"[346] 但几个月后，黑塞也开始画自然风景了，正如他在提契诺给瓦尔特·舍尔德林写的信中提到的那样："绘画是美妙的。我以前认为，有了眼睛，就能成为世上拥有专注力的漫游者。但这仅仅只是开始。坐在山崖之间的山谷中，什么也不想，只是沉浸在令人陶醉的现象世界中，这能让人从讨厌的意愿世界中解脱出来。人们无法画下所有的一切，但能一天天更加深入地感受生活表面的美好，看见光影交错，这就是我想要的！"[347]

黑塞的自然画对于他的治疗医生来说并不具有启发性。梦境和童年回忆的绘画对黑塞来说并不重要，他更乐意用画着房子和花园的小插图、水彩画、静物写生和自画像来点缀他的信和诗。此外他还会定期极其细心地记下他的《精神分析梦境日记》，这本日记写完时已经达到了 111 页。这本从 1917 年 7 月开始写的日记非常真实，真实得令人震惊，黑塞在当中没有做任何回避与掩饰，他在 1917 年 7 月 9 日写道，"只有灵魂的经历、幻想等是毫无偏见的"[348]。按照朗格医生的要求，他将梦境描述成了想象，并称之为"突然产生的想法"，以便让医生可以更好地了解他的梦。黑塞清楚地知道，这种对梦境的再现只能是片段式的，大多只是梦境的剩余部分。他在 7 月 24 日这样写道：这些

346 见：Materialien zu Hermann Hesses < Demian>. Entstehungsgeschichte in Selbstzeugnissen, hrsg. von Volker Michels, Frankfurt/Main 1993, S.85。

347 见：Hermann Hesse. Gesammelte Briefe 1895–1921,hrsg. von Ursula und Volker Michels, Frankfurt/Main 1990, S.346。

348 见：Hermann Hesse, Sämtliche Werke, Bd.11 ,Frankfurt/Main 2001, S.446（Traumtagebuch der Psychoanalyse 1917/1918）。

对于清醒时的他来说，“仅仅只是乏味而模糊的剩余景象”[349]。毕竟梦境源自“一系列瞬间的情形”[350]，它们“仿佛被重叠般地拍摄下来”，这就使得人们很难再回忆起来 。

尽管有局限性，但是黑塞在日记中讲述的梦境素材对他的治疗医生来说还是很有价值的。做梦的人陷入了困境，他在坐火车旅行的途中丢了箱子、鞋或是钱，乘着车挨着悬崖前行。恐惧不安和令人厌恶的梦境会混杂在一起，组成一个让人丧失自我的古怪场景：在朋友们的嘲笑声中，他必须清洗被粪便弄脏的内裤，被挤在恶心的厕所中，或者被迫捡起粪便。他经常沉湎于学生时代的梦中，作为一个成年人参加令他惶恐不安的考试。一个不断出现的梦中形象是他从前的老师，他不得不向其报告他是否有过手淫及手淫的频率。在梦中，黑塞对于此事的态度是十分抗拒并感到惭愧的，这也决定了他在和父母谈论这个尴尬话题时的态度。在日记中，他向自己的治疗医师坦承，他在学生时代每天都会手淫，“男孩子在手淫时偶尔会想象自己和几个或一群女孩在一起的情形”“仿佛是一个完整的爱情长廊，我同时也身处其中。”[351]他的日记中还流露出了恋童癖和乱伦的倾向。有些内容黑塞并没有详细地记录在梦境日记中，但他在与朗格医生的信件往来中提到了。黑塞在 1917 年 11 月 26 日的一封信中表示很遗憾，称他几乎不再做别的梦了，只梦到了一个引人深思的“片段”“和我的两个十八岁的儿子发生性关系，而且在几乎没有勃起的情况下就射精了。在梦中，这样的性交被理解为游戏或代偿，小孩子的身体只是虚弱无力的替代品，或者进行手淫想象的基础而已。”[352]他在日记中提到，频繁的

349 见：同上，第 452 页。

350 见：同上，第 534 页。

351 见：同上，第 508 页。

352 见：“Die dunkle und wilde Seite der Seele.” Hermann Hesse. Briefwechsel mit seinem Psychoanalytiker Josef Bernhard Lang, hrsg. von Thomas Feitknecht, Frankfurt/Main 2006, S.50。

手淫让年轻的他陷入了更加强烈的孤独，而同样让他感到孤独的是他想要建构内在思想世界的尝试。他说自己因为羞怯，不敢和女人说话，而且总是佩服那些能粗暴野蛮地对待女人的男人。

梦境反映了黑塞的恐惧和自卑情结。黑塞在 1918 年 8 月 20 日写道，他在梦中处于“一个不安全、可疑、无法定义的社会地位……性格上摇摆不定，时而骄傲狂妄，时而卑躬屈膝，总体上很卑鄙”[353]。由于他“受制于金钱，我很鄙视金钱，但又在吝啬地节省着它”[354]，他会经常偷窃。这样的“盗窃癖”[355]以及他过分强烈的性欲使他很早就陷入了痛苦的自我怀疑中：“当我还是一个 21 岁的少年时，我就常常会强烈地意识到，偷窃、手淫和阅读尼采、写诗这样高尚的情致完全是相悖的。”[356]黑塞认为，缺乏自我安全感也是让他在面对公众时感到胆怯的原因。他感觉自己一直处在他人注视下，这也增强了他的不安全感，为了避免自己感到不安，他也会强迫自己不断观察自己。紧接着，他提到了梦到在圣莫里茨滑雪时的情形，他当时奋力地滑着，就是为了给滑雪道旁的人们留下深刻印象：“我越来越强烈地感觉到自己需要这种被重视的简单乐趣，我努力让他人重视我，不让他们笑话我（整体上来说，我是游离在市民世界之外的）。小的时候，我就想要让自己变得耀眼，引起别人瞩目，但身为诗人的我却无法让他人瞩目，所以我想像跳高运动员或者赛跑运动员那样，或者有时候像小丑或戏子那样，引起别人关注。如今，我很少会有这样的渴望了，但我却会在人们面前感到羞怯，感觉自己在他们眼中是奇怪而可笑的。我觉得，我缺乏适应性的缺陷定然会引起所有人的关注，遭到他们的嘲讽。”[357]

353 见：Hermann Hesse, Sämtliche Werke, Bd.11，Frankfurt/Main 2001, S.471（Traumtagebuch der Psychoanalyse 1917/1918）。

354 见：同上，第 455 页。

355 见：同上，第 577 页。

356 见：同上，第 518 页。

357 见：同上，第 468 页。

在自我关注和他人关注之间的不安和矛盾是因为接受了虔信教育造成的，在虔信派的教育观中，自我审查就是其中的核心概念。虔诚的基督教徒感觉自己被上帝关注着，而有这种感觉的人们也会注视自己——好感受上帝是否对他自己的创造物感到满意。自我注视者将与自己不纯洁的灵魂抗争，争取走上正确的道路。似乎这些人能走到灵魂边上，让它能更好地向着上帝发光——这是一种自我分裂，就像黑塞在小说《在轮下》和《盖特露德》中塑造的双重人物一样。仁慈的上帝会接纳自己的创造物，在他看来，因为他们正诚心地期盼得到他的拯救，而在黑塞的梦中，父亲的形象替代了这样的上帝。1917 年 8 月 24 日，他梦见父亲来伯尔尼看望他，当父亲在偏厅等黑塞的时候，黑塞却和米娅发生了激烈的争吵，声音很大，连父亲都听到了，最终黑塞摔门而去——这样的冲突在他们的婚姻生活中是常有的。“争吵和离开”，黑塞在日记中写道，“在现实中都很常见。原因不重要，主要是我的脾气不好，更确切地说，是我内心无法适应外在环境，还有我的过度敏感，我先前也已经意识到了这些。”[358] 因为父亲在场，这就让事情更令其无法忍受，因为父亲无论如何都不该看到自己儿子的婚姻已然瓦解。黑塞“光着脚”跑了出去，他的父亲紧随其后，轻易就追上了他。约翰内斯·黑塞劝他儿子，对待生活要有和对待文学创作不同的态度，父亲现在已经不再看重黑塞的创作了：“至少他满口嘲讽和批评地提到了‘痛苦’，而对于我这样的诗人来说，我付出的痛苦是需要得到重视和承认的。他说我现在还处于婚姻之中，在别人眼里至少得像个男人。他说我‘没有个性’。”[359]

黑塞提到，多年来，他在生活中摆脱了父亲的“权威和控制”，也正因此，为了避免产生分歧，他们彼此相处得“更加温和”[360]。在梦中，黑塞认为他父亲的批评虽然合理，但依旧表示了强烈地抗拒，甚

358 见：同上，第 473 页。

359 见：同上。

360 见：同上，第 471 页。

至觉得受到了莫大的侮辱。梦的最后，父亲很虚弱，成了瞎子，儿子心怀愧疚地回来了。黑塞将梦到父亲的事解释为自己超我的表现，认为这“是一种集体、权威的态度……对我来说，我父亲代表着纯正无辜，或者是某种压抑，他只会在某种理想化的情况下表达自己的想法，特别是性欲。”[361]

黑塞和米娅之间的矛盾让他梦到了自己的父亲，这当然不是偶然事件。他内心的压抑最直接的体现就是他那不幸的婚姻。他的婚姻能坚持这么久，无不和父亲的榜样有关，他在内心深处和这样的榜样抗争，但最后还是服从了它的指引。基督教的伦理观念让黑塞的父母克服矛盾，保持了和谐的关系，他也希望自己能拥有这样的关系，但这种需要迫使黑塞陷入了恶性循环中，他一方面做了美好的打算，但另一方面又沮丧地认识到不可能解决婚姻中的矛盾。他对和谐和和解的需求经常会遭到米娅的抗拒，她那攻击性的态度逼得他人不得不委曲求全。黑塞在日记中写道，失望使得他神经总处在异常敏感中，时不时会大发脾气。接着，他又会和米娅谈话，一起分析他们的梦境，也会坦率地讨论性。米娅在 1918 年 7 月也接受了心理治疗，一开始，这对他们之间的关系有了很大帮助，但随后突然造成了新的冲突。米娅不再关心自己的丈夫，作为对丈夫的惩罚，她还把一个残疾的失业者请到了家里，为他弹钢琴，还和他讨论自己的问题。黑塞感觉自己被妻子排斥了，他把自己锁在书房里，因为嫉妒而极度不安，甚至想到了自杀，想到了报名参战。1918 年 7 月 29 日的一篇日记呈现了他们之间糟糕的关系：“自从米娅结束了兴奋状态后，我暂时不再担忧了。但我和她之间的关系又回到了从前。我们之间充斥着安静、死板、沉默和照顾，但这不是生活，不是坦率，不是通过分析取得进展。这是古老的地狱，没有熊熊的火焰，只有在漠不关心和陷入蛛网般的日常生活中走向毁

361 见：同上，第 474 及下页。

灭。还有性欲也得不到满足。”[362]尽管有暂时的肉体接触，但强烈的疏离感依旧存在，尤其是在黑塞向米娅坦承他在盖恩霍芬时和另一个女人有染并欺瞒了她之后，两人的关系更加疏远了。尽管黑塞相信通过坦诚的谈话可以拉近他和妻子的距离，“我越来越感觉自己身处一个孤独的虚假世界中（这是我自己的幻想生活，我生活在书本和艺术中，而不是作为现实生活中的盗窃狂），我希望借助进一步的分析来克服这些问题。我希望重新开始接受心理分析，对此，我满怀胆怯、畏惧和好奇。”[363]

和治疗医生的谈话让黑塞突然意识到，他塑造了一个错误的自我，“一个美好和谐，却虚假的世界”[364]。他从中得出的结论是，这对他和米娅的婚姻没有任何帮助，反而改变了他作为作家的自我认知。和卡尔·古斯塔夫·荣格的一次谈话仿佛为他打开了一扇门。通过朗格医生的介绍，1919 年 9 月 8 日，黑塞在伯尔尼的一家宾馆第一次见到了这位精神分析学家。荣格给他留下的印象是如此深刻，第二天晚上黑塞甚至还梦见了他。当天晚上他们聊天的主要话题是诺斯底派，通过和朗格医生的谈话，黑塞早已熟悉了这个教派。这次会面的一大收获是他在 9 月 12 日记录下来的一个噩梦，他在梦中见到了一个名叫德米安的男人，他被黑塞描写成神秘的“暗夜人物”之一，他在两次斗争中完全战胜了黑塞，随后便再没有离开他。黑塞感觉自己被德米安的魅力深深吸引住了。这个男人的鼻子下面有一个难看的流着脓的伤口，“像是腐烂了一般”[365]。德米安的魅力是如此之大，以至于黑塞在 9 月

362 见：同上，第 590 页。

363 见：同上，第 594 页及下页。

364 见：Hermann Hesse. Gesammelte Briefe 1895–1921,hrsg. von Ursula und Volker Michels, Frankfurt/Main 1990, S.423。

365 见：Hermann Hesse, Sämtliche Werke, Bd.11，Frankfurt/Main 2001, S.496（Traumtagebuch der Psychoanalyse）。

21日又梦见了他，这次他正看着一个孩子闪闪发亮的蓝色眼睛，它们就像是在对他许诺，让他也可以变的孩子般轻松愉快，前提是“当人们完全拥有自己力量的时候，当人们了解自己的时候”[366]。黑塞还沉浸在与荣格会面时对方给他带来的深刻印象中，此时，他突然明白，德米安的形象是一个“恶魔”，是一个拥有双重形象的造物主，他将腐朽、压抑的事物与自我意识的精神结合成了一种攻无不克的力量。

德米安的梦境启发黑塞在几周内写出了一篇灵魂传记。故事的主人公是埃米尔·辛克莱，他通过内心的抗争脱离了童年时光，最终找到了他的自我。《德米安》讲述的其实是黑塞自己摆脱卡尔夫家中虔信世界影响的过程，以及通过对精神分析的认识而艰难地寻找新的自我意识的道路。小说的前言讲得很清楚，它讲述的不只是青春期的种种艰难：“我得从头讲起才能讲好这个故事。可能的话，我必须追溯更多的东西，直至我童年时代的最初时光，甚至可能跳过童年来追溯我的出身。”[367]黑塞想要通过他自己的故事以及神话来讲述人类的形成——在某个时代，人们会戕杀对方，他们并不知道其实任何一个人不仅是他自己，也是“一个特殊而重要，且无论何时都能引人注意的点，世界的表象在这里相交，而且只有一次，不会重复。因此，每个人的故事都是重要、永恒而神圣的，只要一个人还活着，能满足天生的意志，那他就是美妙的，是值得每个人关注的。精神在每个人身上得到了形象化，造物主在每个人心中都要承受苦难，每个人心中都有一位救世主会被钉在十字架上。”[368]

十岁的埃米尔·辛克莱就像从前的黑塞一样生活在卡尔夫“祖宅”营造的光明世界中，家人对其关切而严格，他清楚自己的义务和罪责，

366 见：同上，第510页。

367 见：Hermann Hesse, Sämtliche Werke, Bd.3，Frankfurt/Main 2001, S.235（Demian）。

368 见：同上。

“内疚和忏悔，宽恕和美好的前景。”[369]与这样充满“光明”的父母世界对立的，是充满冒险、暴力和诱惑的小巷构成的“黑暗世界”。埃米尔生活在这两个世界中，但他感觉，黑暗的世界比通往善和适应的前景更吸引人。在和他那些乖巧的姐妹们争吵的过程中，他的暴躁行为令其突然变得卑鄙，此时，恶就突然占了上风，好让他从悔恨和乞求他人原谅的需求中解脱出来，而这种需求向来是他所渴望的。一个流浪街头的年轻人弗兰茨·克罗姆闯入了辛克莱那备受他人保护的童真世界。克罗姆是一个粗暴的家伙，勒索埃米尔，还虐待他。埃米尔必须为他弄到钱，替他干各种事，帮他策划各种行动去欺辱那些比他们年幼无助的人。埃米尔偷偷抢走了克罗姆的储蓄罐，陷入了由谎言和隐瞒组成的混乱状态中，同时也让他越来越无法摆脱虐待自己的克罗姆。克罗姆是一个诱惑者，是埃米尔的“影子”，他代表了埃米尔心中所有的谎言、隐秘的渴望以及对抗法律和想要干坏事的欲望。埃米尔没有取得父亲的原谅，他享受着犯禁带来的诱惑力和犯罪带来的优越感：“这是突破父亲神圣不可侵犯的第一道裂口，也是走上耻辱柱的第一步，我的童年生活就是以此为基础的。任何一个人，在他可以成为自己之前，都必须被毁灭。”不过埃米尔·辛克莱还是觉得自己是有罪的，“为什么我要一起去？为什么我不听父亲的话，而更愿意听从克罗姆？”[370]

马克斯·德米安是一个寡妇的儿子，也是辛克莱在拉丁语学校的新同学；德米安给了他答案。德米安的优越感来自于他精神上的独立，他不服从任何思想上的禁令。德米安理解的圣经故事是不一样的，对他来说，该隐不是杀害兄弟的卑鄙之人，而是革命者，他反对荒唐的万物规则，该隐额上的标记象征着勇敢、优越，意味着人们拒绝像软弱之辈一般随大流。被钉在十字架上为自己的行为忏悔的罪犯不过是可怜的懦夫。德米安和诺斯底派一样拒绝接纳传统的上帝形象，他想创造一个新的形象：“这是一个完整的上帝，是新旧的结合，尽管是

369 见：同上，第 237 页。

370 见：同上，第 246 页。

个美好的形象，但并不是他本来想要呈现的样子。他是好的、高尚的、父亲般的、美好而高大的、多愁善感的——就是这样！但是，这个世界也是由其他事物组成的。这都是魔鬼造成的，就这样，人们隐瞒了世界的完整性，掩盖了另一半的世界。他们将上帝颂扬为一切生命的父亲，但是却对作为生活根本的性生活避而不谈，甚至还可能将它视为恶魔的工具和罪恶！我并不反对人们尊崇上帝耶和华———一点也不。但是我认为，我们应该敬仰一切，将一切都视为神圣的，我们敬仰的应该是完整的世界，而不只是那个被人为分裂的、剩下一半的世界！因此，我们除了向上帝祷告之外，还应该对魔鬼祷告。我认为这是对的。或者人们可以重新创造一个包含魔鬼在内的上帝，这样一来，当世界上最自然的事情发生时，人们就不需要在他面前闭眼假装无视。”[371]

德米安用这样大胆的想法动摇了埃米尔固有的世界观，现在他觉得自己是该隐，在梦中，克罗姆给了他一把刀，让它用这把刀去谋杀自己的父亲。最终是德米安将他从痛苦的思想挣扎中解救了出来，自从企图谋杀父亲之后，埃米尔就认识到，克罗姆深深地埋藏在他的心里，他迟早要直面这个“阴影”。现在，他也在内心深处感受到了德米安的存在：“就像在梦中，我聆听着他的声音，接受他的影响。我只是点头。可没有一个声音在说话，难道这只是我自己的声音吗？它知道一切？它比我还更清楚地了解一切？”[372]

在描述埃米尔·辛克莱成长的过程中，黑塞借用了自己的经历。就像在格平根读高中时的黑塞一样， 书中的主人公在“斯”[373]城——从缩写来看可能指的是斯图加特——也陷入了虚无主义的漩涡，那是“一种满怀忧郁、藐视世界、鄙视自我的狂喜。”[374]作为“酒馆的常客

371 见：同上，第 281 页。

372 见：同上，第 263 页。

373 见：同上，第 286 页。

374 见：同上，第 288 页。

和嘲弄者，”[375] 他想在醉酒的世界和清醒的感性世界中寻找自我，却总是陷入幻想——对他来说，这已然成了负累——和渴望温暖家庭的矛盾中，他没有领悟到，世界光明和黑暗的两面性可能就代表了他自己。埃米尔认为自己是拥有自由思想的人，是享乐主义者，当他的同伴和女孩共处时，他从不参与其中："没有人比我更脆弱，更害羞。我看见年轻的女孩从我面前走过，她们美丽而标致，明亮而妩媚，她们在我眼中是如此美好，就像是纯粹的梦境，对我来说这就是美好和纯洁。"[376] 因为公园中的一次偶遇，比亚特丽斯走进了他的生活。埃米尔不敢和这位年轻美丽的女士打招呼，他远远地爱慕着她，就像当时十五岁的黑塞爱慕着比他大很多的欧格妮·科尔伯一样："对比亚特丽斯的狂热完全改变了我的生活，昨天还是早熟的玩世不恭者，现在我成了神庙的奴仆，一心想要成为一名圣徒。"[377] 压抑的性欲升华成了一种理想的幻象，也让埃米尔成了一位艺术家。突然，年轻的埃米尔·辛克莱变成了成熟的赫尔曼·黑塞，过着平静的生活，画着自然风景，最后还试着画了比亚特丽斯的肖像。这些精神图像当然揭示了埃米尔 / 赫尔曼的无意识，女孩的形象代替了德米安的形象，转化成了阿尼玛的样貌，也就是自我的女性部分："我逐渐有这样一种感觉，不是比亚特丽斯，不是德米安，而是——我自己。这个幻象和我并不像……却是由我的生活组成的，这是我的内心世界，是我的命运或我的恶魔。"[378]

小说《德米安》以非常直接的方式反映了赫尔曼·黑塞个人对卡尔·古斯塔夫·荣格学说的理解。除了"阴影""自我"等概念，他还采用了荣格在《死者七讲》中提到的诺斯底派阿卜拉克萨斯神话。黑塞用一个雀鹰头来代表象征着上帝—魔鬼的阿卜拉克萨斯，这个形象来自埃米尔·辛克莱现实的生活世界，而不是抽象的理念，这在文

---

375 见：同上，第 292 页。

376 见：同上。

377 见：同上，第 296 页。

378 见：同上，第 299 页。

学创作上是一个很棒的做法。德米安在埃米尔家门上的一个古老纹章里发现了这只鸟，把它画了下来，特地将他交给了自己的朋友。很久之后，埃米尔梦见了德米安和纹章。德米安要他把纹章吞下去，而当纹章上的鸟逐渐长大，并试图从内到外将埃米尔吞噬时，他从梦魇中醒来了。第二天，他根据回忆画下了这个纹章上的动物：一种食肉禽，它存在于地球上的另一半，从一个巨大的蛋里破壳而出。他把梦中的鸟放入信封，寄给了德米安。一天，他发现了德米安的回复，那是一张以某种神秘的方式出现在他手上的纸条："这只鸟努力从蛋中出来。这个蛋就是世界。想要出生的人必须先打破世界。鸟飞向了上帝。上帝叫作阿卜拉克萨斯。"[379]这个解释并不是德米安自己想出来的，而是一位年轻的代课教师提起的。他在希腊文化课上提到了阿卜拉克萨斯的名字，并解释说，阿卜拉克萨斯学说是由古典时期的各个教派传播的："我们可以把这个名字当作是一位背负着象征性的使命、需要将善和恶结合起来的神灵。"[380]

克服了令其备感折磨的二元论，埃米尔·辛克莱感觉得到了解脱——作为他的创造者，诗人赫尔曼·黑塞也可以更加坦率地面对他那被压抑的愿望和本性。起到决定性推动作用的是一个梦境，在这个梦境中，万能的父亲形象从母亲，也就是阿尼玛的形象中被分离了出来。离家的儿子回到了父亲家中，但在家里迎面朝他走来的不是父亲，而是他的母亲。"但当我进门想要拥抱她的时候，她并不是她，而是一个从未见过的人，高大强壮，和马克斯·德米安还有我画的画很像，但又不一样，这种强大是很女性化的。这个人吸引我慢慢靠近它，它那爱的拥抱令我感到毛骨悚然。狂喜和恐惧混在一起，拥抱既是祈祷仪式，也是犯罪行为。对我母亲的众多回忆，对我的朋友德米安的众多回忆让拥抱着我的人物有了思想。它的拥抱没有敬畏之心，却带来了至高无上的幸福。我经常会带着强烈的幸福感从这个梦中醒来，就

379 见：同上，第 305 页。

380 见：同上，第 306 页。

像带着死亡的恐惧和被折磨的良知从可怕的罪孽中醒来一般。”[381]

对这个梦境的描述违背了很多禁忌，黑塞的梦境日记令他兴奋不已，因为其中流露出了对乱伦和同性恋的渴望，而且是以教科书般的方式在荣格对阿尼玛原型的象征性描述中得到了证明。荣格认为，男人心中的女性意象是“一种遗传的心理适应系统”[382]，男人会将这种无意识的女性意向投射到不同的女性中：母亲、情人、妻子、姐妹、妓女。黑塞笔下埃米尔·辛克莱的“梦中情人”形象，就是模仿了荣格的原型："我称它为母亲，在它面前含泪跪下；我称它为情人，感知到了它那成熟、意味深长的吻；我称它为魔鬼和妓女，吸血鬼和谋杀者。它诱使我陷入最温柔的爱情梦境，变得放荡、不知廉耻，对它来说，没有什么是美好而珍贵的，没有什么是恶劣和卑微的。”[383]

在阿卜拉克萨斯的世界中，手淫和诗意并不对立。赫尔曼·黑塞在《德米安》中成功完成了一次有说服力的、宗教哲学上的自我释放。他借助荣格的心理学创造了非道德的世界意象，从而让自己躁动的欲望平静了下来。现在它们不再是道德的挑战，而成了“集体无意识”中必不可少的组成部分，在这种集体无意识中，每个人的灵魂都和全部的自然史、整个人类史以及一切的存在处在一种神秘的关联中。埃米尔·辛克莱在第七章中走出了最后、最关键的一步，进入了这个超个人的世界。七是个神圣的数字，倒数第二章中神奇的神秘世界是献给女性祖先夏娃的。[384]德米安在第一次见到埃米尔的时候说他已经等了他很久了，德米安的母亲也说，她立刻就认出了儿子的朋友埃米尔，尽管她此前从未见过他："我们在等您，当这个意象到来的时候〔鸟和蛋〕，我们就知道，您已经在朝我们过来的路上了。当您还是个小男孩的时

381 见：同上，第 308 页。

382 见：Lexikon Jungscher Grundbegriffe, hrsg. von Helmut Hark, Trimbach 1988 S.20。

383 见 Hermann Hesse, Sämtliche Werke, Bd.3，Frankfurt/Main 2001, S.309（Demian）。

384 见：Uwe Wolff, Hermann Hesse. <Demian> – die Botschaft von Selbst, Bonn 1979, S.52ff.。

候，有一天，我儿子放学回来对我说：有一个男孩，他额头上有个标记，那一定是我的朋友。那就是您。”[385]但埃米尔·辛克莱已经知道夏娃就是他的阿尼玛，他会梦见她，会画下她。他在内心的梦境意象中见到了美丽寡妇的外在形象：“那就是她，非常高大，看起来像是男人般的女人形象，和她的儿子很像，带有女性化特征，非常严厉，又很热情，她非常美丽，充满了诱惑，美好而难以接近，她是恶魔和母亲，也是命运和情人。这就是她！”[386]

在小说的结尾，埃米尔·辛克莱应召入伍，在法兰德斯的西部战线上参加战斗。就算身处战场，他也依旧感觉自己被内心的意象指引着。晚上醒来的时候，他看见天空中出现了一个“巨大的神祇形象，星星在其头发上闪耀，它像座山一般高大，拥有夏娃的外貌。人类的所有特征都被吸纳进了这个神像中，它就像是个巨大的洞，一切都不见了。女神伏在地面上，额上的标记闪着亮光。她像是陷入了梦魇，她闭着眼睛，巨大的脸庞因为痛苦而扭曲。突然，她大喊一声，星星从她的额头跳出……伴随着轰然巨响，其中一颗星星向我奔来，像是在寻找我。——它轰鸣着发出千道光芒，愤怒地将我拉扯起来，又重重地把我扔在了地上，我头上的天空轰隆隆崩塌了。”[387]因为被炮弹击中，辛克莱受伤被送进了野战医院，在那里，他不可思议地见到了濒死的德米安；炮弹来自辛克莱的内心，它是一道明亮的闪电，让他认识到内在和外在、梦境和世界是一致的。黑塞借助德米安母亲“夏娃”的形象将阿尼玛原型提升到了神的高度，她成了母神。她最终接替了父神在尘世的权力，父神是隐匿的神，世间万物无法感知到他。他的光芒，就像被钉在莫尔布隆修道院荆棘十字架上的那位所投下的光芒一样，不属于这个世界。

在精神分析学的影响下，黑塞似乎更加迫切地想要将生活和写作

---

385 见：Hermann Hesse, Sämtliche Werke, Bd.3，Frankfurt/Main 2001, S.345（Demian）。

386 见：同上，第 337 页。

387 见：同上，第 363 页及下页。

结合在一起，他不仅用创作的形式表现自己内心的认识，同时也希望以此影响到政治生活。他用笔名“埃米尔·辛克莱”发表了一系列的文章，其中批判了1917年以来不断恶化的战局。战争双方投入了毒气和坦克，试图用数十万人的性命来获取战场上决定性的转折。战争持续的时间越长，黑塞撰文呼吁人们争取和平的热情也越高。他在《新苏黎世报》中写道，和平不是仅仅通过会议就能实现的，而是需要每个人都为之努力。“这是我们每个活人都要达成的认识，每个人，你和我；这是拥有隐秘魔力的认识，是隐秘之神的认识，我们中的每个人都怀有这种认识。要认识到有这样一种可能，可以让所有对立双方的核心问题在这一刻得到解决，让所有的白色都变为黑色，所有的恶都变为善，所有黑夜都变成白昼。印度人说‘阿特曼’，中国人讲究‘道’，基督教徒提倡‘宽宥’。最高认识所在之处（在基督、佛陀、柏拉图、老子的认识中）就是跨越一道坎，其后，奇迹就开始了，战争和仇恨就停止了。”[388]黑塞是一个拒服兵役者，他将这视为“时代最有意义的标志”：“现在是时候提出这样一个建议了，我们应该要给那些出于道德原因拒绝服役之人提供机会，让他们在民事服役中履行自己的义务。也许现在尚无法实现，至少今天还不能，但终有一天，这样一个时代会到来，到时可以有十个民事服役者，但只需三个士兵就够了，倘若还需要打仗，人们自然会将这种事交给那些天生好打架斗狠之人。”[389]

黑塞很久没有写过战争诗了。1914年8月时，他还是个爱国主义者，到了1917年夏天，他已经成了军国主义的批判者。9月13日，黑塞向瑞士记者卡尔·泽里希控诉道：“这可恶的战争！对你们年轻人来说是光荣之事，但对我们这些四十岁的人来说却不是。它耗费了我们好几年的青春时光，而原本我们可以在那时到处去冒险，去享受生活；它

388 见：Hermann Hesse, Sämtliche Werke, Bd.11，Frankfurt/Main 2001, S.204（Krieg und Frieden）。

389 见：Hermann Hesse. Gesammelte Briefe 1895–1921,hrsg. von Ursula und Volker Michels, Frankfurt/Main 1990, S.344。

偷走了我们生命中最美好的时刻，每一个赞美战争的人都是罪犯。——不仅是因为它伤害了我们——这只是一方面 ——同时也因为我们必须认识到战争的破坏性，它毫无价值，还如此恐怖骇人。”[390]对战争的抗拒集中体现在一次俄狄浦斯式的噩梦中。1918 年 1 月 25 日，黑塞梦见自己正参加入伍体检：“两个军士……站在我旁边，正打算对我做些什么。其中一个突然握住了我的睾丸，把我吓了一大跳。这两个人窃窃私语着，我明白了，我的睾丸（或者至少一个）要被摘下来了。”[391]读过弗洛伊德的黑塞知道何为阉割恐惧，这意味着儿子下意识渴望和母亲结合——在黑塞的《德米安》中，夏娃的形象就是其渴望的对象。黑塞在日记中写道：如今，“父亲”（也就是国家）开始回击了，“切去一个睾丸的行为正是残暴可怕的国家和军队会干的事。”[392]

黑塞仍旧没有入伍服役。1917 年 3 月 17 日，卡尔夫地区指挥部征召他入伍的时候，他的朋友理查德·沃尔特里克帮他在柏林活动了一下。沃尔特里克让国防部相信，战俘慰问机构的工作少不了黑塞的参与。因此“战时后备军成员、作家赫尔曼·黑塞成了战时官员，没有任何军衔，职位可被撤销”，并且能按照《战时军饷发放规定》[393]获得微薄的收入。尽管得到了官方任命，但黑塞还是厌倦了这样疲于奔命的工作，他希望可以搬回阳光明媚的提诺契州。某次从洛迦诺度假回来后，黑塞写了一首诗，从中可以看出他的反战情绪：

> 我将那个旧拐杖，
> 扔到了潮湿的草丛中。

---

390 见：同上，第 360 页。

391 见：Hermann Hesse, Sämtliche Werke, Bd.11，Frankfurt/Main 2001, S.559（Traumtagebuch der Psychoanalyse）。

392 见：同上，第 560 页及下页。

393 见：Hermann Hesse, Sämtliche Werke, Bd.3，Frankfurt/Main 2001, S.489（Volker Michels, Nachwort des Herausgebers）。

它惨被遗弃，
我的眼睛潮湿。
必须再次勉强自己，
必须再次告别，
做，我不想做的事情——
周围流动着蓝色的气流，
溪流，草地和深渊，
以及世上所有的声音和光辉。

必须再次感到满足，
必须再次承受思念，
做陌生的事情，
在内心的最深处
编造黑暗的痛苦
将金色梦境掩埋一半，
我在灌木丛中静静地吐唾沫：
你们，我必须服侍的人，所有的人，
都去见鬼吧。[394]

黑塞总会回到已经成为其避难地的提诺契州。1918年春天，他在阿斯科纳再次接受了心理分析治疗，治疗医生是约翰内斯·诺尔，和朗格一样，他也非常熟悉神秘主义和诺斯底教派。和医生的深入谈话起到了良好效果，到了夏天，黑塞和米娅的关系缓和了很多，他终于又有时间和孩子们共处了。战争应该很快就会结束，经过上次大规模进攻后，德国的实力被大大削弱，只能在西线垂死抵抗。10月4日，德意志帝国被迫接受了美国总统威尔逊的停战要求。在这个纷乱的时期，

394 见：Materialien zu Hermann Hesses < Demian>. Entstehungsgeschichte in Selbstzeugnissen, hrsg. von Volker Michels, Frankfurt/Main 1993, S.92f。

不仅欧洲的战争结束了，黑塞的婚姻也结束了。他在写给企业主埃米尔·莫尔特——也就是后来瓦尔村学校的创立者之一——的信中提到："我感觉，世界的动乱和我个人生活的动荡是同时发生的。"[395] 当米娅和七岁的小儿子马丁从提诺契度假回来后，她的精神状态再次崩溃了，不得不被送到库斯那赫特的一个疗养院。黑塞立刻赶到卢塞恩去安慰他那早已惊慌无措的小儿子。年幼的马丁在为期两天的旅行中遭到了母亲的打骂。随后，黑塞去了贝林左纳，取回了米娅放在火车站的行李，以及那些在旅途中被她从火车车窗扔出去的行李。在写给姐姐阿黛尔的一封信中，黑塞第一次坦承他的婚姻已经走进了死胡同："十四年来，没有人知道我在婚姻中承受的痛苦。最近的几个月，无论对米娅还是对我自己，都是最艰难的时刻。曾经我认为自己知道什么是痛苦，也承受了苦难。但毕竟还没走到那一步。"[396] 黑塞也知道，米娅之所以会变成这样，他自己也是有责任的。他在这段婚姻中已经坚持得太久了。11 月中旬，他去库斯那赫特看望了米娅，发现她的精神状态好多了。但是他明白，他必须马上找到解决方法，因为若是没有了孩子，他的妻子终将崩溃。黑塞目前和一位女管家，还有孩子们一起住在梅尔新布尔那所"冰冷空旷的房子"中。十一月革命和德意志帝国的瓦解也让他的日子过得越发艰难，因为他现在收不到任何德国方面寄来的钱，原本的积蓄也成了毫无价值的废纸片。黑塞决定先让孩子们寄居在朋友和熟人家中。布鲁诺和海纳被带到了朗瑙的一位牧师处，马丁又回到了基希多夫的约翰娜·林吉尔和爱丽斯·林吉尔姐妹处。在 1918 年末到 1919 年初这段孤寂的日子里，黑塞写完了小说《儿童的心灵》，其中描写了他童年受创的经历，包括他因为偷窃父亲书房的无花果而遭到良心的谴责和陷入局促不安的境地。

受德意志帝国瓦解的影响，黑塞在 1919 年 1 月底用尼采自由诗式

395 见：Hermann Hesse. Gesammelte Briefe 1895–1921,hrsg. von Ursula und Volker Michels, Frankfurt/Main 1990, S.382。

396 见：同上，第 380 页。

的语言写了《查拉图斯特拉归来》，他在其中呼吁德国的青少年要把失败当作是自我成长的机会，而不是将自己视作罪人。这份 1919 年 3 月在伯尔尼威廉·斯塔姆普菲利出版的匿名政治宣传册最后还呼吁人们不要再听从政治领导人的话，而是要倾听内心的声音。当然，这也是对他自己的要求。黑塞拒绝了巴伐利亚苏维埃政权提供的职位。他不想再像 1914 年夏天时那样为了群众的激情而勉强自己。他并不认为自己是民众的领袖。早在 1918 年 11 月，他就收到了请他加入新成立的符腾堡州议会的邀请，他在回拒时称，他的“圣职”是人性，政治需要党派，而人性却不需要党派。[397]

4 月初，黑塞结束了战俘慰问机构的工作。他清理了伯尔尼的家当；米娅尝试以各种办法要回孩子。黑塞的情绪陷入了低谷。3 月 1 日，他告诉了约瑟夫·伯恩哈德·朗格他试图自杀的想法，但同时也提出了解决之道：“我依旧在地狱中继续煎熬，看着我从前的生活一块一块碎裂，看不见未来。几个月以来，我又开始一个人生活，没有妻子和孩子们在身边，我继续着我青年时期惯用的三种安慰方法：文学创作，烈酒，还有令我颇觉欣慰的自杀打算。我希望春天的时候去提契诺州，为自己找个小住所安身。”[398] 因为米娅就快回来了，黑塞必须尽快做出决定。他决定以后还是一个人生活。四月中旬，他去了卢加诺的朋友那里。出发前，他给他的老朋友路德维希·芬克写信说：“今天我离开了伯尔尼，打算在提契诺找份工作，我希望可以再次克服影响我整个生活的低迷情绪，希望我还能继续生活和工作。”[399] 直到赫尔曼·黑塞写下《罗斯哈尔德》六年后的现在，他才获得了解决不幸婚姻、决心只做一名诗人的力量。

397 见：Hermann Hesse, Sämtliche Werke,Frankfurt/Main 2001, S.24（Registerband）。

398 见：“Die dunkle und wilde Seite der Seele.” Hermann Hesse. Briefwechsel mit seinem Psychoanalytiker Josef Bernhard Lang, hrsg. von Thomas Feitknecht, Frankfurt/Main 2006, S.96。

399 见：Hermann Hesse. Gesammelte Briefe 1895–1921,hrsg. von Ursula und Volker Michels, Frankfurt/Main 1990, S.399。

第十章

搬入蒙塔尼奥拉的“卡萨·卡木齐”。谁写了《德米安》？一部心理剧：《克莱恩和瓦格纳》。画家的自画像：《克林索尔的最后一个夏季》。米娅重入疗养院，黑塞吸食鸦片。“精确到点，分毫不差”：星象占卜。山川女神露特。夺子之战。自杀念头。《悉达多》第一部分。

1919年春前往南方的旅行让黑塞感到前所未有的轻松。这是一次没有回程票的旅行，是对过去的永别。当火车驶入温暖的提契诺州时，路上的积雪正在融化，正如他心灵深处期盼的温暖一般。茂盛的草地、葡萄园梯田、石钟楼和早春的棕榈树从窗前飞逝而过。黑塞如今真真切切地感受到了他两年前在短篇散文集《漫游》里描述的情景：“每次当我看到阿尔卑斯南部山脚下这片被神明庇佑的土地，我总会觉得自己结束了流放，正走在回家的路上，就好像我终于再一次认清了这座山真正的面貌。这里的阳光更炽热，山峦间的颜色也更红艳，这里生长着栗子、葡萄、杏仁和无花果，这里的人们尽管贫穷，却善良、文明、友好。他们所做的一切看起来也那么的美好、正直、友善，就好像这是他们的天性。这里的房子、围墙、葡萄园梯田、道路、树林和梯地，不管是新还是旧，都不像是人工打磨的，而是像岩石、树木和沼泽那样浑然天成的。”[400]

旅行的最后一站是卢加诺。黑塞想找一个临时的住处，最后终于在索雷尼奥找到了一间公寓，索雷尼奥是个小地方，位于某个山坡边上，底下便是卢加诺湖。他想要暂时住在此处，好好熟悉这个地区，以便随后找个长期的住处。很快，几个星期过去了，从未经历过的南方盛

400 见：Hermann Hesse, Sämtliche Werke Bd.11,Frankfurt/Main 2001, S.18（Wanderung）。

夏所蕴含的“力量与酷暑”[401]给黑塞带来了全新的力量。他到处闲逛、画画，狂热地写了一篇又一篇新的小说。“我的心里不再是春天了，”他在旅行日记中写道，“而是夏天……世界变得更美好了。我虽独自一人，却不再受孤独之苦。我也别无他求。我已经准备接受太阳的暴晒。我迫切地渴望成熟。我已经准备好了死亡，也准备好了重生。”[402]他带着背包里的绘画工具、笔记本和一瓶红酒漫步湖边，最后在卢加诺的科利纳多罗金山上发现了“卡萨·卡木齐”。这座公寓隐藏在蒙塔尼奥拉村上方，像是19世纪中期按照新巴洛克风格建造的，那赭石色的城堡、可爱的塔楼和山墙似乎曾经出现在赫尔曼·劳歇尔浪漫的梦境中。黑塞瞬间就爱上了这个“美丽的地方”[403]，然后就从房屋主人罗瑟塔·卡木齐那里租了一间空房。这间放着四件家具的小房间也和整栋房子一样看起来破落荒凉，台布掉了下来，墙上的灰也脱落了。这里没有热水，也没有空调，因此租金便宜。在这间小房间的阳台上可以看到壮观的卢加诺湖和圣萨尔瓦多山，阳台下是一个奇妙的花园，花园其实就是一个倾斜的梯地，那一大片丛林被蓝色紫藤和铁线莲缠绕着，里面长满了栗树、雪松、棕榈树、紫荆树、紫叶欧洲山毛榉、玉兰、桉树、杜鹃花、含羞草和山茶花，处处散发着热带风情。

黑塞让人把他在伯尔尼的书桌和一些书带了过来，他把这些书放在这间新房间仅有的几个书架上。由于黑塞现在一年只有几千马克供自己和家人花销，加上兑换法郎的汇率又非常低，他在蒙塔尼奥拉的生活真是捉襟见肘。他几乎只吃牛奶、米饭和通心粉，秋天时可以吃到附近栗子园的栗子。但黑塞并不孤独，他很快就认识了一些艺术家，他们也住在卢加诺湖边上。他跟他们一起庆祝节日，一起穿过大街小巷，流连于提契诺的小酒馆里。1919年7月24日，他在给画家路易斯·莫

401：见 Hermann Hesse, Sämtliche Werke, Bd.12，Frankfurt/Main 2001, S.212（Erinnerung an “Klingsors letzter Sommer”）。

402 见：Hermann Hesse, Sämtliche Werke Bd.11,Frankfurt/Main 2001, S.10（Wanderung）。

403 见：同上，第150页（Beim Einzug in ein neues Haus）。

里耶特的信里写道，他过着“迷人的日子”：“一到晚上，月亮像疯了一样爬上天空，很快天就亮了，人们踉踉跄跄地回家，马甲上滴满了红酒。我们甚至还去了卡罗纳，去看那里的礼炮和紫罗兰的玫瑰花，还有可爱的露特小姐，她穿着大红色的连衣裙跑来跑去，后面跟着她的姑姑、两条狗和疯疯癫癫的钢琴调音师，这真是一个美妙的景象。最后我们看到了一个黑暗的石窟，它斜斜地挂在空中某处，灯火通明的火车从下面飞驰而过，人们亲吻着女孩，亲吻着树干，这实在是无与伦比的美丽。”尽管日日夜夜过着纸醉金迷的日子，但短短几个星期，黑塞就写出了《克莱因和瓦格纳》，这在他的文学创作生涯中是一个全新的开始。他在 7 月 24 日的同一封信中写道，这是他迄今为止写得最好的小说，“突破了我早期的风格，这是全新的开始。这部作品并不漂亮、优美，确切地说，它像氰化钾一样是有毒的，但它很棒，而且这种改变也是必要的。”[404] 他甚至预先警告他的朋友瓦尔特·舍尔德林：“我现在写的东西至少能让我的朋友们开心，它也会再次让我重温当年在战争中经历的政治上和人道上的局促与孤独。”[405]

继用笔名“埃米尔·辛克莱”在费舍尔出版社发表小说《德米安》之后，《克莱因和瓦格纳》迈向了一种全新、更真实、更富有表现力的叙述方式。早在二战即将结束前，即 1918 年 6 月，黑塞就曾在《新评论》上发表了一篇文章表示对表现主义的认同。他在文章中提到，表现主义者有着“永恒的世界感”，而他的艺术则是“用比喻的方式尽情表现自白和自我体验”[406]。在这个意义上，《克莱因和瓦格纳》相当于是黑塞升华自我的一幅自画像。这篇小说描写了一个逃亡的故事。

404 见：Hermann Hesse. Gesammelte Briefe 1895–1921,hrsg. von Ursula und Volker Michels, Frankfurt/Main 1990, S.407。

405 见：同上，第 413 页。

406 见：Hermann Hesse, Sämtliche Werke Bd.14,Frankfurt/Main 2001, S.349(Zu “Expressionismus in der Dichtung”)。

银行职员弗里德里希·克莱因毫无目的地坐上了一辆特快列车，满脑子都是疯狂的冲动，那是一种罪恶感，但这并不仅仅是因为他贪污了公款。克莱因也不知道自己怎么会变成一个罪犯，他只是有这种预感罢了。他感觉自己的存在是一种错误。克莱因来到一个南方城市，在一个个彻夜无眠的夜里饱受折磨，他想起了那改变一切的一天，就在那天，他第一次有了企图杀死妻子和孩子的想法。就在这样强迫症般的幻想中，他一天天放弃了自己作为普通市民的存在，修改了自己的证件，换了一个新的身份，口袋里装着一把左轮手枪，然后翻山越岭逃到了南方。他化名“瓦格纳”。这个名字代表了酒神，是理查德·瓦格纳音乐的魔法师，那是克莱因青年时代“疯狂热爱过”[407]的音乐，但后来他忘记、背叛了这种音乐——作为银行职员，他得抑制自己的心灵，好维持他公民的存在。但这个名字也让他想起施瓦本一个名为恩斯特·瓦格纳的教师犯下的恐怖罪行。这个来自温纳登的屠杀者杀害了自己的妻子和四个孩子，射杀了9个人，最后被关进了疯人院。当这件谋杀案被公之于世时，克莱因还主张要对这个凶手处以极刑，但现在他不得不承认，他自己也可能会犯下这种事。在这个兼具天才和疯子、开朗快乐和破坏欲双重人格的“瓦格纳”身上，克莱因发现了多年来被压抑在自己内心深处、极少出现的影子：“一直以来都存在着两个弗里德里希·克莱因，看得见的和看不见的，职员和罪犯，一家之主和凶手。”[408]

黑塞从未描述过冷酷无情的自己。在克莱因贪污的背后，不仅隐藏着黑塞的盗窃癖，也就是他在梦境日记中承认的偷窃行为，而且从瓦格纳的杀人欲望中，他还几乎毫不掩饰地表达了自己对妻子米娅的憎恨。这部小说是黑塞在到达提契诺之后就写出来的，从中反映了黑塞对绝对自由的渴望，但也反映了他因自己抛弃家庭而感到愧疚。黑

407 见：Hermann Hesse, Sämtliche Werke Bd.8, Frankfurt/Main 2001, S.224（Klein und Wagner）。

408 见：同上，第225页。

塞内心的自我“克莱因”决定要弥补自己曾错过的一切，他来到了这个陌生的城市——很明显，这指的就是卢加诺 ——沉醉在自己的性幻想里。在跳探戈时，他爱上了美丽的舞者特丽希娜，就在那时，他眼前的整个世界都变了。因为他打开了自己的内心，于是世界也向他张开了怀抱：“他内心波涛汹涌，像疼痛，又像肉欲，他不由自主地颤抖，在他心中，生活就像汹涌的波涛，一切都不可捉摸。他睁大眼睛，看到：路边的树、波光粼粼的湖面、奔跑的狗、骑着自行车的人——一切都那么特别，充满了童话般的美丽，似乎一切都刚从上帝的玩具盒里出来，一切都是他的，都是弗里德里希·克莱因的，而他在那里只是为了感受这种惊讶、疼痛及愉悦所带来的触电般的快感。到处都是美景，连路边的垃圾堆也是美丽的，到处又都是极大的痛苦，上帝无处不在。”[409]

但这种兴高采烈的情绪瞬间又消失了，他重新憎恶起自己，一度有了自杀的念头。这时克莱因又成了那个无可救药的职员，被小市民的道德牵制着，看见女性就觉得害怕，认为性欲是不道德的。他原先一直把女人捧上了天，现在却开始厌恶起她们。克莱因梦见自己刺死了妻子，在跟特丽希娜一夜情之后，他飞快地逃离了她的房间，因为他又产生了杀人的冲动。由于害怕自己的影子瓦格纳，他划着船到了湖上，然后跳入了水中，“投入了妈妈的怀抱，投入了上帝的怀抱”。[410]

黑塞用令人心醉神迷的语言描述了克莱因沉入水中时内心的顿悟，那是充满了宽恕的瞬间，也是神秘教徒们渴求的瞬间，是心灵以神奇的方式和上帝结合在了一起，是一种神秘的感觉：“水涌入他的嘴巴，他喝了下去。水通过他所有的感官从四面八方涌了进来，一切都消融了。他呼吸不过来了，他被卷进了水里。其他人像水滴一样紧紧包围着他，那水里涌动着的是特丽希娜、老歌手、他的前妻、他的父亲、他的母亲，还有姐姐……迎着这股洪流扑面而来的是另一股巨大、猛烈、湍急的水流，那里充斥着各种面孔、腿脚、腹部，那里有动物、鲜花、

409 见：同上，第 250 页及下页。

410 见：同上，第 279 页。

思想、谋杀、自杀、写过的书、流过的泪，如此稠密，密密麻麻，那是孩童的眼睛、黑色的鬈发、鱼头，那里有人正将一把长刀插入自己鲜血淋漓的腹腔，那是一个和自己颇为相似的年轻人，满脸热情洋溢，这正是他自己，那个20岁浩劫重生的克莱因……克莱因看到迎面涌来的这一切，他痛苦地抽搐着：英雄、强盗、疯子、思想家、恋爱中的人、宗教信徒。他看到了其他人，他们同他一样，会轻易受内心的肉欲驱使，也同他那样会像圣人般坦承自己的一切。在神圣的歌声和肮脏的痛苦折磨形成的两股洪流之上，出现了一个由声音组成的透明球体，那是音乐的教堂，正中坐着上帝，宛如一颗明亮璀璨的星星，那是灯光的化身，周身围绕着永恒的天籁之音……现在他听到了自己的声音。他唱着歌，他用一种全新的、清脆嘹亮的声音放声歌颂着上帝的奖赏。他一边唱一边迅速地向前游动，在成千上万的人物中间，屹立着一位预言家。他的歌声如此高亢，穹顶高高升起，里面的上帝熠熠发光。巨大的洪流奔腾向前。”[411]

黑塞描述克莱因在卢加诺湖深夜自杀的场景时是模棱两可的。《德米安》的读者认为这个场景是作者用娴熟的语言技巧将非道德的阿卜拉克萨斯世界神化了，在这个世界里，所有的对立和矛盾都和谐地融合成了整体，这是在赞美包容一切的上帝——或是巧妙地象征了心理治疗的过程。病人也应当忘却过去，彻底打开自己的潜意识：“只有这样做才能放下一切负担，让自己彻底放松，真实地表现自己。只有彻底放弃自己的依靠，放弃自己的立足之地，才能真正听到自己内心领路人的指引，才能获得一切，之后一切都会好起来，不再有恐惧，再没有危险。”在自杀之前，作者陈述的一番话似乎是在对心理治疗表示认同：“他投进水里企图自杀的行为根本就是不必要的，他完全可以让自己全身心地沉浸到生命中去。”[412]

1919年6月，黑塞写完了《克莱因和瓦格纳》，当时正逢《德米安》

411 见：同上，第282页及下页。

412 见：同上。

出版，这真是一个引人深思的巧合。两年前创作的长篇小说《德米安》就像是这部中篇小说的蓝本，黑塞在《克莱因和瓦格纳》中将《德米安》里神秘的象征主义转变成了具有现实意义的心理剧。黑塞在发表埃米尔·辛克莱的成长故事时，就开始使用了假名，因为他不想用自己的本名来开始全新的创作阶段。“怕这样一个老叔叔的名字会吓跑年轻人”[413]，他向出版人解释说埃米尔·辛克莱是一位年轻、身患重病、生活在瑞士的作家。黑塞之前在发表政论抨击战争时用的也是这个化名。只有他的治疗师朗格医生是以真实身份出现的。尽管作者无籍籍名，但这部作品依旧引起了巨大反响。托马斯·曼在 1919 年 5 月 31 日的日记中写道：“中午在公园里读完了辛克莱的《德米安》，这本书就像魔山一样，讲到了战争，在很多方面都与魔山有着奇异的类似之处。尽管有不少人抨击该书，但它还是给我留下了深刻的印象。”[414] 曼在写给萨穆埃尔·费舍尔的一封信中向他打听作者，并表示他已经很久没有读到过能与之媲美的作品了：“这真是一部美好、睿智、严肃、有意义的作品！”[415] 作家阿弗雷德·德布林在该书出版不久后就在慕尼黑的《新水星报》评价其作者：“他以一种前所未有的确定性触及到了最根本的精髓；他将原初的非道德性呈现给了世人；我看到、感受到、经历到的超道德心理活动都是真实的，哦，要看到、要呈现这一些该是何等艰难。”[416]

这部作品中非道德的内容和主人公孜孜不倦追求自我的态度广受

---

413 见：Siegfried Unseld, Hermann Hesse. Werk und Wirkungsgeschichte, Frankfurt/Main 1985, S.55。

414 见：Materialien zu Hermann Hesses < Demian>. Entstehungsgeschichte in Selbstzeugnissen, hrsg. von Volker Michels, Frankfurt/Main 1993, S.133。

415 见：同上，第 149 页。

416 见：Siegfried Unseld, Hermann Hesse. Werk und Wirkungsgeschichte, Frankfurt/Main 1985, S.59。

德国青少年追捧，几乎被他们奉为圣经，化名为埃米尔·辛克莱的年轻作家甚至凭借其处女作获得了特奥多尔·冯塔纳文学奖。黑塞终于达成了自己的心愿：没有用自己的本名就开始一个全新的阶段。

当评论家纷纷赞美《德米安》时，黑塞已经在开始创作新的小说了。《克林索尔的最后一个夏天》开始于卢加诺湖，也就是银行职员弗里德李希·克莱因结束自己不幸一生的地方。这个故事讲述的是一个艺术家的自画像，发生在一个类似蒙塔尼奥拉的地方："时年 42 岁的画家克林索尔人生中最后一个夏天是在潘帕姆彼奥、卡雷诺和卢谷诺附近的南部地区度过的，多年以前，他就爱上了这个地方，这些年也会经常来这里。他的最后几幅画就是在这里画的，他在画中对外在世界的形式进行了肆意的发挥，那些奇特、明亮但又如梦幻般沉寂的画中画的是弯曲的树木和草木般的房子，熟悉他画作的人认为这些画属于其'古典时代'。他的调色板上只有寥寥几种明亮的颜色：镉红、镉黄、维罗纳绿、祖母绿、钴紫色、法式朱红色和鲜红色。"[417]这部小说描写的地理环境和当时黑塞生活的地方完全一致，卢加诺成了"卢谷诺"，科利纳多罗成了"蒙特多罗"，索雷尼奥和卡罗纳村则成了"巴雷尼奥"和"卡雷诺"。

但比这些相似的外部地理位置更为重要的，是作者和这位作为黑塞自画像的画家之间所具备的相同之处。瑞士记者卡尔·瑟雷希在出版《十二部书》时曾建议黑塞帮他的这一系列写一部关于梵·高的专著，1919 年 5 月时，黑塞拒绝了他的提议，不过瑟雷希还是给了黑塞灵感，他也试着创作了和画家自画像类似的作品。黑塞觉得自己和这位来自荷兰的自学成才者有点相似，尤其是他们俩都有那种"神圣的疯狂状态"[418]。普罗旺斯之于梵·高，就是提契诺之于黑塞：都是田园牧歌般

417 见：Hermann Hesse, Sämtliche Werke Bd.8, Frankfurt/Main 2001, S.284（Klingsors letzter Sommer)。

418 见：Hermann Hesse. Farbe ist Leben, hrsg.von Volker Michels, Frankfurt/Main und Leipzig 1997, S.15。

色彩明亮、充满南部风情的地方，这样的地方就需要被同样多姿多彩、直击其精髓的表现手法呈现出来。黑塞在伯尔尼时就无师自通地开始画些自然风景，在其画家好友莫里耶特——莫里耶特是“蓝色骑士”圈的成员 ——的影响下，黑塞不仅懂得了色彩的表现手法，还明白了何为抽象化。他开始用立体主义的形式来画提契诺的风景，在画中采用了大大小小的三角形、圆锥体、长方形和正方形。他发现自己适合用水彩颜料来作画，其笔下作为黑塞自我的主人公克林索尔曾描述过自己的绘画风格，而黑塞也曾坦承过自己的艺术风格：“大自然的形态——无论是上部还是底部，无论是厚重还是轻薄——不是首要的，我们完全可以弃用复制大自然的那些幼稚手段，连颜色都可以伪造，这是理所当然的，我们可以用千百种方法增强、稀释或改变这些色彩。但如果我们要用色彩来改变局部的自然，那么，最关键的是，我们运用的那些色彩必须和大自然中的一模一样，包括色彩间的比例和张力也与之分毫不差。在这方面我们是有依赖性的，但在另一方面我们又可以是自然主义者，不过，在此期间，我们还是可以用橘色来取代灰色，用茜红来替代黑色。”[419]

《克林索尔的最后一个夏天》是以回忆方式呈现的，这有点类似于传说的叙述方法。叙述者在“引言”[420]中说，当这位天才画家的好友和崇拜者们听说他的死讯时，无不感到讶异，有些人认为克林索尔可能是自杀或溺水身亡的。这也给读者造成了这样一种印象，即这位画家应该向来就处于疯狂和自我毁灭的边缘。随即黑塞便开始描述那些无力与自身反叛天性相抗衡的艺术家，这种分析手法始于描述艺术家的长篇小说《盖特露德》和《罗斯哈尔德》，在心理剧《克莱因和瓦格纳》中更是达到了极致。克莱因无法全身心听凭生命本性的指引，而现在，这位为艺术而着魔的画家克林索尔做到了。他贪图享受生活，

419 见：Hermann Hesse, Sämtliche Werke Bd.8, Frankfurt/Main 2001, S.288（Klingsors letzter Sommer)。

420 见：同上，第 284 页。

艺术成就也因此远超约翰·维拉古特，在《罗斯哈尔德》的结尾处，维拉古特坦承他无法“直面并享受自己的生活”[421]。现实主义者维拉古特一直都是孤独的，只能享受“绘画带来的冰冷乐趣”。而满腔热血的表现主义者克林索尔却希望把生活和艺术融为一体，每遇见一个姑娘，他就希望能占有她，每看到一样东西，就能成为他眼中的艺术。但在这种贪婪追求美和快乐的背后却隐藏着死亡，这是一种恐惧不安，它不断逼迫着这位艺术家：“他满怀绝望地把朱砂涂到一块污点上，用完了现有的白色，怒气冲冲地想要再挖点白色出来涂上去，大喊一声把浅绿色和橘黄色甩到了满脸坚定的上帝身上。他呻吟着把一大坨蓝色抹到单调的灰绿色上面，喃喃自语着在沉沉暮色中点亮了屋内的灯。小小的调色盘上满是纯粹、毫无杂质的色彩，无比明亮，它是他的慰藉，是他的灯塔，是他的宝库，是他的祈祷书，是他的炮弹，他就是将这枚炮弹射向了可恶的死神。”[422]

这种死亡的欲望是不可能被长久抑制住的。连最幸福的瞬间和最成功的艺术作品都是转瞬即逝的。狂热的创作期过后便是极度的忧郁，克林索尔此时觉得自己所做的一切都是空虚、无意义的。于是，这位画家便试图和他的好友，被称为“暴君”[423]的画家路易斯——黑塞笔下的这个人物就是他的好友、表现主义画家路易斯·莫里耶特 ——交谈。但路易斯是个无忧无虑的享乐者，他特别喜欢讽刺他人，他根本没有兴趣去倾听好友的自我怀疑，于是，就像他当时突然出现在卡斯塔格奈塔一样，此时，他又突然离开了。人称“杜甫”的诗人赫尔曼安慰了克林索尔，和中国唐代诗人杜甫一样，赫尔曼也会写诗哀叹失去的青年时光、年岁和生老病死。赫尔曼是赫尔曼·黑塞的又一个自我投射，杜甫读给好友克林索尔听的虚幻之歌曾刊印在黑塞的《漫步》中；现在，

421 见：Hermann Hesse, Sämtliche Werke Bd.3, Frankfurt/Main 2001, S142（Roßhalde)。

422 见：Hermann Hesse, Sämtliche Werke Bd.8, Frankfurt/Main 2001, S.312（Klingsors letzter Sommer)。

423 见：同上，第 291 页。

他又把这首诗放入了《克林索尔的最后一个夏天》里。

我生命树上的叶子落下来了
一片又一片
哦！绚烂多彩的世界啊，
你让人厌烦，
你让人厌倦，
你让人迷醉！
今日的炽热，
不久便会逝去。
很快寒风便会呼啸而至，
掠过我黑乎乎的坟墓，
掠过小小的幼童
当母亲弯下腰时
我想要再看看她的双眸，
她的目光就是我的星光，
其他一切都会烟消云散，
一切都会死，一切都想死。
只有永恒的母亲永存，
我们源自她，
她那灵活的手指
在倏忽而逝的空气中写着我们的名字。[424]

当夏天即将过去的时候，克林索尔的情绪陷入了异常低迷的状态，早就超过了他以往面对死亡时内心涌起的那种具有创造性的恐惧不安。对这位画家而言——就像对黑塞来说—— 战争和旧欧洲的分崩离析都预示着即将发生巨大的变革，这种文化和宗教上的新发展是没有任何

424 见：同上，第 321 页。

人可以逃避的。只有一位“术士”和他人的看法不一，这位亚美尼亚占星学家不赞同画家的文化悲观论，他乐呵呵地称，像崛起和灭亡这样的观点不过和其他所有对立物一样都是人类大脑想出来的假象罢了。只有魔法，只有意识到所有事物的永恒性，才能让人摆脱这种害怕灭亡、恐惧死亡的疯狂念头。只有当克林索尔认识到生死不过是一对表象的矛盾时，他才能让自身及其艺术达到完全的统一。

弗里德李希·克莱因在濒死的瞬间神奇地顿悟了，而克林索尔在某一个晚上画了一幅自画像，那是他整个艺术生涯的巅峰时刻，就在这个瞬间，他也领悟到了。“他高兴地颤抖着，创造带来的狂喜就像震撼人心、令人迷醉的雷暴般击中了他……他在自己的画像前祈祷，他唾弃鄙视这幅画。他疯了，每个创造者都是疯魔的。但他在疯癫状态中还是分毫不差地按照画像的要求做了，就如梦游者那般聪明……他感觉现在得完成一个使命，那是他的命运，过往所有的害怕、逃避、迷乱和狂喜都不过是因为害怕这个使命，因为在逃避这个使命。”[425]克林索尔面临的使命就是接纳死亡，死亡现在被证实不过是表象而已。所以，他画了，他把自然地形当作自己的脸，把树叶和树皮当作自己的头发，岩石的裂口成了他的眼窝，脑袋上长满了苔藓。人就是自然，自然就是人，内在就是外在，外在就是内在，灵魂折射在现实中。克林索尔在自己的画像上加上了自己的感情、思想和行为，但这也是所有曾经存在过的人类拥有的感情、思想和行为；过去、现在和将来就如疼痛、痛苦、快乐和死亡一般交融在了一起，彼此无异。在非同时的同时性中，在所有表象中，露出了耶稣带着荆冕的颓败面容，那是颓丧的“欧洲人”，也是在其体内化成蛹、将其撕成碎片后化茧成蝶的原始人。在这幅艺术品中，让人恐惧的时间消失了，只剩下永恒的瞬间。

作为艺术家，克林索尔经历了罪人克莱因在濒死时才明白的事情，他接纳了所有的矛盾和对立：宽宥，道，阿特曼。但完满地画完自画

425 见：同上，第 332 页。

像并不仅仅象征着他完成了自我成长，这同时也意味着他艺术的终结。他不再害怕死亡了，但同时，艺术的灵感也消失了。小说最后的话语表明，克林索尔并没有像叙述者在引言中暗示的那样真正死亡，而是他原本的自我已经消亡了："在度过了这饱受折磨的几天后，他把完成的画作放到了废弃的厨房里，锁上了门。他从未将其示人。接着，他吃了佛罗那安眠药，沉沉睡了一天一夜。起床后，他梳洗了一番，刮了胡须，穿上了新的内衣和外套，去城里买了水果和烟，打算把这些送给吉娜。"[426]

和克林索尔一样，黑塞也喜欢欢度节日，喜欢女人，但他并不是因为自己是诗人才对此缄默不语，也无法因为创作了新的神像而摆脱自己抛家弃子的罪恶感。只有在心醉神迷间，他才能拥有神祇般的目光，才能看到这世间一切的对立和统一。一旦清醒，他依旧会感到矛盾分裂和自我崩溃。黑塞认识到自己根本没有任何能力可以掌控自己的生活，身为诗人，他必须遵循自己的使命。1919年8月16日，他给瓦尔特·舍尔德林写信："如果我把自己在思想上和创作上的工作——或是使命，或者也可以用别的名称来称呼——当作我生活中唯一、全部的重心，如果我这么干的话，那也是因为我一旦离开它，就无法过活。命运决定这就是我唯一的使命，我就得倾其所有去完成。我和你，以及和其他人，都不一样，我没有任何别的生活目标，如今我陷入了深深的自我矛盾中。因性格和机遇使然，我进行艺术创作，也就是以某种方式改造和表现我的内在生命。"[427]和自己笔下的主人公克林索尔不同的是，黑塞还得继续发射"炮弹"，他得继续写作、画画，这样他才能承受生命之重。

从他在1919年8月27日写给萨穆埃尔·费舍尔的一封信中可以看出，黑塞尽管在提契诺开始了华丽的新篇章，但他依旧感到惶恐不安。

426 见：同上，第333页。

427 见：Hermann Hesse. Gesammelte Briefe 1895–1921,hrsg. von Ursula und Volker Michels, Frankfurt/Main 1990, S.412。

黑塞信中所言就像是在向自己的出版人交代遗言："我有时感觉自己会出什么事，因此，我请您一定要记住，务必要出版我的以下书作：一部包含三篇中篇小说的书，这三篇都是具有革命性意义的最新小说，内容是：《儿童的心灵》，这部目前放在《德国评论》杂志帕艾特尔处；第二部是《克莱因和瓦格纳》，另一部是充满想象力的小说《克林索尔的最后一个夏天》。这两部的手稿在我这儿，后一部目前尚未收尾，完稿后我会将其交给《德国评论》。这三部小说以及《德米安》将是我最重要的作品。另外我希望，要是我有何不测，不要为了纪念我而出任何合集或做其他什么事，只要能帮我出一小册漂亮、便宜的诗选就可以了，诗我已经挑好了，现在就放在我这里。恳求您定要记得我的这两个心愿。"[428]

黑塞担心自己遭遇什么不测，这种忧虑并不是没有缘由的。自从搬到蒙塔尼奥拉之后，他就一直担心妻子的精神会再次崩溃，倘若真如此，这对他定然也会是一个严重的打击。当米娅 9 月 8 日真的被送进基尔希伯格诊所时，黑塞吞了一大堆鸦片——这是他在 9 月 22 日写给自己的治疗医师朗格的一封戏剧化的信中说的。米娅在电话中"恶毒、歇斯底里、偏激地"对待他，黑塞在信中称自己再也不愿见到她，他无论如何都不会同意让孩子们和她一起住在阿斯科纳 ——米娅因为继承了她父亲的遗产在那儿买了一幢房子。黑塞还称为了阻止米娅这么做，必须将其"隔离"[429]，同时，必须让孩子们住在疗养院或寄养在朋友处。约瑟夫·伯恩哈德·朗格去看了精神状态异常的米娅，他的诊断结论是"基本上对丈夫有着病态的执念"。朗格在 9 月 23 日的信中称，他认为黑塞的婚姻问题是时间上的问题，婚姻习俗迟早有一天会被更改："奇怪的是，大部分宗教创始人都反对一夫一妻制：只有各

428 见：同上，第 416 页。

429 见："Die dunkle und wilde Seite der Seele." Hermann Hesse. Briefwechsel mit seinem Psychoanalytiker Josef Bernhard Lang, hrsg. von Thomas Feitknecht, Frankfurt/Main 2006, S.101。

个国家才会因为憎恨任何进步而设立一些官方科学机构，好将其作为垄断组织来维持一夫一妻制的秩序和传统。”[430] 同样婚姻不幸的朗格希望黑塞和他建立宝贵的兄弟情谊，但这对黑塞而言丝毫没有任何裨益。无奈的黑塞只能请求荣格的帮助。11 月，米娅从基尔希伯格转进了苏黎世附近的霍恩艾格精神病院，荣格对其进行诊断后得出了他的诊断结论，尽管这位精神分析学家觉得她还有痊愈的可能，但还是在结论书上提到了“严重的情绪障碍”“极其麻木不仁”“潜意识会突然崩溃”[431]，荣格认为这位病人是典型的精神病患者，建议暂时不要对其进行精神分析。

只有同朋友们相处时，黑塞才能摆脱家庭问题带来的困扰，自从来到蒙塔尼奥拉之后，他就有了新的朋友圈，其中包括赫尔曼·博德梅尔医生及他的太太、画家安妮女士，他们住在马焦雷湖附近的洛迦诺，另外还有童书作家丽萨·特茨纳、画家路易斯·莫里耶特和来自卡萨拉特的建筑工程师约瑟夫·英格勒特，在《克林索尔的最后一个夏天》中，术士的人物就是以英格勒特为原型的，他特别热衷星相占卜，还严格按照出生日期和地点（“符腾堡卡尔夫当地时间 7 月 2 日晚 6 点半 = + 北纬 48°　45′，东经 8°　44′”[432]）制作了一张星象图，他的占卜法也证明了黑塞具有敏感的性格、“露阴癖”和“自我毁灭”的倾向，同时也会“追求更高的精神文化”[433]。英格勒特还认为黑塞喜怒无常的性情可能随时会“转化成野蛮的善意”[434]，星象表明，他可能会遭遇“婚

430 见：同上，第 103 页。

431 见：Materialien zu Hermann Hesses < Demian>. Entstehungsgeschichte in Selbstzeugnissen, hrsg. von Volker Michels, Frankfurt/Main 1993, S.130。

432 见：Hermann Hesse, Sämtliche Werke, Bd.12，Frankfurt/Main 2001, S.7（Mein Horoskop）。

433 见：同上。

434 见：同上，第 8 页。

姻破裂、婚姻不和、离婚”[435]，星象占卜的精确性让黑塞感到震惊不已，他在写给朗格医生的信中称，占卜“精确到点，分毫不差”[436]。

《克林索尔的最后一个夏天》中，有整整一章的内容都是同黑塞与提契诺的友人们一起外出漫游有关的，当时同行的除了上述人员之外，还有雕塑家保罗·奥斯瓦尔德及其妻子、画家玛格丽特·奥斯瓦尔德—托琵。小说中这一章节名为“卡雷诺之日”[437]，那是 1919 年 7 月 22 日，当天，黑塞遇见了时年 20 岁的声乐学校女生露特·温格，这是一次宿命般的邂逅，五年之后，露特·温格成了黑塞的第二任妻子。这次漫游之行始于蒙塔尼奥拉，目的地是卡罗纳那那幢美丽古老的“康斯坦察别墅”。这个小地方位于圣萨尔瓦多山半山腰的一个山丘上，风景如画，因几个无比华丽的教堂而远近闻名。这幢黄色别墅的墙面上绘有湿壁画，是钢铁厂主特奥·温格——也就是露特·温格的父亲——及其妻子、瑞士著名作家丽萨·温格的财产。温格一家来自伯尔尼侏罗山下的小城德尔斯伯格，卡罗纳的房子是他们避暑的地方。他们在德尔斯伯格的住处也和其家庭地位十分相称，“索丽图德别墅”位置极佳，可以俯视整座城市的美景。温格一家有两辆车，有自己的司机，还有家佣、女仆、园丁和厨师。颇具音乐天赋的小姑娘露特曾接受过家庭教师的指导，如今在苏黎世学习，想要成为一名歌唱家。

为了和《克林索尔》一文的整体风格保持一致，黑塞在描述和露特·温格的首次邂逅时，采用了非常戏剧化的文笔，身穿红衣、年轻羞涩的姑娘化身成了热情奔放、能激发男性性欲的美女：“突然，山川女神出现了，纤瘦苗条，身姿柔软，翩若惊鸿，婉若游龙，身着红衣，

435 见：同上，第 9 页。

436 见：“Die dunkle und wilde Seite der Seele.” Hermann Hesse. Briefwechsel mit seinem Psychoanalytiker Josef Bernhard Lang, hrsg. von Thomas Feitknecht, Frankfurt/Main 2006, S.162。

437 见：Hermann Hesse, Sämtliche Werke Bd.8, Frankfurt/Main 2001, S.296ff.（Klingsors letzter Sommer)。

那是熊熊燃烧的火焰，是青春的象征。克林索尔的眼前掠过千百幅他钟爱的画作，最新的一幅突然闪着耀眼的光芒跃了出来。他知道，他得将她画下来，不是画她天然去雕饰的美，而是他在她身上看到的光芒，那是一首诗，是美妙而冰冷的音调：青春，红色，金色，女神。”[438]事实上，露特早在几天前就出于好奇去“卡萨·卡木齐”拜访过这位著名作家，因为她的书架上到处都是他的诗，她甚至还能背出好一些来。露特当时就已经爱上了这个瘦削、严肃、身穿金色丝绒西装的男人。

对于黑塞来说，他当时是为了逃离破裂的婚姻才来到提契诺这个小村庄独自生活的，他完全就没有考虑过要和这位从任何方面来看都有着无穷魅力的姑娘开始一段关系。20 岁的小姑娘还太年幼了，另外，由于经济关系，他也无法同米娅离婚。但露特对黑塞的爱是如此盲目，对她来说，这一切都不是问题。1919 年 12 月 22 日，她从德尔斯伯格给黑塞寄了一封大胆示爱的信，信中感谢黑塞送了她一幅水彩画：“可您为什么一句话都没有写上去呢？居然一个字都没写？这让我不得不猜想您和我交朋友是不是只因为您喜欢我漂亮的脸蛋。要真是这样，我倒希望自己脸上长些粉刺痘痘。或者是因为别的？”[439]为了不让露特误会，黑塞言辞谨慎地回了信，但他提到自己曾梦到过露特，这让小姑娘兴奋不已：“您完全清楚我不是因为您美丽的脸而跟您交谈的，难道不是吗？我没有写片言只字，完全是出于别的原因。我一个人生活，如果有人出于好意干扰我独居，我也是乐于接纳的。但我个人不会主动破坏这样的状态，而且我往往需要长期、彻底的独处。我们将来会慢慢学会再次交谈。我经常想到您，有一次还梦到了您。”[440]1920 年 1 月，他写了一首情诗，毫无疑问，这就是写给露特的。现在，她明白了，这位冷漠隐居者内心深处的火焰已经在熊熊燃烧了：

438 见：同上，第 303 页。

439 见：Hermann Hesse. “Liebes Herz!” Briefwechsel mit seiner zweiten Frau Ruth, hrsg. von Ursula und Volker Michels, Frankfurt/Main 2005, S.32。

440 见：同上，第 34 页。

你是牝鹿，我是牡鹿，
你是鸟儿，我是树，
你是白云，我是雪，
你就是梦。

午夜睡梦时从我嘴里
跃出一只金鸟向你飞驰而去，
其声嘹亮，其翼多彩，
它向你唱着爱之歌，
它向你唱着我的歌。[441]

黑塞不知道的是，他的好友朗恩也爱上了露特·温格，甚至愿意为了她和妻子离婚。某一次朗恩到卡罗纳探访黑塞时，两人之间还上演了一场尴尬的吃醋戏码，最后，这位心理分析师不得不为此向黑塞道歉。露特希望黑塞能更认真地对待两人之间的关系，于是，黑塞在1920年夏天的一封信中称，对他而言，克林索尔的最后一个夏天已经过去了。“您最近以甚感遗憾的语气对我说：于我而言，您已经不同于别的女孩了。如果这指的是情欲的话，您说的是对的。作为克林索尔，我眼中的您只是一个漂亮的女孩，作为辛克莱，我认为您的命运和我息息相关，您有时还非常需要我。”[442]黑塞认为，对露特来说，爱情还是将来的事，是“一个漂亮的梦中花园”，而对黑塞来说，爱情是“他经常啜饮的酒杯”，早已不再是“圣餐”了。“您希望我不仅只是一个情人，但一旦我成了您的情人，您就会失去一切。”[443]

露特还没有意识到，她爱慕的黑塞在看待两人关系时早已认识到

441 见：同上，第35页。

442 见：同上，第41页。

443 见：同上。

了种种现实的困难。露特之所以让黑塞觉得像是缪斯，完全是受了她母亲的影响，她的母亲是一个成功的作家，性格非常好，身为妻子和作家的双重身份也没有给她带来任何困扰。尽管露特的父母警告她黑塞是个极度不幸之人，但这份友谊到了 1920 年晚夏时分已经发展成了爱情。露特很显然希望能尽快和自己爱慕的诗人结婚，不过她的父母，尤其是她的父亲，却决然不肯接纳两人的关系。“我满脑子都是你，只有你，看到的、听到的，全部都只有你”，她在写给黑塞的一封信中高兴地写道，“你是我的圣坛，你是我的教堂，你是我对自己灵魂的渴望，对上帝、对永恒的渴望。我所思所想都是你，分分秒秒都在想着你，我在自己钟爱的一切事物身上只寻找你的身影。”[444] 从黑塞在 9 月 11 日的回信可以看出，他当时深受感动：“你的思念让我活了下去，我也同你渴望我一般渴望着你。现在的思念和痛苦都终将成为再见时的美酒和幸福……你就在我身体里，我常常能听见你的歌声。”[445]

但新的爱情从一开始就注定要失败，过去的影响实在太强大了。露特也知道黑塞和妻子米娅之间长久的争吵，知道他的三个儿子因为父母的矛盾而过着不幸的生活。有一次米娅甚至从精神病院跑了出来，出人意料地出现在了蒙塔尼奥拉，恳求丈夫把几个孩子留给她——此前她非法将他们从黑森林的一家疗养院接了出来。于是，两人又开始为了赡养费和监护权争论不休，还为此叫来了一名律师。黑塞无论如何都不想让孩子们和母亲在一起，米娅可能随时会旧病复发，而且他根本无法忘记米娅当时曾虐待小儿子的事。在这样的情况下，朗恩医生成了黑塞的得力帮手——虽然这位心理学家自己的生活也陷入了危机。和黑塞一样，朗恩也希望能摆脱婚姻，他也想搬到提契诺来生活。有时候这两个男人之间的关系倒像是反过来了，病人黑塞成了好友朗恩的咨询师，因为作为病患，他自然能更加清楚地看到问题。有一次，

444 见：同上，第 46 页。

445 见：同上，第 48 页及下页。

朗恩甚至请求黑塞给他弄一只“母老虎”来，好让他能同它“玩玩，给它挠痒痒”[446]。蒙塔尼奥拉和卢塞恩两地的信件不断，他们俩还会打电话、发电报，朗恩医生会照料黑塞的孩子们，会去精神病诊所看望米娅，还和黑塞的小舅子弗里茨·贝诺丽商谈黑塞夫妻离婚的事。和学生时代时一样，黑塞依旧非常善于利用自己企图自杀的想法，好让身为其“好友和医生”的朗恩为其奔波。

黑塞在日记中也经常会提到自杀的想法，多年来，他已经非常熟悉这种念头了。“就是今天”，他在1920年7月写道，“是我想要结束此生的时候。正值夏天，鹦鹉波利正坐在百叶窗上唱歌，床下的树枝间闪耀着熟得发黑的樱桃。”[447]不过他没有自杀，而是把画笔和颜料装进背包里，拿起折叠椅，到“卡萨·卡木齐”上方的山坡上散步去了，那儿视野开阔，可以看到远处的湖面和意大利境内闪着蓝光的山峰。自1919年那个具有爆炸性意义的夏天之后，赫尔曼·黑塞认为自己就是一个画画的诗人，作诗的画家。作为画家，他所绘的画作数目庞大，但作为诗人，在搬到提契诺的第二个夏天，他确实相当沉寂的。前几个月，他在写讲述印度的小说《悉达多》前几章时还能奋笔疾书，而现在却写不下去了。

不过这本结合了西方和东方智慧的新书定然会造成轰动，它描述的是婆罗门之子悉达多的一生。“多年来，我一直坚信，欧洲思想正在没落，需要重新让其回归到亚洲的起源地”[448]，黑塞在1919年7月26日写给好友爱丽丝·罗伊特霍尔德的信中如是说道。战争结束之后，

---

446 见：“Die dunkle und wilde Seite der Seele.” Hermann Hesse. Briefwechsel mit seinem Psychoanalytiker Josef Bernhard Lang, hrsg. von Thomas Feitknecht, Frankfurt/Main 2006, S.161。

447 见：Hermann Hesse, Sämtliche Werke, Bd.11，Frankfurt/Main 2001, S.628（Tagebuch 1920/1921）。

448 见：Hermann Hesse. Gesammelte Briefe 1895–1921,hrsg. von Ursula und Volker Michels, Frankfurt/Main 1990, S.409。

黑塞就一直在研究陀思妥耶夫斯基。在这位俄国作家的作品中，黑塞看到了搭建东西方的桥梁。在散文《卡拉马佐夫兄弟或欧洲的没落》以及《关于陀思妥耶夫斯基 < 白痴 > 的断想》中——这两篇散文 1919 年末发表在题为《窥探混沌》一书中 ——黑塞重新激活了《德米安》中的阿卜拉克萨斯世界。陀思妥耶夫斯基笔下的主人公在黑塞看来既是罪人、又是圣人，他们身上融合了善与恶、上帝与撒旦。自我牺牲并无法换来这位热衷于寻找上帝的人心中的虔诚。黑塞认为这位俄国作家的“灵魂是天然、未加雕饰的”[449]，认为在动荡、革命的俄国终将产生新的文化。但这种新事物目前尚未显形，欧洲必须被改造——不过首先得走上“回归亚洲母亲”[450] 的道路。

黑塞在 1919 年的这两篇散文中从理论上对陀思妥耶夫斯基进行了评述，而在《悉达多》中，他的观点被具象化了。寻找真理之人走的路——这个传说发生在佛陀乔达摩时期的印度——贯穿了混沌，同时也得从混沌中出来。埃米尔·辛克莱象征着没落的文化，马克斯·德米安预示着新的文化，和德米安一样，悉达多也拒绝接纳任何教条主义和学说，他是怀疑论者，悉达多离开了父母的家，想要走自己的路。他和好友戈文达加入了沙门的队伍，和这群流浪乞讨的僧人同行，想要通过让肉体死灭的方式来追求“阿特曼”，达到内心的平静。很快，他发现人无法通过向意志施压就达到顿悟。两位好友万分失望，继续前行，寻找已经顿悟的佛陀乔达摩。当戈文达决定追随年轻的佛陀时，悉达多决定先和这位令世人钦佩的大师深谈一番，最后他决定独自离开去寻找自己求道之路：“你找到了解脱死亡之道，这是你通过自己的追寻才得到的，在你自己的求道之路上，通过你自己的思想、投入、认识和顿悟，它才能才属于你，而不是通过教义！”[451] 黑塞创作《悉达

---

449 见：Hermann Hesse, Sämtliche Werke, Bd.18，Frankfurt/Main 2001, S.129（Die Brüder Karamasoff oder Der Untergang Europas）。

450 见：同上，第 130 页。

451 见：Hermann Hesse, Sämtliche Werke, Bd.3，Frankfurt/Main 2001, S.394（Siddhartha）。

多》的第一部分时完全借鉴了自身的经历。悉达多与其父亲产生矛盾是因为他的父亲要求他能像自己一样成为一名神职人员，而这完全是年轻的赫尔曼·黑塞同其父亲意见之争的翻版；在描写沙门的苦行时，黑塞也用到了自己在阿斯科纳参与“阳光兄弟”行动的经历；悉达多拒绝成为佛陀信徒的做法也和黑塞不愿加入家乡虔信教派的态度一致。但如果有一天悉达多的叛逆程度超过了黑塞，那会发生什么事呢？寻求自身求道之路最后会如何告终？黑塞在日记中表示自己虽然尚没有明确的主意，但终有一天定会把这部小说写完：“在我的这部印度小说中，目前一切都很顺利，我写的都是我曾经历过的事……当我笔下的悉达多不再是忍者和苦行僧时，当我想把他描述成成功者、唯命是从之人、征服者时，就写不下去了——但无论如何我都会继续写下去的，终有一天，他会成为成功者。”[452]

452 见：Hermann Hesse, Sämtliche Werke, Bd.11，Frankfurt/Main 2001, S.629（Tagebuch 1920/1921）。

第十一章

笔名公之于世。黑塞成立了杂志《我向活人召唤》。来自德国的政治攻击。与特奥·温格的争论。黑塞完成了《悉达多》。送给露特的爱情童话《皮克多变形记》。资助者。同胡戈·巴尔和艾米·巴尔－海宁斯的友谊。与米娅·贝诺丽离婚。在巴登疗养。《温泉疗养客》。在巴塞尔和露特·温格结婚。试图自杀。回到蒙塔尼奥拉。

虽然《悉达多》的创作之路并不顺利，但黑塞却早已凭借《德米安》在战后文学中占有了一席之地。不过长久以来人们都认为这本已经出了16版的畅销书是由一位不知名的瑞士作家埃米尔·辛克莱写的。黑塞在1920年1月26日写给约瑟夫·伯恩哈特·朗格的信中提到："令人担心的是，越来越多的迹象表明，人们渐渐猜出了作者的身份……我最好在出版每一部新作品的时候都用一个新化名。我不是黑塞，我是辛克莱、克林索尔、克莱因或是其他什么人。[453]"然而到了1920年，这个秘密再也藏不住了。作家奥托·弗拉克在其杂志《五本》中挑明黑塞就是作者。紧接着，瑞士著名评论家爱德华·克罗蒂6月24日在《新苏黎世报》发表了题为《谁才是＜德米安＞的作者？》[454]一文，要求黑塞做出明确的回应。黑塞非常气恼，但还是在一封公开信中承认自己是《德米安》的作者。6月，他归还了冯塔纳文学奖的800马克奖金，因为这份奖项只授予首次出版书作的作者。此前黑塞代表所谓生了重病的作者领了这笔奖金。

笔名的曝光也意味着黑塞自1917年以来以"埃米尔·辛克莱"的

453 见：Hermann Hesse. Gesammelte Briefe 1895–1921,hrsg. von Ursula und Volker Michels, Frankfurt/Main 1990, S.442f。

454 见：同上，第454页。

名义在不同报刊中发表反战政治评论文章的身份也暴露了。黑塞在他和理查德·沃特莱克共同成立的月刊《我向活人召唤》中承认自己也是《查拉图斯特拉归来》的作者。1919 年初，黑塞在《新苏黎世报》撰文号召年轻人不要将责任推给他人，而应在自己身上寻找原因。如今，一年过去了，黑塞的读者们明白这也是黑塞对自己提出的要求。在自传短文《我的自传》中，黑塞写道："我也在我自己身上发现了世间所有的战斗、杀戮、自我放逐、欲望追求和怯懦，然后便失去了对自己的尊重，接着又不再鄙视自己，除了结束这一混乱，我已经别无他法，我经常抱着炽烈但又经常会覆灭的希望，希望能在这混乱的另一面再次找到自然和清白"。[455]

黑塞承认之前写过那些颇具争议的文章，这在各方对凡尔赛和约争议不断的情况下更是引发了众人对黑塞反战态度的激烈争议。尽管黑塞也反对战胜国强加给战败国的这个和约，因为这样的赔偿条款将会给年轻、民主的德意志带来巨大的负担，但黑塞却不主张向战胜国报复。月刊《我向活人召唤》的自身定位便是推崇和平、宽容的态度，激发战后幸存者的勇气，建立一个更加人性化的战后文化。然而，"新黑塞"只是得到了一部分德国年轻人的支持，更多的人质疑他的法西斯主义和国际主义倾向。很多人认为《德米安》表明黑塞支持独断专制和民族分裂，是在和威廉皇帝统治下的老人进行清算，这些人对黑塞大失所望，义愤填膺地寄了很多抗议信到蒙塔尼奥拉。这些年轻读者的抨击让黑塞愤慨不已。1921 年 1 月，黑塞气愤地写道："这段时间不断有德国大学生给我寄来各种义正辞严的抗议信，一个个义愤填膺、满口正义道德，我只需要读其中的一封就够了，只需要从这些傀儡青年恶毒、造作、假惺惺的信件中挑一封出来，就能看到，尽管我遭遇了这么多，但我还是个正常人。可以看出，就是我让他们如此暴跳如雷、惶恐不安的，可见我的文字中是有多少的危险和诱惑，我让他们思考，

455 见：Hermann Hesse, Sämtliche Werke Bd.12,Frankfurt/Main 2001, S.55（Kurzgefa　ter Lebenslauf）。

让他们有想法、有主张、有想象力，让他们学会了嘲讽。”[456]

黑塞将其中一封充满恨意的“抗议信”发表在了《我向活人召唤》上，这封信是哈勒的一位医学生写的，黑塞想由此让大众明白他近期遭到了怎样的谩骂：“你的艺术是以病态、淫荡地方式在追求美，如同充满诱惑的塞壬女妖一般凌驾在德意志的坟地上，而那些尸骨甚至尚未变寒。我们讨厌你这样的诗人——你妙笔生辉，能颠倒黑白，你想要让我们变得肤浅幼稚，让我们拥护国际主义和和平主义。但我们是德国人，而且愿意永远都是德国人。我们永远是席勒、费希特、康德、贝多芬和瓦格纳的狂热追随者。我们有权利要求我们的德国作家们（如果他们成了外国人，就和我们毫不相关了！）唤醒正在沉睡的德意志民族，引导他们去寻找德意志理想主义、德意志信仰和德意志忠诚的神圣殿堂。”[457]

在一份公开的回信中，黑塞规劝这位学生，正是他控诉的这种“德国”思想引发了 1870 至 1914 年的战争，这种思想就是权威崇拜，歌德曾对此表示反对，荷尔德林曾击溃过这种思想，尼采也曾嘲笑过这样的权威崇拜。黑塞在信中表示，他认为这样的思想其实就是害怕思想本身，“在穷兵黩武的强势背后掩盖的是内心的懦弱不安”[458]。黑塞义愤填膺地对这些抗议信进行了回击，他告诉这位学生，他所谓的德国精神不过是“看起来伟大而已”。“席勒和费希特的作品全加在一起在我眼里也就抵得上荷尔德林的两首诗，康德尽管成就显赫，但对德国思想根本没有产生任何真正的影响，要说有的话，最多也是善意的影响罢了。”[459] 黑塞在回击各方言论时言辞激烈，可见其内心正处在极大压力之下，这主要和他当时遭遇创作瓶颈有关。“去年，”黑塞在日记中写道，

456 见：Hermann Hesse, Sämtliche Werke Bd.11,Frankfurt/Main 2001, S.629f（Tagebuch 1920/1921）。

457 见：Hermann Hesse, Sämtliche Werke Bd.15,Frankfurt/Main 2001, S.292（Ha　briefe）。

458 见：同上，第 295 页。

459 见：同上，第 294 页。

“可能是我一生中作品最少的一年了，尽管并不是最令人压抑的一年，却是最叫人悲伤的一段时间。今年，1921 年，这种感觉一直在延续。”[460]

黑塞请求卡尔·古斯塔夫·荣格的帮助，希望他能帮其做一次心理分析。荣格在看过《德米安》之后曾给黑塞写过一封信表示钦佩之情，黑塞也对荣格的新书《心理类型》颇感兴趣。1921 年 2 月和 3 月间，黑塞前往苏黎世附近的库斯纳赫特接受荣格的治疗，期间黑塞也会去看望露特。在此期间，两人之间的关系开始日益恶化。一心打算和黑塞结婚的露特给他造成了巨大的压力，让他想起了当年米娅的行为。黑塞觉得自己的爱人“任性且幼稚”[461]——这是他写给露特的母亲丽萨·温格的信中出现的原话。不过黑塞自己也很少用心试图成为一名好情人。当他的小情人从卡罗纳远道而来看望黑塞时，他只是深深地坐在沙发里，悠然地点上一支雪茄。等他抽完雪茄已经是一小时之后了，他慢慢起身，不慌不忙地细细叠好衣服，然后把衣服放在沙发上，这才慢悠悠走到床边陪露特休息。有时露特来看他时他甚至就躺在床上不起来，他觉得“一切都令人恶心”[462]。露特的乐观开朗让他觉得受不了，他觉得这是肤浅的表现。他称呼自己的爱人为“小不点”或“小鹿”，希望她能长久地伴随着他，但不要给他带来负担。当露特抱怨他态度冷淡时，黑塞说：“我希望能把你变成小不点，放进一个小箱子里随身携带，等我想拿出来的时候再拿出来。”[463]

露特曾在一封信中表露了自己日益失望的心情。她从德尔斯伯格

---

460 见：Hermann Hesse, Sämtliche Werke Bd.11,Frankfurt/Main 2001, S.638（Tagebuch 1920/1921）。

461 见：Hermann Hesse. Gesammelte Briefe 1895−1921,hrsg. von Ursula und Volker Michels, Frankfurt/Main 1990, S.455。

462 见：Ruth Wenger, “Meine Liebe und meine Ehe mit Hermann Hesse”, in:Hermann Hesse. “Liebes Herz!” Briefwechsel mit seiner zweiten Frau Ruth, hrsg. von Ursula und Volker Michels, Frankfurt/Main 2005, S.612。

463 见：同上，第 611 页。

寄来的一封信中写道："我不确定你是不是再也不需要我，我像是个把自己最爱的玩具送给别人的孩子。可现在别人把玩具还回来了，这时我才发觉别人根本不需要我的娃娃或是小马。"[464]黑塞认为露特的"苦恼""不过是在抱怨我们这些敏感之人最熟悉的状态罢了，这种苦恼只是内向而神经质的表现而已"[465]。可见黑塞暂时觉得他们之间的关系其实问题不大——不过露特的父母却不这么认为，女儿的状况让他们深感不安，他们并不赞同女儿和比她年长许多且不名一文的男人结婚。1921年8月22日，特奥·温格给黑塞写了一封信，信中对黑塞在《新评论》上登出的《悉达多》第一部分内容及黑塞本人表示了明确的批评："您的悉达多应该远离佛教，因为他心中无善意，他缺乏学习佛学的最根本资质。只有行各种善事之人才能成为乔达摩的信徒……您也不能在这条路上继续走下去了。您心中也没有善意，丝毫不尊重他人的灵魂，你现在还故意把我女儿的灵魂捏在您自私自利的掌心中。"[466]

尽管遭到了打击，但黑塞还是告诉这位怒气冲冲的父亲，他并不想把自己新的幸福建立在他家庭的不幸上。黑塞在回信中表示，"自私且残暴的离婚"[467]并不是正确的解决之道，信的最后，他还试图请求获得露特父亲的谅解："您的信并没有改变我对您的看法，我在信中只看到了您对露特的爱。"[468]特奥·温格颇受感动，他接受了黑塞的善意，这位自信的企业家还向黑塞表达了同情和友情。不过他在8月24日的信中表示，他还是希望露特对黑塞"那伟大的爱情……随着时间的流逝慢慢会变成友情。"[469]

虽然黑塞和露特的父亲只针对乔达摩的善心问题做了小小的讨论，

464 见：同上，第71页。

465 见：同上，第127页。

466 见：同上，第97页。

467 见：同上，第98页。

468 见：同上，第99页。

469 见：同上，第101页。

但这对黑塞却产生了深刻的影响，他开始留意到悉达多身上缺乏的这种善。早在和特奥·温格有信件往来之前，黑塞在 1920 年的日记中就已经考虑到这一关键之处了。是否有人在生活中毫无道德意识，“任由冲动行事”，但最终却能够找到更真实、更崇高的道德呢？现在黑塞开始质疑这一点了：“他可能，而且甚至非常可能，会完全听凭本能行事、放任自流，他可能会疯，甚至成为罪犯。”黑塞在日记中表示，任性、听凭潜意识行动尽管要好过犹犹豫豫、蹑手蹑脚，但他现在不清楚“潜意识是否会吞噬，甚至毁掉这个求道之人”[470]。黑塞得扪心自问，看看自己是否遵循这样的道德标准，是否能成为符合这个标准的长辈、爱人和诗人。他甚至一度试图放弃自己的艺术创作，想要“模仿耶稣”[471]去追逐善与爱，去追寻唯一“通往神圣之路”。将来只当一个关爱家人的一家之主，放弃孤独艺术家的骄傲——这难道不是一种更人性、更自由的解脱之道吗？黑塞觉得，如果他是天主教徒，那么他定然会选择这样一条路。然而，作为新教徒，他决然不会这么做：“这并不是我的使命，这也不是我的规划，我无法让长久、善意、健康的信仰成为生活的支柱，并因此过上舒适、享受的日子。我必须在躁动、喧闹、不幸、短暂且自我毁灭的信仰中觉醒，而且我一定会在初次觉醒、开始思考的那一瞬间摧毁这样的信仰。”[472]对黑塞来说，宗教社会化带来的压力并不是全部的理由，他在 1921 年 4 月 30 日写给企业主格奥尔格·莱哈尔特的信中提到了自己无法放弃作家身份的根本理由：“艺术家的创作欲望、游戏本能和骄傲是关键——我在思索良久后才明白，对于我来说，这条路才是通往神圣之路，我不能因此牺牲掉艺术和创

470 见：Hermann Hesse, Sämtliche Werke Bd.11,Frankfurt/Main 2001, S.645f.（Tagebuch 1920/1921）。

471 见：同上，第 634 页。

472 见：同上。

作。”[473]

1921年早春，黑塞接受了荣格的心理分析治疗，获益良多，同时，黑塞的表弟、博学多识的日本学学者威廉·龚德特9月份时去蒙塔尼奥拉看望了他，两人之间的深谈更是让黑塞解开了心结。短短几周内，黑塞就写完了《悉达多》的第二部。他的日记表明，在创作这一部分之前的几个月间，他全身心地在思考这种解脱之道，在考虑如何塑造圣人悉达多的形象。要如何将西方的个人价值观和东方世界无为存在的观念结合在一起？既然按照佛家学说，个人很快就会涅槃并陷入轮回，那人又为何要降生在这世上呢？这难道就是天意？就像《克莱因与瓦格纳》中所言，让自己毫无保留地投入尘世？要通向涅槃、通向神，是否必须达成内心世界的自我实现？那么，基督教要求人们追随耶稣的戒律，要求人们实现爱的戒律，难道不是要比彻底逃避尘世欲望更好、更有挑战性、更人性？

黑塞决定让这位求道之人融入尘世，这样悉达多才能真正懂得尘世，才能从中得到升华，但这不是要他效仿已然顿悟的佛陀，不是让他步其后尘成为圣人，而是要悉达多将这个世界神圣化，这样他才能达到自己的目标。只有当他完全了解尘世的秘密，他才能在最后得到升华，得到解脱。按照黑塞的想法，这是一种狄奥尼索斯式的佛教，原本不被黑塞认同的哲学矛盾在这样的佛教中是完全成立的，只有这样，他才能在最后让主人公克服这样的矛盾而得到解脱。1922年3月，在他继续创作《悉达多》之前，他再一次通读了印度的《奥义书》和《薄伽梵歌》，好让自己此后能对中国思想有更深的认识，他觉得这种思想更接近生活，且没有那么“新教主义”或苦行禁欲，也没有对生活持强烈的敌对态度。随后他还读了老子的《道德经》，孔子的《论语》和诗意哲学家庄子的作品。中国思想中最让黑塞着迷的是灵性之间的互融，这是完全基于实践经验的智慧，摒弃了形而上的严谨。悉

---

473 见：Hermann Hesse. Gesammelte Briefe 1895–1921,hrsg. von Ursula und Volker Michels, Frankfurt/Main 1990, S.470。

达多要去实践怎样的"善"呢，他又该在这个感性的世界中陷得多深？老子与庄子推崇的爱不是个人意义上狂热的爱，而是对世间万物一视同仁的爱。老子所谓的道，也就是神，体现在所有的表象中，不论其是人类、动物、植物还是石头。一切都是恒定的，一切都是变化的，一切都可谓之道。

《悉达多》第二部的主题即是发现世界及其意义。"灵魂与形体没有隐藏在事物背后，他们就存在于万物之中，"[474] 第一部结束时，悉达多得出了如上认识。作为沙门弟子，他学会了藐视世界，认为这些都是"假的幻想"，像是面纱掩盖了本质事物，而作为苦行僧，他无法找到这些本质意义，所以他想要在生活中亲自去感知。因此第二部分的开头便是这样纲领性的句子："悉达多在途中迈出每一步都是在认识新事物，世事万变，他沉醉其中"[475]。他在城里接触到的新事物便是肉体之爱。悉达多成了美丽聪明的妓女卡玛拉的爱人，为了满足爱人，他向成功的商人卡马斯瓦密学习致富之道。不久后，悉达多自己也有钱了，财源滚滚而来。他也希望自己能和所有人一样，这些"孩童般幼稚天真之人"[476] 热爱生活，享受生活，不愿去窥探生活背后的东西；而悉达多却与这些人保持着距离，冷静地观察着他们，这确保了他在商场上大获成功，却也越发使他像个局外人。悉达多体会到生活好像在离他远去。卡玛拉非常了解悉达多，因为作为妓女，她也得和自己的恩客们保持距离，在一夜欢爱后，她对悉达多说："你是我见过的……最好的情人，你比那些柔顺、热心的人们更加强大。悉达多，你已经学会了我的生活艺术。如果我年纪再大一些，我愿意为你生个孩子。可是，亲爱的，你其实依旧是个沙门，那么，你并不爱我，你不会爱

---

474 见：Hermann Hesse, Sämtliche Werke, Bd.3，Frankfurt/Main 2001, S.398（Siddhartha）。

475 见：同上，第 403 页。

476 见：同上，第 414 页。

任何人。难道不是这样么？”[477]

悉达多觉得，只要他也成为那种幼稚天真之人，他就能不再冷漠无情。他吃喝嫖赌，开始堕落。但是不久，他就厌烦了贪得无厌的自己。当“僧娑落”的生死轮回之轮加速转动，悉达多从自我逃避的噩梦中醒来了，他逃离了城市。卡玛拉留在了那里，依旧等待着能为他生个孩子。经过长途跋涉，悉达多来到了一条河边，万般绝望之中，他跳入了河里。就在他快要被淹没的时候，他获得了重生。他突然明白，他在途中经历的一切都是有意义的。“我必须经历绝望，必须经历所有蠢笨的念想，经历自杀的念头，只有这样才能经历宽宥仁慈，才能再次顿悟，获得大智慧，才能再次真正入眠，才能再次真正觉醒。”[478]悉达多遇到了年长的船夫瓦苏代瓦，他给他帮忙，而船夫则教会他聆听水声。对悉达多而言，河流象征着变化、永恒，因为河水无论在何处都是一样的：不管是在源头或河口，在瀑布或溪流，在海洋或山间。潺潺河水中只有过去，没有未来。悉达多从河水中看到了自己的生命，明白他自己的变化和重生也只是个幻象，只是一种永恒不变的存在表露出来的外相。“悉达多此刻停止了和命运抗争，不再感到痛苦。他的脸上闪耀着知识的光芒，无欲无求，完满完美。因为河流，因为充满悲悯和乐趣的生命之河，他得到了顿悟，他把自己交给了河流，与之融为一体。”[479]

自从黑塞离开家人之后，很明显，他已经不再满足于时间虚无这样的哲学认识了。悉达多最重要的经历便是爱——以及因爱而生的痛苦。当卡玛拉为他生下的儿子长大成人并离开悉达多时，他才领会了当年自己的父亲曾经历的痛苦——直到这样的痛苦时刻，悉达多才明白，作为人，作为有爱之人，究竟意味着什么：“他现在看待他人的眼光

477 见：同上，第 421 页。

478 见：同上，第 436 页。

479 见：同上，第 462 页。

已经截然不同以往了，不再那么睿智、骄傲，而是充满了温暖、好奇和同情。当他送孩子、商人、战士、妇女等普通人过河时，不再像以往一般觉得他们是陌生人：他理解他们，不是理解他们的思想和认识，而是明白他们全凭欲望和渴望驱逐的人生，因为他也曾感同身受。”[480]在和他的旧友、佛教徒戈文达谈话时，悉达多说出了自己的秘密：“哦，戈文达，爱情在我看来是最重要的东西。看透世界，解释世界，藐视世界，这更应该是伟大思想家要做的事。我唯一渴望的就是能热爱世界，不去藐视世界，不去憎恨世界、憎恨自己，能用充满爱、钦佩和敬畏的心情去看待世界、看待自己、看待一切生灵。”[481]正是独特、唯一的父爱让悉达多感受到了这种博爱。只有通过个人的关爱，才让他明白世界是建立在爱的基础上的。黑塞的父亲在自己的文章中曾谈论过个人的基督教信仰和非个人的东方世界间的矛盾关系，也提及过他对老子思想颇具见解的分析，而现在，这些观点很多都出现在了《悉达多》中，这本书同时也表明黑塞已经谅解了已故的父亲并向他表达了自己的敬爱之心——或许，这本书同时也是女性意象和男性意象的融合，这也是一直以来黑塞苦苦思索的问题。河流就是母亲，是永恒的循环，一切都源于此，一切都归于此。但悉达多是个智者，他能够把河流中无数的声音和画面，把时间的各种形变，全都升华成永恒，统一成一体。

在悉达多这个人物身上，佛陀的善和耶稣的爱、道家的一统观念和欧洲的自我实现观念融合在了一起，东西方思想完美地达成了统一。戈文达在悉达多的微笑中看到了“和佛陀乔达摩一样宁静优雅、难以捉摸、似善意又似嘲笑、睿智而千变万化的微笑，那是他自己曾满怀敬畏之情瞻仰过千万遍的微笑”[482]。和佛陀一样，悉达多也达到了完满的境界——但不是通过自我放弃，而是通过极端的自我实现。悉达多的求道之路从精神出发，穿过自然，达到了包容一切的灵魂。黑塞写完《悉

480 见：同上，第 457 页。

481 见：同上，第 468 页及下页。

482 见：同上，第 484 页。

达多》第二部后，在写给布鲁诺·兰特苏斯的一封信中直接说，悉达多的求道之路也是他一直在追求、却难以达成的道路：“我不是悉达多，我只是一直在成为他的路上……我们不能局限于已经找到的真理，也不能局限于一本书，因为我们可以学会寻找，却无法学会发现。”[483]

对黑塞来说，悉达多不仅是“冥想的印度偶像”[484]，最重要的是，这个人物让爱变得更美好。因此，在创作《悉达多》期间，黑塞和露特·温格的关系日益缓和，这绝不是偶然，他在1922年4月17日写给医生的信中提到：“我和露特成了朋友，也达成了共识，这是我之前从未曾想过的。”[485]两个月前，露特还曾给黑塞写过一封满含怨意的信：“我太年轻，或者还不够单纯，无法接受自己被人忽视。我也希望能感觉到、能听到你对我的关切之情，我希望我的爱是你寻求的幸福……我相信你爱我，那究竟为什么一旦和我有牵扯，你就会恐惧不安呢？”[486]黑塞把爱情童话《皮克多变形记》送给了露特，这个童话以象征的方式讲述了日渐衰老的诗人与其年轻妻子间的爱情故事。童话中的画家皮克多来到了一个天堂般的花园，借助一个水晶球，他变成了一棵树，这么一来，他也失去了不断变形的能力。他的愿望——很明显，这也是黑塞一直以来压抑在内心深处的愿望，他渴望拥有固定的关系——是待在某个固定的地方，在那儿成长、成熟，而现在，这个愿望成了皮克多的灾难。只有当一位无忧无虑的姑娘爱上这棵孤独的树时，它才

483 见：Siegfried Unseld, Hermann Hesse. Werk und Wirkungsgeschichte, Frankfurt/Main 1985, S.88。

484 见：Hermann Hesse. Gesammelte Briefe 1895–1921,hrsg. von Ursula und Volker Michels, Frankfurt/Main 1990, S.21。

485 见：“Die dunkle und wilde Seite der Seele.” Hermann Hesse. Briefwechsel mit seinem Psychoanalytiker Josef Bernhard Lang, hrsg. von Thomas Feitknecht, Frankfurt/Main 2006, S.188。

486 见：Hermann Hesse. “Liebes Herz!” Briefwechsel mit seiner zweiten Frau Ruth, hrsg. von Ursula und Volker Michels, Frankfurt/Main 2005, S.165f.。

能从僵化麻木的状态中得到解脱。漂亮的女孩感受到了他对年轻和变形的渴望。一只彩色的神鸟——象征着变化——带回了神奇的水晶球，它让姑娘变成了树的一部分。从此，姑娘就成了树上一根粗壮的树枝，皮克多也变形了，他从残缺的一半变成了完整的一体，一切生命的矛盾，阴和阳，男和女，都在他身上融汇成了一体。现在，他真正成了永恒变化的创造物的一部分："他成了鹿，成了鱼，成了人和蛇，成了云和鸟。每一个形态的他都是完整的，就像一对，他的体内有日和月、男和女，像双子河那般流过所有的山川土地，像双子星那般高挂在天空。"[487]这个童话中的插画色彩明亮、多彩欢快、充满童真，是黑塞自己画上去的，这幅画的境界显然要比《悉达多》更加高明，就像黑塞在1922年10月写给安妮·博德梅尔的信中所言，风姿优美的阿拉伯式藤蔓小花纹和文中象征着变形的神秘主义搭配在一起，构成了融汇"东西方的幻想"[488]。《悉达多》出版于1922年11月，在那之前，黑塞的这部作品就得到了一位印度学者的高度赞美，这位学者是黑塞在卢加诺参加一次国际妇女联盟会议时认识的。为此，黑塞满怀自豪地在8月29日致信好友朗格："我读了《悉达多》的结尾，但并没有期待获得他人的认同。出于意料的是，有三个人明白了这个内容，其中有一位深色皮肤、长相俊美、来自加尔各答的印度教授卡里达斯·纳克，他让人翻译了所有的内容，到了第二天，他带着一名女译员来了蒙塔尼奥拉，跟我说，他至今仍不敢相信有一位欧洲人真正明白了东方思想的精髓，《悉达多》居然做到了，他会在印度祝福我，还说他现在更坚信东西

487 见：Hermann Hesse, Sämtliche Werke, Bd.9，Frankfurt/Main 2001, S.192（Piltors Verwandlungen）。

488 见：Hermann Hesse, Sämtliche Werke, Bd.9，Frankfurt/Main 2001, S.636（Volker Michels, Nachwort des Herausgebers zu den Märchen und Legenden）。

方能友好共处。”[489] 黑塞把《悉达多》的第一部献给了好友罗曼·罗兰，第二部献给了表弟威廉·龚德特。黑塞相信，《悉达多》让他达到了新的认识高度，如果没有经历过战争，没有痛苦地和家人分离，他是无法到达这种高度的。他在1923年7月4日致信约翰内斯·克莱因保罗：“我认为自己最有价值的作品便是《悉达多》。但我最爱的还是《克诺尔普》和小短文《克林索尔的最后一个夏天》。”[490]

这部意义非凡的作品出版不久之后也得到了评论界的高度赞美。《法兰克福报》认为，《悉达多》是“一部不同寻常的作品”。意大利日耳曼学者及译者拉维妮娅·玛祖歇蒂认为，黑塞不是在复制佛陀的生平，而是创作了一个融合了不同信仰的个人童话，他成功地“尝试着将佛教和基督教彻底融合在了一起”，认为该作品在德语文学界对当今这个政治化的时代具有举足轻重的意义。“就像圣餐仪式上固定的旋律一般，在怨怒的不和谐中产生了满满的爱和热情。”[491] 但和《德米安》不同的是，《悉达多》一开始并未大获成功，尽管黑塞因为这本书而被人称为“蒙塔尼奥拉的智者”，但很多人并未注意到该书。

《悉达多》带来的微薄收入因为通货膨胀而变得一文不值，总而言之，作为德语作家，黑塞在瑞士深陷经济危机。他曾向露特抱怨：“我的收入如果按马克来算还是非常高的，但换算成法郎几乎只有瑞士街道清洁工的一半工资。”[492] 卖掉盖恩霍芬的房子得到的最后一笔钱

---

489 见：“Die dunkle und wilde Seite der Seele.” Hermann Hesse. Briefwechsel mit seinem Psychoanalytiker Josef Bernhard Lang, hrsg. von Thomas Feitknecht, Frankfurt/Main 2006, S.197f。

490 见：Hesse. Kommentar zu sämtlichen Werken, von Martin Pfeifer, Frankfurt/Main 1980, S.205。

491 见：Siegfried Unseld, Hermann Hesse. Werk und Wirkungsgeschichte, Frankfurt/Main 1985, S.91。

492 见：Hermann Hesse. “Liebes Herz!” Briefwechsel mit seiner zweiten Frau Ruth, hrsg. von Ursula und Volker Michels, Frankfurt/Main 2005, S.177。

到了黑塞手上时，15000 马克就只值 37 法郎。他只能通过在瑞士报刊、杂志上发表书评以及做报告和诵读会才能勉强维持生计。黑塞曾前往巴塞尔、伯尔尼、奥尔滕、圣加仑做报告，最常去的则是苏黎世，他经常应爱丽丝以及弗里茨·罗伊特霍尔德夫妇的邀请前去当地做客。黑塞开玩笑地称这对夫妇为“暹罗人”，罗伊特霍尔德夫妻俩是黑塞在 1911 年的印度之行中结识的，他们也经常在经济上资助黑塞。弗里茨·罗伊特霍尔德是苏黎世耶尔莫利商场的负责人，他有时甚至会提供苏黎世的一个小房间让黑塞来住。黑塞的资助者还有温特图尔市福尔卡特棉厂主格奥尔格·莱茵哈尔特，伯尔尼附近布莱姆加藤宫的所有者以及水泥厂工厂主马克斯·瓦瑟梅尔，苏黎世医生汉斯·博德梅尔，以及来自伯尔尼克尔萨茨地区的律师弗里德李希·维尔提。如果没有这些人的资助，黑塞根本不可能有钱去履行赡养米娅及孩子们的义务。尽管得到了资助，但黑塞在蒙塔尼奥拉的日子依旧非常清贫，也正因此，他的健康堪忧。冬天，他几乎没法在“高贵的废墟里”使用暖气，不得不忍受风湿疼痛。因此，到伯尔尼以及苏黎世的朋友处小住也是为了避开提契诺的寒冬。黑塞经常会去布莱姆加藤宫拜访马克斯·瓦瑟梅尔，或者去苏黎世看望罗伊特霍尔德夫妇。他那些善心的朋友们还会资助他去疗养。不过当黑塞 1922 年 11 月结束在圣加仑附近德格斯海姆疗养院为期四周的温泉疗养后，回来时身体愈发虚弱，体重只剩了 54 公斤。

黑塞不断出行也是因为他内心的不安导致的。黑塞本人完全没有悉达多那样的冷静理智。离开蒙塔尼奥拉三周后，他写信给好友、作家胡戈·巴尔：“一旦我在旅途中，就觉得繁杂忙碌和在陌生房子里做客让人心神倦怠，一旦待在家里，我就难耐孤单，在死寂中阅读、生活，那感觉就像待在模糊、古老的镜子玻璃后面，梦幻而高贵，却失去了和活人的联系。”[493]这话当然是夸大其词了，因为黑塞在蒙塔尼奥拉还是有很多访客的，其中包括像艾略特这样的著名英国作家，艾略特在看过黑塞关于陀思妥耶夫斯基以及欧洲文化革新的文章后非常赞同他的观点。还有安妮特·科尔伯、芮妮·希科勒以及达达创始人之一理查德·许尔森贝都会从德国来拜访黑塞，包括罗曼·罗兰也会从法国来卢加诺湖探访他。不过赫尔曼·黑塞和胡戈·巴尔的关系更为亲密。从1920年9月开始，这位前达达主义者就和妻子艾米一起住在附近的阿戈努佐。1920年，黑塞在他们共同的好友约瑟夫·英格勒特家中结识了这对夫妇。这对夫妻来自戏剧界；战前，胡戈·巴尔是慕尼黑小型剧院的编剧负责人，而艾米·海宁斯原本是小型歌舞场“简约”的歌手。巴尔曾和汉斯·阿尔普以及理查德·许尔森贝在“伏尔泰”咖啡馆组成小团体反对市民文化，因为这样的市民文化不仅没有阻止战争，甚至因为其病态的理想主义而促发了战争。这些达达艺术家们击碎了被滥用的语言，用拼贴画和蒙太奇的形式将其重新组合在一起。作为反战分子，胡戈·巴尔及其妻子艾米·巴尔—海宁斯为了躲避追捕逃亡到了瑞士苏黎世，并双双在苏黎世的剧院参加了演出。1916年，这些艺术家成立了传奇的“伏尔泰”咖啡馆，而这里也很快成了和平主义者和达达艺术家们的聚集地。艾米·海宁斯凭借1918年出版的自传体长篇小说《监狱》也成了著名的作家。

胡戈·巴尔来自传统的天主教家庭，他对神学以及德国文学有着深刻的认识，因此，也是一个理想的谈话对象。他的天主教信仰是和达达运动的虚无主义相对的，很长时间以来，胡戈·巴尔都在研究中世纪时期的圣人传说。巴尔的《拜占庭的基督教》给黑塞留下了深刻的印象，他在《新评论》上撰文对其大加赞美[494]。但胡戈·巴尔一贫如

493 见：Ralph Freedman, Hermann Hesse. Autor der Krisis. Eine Biographie, Frankfurt/Main 1982, S.301。

494 见：Hermann Hesse, Sämtliche Werke Bd.18,Frankfurt/Main 2001, S.411ff.（Byzantinisches Christentum）。

洗，不得不寻找一份工作来糊口，这也影响了他的创作。因此，黑塞请求他的赞助人汉斯·博德梅尔也支持一下这位好友，他在向博德梅尔介绍巴尔时称其是“当今德国最有价值、最重要的人物之一”。“我个人非常了解巴尔，他是一个有着纯粹、明确、高贵思想的榜样人物。他的妻子，作家艾米·海宁斯，如今比他更有名，她个人同样也是个独特的诗人。”[495] 博德梅尔无条件资助了胡戈·巴尔 5000 法郎，有了这些钱，巴尔夫妻可以过上两年衣食无忧的日子了。

艾米·巴尔—海宁斯成了露特的好友，露特会跟她坦然地谈论自己和黑塞之间的各种问题。尽管巴尔夫妇非常尊敬黑塞，但他们认为他是个病态的忧郁者，他们也不相信心理分析会帮助到黑塞。作为天主教徒，他们也无法接受黑塞抗拒婚姻的态度。正因为他们的劝说，黑塞才渐渐不再反对婚姻。尽管和露特分别了数月，但两人之间却日渐亲密。黑塞需要和露特保持距离来获得自由，但同时又渴望能拥有归属感，这使得他渐渐开始接纳这段感情。黑塞在信中亲昵地称露特为“我亲爱的小心肝”“美丽的天使”“小亲亲”“可怜的孩子”，露特则给他取了“小猴子”“小耗子”“蓝色天堂花”和“我亲爱的男孩”这样的爱称。身处巴塞尔和蒙塔尼奥拉的两人会不断给彼此寄去书、干花和画给对方的画作，黑塞也急于取得露特母亲的同意。1923 年 2 月，他写信给丽萨·温格：“我的生活很可能不久之后就会有所改变，我会离婚，如果一切顺利，那我和露特的关系就合法化了，只不过我向来行事谨慎，因为我无法一下子就改变多年隐居的现状，也不能立刻就改变整个人生观，我感觉自己命中要走的这条路并不轻松。”[496]

两个月后，也就是复活节时，露特来蒙塔尼奥拉看望黑塞，黑塞

495 见：Hermann Hesse. Gesammelte Briefe Bd.2, hrsg. von Ursula und Volker Michels, Frankfurt/Main , S.32。

496 见：Hermann Hesse. “Liebes Herz!” Briefwechsel mit seiner zweiten Frau Ruth, hrsg. von Ursula und Volker Michels, Frankfurt/Main 2005, S.289。

很怀疑他和露特之间的关系是否可以继续下去，因为露特回到巴塞尔之后给黑塞寄来了一封充满绝望的信："哦，亲爱的朋友！你对待我的态度可见你已经不再爱我、不再信我了，我们不再属于彼此，友谊也荡然无存，我原本以为之后还能共同生活，建立婚姻……你对我的态度就像我们已经挨过了十五年的不幸婚姻一般，而不是共处三年的恋人……我无法忍受你的冷漠无情。我希望你别以为我指的是性欲！千百次我满怀爱意来到你身边，千百次迎接我的都是你的漠不关心和猜疑。不能再这么下去了，我受不了了。"[497]

黑塞推说自己是因为离婚带来的笔墨官司以及风湿痛发作才会情绪不佳，他恳请露特能原谅他，还说自己真切地希望能早日与她结婚。露特一开始原谅了黑塞，她还在 4 月 20 日的一封信中画了一幅满怀爱意、十分应景的人像，画的就是她那正处在困境中的爱人："你觉得别人能认出这是你吗？你就像画中人一样，模样千变万化，这就是你，你的内心深处也有着千百种灵魂，有些在飞翔，有些趔趄前行，有很多在微笑，有些紧握双手，有些长着角，另一些正在哭泣，经常和我们交流的是这么一个人，而给出回复的又是另一个人。你别认为那些对你的某部作品做出恰当评价的人就比我更了解你，因为这些人发现的是那些圆润、完整的东西，这是你的艺术创造出来的，就像用很多碎金子锻造成一枚戒指一般。你觉得这些人会在灰暗的某天认出你来吗？"[498]

温格一家开始担心这位著名作家其实并未下定决心要和露特在一起，怕他其实只想要找一个年轻的情人。为了向黑塞施加压力，露特的父亲提出由他们来承担黑塞和米娅离婚的所有费用，但同时他又警告自己的未来女婿，让他必须算清楚自己得为这些费用付出什么代价。黑塞对此非常气愤，丽萨·温格为自己丈夫的言论向他表示了歉意，说露特的父亲因为重度依赖吗啡而反应过激了，但她同时也表示，他

497 见：同上，第 308 页及下页。

498 见：同上，第 313 页。

们还是怀疑黑塞其实并不愿意和露特结婚，觉得他是在担心自己跟她结合之后会影响到他作家的身份。黑塞向自己的好友约瑟夫·英格勒特坦承自己“更宁愿逃避”[499]这段新的婚姻。1923年7月14日，黑塞正式和米娅·贝诺丽离婚，但他一想到和露特·温格结婚还得面临一大堆冗繁的行政手续时，就觉得惶恐不安。他向心理医生朗格坦白说：“当我办好离婚手续之后，就得办结婚手续，还有按之前的计划办理加入瑞士国籍的手续，这一大堆事都得和警局、文书、官僚机构打交道，对我来说，这些就是樊笼，意味着可恶和可怕，真想逃避这一切！让这一切都见鬼去吧！”[500]

在此期间，黑塞也在积极争取加入瑞士国籍，在向相关负责机构递交的申请书中，黑塞解释自己想要重新入籍的原因是因为他在瑞士已经住了十一年，而且他的儿子们也都在这里扎了根。作为“被动成为德国人”[501]的他已经和德国没有任何关联了。随后，黑塞出生地卡尔夫和瑞士当局之间的文书往来和官方手续让黑塞开始无力应对。这期间持续的紧张和压力也给他的健康造成了不良影响。尽管黑塞曾在德格斯海姆疗养院有过不甚美好的经历，到了1923年春，他还是决定再做一次温泉疗养，这次他去的是瑞士阿尔高州的疗养胜地巴登，他的弟弟汉斯也住在那里。巴登的温泉有益健康，而且当地还有很多广受风湿病人、痛风病人和坐骨神经痛患者推崇的沐浴疗法和饮水疗法。黑塞住在维瑞纳霍夫，这是一家简陋的宾馆，他在写给露特的信中说，那儿的客人让他觉得不胜其烦：“你知道什么是疗养吗？知道我是如

---

499 见：Hermann Hesse. Gesammelte Briefe Bd.2, hrsg. von Ursula und Volker Michels, Frankfurt/Main , S.64。

500 见：“Die dunkle und wilde Seite der Seele.” Hermann Hesse. Briefwechsel mit seinem Psychoanalytiker Josef Bernhard Lang, hrsg. von Thomas Feitknecht, Frankfurt/Main 2006, S.222。

501 见：Hermann Hesse. Gesammelte Briefe Bd.2, hrsg. von Ursula und Volker Michels, Frankfurt/Main , S.65。

何筋疲力竭、疲惫不堪地坐在那里吗？！……可能疗养会对我有很大的帮助，这是好事，但我不满的并不是这里对我身体带来的影响，要是能得到痊愈，就算遭受点痛苦我也是甘愿的。可是随之而来的却是心灵和精神上的痛苦，我孤单单地坐在这儿，在这群胖乎乎、脑满肠肥、荒诞可笑的有钱人堆里坐了三周，这些人毁了我的精神，把我逼入了绝境，我感觉糟糕透了，简直快疯了。”[502]

在巴登的首次疗养算不上是愉快的经历，黑塞以此为原型创作了《温泉浴场客人的心理学》，后命名为《温泉疗养客》。这本书可以说是黑塞迄今为止最私密的个人告白，他想要私下将其刊印出来赠送给朋友们。这本书创作于 1923 年 10 月，也就是黑塞从巴登回来之后，他用八天时间就写了出来。这本书的副标题为“巴登温泉疗养客人杂评”，所述内容则是一个阴郁易怒神经质病人的自画像。一开始，文章以第一人称视角从远处观察着浴场的经营事务，观察那里真假病患们几近可笑的行为举止，而到了最后，他自己也成了这些健康养生事务和娱乐事务的参与者之一。一大清早，人们就开始晒日光浴、体育锻炼、洗冷水或热水浴、接受发汗疗法、做按摩、接受石英紫外线灯照射疗法。黑塞会按医嘱喝热乎乎的硫磺温泉水，为了晚上能和其他人一样去高级餐厅暴饮暴食，他满怀自豪地完成每日必做的疗养事项。文中自我观察之犀利已然接近讥讽，这也是黑塞第一次尝试讽刺挖苦的手法——这要比托马斯·曼的《魔山》早一年，后者的故事情节也发生在类似场景中。黑塞对这些“有钱市侩的”温泉疗养客人们的不满也体现在他写给露特的信中，不过这种情绪到了书上已经缓解了不少，成了无私的换位思考。比如作者本人需要绝对的安静，而住在隔壁的荷兰人却喜欢大声说话、朗声大笑，这虽然让作者愤怒不已，但他还是学着去关爱邻居来克制自己日益不满的情绪。他躺在床上彻夜无眠，想象着这位志得意满的荷兰人在年轻时是个什么模样，想象他

502 见：Hermann Hesse. “Liebes Herz!” Briefwechsel mit seiner zweiten Frau Ruth, hrsg. von Ursula und Volker Michels, Frankfurt/Main 2005, S.332。

一旦被人暴打又会变得怎样；所有的不满都由他一人承受着，正是因为他的敏感、自私和毫无耐心才让他憎恨他人。在苦苦思考一晚上之后，临近天明时分，隔壁的这位陌生人在他心中已然“亲如兄弟”[503]了。黑塞形象生动地描述了一副与他人为敌的情形，而事实上，怀恨者甚至连仇人的面都没有见过。

黑塞对这些疗养客人的印象糟糕透顶。他还不断想象着自己处处与他人为敌，有时候是卡尔夫的政府机构，有时是伯尔尼的官方机构，它们都让他觉得恶心，接着又是特奥·温格，他之前对黑塞提出的种种要求让他觉得如鲠在喉。只有面对露特时，黑塞希望她能够理解自己，他希望她能把他当作正常人、当作艺术家来看待。10月26日，他写信给露特：“我写巴登温泉浴场的文章或许完全就只是想要向你解释，想要得到你的理解，因为这就只是纯粹的心理自画像而已。”[504]三天之后，他把《温泉疗养客》的文稿寄给露特当作送给她的生日礼物，同时还在稿件中标注出了需要她特别留意之处。黑塞还暗示自己期待露特能去巴登短暂地陪伴他：“可惜我在这个大厅里见过最有意思、最漂亮的客人今天不在此处，我就只在这儿见过他一次，当时他就坐在我对面的一张小圆桌上，那是一个晚上，他在那儿坐了整整一个小时，他有着迷人的褐色眼睛、纤瘦修长的手，在周围的病人群中，他就是洋溢着青春和光芒的一朵孤独之花。亲爱的，请你再来一趟吧，和我一起品尝这儿的美食、美酒，让我们的童话和笑声洋溢在厅堂里！”[505]黑塞此时似乎甚至愿意为了自己的爱情而放弃写作：“我想起了我的爱人（手写注明：这就是你！），想起了她那露在秀发外的耳垂，我全身心地准备着抛弃、摧毁原先我用理性和思想累筑起来的圣坛，我

---

503 见：Hermann Hesse, Sämtliche Werke, Bd.11，Frankfurt/Main 2001, S.88（Kurgast）。

504 见：Hermann Hesse.“Liebes Herz!”Briefwechsel mit seiner zweiten Frau Ruth, hrsg. von Ursula und Volker Michels, Frankfurt/Main 2005, S.377。

505 见：同上，第380页。

要建造一个全新的圣坛献给那半透明、神秘迷人的耳坠。”[506]

但在写给姐姐阿黛尔的信中，黑塞的语气又是截然不同的，他更加理性，而且非常失望抑郁：“我们之间的问题当然还没有得到解决，不过还能过得去。只是一想到结婚，我就觉得自己已经太老了，而且还身患重病，再说我也习惯了孤独和安静的工作。不过这个问题总得解决，日子还是得过下去。”[507] 在婚期前几周，黑塞告诉自己的未婚妻子，说他从未想过要和她生活在同一屋檐下，因为他从没有过过普通市民的日子，也就不懂得如何开始过这样的生活。露特自然不得不迁就他并为之找到一个可行的解决之法。在音乐学校学习时，露特曾有好几个冬天都是在巴塞尔的“克拉夫特”酒店度过的，于是，她在母亲的帮助下也帮黑塞在那儿租了一个房间。露特在巴塞尔的歌唱家玛利亚·腓力琵处学习声乐，当她得知自己的未婚夫 12 月份搬入了那间能望到莱茵河、彼得迈耶尔风格的房间时，她感到无比幸福。早餐他们是分开各自吃的，到了中午，则两人一起在酒店餐厅用餐，其他时间黑塞都需要安静地做自己的事。他让自己的未婚妻觉得因为她在身边，他已经受到了不少限制。圣诞节前两天，黑塞在写给安妮和赫尔曼·博德梅尔夫妇的信中称，他觉得巴塞尔的生活“糟透了”[508]。

为了能推迟婚期，黑塞告诉露特他得了某种“传染病”[509]，他甚至还把这件棘手的倒霉事告诉了露特的母亲。黑塞在写给胡戈·巴尔的信中称，他原本打算立刻回蒙塔尼奥拉，但不得不接受岳父母的邀请

506 见：同上，第 381 页。

507 见：Ralph Freedman, Hermann Hesse. Autor der Krisis. Eine Biographie, Frankfurt/Main 1982, S.326。

508 见：Hermann Hesse. Gesammelte Briefe Bd.2, hrsg. von Ursula und Volker Michels, Frankfurt/Main , S.72。

509 见：Ruth Wenger, “Meine Liebe und meine Ehe mit Hermann Hesse”, in:Hermann Hesse. “Liebes Herz!” Briefwechsel mit seiner zweiten Frau Ruth, hrsg. von Ursula und Volker Michels, Frankfurt/Main 2005, S.625。

去德尔斯伯格和他们一起过圣诞节。一过完节，黑塞就开始发高烧，不得不卧床休息了一周，等到他能下床行走时，就已经是1924年1月11日，也就是注册登记结婚的日子了，结婚仪式非常简朴。“现在我结婚了，”他在写给好友伊罗娜·杜丽戈的信中简明扼要地提到了此事，“我非常不愿意干这事儿，去婚姻登记处让我觉得就像是上手术台，整个身体当时全都任人摆布。”[510]十四天之后，露特安排了一个小型的婚礼庆典，宴会安排在巴塞尔古老的“祖穆施洛瑟尔”会馆，除了新娘的母亲丽萨·温格和新娘的姐姐艾娃及姐夫艾利希·欧朋海姆医生之外，参加宴会的还有约瑟夫·伯恩哈德·朗格、建筑师约瑟夫·英格勒特、“暹罗人”爱丽丝及弗里茨·罗伊特霍尔德夫妇、歌唱家伊罗娜·杜丽戈和玛利亚·腓力琵。新娘的父亲特奥·温格因为生病无法参加庆宴，但婚礼的所有开销，包括黑塞加入瑞士国籍的所有费用，都是由他承担的。

婚宴结束后，黑塞又生病了。出于对新生活状态的绝望，他打碎了酒店的一扇玻璃门，随后酒店经理发现他昏迷在房间里，身边是一管空了的佛罗那安眠药。黑塞被送进了索能莱茵医院，医生给他洗了胃。3月11日，他在写给好友胡戈·巴尔的信中称，他在一间陌生的房间猛然醒来，不情愿地发现自己居然还活着。他说自己之所以会如此绝望，主要是因为和年轻、生活奢靡的露特结婚造成的：“您的妻子安于贫穷、热爱冒险，我呢，我是喜欢孤单和简朴生活的人，我这个老家伙如今娶了个妻子，拥有几双漂亮鞋子和一只可爱的小狗就是她的梦想之一。”[511]从中可见露特对动物有着孩童般的痴迷，她和几只小动物住在一起：一只名叫阿莫瑞特的小狗，一只名叫费加罗的公猫，一只鹦鹉可可，露特还想另外再买一只黑色的长卷毛狗来。

1924年3月27日，黑塞回到了蒙塔尼奥拉，回到南方的隐庐后，由于两地相隔甚远，之前在巴塞尔度过的几周时光如今回忆起来似乎

510 见：同上，第389页。

511 见：同上，第390页。

也变得美好了，黑塞开始想念自己的妻子："今天天气又是非常阴冷，我生起了火……我很想你，你在哪儿呢？在巴塞尔？在德尔斯伯格？你穿了蓝色的裤子吗？小猫咪躺在你的长沙发上吗？你在唱歌吗？我的思念和爱情无论何时都与你同在，如果你觉得下巴上、胸口或膝盖上哪里有点痒痒，那就是我在的地方。但要是你的胳膊疼，那可不是我造成的了。再见，亲爱的小鸟，吻你的双眼，吻你的唇，吻你的一切。"[512] 不过黑塞还是很高兴能回到自己的小天地，女管家纳塔琳娜无微不至地照顾着他。他终于能再和好友胡戈·巴尔彻夜长谈，共饮他最爱的提契诺红酒"诺斯特朗诺"了。

可是等到四月底露特和她姐夫艾利希一起来到蒙塔尼奥拉时，黑塞的态度却相当冷漠，露特又一次被吓住了，她很快便启程离开了。黑塞不想因为任何人或任何事影响到他的生活和工作节奏。黑塞在 5 月 1 日给妻子写了一封信，信中语气甚为傲慢，他表示希望自己的妻子能尊重他的这项原则，同时还鼓励妻子要坚持梦想，努力成为一名歌唱家："我亲爱的小心肝，可爱的孩子，你得继续去上声乐课，继续练习，你要全身心投入这项事业，就像我日日沉醉在自己的工作中一般……我们的目标要比那些普通人更远大，如果我们没有这样的目标，那么，可见你没有找一个安于现状的男人，而和我这样一个难以相处的诗人、思想者在一起，就成了一个错误。"[513] 黑塞这么说也是怕婚姻万一失败好提前明确彼此的责任——当然也表明自己不会为了适应两人的关系而费心费力改变自己的生活。

尽管黑塞现在觉得这样的固定婚姻关系成了自己的樊牢，但他还是希望能用某种有效方法来逃避自己在婚姻中的义务。在《简历》的结尾部分，第一视角的叙述者——此人是因为"被一位年轻姑娘用魔

512 见：同上，第 393 页。

513 见：同上，第 402 页。

法引诱”[514]而被囚禁于此——画了一幅神奇的风景画，画上有一条小小的铁轨通往牢墙。当他无法忍受逼仄的监狱生活时，他跳上火车，穿过一条隧道，离开了这个“无聊的现实世界”：“人们看见圆乎乎的洞口里冒出了泡沫般的烟雾，没过一会儿，烟雾开始扭曲变形，随即蒸发不见了，而整幅图片和我自己也随之不见了。只留看守目瞪口呆地站在原地。”[515]

514 见：Hermann Hesse, Sämtliche Werke, Bd.12，Frankfurt/Main 2001, S.60f.（Kurzgefaßter Lebenslauf）。

515 见：同上，第 62 页及下页。

第十二章

“我也想告诉你，我很爱你”：写给儿子海纳的信。克拉朋德，萨穆埃尔·费舍尔和马丁·布伯前来“卡萨·卡木齐”。去巴塞尔过冬。路德维希堡的家庭聚会。露特患上肺结核，黑塞去巴登疗养。《纽伦堡之旅》。在苏黎世过冬。在化装舞会上跳狐步舞。《荒原狼》诗歌。妮依·杜宾来访。“只面向狂人”：《荒原狼》。和露特离婚。妮依·杜宾搬到蒙塔尼奥拉。

插画中关于艺术家消失的设想源自一个古老的中国传说。这个传说讲的是一位为作画而孤独终老的画家，他毕生只画了唯一一幅作品。这位画家仅邀请了几位好友来欣赏他的画，画上画的是高山上的一幢屋子。当他的朋友们转头看向画家时，他消失了。然后他们注意到，他正身处画中，沿着那条通往屋子的路慢慢向上走去，随即，他挥了挥手，关上了身后的门。让生活与艺术达成一致，让个人在作品中得到彻底升华，这是黑塞的理想。但是在生活中，他选择了另一种解决之法。他的那扇门任何时候都有可能被打开，站在他前面的是他的妻子，随之，他的幻想破灭了。

一开始只有他的儿子们会来看看黑塞，1924 年 4 月初，最年幼的儿子马丁来看望了他，然后是正在学习绘画、梦想成为画家的布鲁诺来了。黑塞会和布鲁诺一起去室外画水彩画。黑塞收到科菲崆农村寄宿学校老师寄来的一封信，海纳的老师在信中表示，15 岁的海纳成绩越来越差。海纳对女孩的兴趣远大于对上学的兴趣。黑塞认为这“很正常”[516]，只希望海纳在毕业后能接受适合他的职业培训。同样地，黑

516 见：Materialien zu Hermann Hesses <Der Steppenwolf>, hrsg.von Volker Michels, Frankfurt/Main 1972, S.43。

塞也任由海纳自己决定是否受洗——在信仰问题上，黑塞不同于他的父亲，他不想给孩子施加任何影响。海纳却很讨厌这个没时间管他的父亲，他经常对父亲的信件置之不理，或是反应过激。他也基本上不会感谢父亲寄钱给他。黑塞在信中会要求海纳“至少表现出一点礼貌和体谅之情”[517]。尽管黑塞的规劝并不顶用，但他还是想要与儿子保持良好的关系，并希望海纳明白他非常爱他。在这一点上，黑塞像极了三十年前给他写信的父亲：

> “我也想告诉你，我很爱你，也参与了你的全部生活，我毫不怀疑，随着岁月的流逝你会越来越多地感受到我的关爱。由于我分分合合的婚姻，由于你母亲常年来反复发作的疾病，以及其他种种事情，我与你之间发生了一些事，但你依然是我的儿子。即使我明天早上就死了，你还是并且永远是我的儿子，你的体内有我一部分的本性和思想。我衷心地希望随着时光的流逝，我们之间的关系能够变得更好，这对我们彼此都是弥足珍贵的。
>
> 我亲爱的儿子，我向你献上我衷心的一吻，我向你伸出充满信任的手，好让我们彼此不会走丢。献上我最美好的祝愿。
>
> 你的父亲”[518]

尽管黑塞回到蒙塔尼奥拉是为了休养身体并继续画画，但是他的访客却依旧络绎不绝。朋友圈的日益扩大也让黑塞不得不做出一些牺牲。那些和他通信、读过他作品的人也想要亲自与这位诗人会谈，亲眼见见这位“山中智者”的生活。除了很多好奇之辈外，歌唱家伊罗娜·杜丽戈和作家克拉朋德都来到了“卡萨·卡木齐”。俗名为阿尔弗雷德·亨

517 见：Hermann Hesse. Gesammelte Briefe Bd.2, hrsg. von Ursula und Volker Michels, Frankfurt/Main , S.86。

518 见：同上，第 87 页。

施克的克拉朋德是胡戈·巴尔和艾米·巴尔的朋友。同黑塞和巴尔一样，克拉朋德一开始也是满怀热情地看好1914年的战争，并且曾自愿报名参军，但是由于健康原因没有被征召入伍。他曾写过爱国主义的《战士之歌》，还翻译过中国的战争诗。但随着战事发展，克拉朋德改变了立场，成了坚定的反战者。1917年他发表了一封公开信，公然要求威廉二世皇帝下台。也正因此，他被控叛国和亵渎君主的罪名，克拉朋德由此迁至瑞士，和勒内·席克勒一起共事，他给席克勒宣扬和平主义的《白皮书》撰文。克拉朋德和黑塞1918年在洛迦诺希尔德加德·容—诺伊格伯恩家中第一次见面，当时黑塞就特别赏识他的道家思想，认为他是个博学、会创作东方诗歌的诗人。战后，克拉朋德患上了肺结核，尽管他身无分文，但还是必须在达沃斯的肺疗养院反复接受治疗。黑塞也很关心他，他说服自己的资助者资助克拉朋德并为他支付疗养费用。

1924年7月2日，在黑塞47岁生日时，露特真的站在了黑塞的门前。她不仅带来了花和蛋糕，还带来了她的母亲。丽萨·温格的丈夫是一个理性的企业家，而她自己身为作家很能设身处地地体谅黑塞的状况，同时，她和自己的女婿也是挚友，她想借此机会和黑塞谈谈他和露特之间的复杂关系。商谈的最后结论是，这对新婚夫妻会继续异地生活的婚姻，但黑塞得回巴塞尔家中过冬，露特目前正在巴塞尔学习声乐。但这样的生活前景让黑塞非常不安，此前在酒店房间过着自杀般日子的生活可不是什么好的回忆。还没等露特和她母亲离开，黑塞就开始表现出对这一协议的不满。如果可能，黑塞非常不愿和正在卡罗纳避暑的温格一家有所往来。他给仅住在几千米外的妻子写了一封语气和善的信，希望她不要太过频繁地来蒙塔尼奥拉。露特在回信中向黑塞说她新买的小狗不愿意在室外拉屎，还谈到了其他小动物相关的琐事。黑塞在回信中语气不善，略带讥讽："小甜心，我觉得你是缺少将你这只顽皮的野狗扔进莱茵河的勇气。那么你就给它买张到巴登的船票，把它带过来，我非常愿意将你这只可爱的小家伙扔进阿勒河。”[519] 黑塞在写给姐姐阿黛尔的信中抱怨说露特已经不止一次去他那里了，有一次还在他那待了两天，因为温格家在卡罗纳的房子太拥挤了。

1924 年 8 月，黑塞的出版人萨穆埃尔·费舍尔和他的妻子海德薇希来访。费舍尔建议黑塞出版“作品集”，黑塞觉得这很有意思，但对这个建议并没有表现出太大的热情。他并没有觉得自己已经完成了毕生巨著。费舍尔夫妇尚未离开，7 月 17 日，马丁·布伯也来了蒙塔尼奥拉。这位犹太宗教哲学家在法兰克福大学教授犹太宗教学和伦理学。早在他们初次见面之前，黑塞就在杂志和报纸上评论过布伯的很多作品。布伯作品中详细探讨的东犹太教神秘主义运动及其灵魂世界深深地吸引着黑塞。哈西德派教徒，也就是“虔信者们”，受到犹太教神秘主义教义的神奇鼓舞，认为通过祈祷、音乐和舞蹈能与上帝相融合，也因此，他们的教义遭到了犹太教正统派的强烈反对，这和黑塞的叛逆思想是一致的。黑塞在《克莱因和瓦格纳》《克林索尔的最后一个夏天》以及《悉达多》中尝试描写了临死之时得到救赎、升华的瞬间，而这些也是布伯创作的主题。早在 1909 年时，黑塞就在《符腾堡日报》撰文评论过马丁·布伯的《神魂脱窍的信仰》[520]，这本书收集了所有时代和国家的宗教人士曾神魂脱窍的经历。

9 月底，黑塞又按惯例回到巴登做浴疗。期间露特来看了他两次，她很喜欢这个高雅的疗养地。12 月，黑塞写信告诉他的好友爱丽丝·罗伊特霍尔德，称他在“一位仁慈女士的命令下”—— 这也是黑塞对露特的称呼 ——在巴塞尔租了“一个安静的阁楼木屋过冬”[521]。“我住

519 见：Hermann Hesse. “Liebes Herz!” Briefwechsel mit seiner zweiten Frau Ruth, hrsg. von Ursula und Volker Michels, Frankfurt/Main 2005, S.430。

520 见：Hermann Hesse, Sämtliche Werke, Bd.16，Frankfurt/Main 2001, S.377f（Ekstatische Konfessionen）。

521 见：Hermann Hesse. Gesammelte Briefe Bd.2, hrsg. von Ursula und Volker Michels, Frankfurt/Main , S.95。

在我的阁楼里，露特住在克拉夫特酒店里。白天我们都忙着做自己的事，尽管我眼睛疼得厉害，但我还是整天坐在大学图书馆里工作。晚上我会去黑塞女士住的公寓，她已经备好了吃食给我当晚餐，我们会一起过夜，猫、狗和鹦鹉可可陪着我们，可可是我的朋友，它非常喜欢我待在家里。然后我会沿着夜雾中的莱茵河回自己的住处。”[522] 这对新婚夫妇的生活简直无趣至极。

不过有时候他们俩也会回一趟黑塞的故乡施瓦本。黑塞的异父兄弟卡尔·伊森伯格是高级中学的教师，他在路德维希堡的国王宫有一套公务住房，1924 年 12 月，在黑塞与伊森伯格家的一次聚会中，露特第一次见到了阿黛尔，后者非常喜欢自己这位年轻的弟媳。黑塞语气轻松地告诉艾米和胡戈·巴尔：“露特非常兴奋，她非常喜欢 18 世纪的东西，尤其是当时的建筑、家具、服装、瓷器和音乐。在我们宽敞的大厅里，露特、我的哥哥和我的儿子（伊森伯格曾来提契诺看过我们）按着钢琴改编谱唱完了整首《魔笛》。我们是第二次看到这座巨大的城堡，我们在城堡里闲逛。这真是一段非常美好的日子，露特也对这一切感到非常满意。”[523]

他在写给爱丽丝·罗伊特霍尔德的信中抱怨眼睛疼痛，这是由繁重的阅读工作引起的，因为黑塞计划在斯图加特的德意志出版社出版三十卷的德语古典散文藏书，这给他带来了相当大的工作压力。不过眼睛疼痛也是黑塞内心再次躁动不安的一种症状。新的一年里，黑塞依次去拜访了他的朋友们，1925 年 2 月 27 日，黑塞从布莱姆加藤宫写了一封信给露特：“昨天我逃离到了这里——几周以来，我一直在逃避中。昨天我准时上床睡觉，天知道我有多累，但是我睡了两个小时又醒了，眼睛疼痛难忍。现在天亮了，其他人来了，他们都睡饱了，

522 见：同上。

523 见：Hermann Hesse. “Liebes Herz!” Briefwechsel mit seiner zweiten Frau Ruth, hrsg. von Ursula und Volker Michels, Frankfurt/Main 2005, S.447f.。

一个个高兴地大声聊着天。我也需要在某个地方有某个人爱着我。我的生活需要有一个爱我的人，能在痛苦的日子陪伴我，我也想要一个能让我感觉像家一样的地方。我不知道自己是否能拥有这样一个家，但是至少我现在还有一个唯一爱我的人，那就是你。”[524]没过几天，露特就明确地回复了黑塞，她表示自己还没有准备好做出妥协：“我亲爱的心肝儿，我不能和你在提契诺度过整个……如果我是一个能为了幸福牺牲自己的女人，也许这会容易一些。但你自己选择的却不是这样的妻子。你也知道，你自己深陷在某种情绪之中，几乎无可救药。我不可能在一个几乎一整天一句话也不说的人身边独自生活……你很爱我，但是却不关心我……我也热切希望给你一个家，我也愿意和你一起生活，比如在这里、在市区或是在市郊。但我不能在孤独中生活，因为你不能给我家的感觉，短期内这将不会是幸福的生活。”[525]露特不愿意搬去蒙塔尼奥拉，黑塞也不愿意离开他长期待的提契诺。所以这段婚姻一直飘忽不定，两个人的生活仅靠有时温柔、有时不耐烦、有时互相责备的信件继续维持着。

1925年初，露特生病了。在生病的这几个星期，她不断怀疑自己是否真的适合成为歌唱家，她将来只想当歌唱教师。黑塞对此非常失望，3月，他从巴塞尔回到了蒙塔尼奥拉。当露特出现在路德维希堡的时候，黑塞写信给丽莎·温格说，他觉得露特“由内到外整个人都变得非常意气风发，他几乎从没见过她有这般模样。”[526]同时黑塞也表示，他已经为他妻子的艺术家生涯做好了自我牺牲的准备，并认为如果没有这样的共识，他就没有必要搬到巴塞尔和妻子一起生活。4月底，黑塞说他想要尽快建一座房子，其中的意思非常明确：他们要么在蒙塔尼奥拉共同生活，要么就不会在一起生活。露特最后一次用隐晦的暗示向

524 见：同上，第456页。

525 见：同上，第458页。

526 见：同上，第463页。

自己的丈夫施加道德压力，不过她可能知道其实自己已经失去他了：“你从不问我是不是有孩子了。对我来说，有孩子是件好事，因为这可以让人产生幻想，明白自己是为了什么才来到这个世界的。”[527] 不过她还是失望地写道，她也知道黑塞只有在独处时才能感到幸福。

这是一个巨大的误会。黑塞寻找的不是幸福，而是痛苦。为了写作，他必须不幸。他酝酿着自己生活中的不幸，只有这样，他才能感觉到自己是个诗人。他信中不断抱怨着如灾难般持续不断的头疼、眼睛疼痛、坐骨神经痛、痛风和抑郁症，他不断宣称自己将要了结自己的性命，这些说到底都是他在进行自我建构：我痛苦，故我在。生活上遭遇的折磨和创作上的自我实现不断影响着彼此，这完全就是幻想自杀和坚持意志间的矛盾：没有痛苦就没有文学创作，没有自杀的准备，就不能活下来。赞美疼痛，为了创作和提升生活而受虐，这些都不是黑塞的原创。与他相比，黑塞的榜样荷尔德林和尼采当时的举止要更为疯狂，但他们在思想上却是充满了活力的。黑塞在 1925 年遭遇所有不幸都是有原因的。内心所想总是反映在外在行为上，灵魂之物总是体现在现实中。

不久便传来了噩耗：1925 年 5 月，医生确诊露特患了肺结核。由于胸膜炎，她在巴塞尔卧床休息了几个月，一直高烧不断，因为卡罗纳的气候条件更好，露特最终搬了过来。黑塞身为看护觉得压力甚大，他很担心不得不为此取消夏天所有的出游计划和安排，而且，黑塞与德意志出版社的合同也告吹了，出版社认为德国市场本就不好做，这样耗资巨大的版本更是很难取得好的市场，再说黑塞在伯尔尼塞尔德维拉出版社出版的《奇人异史》也与他要在德意志出版社出版的这部作品形成了竞争。几个月不眠不休的工作似乎是白费了，黑塞在写给他姐姐的信中说，露特的病其实是他妻子下意识地在逃避做决定。5 月 25 日，他写道：“但是，我必须承认，我觉得奇怪的是，在我终于受

527 见：同上，第 464 页及下页。

不了露特的消极态度，想要奋起反击时，她却突然生病了，这样露特至少在接下来的一年里都用不着照顾我了。真是太可笑了！”[528]

但是更糟糕的是：6月8号，黑塞不得不去一趟阿斯科纳，因为他前妻米娅家里发生了惨事。米娅的哥哥自杀身亡了，她的弟弟也因此疯了。弗里茨·贝诺丽被送往巴塞尔的一家精神病院接受治疗。由于黑塞目前依旧在管理着米娅的资产，所以他突然意识到了自己要担负的责任。米娅的精神也再次崩溃了，整个6月她都必须在家中由护理员看护，随即她被送进了德里西奥附近的康复医院。黑塞不得不担负起照顾儿子马丁的责任。“很长时间以来我一直生活在地狱中，根本没心思写信”，黑塞在6月25日写给好友胡戈·巴尔的信中抱怨道，“我内心是能明白这种状况的，但抑郁和愁闷的情绪却在不断滋长，日益严重，几乎令人难以忍受，而且还出现了持久的疼痛，也就是眼睛疼痛和头痛。”[529] 从黑塞写给海伦·维尔提的信中可以看出，他内心明白所有这些糟糕的事情都是有着内在联系的：“如果我的生命不是一件危险、充满痛苦的试验，如果我没有一直行走在悬崖峭壁上，如果我感受不到万物皆在我之下，那么我的生命就没有了意义，那么我就无法完成那些看起来惬意、快乐的作品……自从我离开伯尔尼后，七年来我一直离群索居，没有家庭，也没有社交，每天都站在自杀的边缘——以自己的方式看待事物，以自己的方式自我腐蚀。”[530]

对黑塞来说，以自己的方式看待事物便意味着：把这些事物当作假想的对象，当作内心戏剧表演的场景，这些内心戏很容易就会演变成充满魔力的剧目。家庭遭遇的双重不幸加剧了他的头痛、眼疾、坐骨神经痛和面部疼痛，当他几乎难以忍受这种痛苦时，诗人黑塞通过

528 见：Hermann Hesse. Gesammelte Briefe Bd.2, hrsg. von Ursula und Volker Michels, Frankfurt/Main , S.110。

529 见：Materialien zu Hermann Hesses <Der Steppenwolf>, hrsg.von Volker Michels, Frankfurt/Main 1972, S.46 。

530 见：同上，第57页。

构思新的小说来拯救自己；在这部小说中，现代的灵魂陷入了地狱，但最后又从地狱中走了出来。1925 年 8 月 18 日，黑塞向格奥尔格·莱因哈特提到了自己再次企图自杀的念头，随即还谈到了他的写作计划："我不知道是否还要继续写荒诞的荒原狼。荒原狼以可笑的方式讲述了一个同时拥有人性和狼性之人的故事。他的一半身体想吃喝玩乐、杀人放火，另一半却想着思考、听莫扎特，等等。深陷困扰的这个男人无法忍受这样的生活，最后他发现自己有两条出路可以选择，要么自杀，要么变成幽默的人。"[531] 黑塞在《温泉疗养客》中已经用过幽默的手法来讲述一个与巴登温泉疗养相关的讽刺小说。这一次，黑塞丢下卡罗纳生病的妻子和家里的小狗、小猫、鹦鹉，再次逃到了巴登。9 月底到 10 月 30 日的 5 个星期里，他一直住在"维瑞纳霍夫"温泉酒店，黑塞已经是那里的老主顾了，他打算随后去南德旅游，并顺便做一些朗诵会、拜访朋友。黑塞此次出行的契机是他收到了一份请他去乌尔姆的邀请函。诚如黑塞在游记中写的那样，这份邀请来得正是时候，"此时我正觉得疲惫不堪，我的生活里只有焦虑、负担和无聊，没有一丝能令人快乐的地方，任何能让我的生活有所改变、让我逃离这种状态的想法都是我乐于接受的"。[532]

为了参观默里克童话《美丽的劳恩》中提到的修道院和喀斯特湖"蓝壶"，黑塞途径洛迦诺、苏黎世和图特灵根前往乌尔姆附近的布劳恩伊伦，他在莫尔布隆时的同学威廉海姆·海克就住在附近。在此之前，他还在苏黎世的好友、"暹罗人"夫妇爱丽丝及弗里茨·罗伊特霍尔德家待了几天，"迎接他的是米饭和咖喱的香味，金色的泰式寺庙柜子闪闪发光，佛像的眼神宁静、坚定。"[533] 在罗伊特霍尔德家洋溢着的东方风情中，黑塞感觉自己重新回到了悉达多时代，身心得到了放松，

531 见：同上，第 49 页。

532 见：Hermann Hesse, Sämtliche Werke, Bd.11，Frankfurt/Main 2001, S.133（Die Nürnberger Reise）。

533 见：同上，第 147 页。

他每晚都会和主人一起去音乐会、看电影、看戏剧。黑塞去苏黎世拜访了好友、心理分析师朗格医生以及作家恩斯特·托勒。暂住在施瓦本的时候，黑塞想起了自己的童年时光和在神学院求学的时期，也想起了早期对他影响深远，且一直深受他喜爱的诗人：默里克和荷尔德林。与他们相比，黑塞认为现在的文学是肤浅且没有永久留存价值的。他在游记中提到，现在的作家没有能力创造新的形式和新的风格，要有创新，必须保持谦逊：作家完全可以坦白承认自己心中的疑虑。黑塞也不喜欢听众在朗诵会上对他盲目崇拜，他会怀疑他们的动机，但他也怀疑自己，他怀疑作品的价值，怀疑自己在作品中试图表达的普遍性。另一方面：难道作家不就希望与读者产生共鸣吗？难道希望得到他人认同的虚荣心不正是艺术家们最重要的驱动力吗？黑塞不仅想要被人钦佩，也想要被人爱戴。“谢天谢地，幸好世上还有唯一一样更好的，那就是爱……也就是当凭借丰富的经验、凭借有些卑鄙拙劣的冷漠态度摆脱听众时，我就期待从个别观众那里获得更加伟大的爱和更加温暖的关心。如果这个我爱的人，这个我乐意为他而努力的人正坐在大厅里，倘若他就是我的某位好友，那么我会关注他，我只会读给他听……我把希望寄托在这张脸上，我爱它，为了获得它的理解，我向它倾注了我所有的热情、所有的注意力、所有的辛苦努力。这就是拯救我的护身符。”[534]

在随后被称作《纽伦堡之旅》的逃亡中，黑塞逃向了孩提和青年时期的“圣地”[535]，这也再次清晰地表明黑塞善于回退到过去，他要和所有与进步、技术相关的事物保持距离，这是他深入骨子里的自我怀疑，他不知自己能否在迅猛的变化中保持自己的立场。在布劳恩伊伦，黑塞去看了“美丽的劳恩”曾沐浴过的那口井，劳恩是默里克同名小说中神秘的水妖，但黑塞到了当地却只看到一个冰冷的地窖，洞口还被一块混凝土盖子密封起来了。在奥格斯堡和纽伦堡等城市，黑塞感

534 见：同上，第 166 页。

535 见：同上，第 155 页。

觉自己完全无法接纳那些现代化、注重功能性的建筑，那一幢幢摩天大楼在他眼中仿佛是异物。“我看到的一切都被这些该死的机器排放出来的废气笼罩着，一切都被毁了，一切都被卷入了我眼中毫无人性、恶魔般的生活里，一切都随时准备死亡、化作尘埃，一切都渴望崩塌、渴望衰落，这个世界令人感到恶心，我厌倦了这种毫无目的、毫无美感、毫无灵魂的存在。”[536]

和里尔克的十四行诗《机器会危害一切知识技能》一样，黑塞也描绘了文化的衰落，他认为科技不再是为人们提供服务，而是掌控了人类。黑塞在旅行途中看到的都是这样的现状，由于抑郁疑虑，所有陌生的环境都令他不适。旅店的中央暖气太热令他无法入睡，当他终于快要入睡时，刺耳的电话铃声又把他从梦中吵醒。他觉得自己身边的现实生活正在倾塌，一切都令他觉得陌生，于是，黑塞逃到了幽默中，想要以此弥补理想和现实之间的鸿沟：“对，有了幽默就可以忍受这一切，甚至包括火车站、兵营和文学诵读会。只要面带微笑，只要没有认真对待现实，只要明白这一切终会被摧毁，我就可以忍受这一切。机器将会互相摧毁对方，兵工厂终将没有武器，如今的大城市将会长满杂草、黄鼠狼泛滥。不，不需要推崇这个可笑的世界，不需要认真对待这样的世界。”[537]和创作《温泉疗养客》时一样，黑塞成了善于观察的旁观者，他再次意识到自己要善于讽刺，黑塞在他的游记中写道：“我比任何一个人都了解这种状态，我们心中永恒的自我正看着垂死的我，满怀同情、讥讽和淡然地看着自己上蹿下跳扮鬼脸。”[538]对黑塞来说，对抗现代虚无主义的最佳手段便是创作、艺术和音乐，那是“不朽之人”用恰如其分的美创造的理想世界。这些不朽之人，也就是各个时代的艺术家、诗人、哲学家和受难者们，难道不就是像黑塞那样和时代对抗过吗？“难道他们不也都是承受着苦痛磨难、过着艰难生

536 见：同上，第 177 页。

537 见：同上，第 170 页。

538 见：同上，第 16 页。

活的特殊之辈吗？难道他们不就是苦难的创造者，不是幸运的宠儿吗？难道他们不是因为厌恶现世才成了创造者，而不是向现世妥协吗？”[539]黑塞在高傲的理想主义和辛辣地嘲讽世界之间找不到现实的平衡点，他极少能在幽默中达到平衡，这就是黑塞几近精神分裂的象征。

为期六周的旅行最后一站是慕尼黑，黑塞去那里拜访了托马斯·曼，也和约阿希姆·林格尔纳茨小聚了一下。1925 年 12 月初，黑塞回到了蒙塔尼奥拉。在此期间，他的资助者爱丽丝和弗里茨·罗伊特霍尔德夫妇帮他在苏黎世尚岑格拉本 31 号租了一套房子让他免费居住。这一年的平安夜，黑塞没有去德尔斯伯格和温格一家一起过，而是去了巴登温泉疗养医生约瑟夫·马克沃尔德博士那里，他是维瑞纳霍夫旅店主弗朗茨·马克沃尔德的兄弟。12 月 26 日，黑塞离开巴登去了苏黎世的新居。他告诉姐姐阿黛尔：“我住在苏黎世的一个老城区，边上是一条运河，我的邻居是两个矮小的犹太人，他们俩都是成年人，已经工作上班了，但是身量却没有小男孩高，这可真是奇妙。我的房门是推拉滚动式的，浴室里有一个小孩椅，非常低，近乎就挨着地面，小孩子可以把小香皂和小洗浴用品都放在那上面上。管家务的是个阿姨，身量也很小，但还算正常。每晚 10 点，小矮人们都会四手联弹钢琴，非常吵，但是还能接受。吃食都是我自己做的，不过早饭是在家附近解决，晚上我通常和好友朗格医生（他当时在卢塞恩）待在一起。”[540]

怪异的环境正好适合黑塞高度紧张的病态情绪，在冬季的这几个月里，随着他和朗格医生会谈次数的增多，他的这种情绪也愈发强烈。黑塞的外甥卡罗·伊森伯格曾参与撰写了《浪漫主义的精神》选集，该文选属于黑塞即将出版的散文集，1926 年 1 月 7 日，黑塞在写给他的信中提到：“在我看来，目前对浪漫主义文学的研究还很滞后，我

539 见：同上，第 168 页。

540 见：Materialien zu Hermann Hesses <Der Steppenwolf>, hrsg.von Volker Michels, Frankfurt/Main 1972, S.55。

生活在——只要我还活着——充满生机的现代浪漫主义和神奇魔力中，我畅游在多彩的深海中，那是各种奇异幻梦组成的世界。于我而言，这是让我忍受目前生活环境的唯一出路。因为我在这里有朋友（《德米安》里的皮斯托留斯），我和他一起走在这条路上，于是这丑陋的时代（几个月来我一直想着自杀）又变得伟大、美好。我不知道要如何才能将现在混沌的眼光和内心的感受诉诸文字，似乎这是不可能的事了，不过这其实也就只需要迈出神奇的一步。”[541]

黑塞提到的奇异幻梦主要指的是性欲。第二次婚姻的失败让黑塞感觉自己摆脱了道德的束缚。荒原狼在酒吧、妓院、化装舞会上寻找“平凡的幸福”（托马斯·曼），在这些地方，没有人知道你的名字，你可以摆脱所有的顾虑。11 月的时候，露特颇有先见之明地从疗养院阿罗萨写了信给黑塞，信中说伟大的诗人赫尔曼·黑塞不应该总是消极被动。露特表示，朗格医生“赞美变态事物，赞颂疯狂的幸福”[542]，因此，他不是个好咨询师。她劝诫自己的丈夫要“把鞭笞自己的鞭子弃置一旁”。她不知道黑塞为了能在苏黎世娱乐场所过得如鱼得水，都已经开始上舞蹈课了。甚至当露特除夕夜来看他时，他看露特的眼神都是轻浮的。“我的妻子来这里过新年”，黑塞在 1926 年 1 月 4 日写给尤根·林克的信中如是说道，“她来了，如此年轻、漂亮、优雅、令人陶醉，所以那一天我又有了妻子，或者说一个情人，最后我把她送到了火车站……我觉得非常奇怪，我又一次看到了可爱的小蝴蝶翩翩起舞，我对蝴蝶和其他瞬间存在的美好事物都有一种特定的感觉，而长久稳定的固定关系却从未带给我幸福。”[543] 黑塞在写给奥拓·卜吕梅的

541 见：Hermann Hesse. Gesammelte Briefe Bd.2, hrsg. von Ursula und Volker Michels, Frankfurt/Main , S.128f.。

542 见：Hermann Hesse. “Liebes Herz!” Briefwechsel mit seiner zweiten Frau Ruth, hrsg. von Ursula und Volker Michels, Frankfurt/Main 2005, S.515。

543 见：Hermann Hesse. Gesammelte Briefe Bd.2, hrsg. von Ursula und Volker Michels, Frankfurt/Main , S.127。

信中说得更加明确："狂欢节那天，我参加了苏黎世所有的化装舞会，一夜狂欢，我迷恋美丽的女子，我把她们化着美丽妆容的照片挂在家里，我要努力把自己从愤懑的隐士黑塞变成一个蠢笨、游手好闲的野蛮人，这其实也是种幸福。"[544]

黑塞之夜弥补了他在青年时期曾错过的感官享受。黑塞偶然参加了一次读报活动，人们在那儿朗诵他早期的诗作，吟唱着被谱成曲子的诗歌，年轻的听众陶醉在这些诗行里，但黑塞却无法忍受他们"美丽的肤浅"[545]。黑塞提前离开了朗诵会，想要用酒精来排解内心的厌恶情绪。平时他也会去苏黎世一家简陋的"黑鹰"酒馆，他会一个人坐在桌旁喝酒。要不他就和老朋友朗格一起喝白兰地，以此度过一个个夜晚，朗格会鼓励他做一些情色恶作剧。这位心理学家认为性解放是排解心理障碍的有效手段。朗格的女儿玛丽教会了黑塞跳一步舞和狐步舞。瑞士雕塑家赫尔曼·库巴赫邀请黑塞参加在奢华的"巴尔拉克酒店"举办的化装舞会，即便黑塞已经提前练习了舞步，但他对舞会并没有抱太大的期望。黑塞在那里见到了许多朋友，包括来自伯尔尼的马克斯·瓦瑟梅尔，周游世界的画家路易斯·莫里耶特，音乐家奥特玛·舍克和雕塑家汉斯·阿尔普，正是阿尔普设计了这场舞会的装饰布景。所有的人都兴高采烈，只有黑塞一脸不满。接着，一个漂亮女人出现了，那是一个妩媚的年轻女子，戴着白色的假面，摇摇摆摆地来到了他身边。黑塞一反常态地在喧闹的舞会中消失了几个小时。直到第二天，当第一缕阳光照进窗帘时，他才又突然出现在朋友身边，那时经过一夜狂欢的众人都已经累得瘫睡在了椅子上。黑塞因为心情很好，脸上熠熠发光，他情绪高涨，甚至跳到桌上面对一脸迷茫的众人跳了一曲"极乐舞"，还把桌上的玻璃杯弄得叮当作响。紧接着，他在赫尔曼·库巴赫胸前的衬衫上写了一首轻浮的诗，随即一伙人去了附近的皇冠大厅吃早点。

---

544 见：同上，第 135 页。

545 见：Hermann Hesse, "Ausflug in die Stadt", in: Materialien zu Hermann Hesses <Der Steppenwolf>, hrsg.von Volker Michels, Frankfurt/Main 1972, S.53。

第二天，黑塞头疼不已，不得不卧床休息。在给好友库巴赫——他现在称他为“乌巴克”——的一封信中，他对前日的狂欢和那位漂亮姑娘赞美不已，称那个美丽的姑娘使他神魂颠倒：“我曾是真正的狐步舞者，三十年来我一直在苦苦思索人性问题，却不知何为化装舞会。我曾经认为，这些人和我差不多都是一样的。如果我知道男人可以如此简单、愚蠢、可爱，那我可能就会少遭遇很多蠢事了。但我那些朋友这么多年却始终没让我了解他们的圈子！”[546]黑塞把和他跳舞调情的女士们的照片钉在写字桌旁的墙上，把她们的发簪和袜带像奖杯一样胡乱地堆放在房间里。1926 年 2 月 10 号，黑塞告诉安妮·博德梅尔，他下周六又想去参加化装舞会了：“我看见写了《悉达多》的那位聪明作家如何跳狐步舞，看见他紧紧地搂着女孩。但是这每一次进步都在逐步迈向荒谬、愚笨、疯狂或者幼稚，我完全明白，这些我原本不擅长的事情、过度的饮酒和失眠都会慢慢让我变得狂躁不安。”[547]“进步”是指文学的重新定位和新方向，这也正是黑塞自 1925 年夏天以来一直在做的。在娱乐活动频繁的几周里，黑塞一直坚持创作荒原狼，他的目标是通过自身试验去体验现代人的无节制生活和生存危机，这样才能将其诉诸文字。同时，黑塞也可以在放荡的生活中让自己的个人问题——也就是日益衰老的男人在同年轻女子相处时总是失败的问题——得到补偿，他甚至可能想要探究病态社会的根源并发泄自己的报复心理。

黑塞目前正在创作的诗歌表达的正是一种呼救声，这是荒原狼嘶哑的呼救（荒原上的狼！），他是一个局外人，一个无家可归者，他渴望接近社会，但又处在社会边缘，他没有任何归属感。这首诗完全是痛苦的幽默，除了痛苦者歇斯底里的笑声，诗行间没有任何能让人

546 见：Hermann Hesse. Gesammelte Briefe Bd.2, hrsg. von Ursula und Volker Michels, Frankfurt/Main , S.130。

547 见：同上，第 131 页。

感到轻松的内容，痛苦的人心里很清楚自己究竟能得到什么：

荒原狼

周围的世界白雪皑皑，
我荒原狼奔走在荒野，
群群乌鸦从桦树山惊起，
兔子麋鹿却不知何在。

我若看到一只小鹿，
就对它非常钟爱，
我若能把它撕碎解馋，
啊，这是天底下最大的美事儿。

我对情人赤诚相爱，
我咬着她细嫩的腿，
饮她殷红的鲜血，
然后我独自嚎叫彻夜不眠，
没有麋鹿，兔子也能替代，
热乎乎的兔肉多甜美。

啊，难道生活中的乐趣
都已从我身边离去？
我尾巴上的毛发已灰白，
我双眼模糊无神采，
可爱的娇妻早逝已几载。
现在我独自奔走，心想麋鹿，
现在我心想小兔，独自奔走。

我听见狂风呼啸在冬夜，
我喉干似饮雪水，
带着可怜的灵魂见魔鬼。[548]

从诗中我们可以看出，黑塞是在痛苦的心境下创作这首诗的，该诗并不是在他放荡纵情之时写的，而是当所有的幻想均已破灭，在他已经疲惫虚弱时，他脱下了痛风病患者的外衣，站在舞厅衣帽间的是一个企图自杀者。诗中隐藏着太多自我同情和内疚的情绪。早在 3 月初，黑塞向他的好友安妮·博德梅尔描述的舞会之夜还是非常美好的，没有一点狼性，而是一种他可能再也体验不到的欢愉经历："我还从来没有过这样的体验，甚至烂醉时都不曾想过人们能在人群中彻底迷失自我。这种酒精、社交、性、温暖、音乐带来的乐趣和迷醉是如此美好，对此我心存感激。"[549]

当黑塞给他那些苏黎世的朋友们诵读自己创作的忧郁诗时——这些诗全部和孤独、疾病、酒瘾、谋杀和自杀有关，朋友们纷纷摇头：这根本就不是我们那位精力充沛、活跃的舞者，不是舞会之夜和酒馆里充满魅力的男人，这只是面具，只是虚假的姿态，他这是误入歧途！同露特一样，他们觉得黑塞这种否定的态度和独特的自我风格是在模仿"被诅咒的诗人"和怪异、玩世不恭的拉弗朗索瓦·维庸。如果人们将《糟糕的夜晚》《酒醉的诗人》和《脏猪》等诗中粗鲁、庸俗的语调同黑塞此前的诗相比，就能看出黑塞诗中鲁莽的态度其实非常刻意，有着一种拙劣的语出惊人效果，似乎作者想说：你们快看吧，我不再是一个传统的诗人，不再是浪漫的理想主义者了，我终于在创作中放弃了追求音乐感和完美，我现在是你们中的一员了——或者我很乐意成为你们当中的一员：

548 见：Hermann Hesse, Krisis. Ein Stück Tagebuch, Frankfurt/Main 1977, S.29。

549 见：Hermann Hesse. Gesammelte Briefe Bd.2, hrsg. von Ursula und Volker Michels, Frankfurt/Main , S.134f。

脏猪

……

我从来没有享受过这种幸福，
虽然身边有许多其他的母猪
但我光明磊落，没有任何悔意
在肮脏的水沟里来回打滚。
上千种从未经历的污秽
是我午夜梦中的向往，
我似乎，就在上帝身边，这一些
都只属于我。
可惜我是可怜的白痴
无缘得到这无边的幸福。
在我身后是空洞的假象
我听到猪咕噜叫，猪，猪。[550]

当黑塞拼命尝试在兽性中迷失自我时，3 月 1 日，他接到了一封来自维也纳的信，这对于他来说简直是来自另一个世界的呼唤。这封信是 30 岁的妮依·杜宾（原姓奥斯兰德）写给他的，杜宾是一位来自奥地利的犹太女士，她与黑塞保持着多年的通信联系。在《彼得·卡门青》出版时，她还只是 14 岁的中学生，那时她首次写信给黑塞，信中充满了无限的钦佩之情，但是她也鼓足勇气向他提出了一些犀利的问题，这给黑塞留下了深刻的印象。那时她就已经明白了黑塞生活中面临的问题，她知道黑塞在质疑诗人承受痛苦的能力，明白他同时也渴望拥有爱情和固定的关系。四年前，也就是 1922 年，妮依的姐姐自杀身亡，她一直觉得自己在这件事上也有一定责任，于是就来到了蒙塔尼奥拉，

550 见：Hermann Hesse, Krisis. Ein Stück Tagebuch, Frankfurt/Main 1977, S.47。

希望黑塞能给她一些建议和安慰。1924 年春天，她第二次来拜访黑塞，此时的她婚姻也非常不幸，已经和丈夫分居，她发现自己尊敬的黑塞也正处在情绪危机中。自从那时起，她就感觉自己必须陪伴在黑塞身边，因为黑塞由于婚姻不幸和身为局外人而处于痛苦之中，对她来说，他是“她遥远的神”[551]。她写信给他：“我从未断开自己与您的联系。”[552]1926 年 3 月 21 日，她来到黑塞位于苏黎世的小阁楼看望他，此时黑塞正在愤怒地给艾米和胡戈·巴尔写信，他们指责黑塞没有承担起对露特的责任。黑塞在信中表示自己几乎不能相信露特还爱着他，因为她一直在逃避他。他不加思索地接纳了这位来自维也纳的年轻女士，想要让她将自己从婚姻危机中解救出来。对妮侬而言，她同黑塞之间的关系满足了她的一个梦想。黑塞是她从童年时代就敬佩的诗人，如今真的成为他的情人后，妮侬感到无比幸福，在她离开之后，她从维也纳写信给黑塞，每封信中都洋溢着幸福。“你知道吗，”3 月 24 日，她高兴地说，“一个人的心也会因为幸福而感到疼？我现在就感到如此之疼……”[553]这位年轻女士的牺牲精神感动了黑塞，她一直表示自己愿意为他伟大的创作事业服务。不过黑塞同时也感受到这个对他极其崇拜、天使般温柔的情人对他也有着巨大的吸引力。他在信中言辞冷漠，并突出强调了自己的疾病和情绪化，但是这并没有让妮侬退缩，她保证：“别认为我是盲目的，别认为我不知轻重。但是我不害怕。”[554]夏天，她再次来到蒙塔尼奥拉，黑塞不得不想方设法避免让她和露特碰面。

因为黑塞当时正忙于给自己塑造一个全新的形象，好以此震慑自己的读者以及文学界，于是他就非常重视自己即将到来的 50 岁生日。

---

551 见：Gisela Kleine, Nino und Hermann Hesse, Sigmaringen 1982, S.178。

552 见：Ninon Hesse. Lieber, lieber Vogel. Briefe an Hermann Hesse, ausgewählt und erläutert von Gisela Kleine ,Frankfurt/Main 2000, S.78。

553 见：同上，第 79 页。

554 见：同上，第 89 页。

他想在此之前完成《荒原狼》。在他 49 岁生日的时候，他曾收到过报刊上预测他 1927 年可能会获得哪些赞誉的文章。“现在至少是挨过了生日，这可真是最可怕的日子，要孤单单地面临一团糟糕的局面（而且痛风也发作了），同时又不得不忍受那一大堆阿谀奉承的文章，”[555]1926 年 7 月 9 日，他给好友朗格写了一封信，并附上了一首感伤的诗：

下着雨，
风无力地摇晃着树枝，
世界都是臭的，
散发着节日里烟酒的臭味，
散发着出生死亡和肮脏生活的臭味，
散发着汤水和粪便的臭味，
死亡在角落里等待，
他看我是否准备好了腐烂。
我对此毫无兴趣，
我疲倦地看着他的脸。
我的耳朵已经下垂
头发也已经脱落，
我是一个可怜的糊涂人啊，
难道就没有人能带我回家吗？[556]

尽管黑塞明确表露了自己对生活的厌恶之情，但他还是擅长用各种文学技巧来表达多变的心情。在自己的姐姐阿黛尔面前，黑塞并没有表现出厌世花花公子的形象，他是一个失望的丈夫，他向阿黛尔抱

555 见：“Die dunkle und wilde Seite der Seele.” Hermann Hesse. Briefwechsel mit seinem Psychoanalytiker Josef Bernhard Lang, hrsg. von Thomas Feitknecht, Frankfurt/Main 2006, S.233。

556 见：同上，第 234 页。

怨道："露特已经两年没有住在蒙塔尼奥拉了。"[557]黑塞并不知道，他的妻子在此期间同表现主义画家卡尔·霍夫有了不正当关系，而卡尔·霍夫是他在1919年结交的一位朋友。同样已婚的霍夫并不认为和好友黑塞一起去卡罗纳看望露特有什么不妥。而整个夏天都待在蒙塔尼奥拉的黑塞也没有发现他们之间的不正当关系，因为他正忙着掩盖妮侬·杜宾来访的秘密。另外，黑塞的儿子布鲁诺加入了瑞士军队，身为新兵的他当前正在提契诺服役，在此期间，他也回到"卡萨·卡木齐"待了几天。8月15日，黑塞的姐姐阿黛尔也来了，她想和弟弟共同庆祝他的生日。

这几周他们过得很轻松，萨穆埃尔·费舍尔告诉黑塞，出版社想趁黑塞50岁生日之际让他出一本自传。黑塞建议将这个工作委托给他个人十分信任的好友胡戈·巴尔。黑塞做这个决定并不只是出于自己的考量，因为这个项目还能给巴尔带来一大笔钱，而他现在正好急需钱。黑塞向巴尔提供了一些重要的自传资料，并承诺只要有需要会全面提供巴尔需要的信息。"只要我的自传有意义，"黑塞在10月13日写给巴尔称，"这个意义在于，一个有思想的人身上具备的私密、无可救药、但还勉强能克制住的神经质症状同时也是这个时代灵魂的症状。另外，除了您提出的问题，我们还必须讨论一下其余和自传相关的内容，比如我对印度、亚洲的态度转变，我对战争的态度。不过我的第一次婚姻——如果必要的话——简要提一下就可以了。但我的第二次婚姻没什么可写的……我刚完成一半的新作，也就是'荒原狼'的化身，也可以写进去。因为去年冬天写的那些题为'荒原狼'的诗定然会在您写的这部自传之前出版。"[558]

557 见：Hermann Hesse. "Liebes Herz!" Briefwechsel mit seiner zweiten Frau Ruth, hrsg. von Ursula und Volker Michels, Frankfurt/Main 2005, S.538。

558 见：Hermann Hesse. Gesammelte Briefe Bd.2, hrsg. von Ursula und Volker Michels, Frankfurt/Main , S.152f。

自传的项目给了黑塞更大的压力，他打算在生日之前写完那部从1925至1926年冬开始写的小说《荒原狼》。同往常一样，黑塞告诉他的治疗医生朗格，为了投入写作，他又要去巴登疗养了，只有这样他才能得到拯救："这个冬天，我要么彻底完成我的《荒原狼》，要么开始写其他新的作品，否则，没等到我50岁生日那天，我就会上吊自杀了。"[559]1926年秋，题为"荒原狼——一部诗体日记"的新诗被刊印在《新评论》上，这给黑塞的读者带来了巨大的惊喜。10月14日，黑塞在回复记者海因里希·韦根的评论时说，他"多年来已经放弃了美学上的野心，不再写诗，现在只写忏悔，就像醉鬼或中毒者不会理会自己的发型或关注自己的音量一般，他现在只会大声呼号"[560]。

这些诗歌能发表在萨穆埃尔·费舍尔出版社的杂志上也是经历了曲折的。萨穆埃尔·费舍尔拒绝将这些粗俗露骨的诗歌出版成册，当然也不同意将其与即将上市的长篇小说一起出版。他希望作者黑塞能在荒原狼爆发的时候赋予其一个超个人的、超兽性的、自我毁灭式的相互关联。事实上，这部作品里有一首题为《不朽者》的诗，它在召唤反传统的思想文化，也就是艺术和信仰的王国，同时也摆脱了"淫荡的幸福"这一低级层面。

我们静静地看着你们放纵的生活点点头，
我们静静地凝视着不断转动的星星，
呼吸宇宙之冬的清凉空气，
天之骄龙是我们的朋友。
凉凉的，永不变化

559 见："Die dunkle und wilde Seite der Seele." Hermann Hesse. Briefwechsel mit seinem Psychoanalytiker Josef Bernhard Lang, hrsg. von Thomas Feitknecht, Frankfurt/Main 2006, S.237。

560 见：Hermann Hesse. Gesammelte Briefe Bd.2, hrsg. von Ursula und Volker Michels, Frankfurt/Main , S.154。

那就是我们永恒的存在，
凉凉的，像星星那样明亮
那是我们永恒的欢笑。[561]

“不朽者”的崇高情感对于《荒原狼》的主人公哈里·哈勒尔来说并不陌生。然而，当他被莫扎特的音乐所吸引，当他沉醉于音乐的永恒之美时，他心中的“荒原狼”被唤醒了，这只狼贪婪地垂涎所有崇高的事物，撕碎了和谐的面纱。但是当哈勒尔想听凭兽性直觉彻底成为一头狼的时候，他内心的小市民形象又站了出来，指责他是一头恶魔——内心充斥着罪恶的欲望。

继《罗斯哈尔德》《克莱因和瓦格纳》《克林索尔的最后一个夏天》和《悉达多》之后，黑塞的自传体小说会带来新的提升吗？毫无疑问，黑塞试图用《荒原狼》和它 50 岁的主人公哈里·哈勒尔创作至今为止最真实、最详尽的文学自画像，哈勒尔就是黑塞的自我投射，两人不仅年龄相仿，名字首字母相同，包括籍贯、哈勒尔的喜好和厌恶、他同女性的关系、他对音乐和市民世界、他对战争和政治的态度都让人联想到黑塞。哈勒尔曾接受过严格的宗教教育，这虽然没能摧毁他强大的意志，却使得他看待自己的眼光变得非常消极。因为年轻的哈勒尔无法满足笃信基督教的父母寄予他的厚望，父母强加在他身上的爱便演变成了他对自己病态般的自我憎恨。作为一名艺术家，哈勒尔游离在社会之外，尽管他持有股票并毫不费劲地收取利息，但他却不贪求利益。他的婚姻早就破裂了，他和情人埃丽卡也因为经常吵架而分手了。于是，他就独自一人逃离到了别处，从一个住所换到另一个住所，陷入了无尽的孤独；白日里他整日昏睡，或毫无目的地到处游走，夜里则读书、喝酒、创作。哈里·哈勒尔对自由的渴望变成了可怕的孤独，日日夜夜因幻想自杀而饱受折磨。

就连女房东侄子对哈勒尔外貌的描述也完全就是黑塞自身形象的

561 见：Hermann Hesse, Krisis. Ein Stück Tagebuch, Frankfurt/Main 1977, S.36f.。

翻版："他个子不是很高，但举手投足手都像是个大个子。他穿着时髦舒适的冬装大衣，大方得体，但稍欠修整，胡子刮得光光的，头发剪得很短，而且已经有些灰白。一开始我很不喜欢他走路的姿势；他步履蹒跚，举步犹豫迟疑，和他那棱角分明的脸型以及说话的声调与气派极不相称。后来我才注意到，而且也听人说，他生病了，不方便走路。"[562]

黑塞不仅向读者呈现了哈勒尔身体上的疾病，同时也表现了其心理上的病态，以此凸显其身上病态的艺术家气质和小市民形象间的矛盾："第一眼看见他时，他正走进我姑母家的玻璃门，他像鸟儿那般探长了脖子，闻了闻，然后说屋子里的气味不错，当时我就觉得这个男人有点不同，他让我觉得反感。我感觉（我姑母虽然不像我一样是个有文化的人，但她也与我有同感）—— 这个人有病，有某种精神病，要么就是思想或性格上有毛病，作为健康人，我的本能就是对他有所抵触。"[563]

当一开始的不信任渐渐演变成同情后，这位观察者便发现，是这个怪人内心的财富、对艺术的敏感度以及由此产生的自我折磨才让他对这个推崇中庸之道的社会感到绝望："我认识到，哈勒尔是一位饱受痛苦的天才，按尼采的某种说法，他在经历万般磨难后已经获得了承受可怕痛苦的、天才般的能力。"[564]因此，本书在第一章就明确地表示，黑塞在《荒原狼》中再次以全新的方式讲述了自己的毅力问题，呈现了自己身上思想和天性、艺术和生活间的矛盾性。

和创作《赫尔曼·劳歇尔》《克林索尔的最后一个夏天》时一样，黑塞依旧决定虚构一个出版者的身份来掩饰其中的自传成分，以此让叙述的内容显得更加客观，这也正是黑塞的打算，荒原狼的故事讲述

562 见 Hermann Hesse, Sämtliche Werke, Bd.4，Frankfurt/Main 2001, S.9（Der Steppenwolf）。

563 见：同上，第 13 页。

564 见：同上，第 14 页。

的不是神经质的个人身上的病症，而是“时代精神的病症”。整个小说分为三部分，每部分的叙述角度不同。虚构出来的出版人出版了哈勒尔的个人笔记，他代表了正派的小市民形象，换句话说，他也代表了黑塞在巴塞尔和苏黎世租房时遇到的那些令人尊敬的房东们。这位出版人在前言中对哈勒尔的生活表示同情，哈勒尔在他姑母家租了一间带家具的房间，一年后，哈勒尔突然消失，却把他的日记本落在了出租房内。前言之后便是哈里·哈勒尔的笔记，这也是本部小说的主要部分，其中插入了很长的文本《论荒原狼》，这同时也构成了小说的第三部分。这本小册子里暗藏着哈勒尔内心的声音，同时也一步步呈现了他进行自我治疗的过程，使得小说主人公万花筒般的存在影像变得清晰分明。

这位孤独者时常突然会感觉到“我心里燃起一股欲望，我需要情感，需要刺激，我对这种平庸刻板、四平八稳、没有生气的生活感到愤怒，心里发狂似的要去打碎什么东西，要去砸商店、砸教堂……要去引诱小姑娘，或者去破坏正常的社会秩序”[565]。然后他就进了城，一次又一次在“钢盔”酒馆买醉，用这种廉价的感觉来替代之前满怀希望的强烈情感。但是有时，尤其是当他偷听古典音乐家演奏会时，他的内心就突然闯入了完全不一样的东西，“通往彼岸的门”[566]裂开了一道小缝，哈勒尔盯着看了几分钟，发现“一条金色、神圣的轨迹正穿过我的生活”，但它马上又在肮脏的街头消失不见了。就在这样的一个晚上，他发现修道院的墙上有道小门，他经常趁人不注意穿过那扇门。门上有一块小木条，上面是不断移动的彩色字母，这些字母以不规则的顺序组成了不断闪烁的三组词：

“魔剧院
普通人不得入内

565 见：同上，第 28 页。

566 见：同上，第 31 页。

——不面向普通人”[567]

小门是关着的，离开时，哈勒尔看见湿漉漉的沥青路面上倒映着最后几个字母：“只面向狂人”[568]。他感觉这模糊的字体似乎成了泛着金光的轨迹，这让他感到无比幸福。不久后，当他从小酒馆返回时，他再次路过这扇小门，正好遇到一个手举“魔剧院”宣传报的人。那人一言不发便塞给了他一本小册子——《论荒原狼》，还有一行注释“不面向普通人”。小册子内以医疗诊断般冷静地笔触描述了他的病症，提到了他体内狼性和人性构成的双重矛盾特性，他的自杀行径能将他从自我分裂和分离中拯救出来，让他“回归母体，回归上苍，回归宇宙”[569]。不过，和黑塞一样，他笔下的哈里·哈勒尔也形成了能让自己克服死亡欲望、坚持生活下去的策略：“后来，到了大约四十七岁那年，他忽然灵机一动，想到了一个有趣的好主意，而且他还常常为此高兴不已。他把五十岁的生日定为自杀日。他已经决定，到了那一天再根据当天的心情来决定是否迈出最后一步。”[570]

这种无条件的拖延使他有可能遵守现实中的条件，实现日常生活中的小目标，同时，从《论荒原狼》作者的观点来看，这种无条件的拖延也表明了哈勒尔对自己憎恨的小市民社会的一种无意识的服从。在现实生活中，哈勒尔讨厌任何极端的事物：“对被国家和社会唾弃的政治犯、革命家或鼓动人心的思想家，他能够爱其如手足；而对小偷、盗贼、强奸杀人犯，他只能与市民一样对其表示怜悯。他正是以这种方式在用自己思想行为中的一半来认同那些被其另一半思想行为否定的东西。”[571]小市民是没有这种分裂倾向的。他在无数的极端和对立面

567 见：同上，第33页。

568 见：同上，第34页。

569 见：同上，第51页。

570 见：同上，第52页。

571 见：同上，第54页。

中寻求中庸之道以获得自我保护和安全感。由伟大的个人和“不朽者”创造的永恒之物，如莫扎特的音乐、荷尔德林的诗等，他只能汲取其中很小的一部分，正如他偶尔也会一点点听凭兽性摆布去欺骗妻子或有意识地与人争论一样。“具有这种习惯的‘人’——就像每个市民的理想一样——都是妥协的产物，是谨小慎微而又巧妙的尝试，他不仅企图蒙骗恶毒的母神（大自然），而且还蒙骗可恶的父神（精神），以此缓解他们之间的矛盾，好让自己处于中和之境地。于是，市民允许并容忍了那些被他称为“个性”的东西，但同时他们又把这些个性之人出卖给了“国家”这样的暴政组织，市民们不断在这两种角色间转换。也正因此，他们今天会判定某人为异端或罪人，将其烧死或绞杀，而过了两天，又会为其造纪念碑。”[572]小市民的社会需要这样的局外人，他为社会提供精神能量，只有这样，小市民社会才不会因为自身的狭隘性而走向灭亡，但是它自己绝不会受到危险的天才和异端分子影响。

哈里·哈勒尔缺少成为异论者的勇气，他也不可能成为不朽者，因为他身上有太多小市民的特性。那么什么才能拯救荒原狼呢？《论荒原狼》是一部虚构的内心独白，通过这份内心独白，哈勒尔清醒地分析了自己的处境，以求给自己找到一条摆脱生活危机的道路。因为哈勒尔缺少不朽者身上的极端性，无法让其牺牲自己的一切，因此，他就只剩下了幽默这个唯一的解决之道：“在虚幻缥缈的幽默气氛中，荒原狼所有错综复杂、杂乱无章的理想都得以实现了：在幽默中，不仅能同时肯定圣贤和罪人，融合这两种极端，而且还能认同、接纳普通市民……唯有幽默才能完成这种不可能的事情，用它棱镜的光芒照亮了人类的所有角落，把它们合为一体；幽默是那些注定要成为伟人却一路坎坷、几近悲情、天赋异禀的不幸之人发明的美妙之物（也许这是人类最独特、最有创造性的发明）。”[573]凭着暗含嘲讽的“世界之眼”，人们不仅可以瞥见外界的真实性，同时也可以窥探自己内心的

---

572 见：同上，第63页及下页。

573 见：同上，第57页及下页。

混沌，这样才能真正领悟幽默棱镜中折射出来的一切。然后他便认识到，狼性和人性、欲望和精神的对立是虚构的，就像“自我”和“个性”的观念一样，都是一种极为粗略的简化概念。事实上，其本性中的所有元素都在不断形变的过程中构成了一种丰富的内在多样性：“哈勒尔不是由两种本质构成，而是成千上万种。”[574] 为了明白这一点，为了走上“通往内心之路”，也为了让所有的对立和矛盾都达到统一，而不是去消解这些矛盾，他需要看到自己的潜意识，也就是神奇的自我：“也许有朝一日，他会学会认识自我。有可能他会从我们这儿得到一面小镜子，有可能他会遇见一位不朽之人，或者有可能他会在我们的某个魔剧院里找到能让他拯救内心荒芜灵魂的东西。千百种这样的可能性在等待他，他的命运吸引着这种可能性，所有市民社会的局外人都生活在这种神奇的可能性中。只需要微不足道的一点，就能让他们恍然大悟。”[575]

当哈里·哈勒尔从一位市侩教授（哈勒尔同他陷入了争吵）家里跑出来来到“黑鹰”酒馆的时候，他顿悟的时机出现了。他在“黑鹰”认识了妓女赫尔米娜，她改变了他的生活，她成了带领哈勒尔走出心灵迷宫的向导。从名字也可以听出来，这个慈母般的年轻女人是他的阿尼玛，是他心中的女性镜像，她代表着无忧无虑的生活，而这正是化名为哈里·哈勒尔、饱受折磨的局外人赫尔曼·黑塞所需要的。反过来，哈里也成了这个思想简单的女人依赖的精神支柱，她敬他为神圣的弗朗西斯，他代表着她内心欠缺的精神世界的投影。两个人都相信永远，相信“时间和表象彼岸的王国”[576]。这位美丽的妓女提出了一个要求，当她让哈里爱上她的时候，哈里必须要将她杀死，而哈里毫无异议地接受了这条密令。他预感赫尔米娜只是他通往自我之路的一种临时媒介。赫尔米娜教会了这个羞涩的知识分子如何跳舞，并把他

574 见：同上，第 60 页。

575 见：同上，第 58 页及下页。

576 见：同上，第 146 页。

介绍给自己的朋友帕勃罗——一位来自墨西哥的天才萨克斯演奏者，他也是莫扎特的化身。这个妓女代表了黑塞迷醉在苏黎世夜生活时心中理想女性的形象。哈里害怕和他人确定关系，他很愿意听凭赫尔米娜的主张行事，她把他带到自己性感的朋友玛利亚面前，对哈里而言，这是对其性道德的考验。哈里开始逐渐挣脱了偏见的束缚，慢慢不再约束自我。但是这一切都只是哈里进入魔剧院的前奏，而这个魔剧院的舞台便是哈里内心的意识。

在“格罗布斯大厅”，哈里·哈勒尔从阴暗的荒原狼神奇地转变成了一个乐于接纳一切的正常人。他在日记中对化装舞会各个细节的描绘全都是基于黑塞 1926 年 2 月在“巴尔拉克酒店”的经历。舞会上的酒精和堕落行径让黑塞体验到了从未有过的挣脱常规之感，而哈里·哈勒尔则是在抽烟时加入了帕勃罗的“魔剧院”。一开始他跟赫尔米娜一起跳舞，赫尔米娜将自己打扮成一个穿着燕尾服和西裤的年轻男子，这是“婚礼舞”的典型装束。帕勃罗把他的朋友们带进魔剧院的走廊，走廊设有好几道门。“哈里兄弟，我邀请您参加一次小小的娱乐活动。疯子才能入场，入场就要失去理智。您愿意去吗？”[577] 帕勃罗保证，哈里可以进入一个没有时间限制的世界，在那里，他可以完成自己想要见到不朽之人的梦想。但是他也表示，他无法给予哈勒尔那些他身上原本不存在的东西。进去之前，哈勒尔必须参加一个“假自杀”仪式，也就是通过嘲笑镜子中自己原先的形象来摆脱身上的狼性，然后才能进入“表象世界”。突然，镜子里出现了很多哈里：年轻的、年迈的、高兴的、严肃的、衣着光鲜的、破衣褴褛的……然后哈里进入了一扇门，门牌上写着颇具蛊惑性的一句话：“快来参加愉快的狩猎活动！掠夺汽车！”[578] 他满腔热血地投入到了人与机器的战斗之中，原本坚定的反战者此时产生了可怕的杀人欲望，对技术世界的敌意早被压抑了许久，此时终于爆发了。他和自己从前的同学古斯塔夫——如今是神

577 见：同上，第 164 页。

578 见：同上，第 169 页。

学教授——并肩作战，古斯塔夫全副武装地突然出现在哈里身旁，他从高处攻击，点燃了一辆辆快速行驶的汽车，汽车爆炸形成了火球，他们不停射击，街道上到处都是枪林弹雨。

接着，他进入了另一个房间，门牌上写着“所有姑娘都是你的”[579]，他见到了自己这一生思慕的所有女性，但在现实中他由于内心障碍从未与她们攀谈。他可以弥补从前的遗憾，和她们一个个发生性关系，完全不用考虑道德束缚：“以往我幻想的愿望、梦想和可能如今变成了现实，让我亲身经历了这一切。”[580]最后，赫尔米娜的脸出现在他面前，他和她跳“婚礼舞”，但是他却从来没有爱上过她。在他进入最后一扇挂着“怎样因爱杀人”的门之前，莫扎特突然出现在他身边，哈里担心自己针对时代精神的误区所写的文章是否太过超前，但莫扎特却对他的忧虑嗤之以鼻：没有任何艺术是永恒的，也没有人能够超越时间。此时的莫扎特并不是一个天才，而是疯狂的阿玛迪乌斯：“晦，我的年轻人，你的舌头是不是在咬你？你的肺是不是在拧你？你是不是在想你的读者，在想那些狼吞虎咽的人、可怜的贪婪之徒？在想你的排字工人、异教徒、该死的教唆犯、霍霍磨刀的人？这真可笑，你这条龙可真要让人笑破肚子，笑得尿裤子！噢，你这颗虔诚的心，你满身都是黑油墨，心灵充满了痛苦，我捐给你一支蜡烛，让你开开心。叽叽喳喳，神神叨叨，骚骚扰扰，闹闹恶作剧，摇摇尾巴，别犹豫，快向前。再见，魔鬼会来抓你，他会为了你写的东西抓你、打你，因为你写的东西都是剽窃来的。”[581]哈里怒气冲冲地一把抓住莫扎特的辫子，狠狠把他扔向空中，扔向了不朽者生存的稀薄空气中。就在这时，“一种苦涩、冰冷、苍凉的快感传遍我的全身，我觉得眼前有什么东西在闪烁发光，那是一种令人忍不住发笑的快乐，如此明朗、狂野、超凡

579 见：同上，第 179 页。

580 见：同上，第 188 页。

581 见：同上，第 194 页。

脱俗……”[582]此时，哈里才明白，魔剧院是让人学会幽默的学校，他瞥见赫尔米娜同那个萨克斯演奏者帕勃罗赤身裸体躺在床上。出于嫉妒，他用镜像里的一把刀刺向了赫尔米娜的镜像——他混淆了魔剧院和现实生活，最后，哈里被判刑，他永生都得背负着自杀者这一罪名生活。

可见，哈里·哈勒尔根本无法适应魔剧院的世界，他无法自由发挥内心的想象，也无法拥有潜意识内的财富。他反而将现实生活与之混淆在了一起。莫扎特再次出现，让他明白了理想和现实间永恒的差异：“您还是理智一点！您应该活着，您应该学会笑。您应该学会听听生活中该死的广播音乐，应该尊敬这种音乐后面的精神，学会取笑音乐中可笑、毫无价值的东西。就这样吧，要求您做的无非就是这一点罢了。”[583]正当哈里还在犹豫是否要听从莫扎特的话时，他突然变成了帕勃罗，他将死去的赫尔米娜变成一个小人偶放进了他的背心口袋。小说的开局非常压抑，但结局却充满希望：哈里也已经准备好了，“他愿意再玩一次这个游戏，再次承受那些痛苦，再次因自己的疯狂而颤抖，也愿意再次——而且是多次——直面内心的地狱。我总有一天会学会笑。帕勃罗在等着我，莫扎特在等着我。”[584]

只有通过幽默才能忍受这世上的不完美，这种不完美是无法弥补的，这也意味着黑塞已经告别了浪漫的幻想，如今只有现实才能拯救他。理想和幽默、崇高的人性和现实的处世能力，这些并不是不可调和的对立面，而“金色的轨迹”就是从生活的中央横贯而过的。开始哈里还犹豫是否该听从莫扎特的见解，但最后他还是愉快地接纳了他的建议，黑塞将莫扎特的见解同消极的形象——也就是黑塞笔下的当下社会——进行对比，形成了颇具张力的对立，这与《温泉疗养客》等文章中辛辣的分析异曲同工。这个世界充斥着物质主义、军国主义和复仇主义，到处是汲汲于名利者，他们没有思想，疯狂地追求进步发展，

582 见：同上。

583 见：同上，第201页。

584 见：同上，第203页。

大众丢失了自己的个性；文化正在灭亡，变得没有任何价值和理想。即便这样，作者还是没有用怀旧的眼光来追忆美好的臆想世界："压根儿没有什么回头路，既不能变回狼，也不能变回孩子。万物一开始就并不是圣洁单纯的；所有被创造出来的事物，即便是那些表面看来最简单的东西，都是有罪的，都是复杂多面的，都已经被抛进了肮脏的变化发展之河，它再也不能逆流而上。通向无辜，通向本原，通向上帝的道路不是引我们朝回走，而是向前走，既不是朝着成为狼，也不是朝着成为孩子，而是不断向前，朝着罪恶，朝着不断修身之路。"[585]通往全新信仰和全新价值的道路必须经过混乱不安。

前路对于黑塞来说没有太大的吸引力。他的五十岁生日将近，一系列预料中的状况也纷纷出现了：编辑们要求黑塞接受采访，画家和雕刻家要给他雕画像，作曲家想为他的诗谱曲，康茨坦的市长宣布将举办一次大型的黑塞日活动。同时，他被选举成为普鲁士艺术协会的一员，这让有心成为局外人的黑塞烦恼不已。黑塞与露特的关系也越发恶化了。露特如今已经彻底疏远了黑塞，1926 年秋天，黑塞参加了巡回诵读会，但他故意没去巴塞尔看他的妻子。12 月 5 日，他在信中对她的沉默表示了不满："我很抱歉，你的生活是如此的空虚乏味，你都没有任何事情可以和我分享，这么长时间以来，只有你买了一条狗这件事才值得一提。"[586]不过，即使黑塞认为他和露特的婚姻不可能长久，但他仍和他岳母保持着友好的关系："一年半以前开始，露特就已经完全不理我了。我相信且更希望露特在健康年轻的时候能适时再真正爱上一个男人——爱上一个能让她心甘情愿真正为其做点事的人。到时，我不会为难她，只会放她自由。"[587]

---

585 见：同上，第 65 页。

586 见：Hermann Hesse. "Liebes Herz!" Briefwechsel mit seiner zweiten Frau Ruth, hrsg. von Ursula und Volker Michels, Frankfurt/Main 2005, S.542。

587 见：同上，第 545 页及下页。

几天后，1927 年 1 月 4 日，露特告诉他，她愿意与他离婚。虽然在黑塞的心里，他与露特的婚姻早就结束了，但他还是对此感到震惊不已。“窗前的雨，”他在写给她的信中说，“桌上的纸，玻璃杯，花束，黑色的烟囱，我的床和盥洗台，我的手和脚，一切都变了，一切都失去了价值，一切都将分离，变得毫无意义，一切都终将秘密地死去。”[588]失落的恐惧是如此的强烈，以至于黑塞无法再继续创作，不能顺利完成《荒原狼》。不过到了 1 月 10 日，黑塞终于从震惊中恢复过来了，这时，他向露特提出了一些条件，表示只有满足这些条件他才会答应离婚。他不想被法庭召唤，这会给他带来困扰，同时，因为露特是原告，她得承担起诉的费用。不过黑塞也表示，他认为自己要为离婚承担“一半”的责任。

1927 年 4 月 27 日，巴塞尔法院做出判决，认为他们的婚姻已经“不可修复”[589]，因为婚后他们二人仅在巴塞尔的旅店住了几周，之后再也没有共同生活过；婚姻破裂的根本原因在于性格完全不合。对于这一判决，黑塞表示同意，但是他认为，露特在其离婚起诉中引用他的作品来证明他是一个与世隔绝的怪人，这种做法是卑鄙无耻的。判决书是以露特的离婚起诉为基础的：“被告有着纯粹的艺术家性格，但总是处于激烈的情绪当中；尤其是早上，他的情绪总是非常敏感阴郁。此外，他喜欢隐居生活，不好与他人打交道，厌恶社交和旅游。被告在他的书中详细描述了他的这种性格……他在书中称自己为隐居者、怪人、神经机能病患者、失眠症患者、精神病患者。而相反，原告是一位年轻、热爱生活的人，她喜欢社交和温暖的家庭生活。”[590]

在此期间，黑塞已经完成了《荒原狼》的手稿，出版人费舍尔对这部作品非常赞赏，黑塞在写给姐姐阿黛尔的信中说：“费舍尔昨天跟我说了他对小说的看法，他在旅途中看完了这部作品。二十五年以来，

588 见：同上，第 550 页。

589 见：同上，第 558 页。

590 见：同上。

我从没有听他如此震撼、激动不安地谈论一本新书。这本书一定会引起轰动，除了获得赞誉之外，它也许也会招来一些敌意，甚至是政界，或甚是检察官的敌意。”[591] 信中字里行间流露出挑衅欲，黑塞期待着在即将到来的生日庆典上除了庆祝活动之外，他还能再次被人强烈地抨击。黑塞越发不确定他是否能承受这些攻击。发狂地创作、离婚以及夜间的纵情欢乐对他的身体产生了明显的影响，黑塞的健康堪忧。1927年春，妮侬·杜宾来苏黎世看望他，见到心中的诗人如今的状态，她感到震惊不已，但黑塞拒绝接受她的照顾，这让妮侬非常气恼。去年11月时她就已经向他解释说，她认为真正的照顾并不是“当一个人需要另一个人的时候，她在那；更重要的是：当一个人不需要另一个人的时候，她不在那！”她向黑塞表示，她并不期待得到他的感谢：“我并不‘高尚’，我没有为你做任何牺牲。你惊慌失措地高呼有人为你做出了牺牲，那么，我也要向你高喊：你应该感谢我。这一切都是爱。如若不然，那么它就不复存在……我们要‘尽可能并行’地陪伴彼此生活且不打扰彼此，这是我们已经商量好了的。”[592]

1927年6月，妮侬搬到了蒙塔尼奥拉，好离黑塞更近一些。她终于同丈夫，维也纳著名画家、漫画家弗雷德·杜宾，分开了，他一直到最后还在试图让她回到自己身边，并打算让她放弃对黑塞“偶像崇拜般”[593]的热情。但最终两人还是和平分手了；妮侬仍然很钦佩多才多艺、善于处事的弗雷德·杜宾，也很珍惜他对自己的忠诚——尽管他经常会和其他女人来往并为此欺骗她。妮侬还是想和前夫保持友好的关系。黑塞在“卡萨·卡木齐”为妮侬准备了一间带家具的房子，好和她过上他们期望的“并行”、互不干扰的生活。妮侬的房间在宫殿的左翼，

---

591 见：Materialien zu Hermann Hesses <Der Steppenwolf>, hrsg.von Volker Michels, Frankfurt/Main 1972, S.106。

592 见：Gisela Kleine, Nino und Hermann Hesse, Sigmaringen 1982, S.199。

593 见：同上，第187页。

黑塞住在右翼的阁楼。妮依可以从阳台上看见黑塞，有事情也只要喊一声就好了。有时候她只能从诚实的女管家娜塔莉娜口中得知他的消息。妮依不习惯炎热的气候，她整日坐在关着百叶窗的屋子里。她会去饭馆吃饭，只有到了晚上，她才会同黑塞在一起，她会给他读书。夜里她又独自住在自己的大房间里，她总是害怕有盗贼会突然破门而入。

妮依曾经设想过在蒙塔尼奥拉的生活，她期待能和村民友好共处，和他们一起游山玩水，但现实的生活又是另一番样子，她独自一人生活，提契诺的美景只是这独居生活的背景而已。她认为要在这里安家就必须先弄清她和黑塞之间的关系。黑塞对他们俩的关系也充满了疑惑。4 月，他从苏黎世写信给画家恩斯特·摩根泰勒："眼下有个来自维也纳的女人住在我这儿，她突然来我这，因为她喜欢我；虽然我也挺喜欢她，但是我不能跟她有任何开始，面对这种戏剧性的局面，我真不知该如何应对。"[594]

594 见：同上，第 183 页。

第十三章

《荒原狼》和胡戈·巴尔的《黑塞传》出版。五十岁生日。巴尔因癌症去世。《危机》。“你如此伟大，而我这般渺小”：身兼秘书、护理和导游的妮侬。一段友情的故事：《纳尔齐斯与歌尔德蒙》。汉斯·博德梅尔打算送给黑塞一栋房子。《东方之旅》。和托马斯·曼以及卡蒂亚·曼在圣莫里茨。搬入“玫瑰之家”。蒙塔尼奥拉的婚礼。童话《鸟》。反对暴力。《致共产主义者的信》。为《玻璃珠游戏》做准备工作。

《荒原狼》尚未出版，黑塞就已经开始着手创作小说《纳尔齐斯与歌尔德蒙》了。这个故事发生在一对好友之间，故事背景从哈里·哈勒尔生活的喧嚣大城市猛然转换到了宁静的中世纪修道院。黑塞想用这本书给那些刚刚习惯他新风格的读者们带来一次新的惊喜。

1927年5月末，《荒原狼》与胡戈·巴尔的《黑塞传》一起出版时，评论界的反应出人意料地积极——只有《德意志天主教文学评论》期刊除外，该期刊的评论员认为，《荒原狼》的作者已经“深陷怀疑论和危险的讽刺论调”，这本书“杂乱不堪，有毒而且危险，肆意的感官享乐是有毒的，极端且尖酸犀利地否定所有生命价值是非常危险的，这一团混乱中到处充斥着晦涩、哗众取宠且互相矛盾的观点”，这位评论员还认为，这部作品“无端端且极大地浪费了”[595] 作者强大的修辞表现能力。但阿尔弗雷德·沃芬斯坦却持有与之截然不同的看法，他在《世界舞台》上撰文表示，与黑塞先前的作品相比，《荒原狼》这部小说更贴近现实，且体现了全新的客观性，他认为《荒原狼》“达

595 见：Siegfried Unseld, Hermann Hesse. Werk und Wirkungsgeschichte, Frankfurt/Main 1985, S.115。

到了一个了不起的高度，要比诗人从前多愁善感的作品更加伟大”[596]。记者、作家库尔特·品图斯注意到了黑塞自身生活危机与《荒原狼》中时代危机之间的关联。对于品图斯来说，这部小说是“记录了一个旧时代的人和一个旧时代的覆灭，这个时代既非一个特定的时代，也不拥有一个特定的时代，而是处在两个时代之间，它在巨大的轰鸣声中慢慢覆灭。黑塞孤独、充满敌意且毫无理由地处在我们这个时代的对立面；但是他并没有满腔恨意地控诉，而是像个饱受折磨的独行者一样黯然独行，任由褴褛的衣衫在呼啸的飓风中被吹得啪啪作响。这是一本真正的德意志之书，它伟大且内涵深刻，直击灵魂且坦率真诚。”这本书的出版对“其作者而言是最为残酷的生日庆贺方式”。[597]

不过生日会却怎样都称不上残酷，反而相当欢乐。1927 年 7 月 2 日，黑塞在蒙塔尼奥拉当地一个旅馆里迎来了他五十岁的生日。妮依、画家路易斯·莫里耶特、约瑟夫·伯恩哈特·朗格和他的女儿都在场，马克斯和提列·瓦瑟梅尔也从布莱姆加藤宫远道而来。胡戈·巴尔先前因为胃病被送进了医院，他和妻子艾米都无法参加。黑塞非常开心地在写给他的资助人海伦娜·维尔提的信中说：“我们享用了一只母鸡、一道美味的蔬菜汤和一块蛋糕，喝了芬丹白葡萄酒和基安地红葡萄酒，下午时分，我们又回到了我的住所。在此期间，家里已经堆了几打电报和好大一摞信件，应付这些来信就得花上好多天，光读完这些信就得三个星期。我们在家里喝茶，坐在阳台的新椅上聊天，还跳了狐步舞，姑娘们一定要给我个吻，不过我的女朋友可不乐意见到这个。傍晚时分，我们来到森林野营，那里有面包、奶酪和本地的葡萄酒。庆祝活动就这样结束了，晚上十点之后大伙都坐上汽车回去了。”[598]

等客人们离开之后，黑塞开始担心起他的朋友来，胡戈·巴尔此

596 见：同上，第 117 页。

597 见：同上，第 115 页。

598 见：Hermann Hesse. Gesammelte Briefe Bd.2, hrsg. von Ursula und Volker Michels, Frankfurt/Main , S.183。

时已经出院了。他身患胃癌，已经时日无多。黑塞几乎每天都会到附近的根提里诺去看望他，巴尔和妻子艾米以及女儿就住在那儿的一栋小房子里。巴尔的《黑塞传》也对《荒原狼》作了简要解读，随着小说的出版，传记也很受欢迎。巴尔认为黑塞是“浪漫主义最后的骑士”，他自愿接受使命：“面对一个已截然不同的世界，继续维护这份遗产，直到流尽最后一滴血，直到自己无法支撑。他的任务在于维护语言的音乐性和纯粹性，在于呈现表象与原型，在于维护诗人与忏悔者、克林索尔与悉达多之间的誓约，简而言之：面对一个缺乏想象力的世界时，继续坚持骑士精神、相信魔法。或许这会让他—— 或曾经让他 ——偶尔显得不够理智，尤其是在价值观面临崩塌的那些年——如今他的忠诚不仅代表着伟大的过去，而且也从浪漫派精神—— 而不是任何其他精神——中得到了重生和全新的开始。”[599]

黑塞非常赞同好友对自己形象的刻画，还在感谢信中称自己在阅读过程中也收获良多，“特别是在劳歇尔和卡门青的关系上”[600]。对于巴尔来说，“来自小城市的虔信教徒”和“世界视野下的婆罗门文化”之间的关系是理解黑塞作品的关键，这当中“包含了他精神世界、美学认知、生活方式以及生活中重要冲突产生的根源”[601]。巴尔用自己的独特视角揭示了赫尔曼·黑塞作品中的思想和精神背景，但这同时也让读者无法全面地了解作家的个人世界。同时，巴尔也尊重黑塞的要求，并没有在传记中披露其两段婚姻的细节，对于黑塞和露特的关系，巴尔甚至刻意进行了隐瞒，因为她的名字并没有出现在传记中。丽莎·温格对此表示理解，她在 1927 年 6 月 25 日写给女儿的信中称：“要是在同一本书描述黑塞经历了两次离婚，那就意味着他再次坦承自己无法与别人一起生活，这对黑塞来说是件尴尬的倒霉事……虽然有很多介

599 见：Hugo Ball, Hermann Hesse. Sein Leben und sein Werk, Frankfurt/Main 1977, S.178f。

600 见：Hermann Hesse. Gesammelte Briefe Bd.2, hrsg. von Ursula und Volker Michels, Frankfurt/Main , S.178。

601 见：Hugo Ball, Hermann Hesse. Sein Leben und sein Werk, Frankfurt/Main 1977, S.17f。

绍名人的传记提到了他们的家庭琐事，但这样的作品算不上传记，真正的传记应该只介绍黑塞的艺术和他的作品。”[602]

1927年9月14日，胡戈·巴尔去世。黑塞从前总会向自己的这位好友抱怨自己健康堪忧，还会向他描述自己濒死的情形，而如今，年轻他许多的巴尔却先他而去了。黑塞在写给爱丽丝·罗伊特霍尔德的一封信中提到了这位挚友过世的事：“巴尔的去世让我失去了唯一一个思想上和我接近、完全明白我的话、能与我进行深度沟通的人。我再也找不到这样的挚友了。在我的朋友当中，他是唯一一个不仅爱我、同情我，而且还能理解我的人，他从内心深处明白我的思维方式和全部的行为。”[603]

下葬那天正值狂风暴雨，胡戈·巴尔被葬在了圣阿邦迪奥，朋友们举着燃烧的蜡烛围站在棺木前。那天晚上，巴尔的妻子艾米和他们的女儿安妮玛丽是在“卡萨·卡木齐”过的夜，她们害怕家里孤单失落的氛围。黑塞给她们朗读《纳尔齐斯与歌尔德蒙》的开头。第二天，艾米给黑塞写信道：“亲爱的黑塞好友，周五晚上在您家度过的一夜真是非常美好，尽管这条路是史无前例地黑暗。暴风雨和闪电交加，我们的胡戈头一晚一个人孤孤单单地躺在泥土里，而且再也不会像他生前最后一夜那样靠在我的臂弯里。我们走过墓园，门已经关上了，只能透过栅栏看到灰色的石头在微微发光，那么冷，那么死气沉沉。我禁不住想念他，我不断地想着胡戈现在究竟在哪里。我们有一肚子话，却只能对着天空说，我们在心里说，他正在某处继续活着，这也许有时也算是种安慰罢。我思念着某种难以言状的东西，可那并不只是思乡之情。”[604]

602 见：Hermann Hesse. “Liebes Herz!” Briefwechsel mit seiner zweiten Frau Ruth, hrsg. von Ursula und Volker Michels, Frankfurt/Main 2005, S.561。

603 见：Hermann Hesse. Gesammelte Briefe Bd.2, hrsg. von Ursula und Volker Michels, Frankfurt/Main , S.186f。

604 见：Emmy Ball-Hennings.Briefe an Hermann Hesse, Frankfurt/Main 1956, S.83f。

胡戈·巴尔去世后，妮侬·杜宾在黑塞的生活中显得越发重要了。她最后还是决定搬到蒙塔尼奥拉，9月份时，她处理掉了维也纳的住所，然后卖掉了她父母在切尔诺维茨的房子。黑塞努力让他的新女伴融入他的生活。1928年1月4日，两人前往阿罗萨开始为期六周的冬季滑雪之旅。妮侬从阿罗萨写信给前夫弗雷德·杜宾称："我想说的是，他有十一年（！）没进过山了，因为他觉得收拾行李、旅行、住在宾馆的生活都太过折腾。现在看看吧——和我一起一切都好了！但是他还是不住地说，没有我的话他连在这儿待一个小时都不愿意！"[605]3月初，两人再次出去旅行了，这一趟德国之旅持续时间更长，他们一路去了乌尔姆、布劳博伊伦、莫尔布隆、卡尔夫、海尔布隆、维尔茨堡、达姆施达特、魏玛和柏林。随后，妮侬独自一人从柏林前往巴黎继续自己的艺术学习。4月9日，她在写给黑塞的信中介绍了她在法国首都参观博物馆的细节，同时还描述了自己对黑塞的思念之情："亲爱的，亲爱的——我迫不及待地想见到你，我想你的眼睛，在梦中亲吻你的双眼，当我想象我再次见到你并在现实中亲吻你、听到你的声音时——我就高兴得几乎要窒息！"[606]一天后，她在写给黑塞的信中表示，她已经明白自己将来该如何同这位难以相处的伴侣更好地在一起生活："我最亲爱的，我离开你几周，请不要为此生我的气。你如此伟大，而我这般渺小，而且我时时有可能因你而沉沦。因此，能让我再次独处，而且是彻底独处，这是件好事，这样我随后才能再次回到你身边，和你共同生活，同时能保留自己的本性，并期待让自己有更好的发展。"[607]妮侬非常聪明地在亲密与疏远、同居与分居的不断转换间找到了平衡，这也确保他们之间的关系能够继续下去。

1928年4月，《危机》及《荒原狼》诗集在费舍尔出版社限量出

605 见：Ninon Hesse. Lieber, lieber Vogel. Briefe an Hermann Hesse, ausgewählt und erläutert von Gisela Kleine ,Frankfurt/Main 2000, S.179f。

606 见：同上，第185页。

607 见：同上，第186页。

版。黑塞为诗集添加了一份颇具启示性的前言："我的生活中，高度紧张、为了净化思想而追求禁欲的阶段经常会和沉溺于感官享受、幼稚蠢事、疯狂事物和危险行径的阶段交替出现。每个人都有这样的时期。在我早期的诗歌中，下意识地隐藏或美化了其中大部分隐藏在我内心深处的阴暗面……随着年岁的增长，现在写些美好事物已经无法让我觉得开心了，只有对自我认识和自我坦诚的热衷——虽然这种热情来得有点晚——在驱使着我继续写作，我必须揭露意识及创作中那一半原本被压抑的生活。这对我来说是相当不容易的，因为呈现美好、高尚的世界显然要比揭露其另一面更讨人喜欢，而为了揭露其黑暗面，就必须让精神得到净化。"[608] 黑塞最后请求读者们，希望他们即使不赞同他的诗也至少能继续支持他。在书作正式出版之前，黑塞就把这份诗集寄给了托马斯·曼，1928 年 1 月 3 日，曼写信给黑塞，表示黑塞的亲切友好让他"深受感动"，并提到"这么久以来是《荒原狼》首次让他再度体会到什么叫作阅读。"[609]。不过评论家爱德华·库罗迪却持有截然不同的观点，他在《新苏黎世报》撰文评论了《危机》，认为该诗集也就算得上是自传，其中的诗歌形式相当传统："不，从这些诗歌的内容上倒是能感受到其大胆创新之处，但从其打油诗一般的语言结构上来看，这不过是传统的诗作罢了，在我们如今的诗歌运动中，这些诗绝不会开辟新时代。"[610]

《危机》出版之时，黑塞事实上已经度过了他最艰难的生活危机——这也要多谢妮依，她知道该如何让黑塞摆脱抑郁，同时又能适时地向他表示理解之情。黑塞在一系列诗歌中表达了自己对她的感谢，他称妮依为"美好的精灵"，正是她给黑塞的生命之夜带来了光明："亲

608 见：Hermann Hesse, Krisis. Ein Stück Tagebuch, Frankfurt/Main 1977, S.5f。

609 见：Hermann Hesse – Thomas Mann. Briefwechsel, hrsg. Von Anni Carlson, Frankfurt/Main 1968, S.15。

610 见：Siegfried Unseld, Hermann Hesse. Werk und Wirkungsgeschichte, Frankfurt/Main 1985, S.125。

爱的妮侬，今天你是我的明月 / 照进了我不安的黑暗 / 照进让我内心饱受折磨、无比悲伤之地。”[611] 尽管如此，面对粗暴的伴侣，妮侬的耐心也很快被耗尽了，黑塞会因为一点小事大发雷霆，甚至对她恶语相向。有时她根本不敢靠近他，就怕他用挑剔、怀疑、犀利的目光瞧自己，她有时就只给他递张小纸条表示问候。有时她也会给黑塞写信，表示自己要为打扰到他写作或者离他太近而道歉。她一再表示：“我既不想改变你，也不想妨碍你的生活。”[612] 妮侬打算用自己的关心和理解让黑塞的生活态度变得积极一些， 但对将痛苦视为文学创作条件的黑塞来说，这却构成了威胁。每次的狂喜和些微的快乐都让他良心不安，他担心自己变成“幼稚之人”，也就是变成平庸、毫无创造性的“普通”人。对妮侬而言，黑塞对爱的抗拒无疑是一种挑战，不过因为她的感情世界里也充斥着矛盾不安，这才能让她继续坚持下去。这也是她秘密的力量，因为她根本不想再次坠入爱河，就像她在日记中坦诚的那般：“我总是爱上不该爱的人。一旦他爱上我，他就变了，就不再是我爱的那个人。我想让他变冷，他却变得火热；我想让他变得傲慢，他却变得谦卑；我想让他离得远一些，他却靠得越来越近。说到底：我爱的是他距离我遥远的感觉，我爱的他得身在别处，他不能在我身边，一旦他靠近我，满怀热情，充满爱意，那么，他就失去了我。”[613] 她眼中的黑塞并不是一个爱人，而是一个父亲一般值得她仰视、尊敬的形象。她的爱慕中也包含了敬畏，就像面对她的父亲雅各布·奥斯兰德时一般，这位在切尔诺维茨深受信任和广受尊敬的法官对她的影响胜过所有人。在妮侬眼中，忍耐黑塞极端敏感的性格是为了和一个有创造性的伟人共同生活而付出的代价。

因此，赫尔曼·黑塞和妮侬·杜宾之间的关系从一开始就是精神层面上的。妮侬拥有丰富的艺术史知识，文学素养也非常好，这使她

611 见：Gisela Kleine, Nino und Hermann Hesse, Sigmaringen 1982, S.201。

612 见：同上，第 214 页。

613 见：同上，第 151 页及下页。

成了一个极佳的谈话对象，她几乎比任何人都了解黑塞的作品。妮依自己也写诗，受马塞尔·普鲁斯特的影响，她也正在写一部传记体的长篇小说，不过这部作品到最后都没有完结。因为自己的创作才能有限，这使得妮依更加钦佩黑塞，为了形象地呈现过去的事物，为了追忆似水而逝的岁月，她需要努力构思，但这一切对黑塞来说却易如反掌。妮依不仅为了“她的”诗人放弃了成为作家的可能，在黑塞的劝说下，她也中断了博士学业，从而放弃了科学家的生涯。随即，妮依渐渐融入了秘书、护理和导游的角色里—— 这种角色理解并不只是因为她无限地崇拜黑塞，同时也是因为她出身于一个父权至上的犹太家庭。

妮依要做的其中一件要事便是帮黑塞读书信，好以此让黑塞的眼睛减轻负担。有一次妮依外出旅行时，黑塞写信给她称：“我常常想念你，这是毋庸置疑的，而且你还随身带走了我的眼睛，那双眼睛平时为我读了许多的书信。”[614] 黑塞知道妮依对他意味着什么，他也时不时地努力向她表达自己的感激之情。当她独自回家乡，或是去维也纳、弗罗茨瓦夫、克拉科夫时，他就开始想她。这是一个惊人的转变，因为当时只要和露特一起待上两天他就要受不了了。于是，黑塞写信给妮依称：“妮依，亲爱的心肝，不要丢下我！对我来说，找到一个能理解我（也经常原谅我）的人，这是可遇不可求的幸事。曾经这个人是胡戈·巴尔，至少他能一定程度上明白我。而现在，我就只有你了。”[615] 随着黑塞的日渐衰老，他的创造力越发强盛，而他心灵深处的矛盾也不再如往日激烈，妮依的本性正好与他互补，这能帮助黑塞让他避免如昔日般沉迷于自我摧残的心绪。

1928 年一整年，黑塞都在忙于创作《纳尔齐斯和歌尔德蒙》，冬季，他待在苏黎世的香珍格拉本，随后又去了巴登“维瑞纳霍夫”旅店那张他熟悉的书桌旁，最后，他在“卡萨·卡木齐”的工作室里度

---

614 见：Hermann Hesse. Gesammelte Briefe Bd.2, hrsg. von Ursula und Volker Michels, Frankfurt/Main , S.191。

615 见：Gisela Kleine, Nino und Hermann Hesse, Sigmaringen 1982, S.207。

过了漫长的夏天。12 月末，黑塞再次回到苏黎世，这时书作的初稿已经完成了。就像以往的每部作品那样，黑塞除了抓住主线外，还尝试在其中融入自己的成长体验和全新经历。在这部中世纪小说中，可以明显地看到他与胡戈·巴尔之间以悲剧收场的短暂友谊以及黑塞与妮依之间的关系，这部小说的副标题是“一段友情的故事”。在黑塞为该小说撰写的前言里写着：“当两个人物，两种根本原则，两个永恒对立的世界彼此相遇，他们的命运就不可分割了。他们必须互相吸引，其中一个必须为另一个着迷，他们必须互相征服，必须互相了解，必须互相提升或消灭彼此。当纯粹而具象的形象中，男性和女性、良知和无辜、思想和天性互相看到对方并关注对方时，这种情形就发生了。这样的情形也发生在纳尔齐斯和歌尔德蒙之间：正因如此，他们的故事才显得独特而意义深远。”[616] 黑塞再次选择了浮士德式的双重灵魂形象来呈现其本性中理性和感性的方面。纳尔齐斯代表了理性、清心寡欲的类型，他过着隐居的生活，歌尔德蒙是感性的世俗之人。年轻的歌尔德蒙被父亲送到了修道院，为了弥补他那生活毫无节制的母亲——一位舞女——犯下的罪孽，他必须在那儿修身养性。在修道院，歌尔德蒙同院长丹尼尔的得力助手、修士纳尔齐斯成了好友。纳尔齐斯很快意识到，漂亮的歌尔德蒙并不安于教堂生活。还没在修道院立足脚跟，歌尔德蒙就逃到了外面，逃到了俗世的日常生活里，他想要以此来维护自己的本性。歌尔德蒙相信，上帝并不存在于祈祷和礼拜弥撒中，而是在生活里。理性睿智、了解世人的思想者和学者纳尔齐斯却留在了修道院里。但是他知道，歌尔德蒙带走了他的一部分本性。

对于黑塞的读者来说，这部小说似曾相识，我们在纳尔齐斯身上再次看到了德米安这位挚友和精神向导；在歌尔德蒙身上则看到了天才克努普，那位充满魅力、能迷倒万千女士的艺术家。就像在《在轮下》《克莱因和瓦格纳》《克林索尔的最后一个夏天》和《荒原狼》

---

616 见：Hermann Hesse, Sämtliche Werke, Bd.4，Frankfurt/Main 2001, S.609（Volker Michels, Nachwort des Herausgebers）。

中一样，这两个主角身上依旧出现了作者的自我分裂和双重自我投射。在《荒原狼》中，天性和思想的双重分裂出现在了哈里·哈勒尔身上，而在《纳尔齐斯和歌尔德蒙》的两个角色中同样出现了这两种极端力量的抗衡。故事主要发生在玛利亚布隆修道院，这完全参考了《在轮下》中符腾堡的莫尔布隆教堂。罗马风格的一对柱子、宽阔的教堂庭院、卧室、早期哥特风格的餐厅、双层教堂、雕刻着精美艺术画的唱诗班座椅、十字走廊和淙淙流动的泉水——这些描述都是黑塞对自己学生时代的回忆。还有微笑的圣母雕像，也就是歌尔德蒙学成之后重返修道院时创作的雕像，也和莫尔布隆修道院珍藏的"莫尔布隆的麦当娜"有相似之处，所有熙笃会修道院都会供奉这样一尊圣像。黑塞有意选择了玛利亚布隆这个名字，从而暗示了莫尔布隆众僧侣对玛利亚的敬奉，身为修道院学生时的他也曾为这尊圣像着迷。就像在小说《德米安》中一样，友情的作用就在于让这对有幸互补的伙伴，也就是纳尔齐斯和歌尔德蒙，弥补彼此心灵上的分裂，让他们互相弥补父性和母性、理性和感性、知识和艺术、信念和感觉、自由和约束之间的差异。"我们俩，亲爱的朋友"，纳尔齐斯对歌尔德蒙说，"正是太阳和月亮，海洋和陆地。我们的目标并不是融于彼此，而是互相认同，能在对方身上看到自己并学会彼此尊重，彼此便意味着：相互对立，相互补充。"[617] 纳尔齐斯感受到了歌尔德蒙因失去母亲和童年不幸而承受的痛苦。歌尔德蒙在那些被他追求和爱着的女性身上——就像渴望爱的唐璜一样——寻找的只是他的母亲，也就是那个梦中的阿尼玛形象。"天知道"，当纳尔齐斯让他醒悟过来之后，歌尔德蒙哀伤地号啕，"为什么我心灵中曾经如此光辉的形象会渐渐暗淡，变成了如此恶毒、苍白、无形的巫婆形象，多年来影响着父亲和我的就是这个巫婆。"[618]

617 见：Hermann Hesse, Sämtliche Werke, Bd.4，Frankfurt/Main 2001, S.304（Narziß und Goldmund）。

618 见：同上，第 315 页。

这也是黑塞最初打算将该书标题定为《通往母亲之路》[619] 的缘由。他再一次颇具象征性地回到了童年的创伤，当年那个六岁的男孩被家人强行送进了巴塞尔的学校。父母将“闹腾的男孩”送往其他地方，不再对其表示关心，试图以此来改变他顽劣不堪的本性，让他受到管教，但这些举措却让童年时期的黑塞产生了深刻的恐惧，他害怕被人排斥，于是，黑塞下意识地会采取回避的策略，这是抑郁的孩子采取的自我保护措施，也正因此，看起来虚弱无助的黑塞这一生都在努力赢得他人的同情和关心。因此，《纳尔齐斯和歌尔德蒙》不仅是在歌颂友情——就像黑塞和胡戈·巴尔之间的友谊一般，同时，这部小说也可以被视作是一部治愈史，在这个故事里，纳尔齐斯成为好友歌尔德蒙的治疗师——到了最后，他也在对方身上看到了自己的缺陷和局限。

回归母亲之路需要经过艺术——还有痛苦。在漫游期间，歌尔德蒙忍饥挨饿，看到民众因鼠疫而大批死亡，看到犹太人因为被污蔑引发了“黑死病”而被大批屠杀。歌尔德蒙因为一桩桃色事件被判处绞刑，千钧一发之时，好友纳尔齐斯赶来救了他。歌尔德蒙埋葬了过去的自己，经历过痛苦，明白一切都会转瞬即逝之后，他成了艺术家。他认识到自己可以在艺术中调解自己心中的矛盾，最后回到母亲或者母性的怀抱:“他明白，不是在话语或意识上明白，而是从血缘上就深刻地认识到，他走的这条路最终会让他来到母亲身边，这条路通向极乐，通向死亡。生命中父性的一面，诸如精神、意志，都不是他的故乡，那只是纳尔齐斯的家……歌尔德蒙神秘地感知到了自己身为艺术家的秘密，感知到了自己内心对艺术的挚爱，感知到了自己偶尔疯狂痛恨艺术的秘密。他不需要思考，仅凭感觉他就能意识到：艺术是一个由父性与母性世界构成的统一体，也是精神和热血的结合；它可能始于极度感性之物，并最终通往极度抽象之物，或者也可能始于一个纯粹的思想世界，最后终于有血有肉的真实世界。所有真正的艺术作品——那些真正崇高，

619 见：Hermann Hesse, Sämtliche Werke, Bd.4，Frankfurt/Main 2001, S.606 (Volker Michels, Nachwort des Herausgebers)。

不仅能娱乐大众，而且蕴含着永恒秘密的作品，比如大师创作的圣母像——都拥有这种面带危险笑容的双重形象，它融合了男性和女性，融合了欲望本能和纯粹理性。只要他能成功创作出夏娃的母性形象，就能以最好地的方式呈现这种双重形象。”[620] 歌尔德蒙在玛利亚布隆修道院用木头雕刻而成的麦当娜像是一份杰作，他以此来纪念自己的母亲和全天下所有的母亲。他赋予了这尊雕像女性身上独一无二的特质，这是他自己不可能拥有的特质，这是一种进步和扬弃，就像黑塞在一封信中所写的：“我们俩，歌尔德蒙和我，都是那些典范男性的对立面，因此我们俩也都只是不完整的半个人。歌尔德蒙在遇到纳尔齐斯时（或者是当他和纳尔齐斯建立友谊时）才变成了完整的个体。我也是如此，艺术家黑塞需要另一个尊重精神、思想、理智甚至道德的黑塞才能变得完整，另一半的黑塞受过虔信的宗教教育，总能在无辜的行为和艺术中拥有新的道德发现。”[621]

当他完成最后的艺术作品后，歌尔德蒙终于安心地死在了好友的怀里。对歌尔德蒙来说，死亡并不是消亡，而是一种恩典，能让他重新回到母亲那里：“我希望，死亡将会是一种极大的幸福，就像美满的初恋那般幸福。我无法摆脱这样的想法，只有死亡才能让我和母亲待在一起，她会再一次将我抱在怀里，引领我回归到虚无和纯真无邪。”[622] 思想上的向导纳尔齐斯最后成了被引领者。真正明白生命的人是艺术家，而不是思想家，是懂得爱的人，而不是知识广博之人。垂死的歌尔德蒙最后留给挚友纳尔齐斯的话恰恰说明了这一点：“可是，纳尔齐斯，如果你没有母亲的话，你想要怎么死呢？没有母亲的人无法去

620 见：Hermann Hesse, Sämtliche Werke, Bd.4，Frankfurt/Main 2001, S.410f.（Narziß und Goldmund）。

621 见：Hermann Hesse. Gesammelte Briefe Bd.2, hrsg. von Ursula und Volker Michels, Frankfurt/Main , S.275f。

622 见：Hermann Hesse, Sämtliche Werke, Bd.4，Frankfurt/Main 2001, S.528（Narziß und Goldmund）。

爱人，没有母亲的人也无法死亡。”[623]

1929年3月底，黑塞终于完成了书稿。长达几个月的伏案写作让黑塞的眼睛受到了极大的伤害。他在苏黎世又做了一次手术，术后几个星期都只能待在昏暗的房间。黑塞将手稿寄给了费舍尔出版社，出版社决定从十月起在《新评论》上刊印试读部分。3月份，诗集《夜之慰藉》出版，这部作品选编了黑塞在过去几十年间创作的诗歌，它再一次把人们带回了诺瓦利斯时代的梦想世界。4月，黑塞和妮侬一起去了慕尼黑，在黑塞生病期间，妮侬坚持为他读书信，他们在那儿拜访了托马斯·曼和黑塞的好友、《简约》的编辑莱因霍尔德·格黑普。随后，黑塞在著名眼科医生马克斯米里安·格拉夫·维瑟尔处接受了一次治疗，接着便回到了蒙塔尼奥拉。夏天，莱比锡的菲利普·雷克勒姆出版社出版了《世界文学文库》，在这本小册子中，黑塞总结了自己的读书体会，他从《吉尔伽美什史诗》谈到《果子干小矮人》。1929年10月，黑塞同往年一样，再次独自一人去巴登州疗养，11月，他从巴登出发途径斯图加特、图宾根、马尔巴赫、布劳博伊伦和乌尔姆来到苏黎世的住处过冬。前一阵疲于应付黑塞诸多需求的妮侬独自留守在了蒙塔尼奥拉，这种距离感也是妮侬生命中不可或缺的。应约瑟夫·英格勒特之邀，两人在1930年1月10日去了圣莫里茨，在当地的“香塔莱拉”酒店度过了为期四周的假期。黑塞在假期中满怀感激地为妮侬画了一幅水彩画，并把画和鲜花一起送到她的房门前：“亲爱的妮侬，没有你就没有美。”[624]

对妮侬而言，现在是时候让黑塞再次面对婚姻了。每次参加诵读会，她都会被人介绍为黑塞的“秘书”或“生活伴侣”，这让妮侬困扰不已。她给黑塞写了一封措辞谨慎的信，请求黑塞与她结婚，好让外界了解她的存在。但同时她又几乎哀求地写道：“我不喜欢被迫或在痛苦、哀求中嫁人！如果你的看法和我不同，如果你并不能高兴——而且是

---

623 见：同上，第531页。

624 见：Gisela Kleine, Nino und Hermann Hesse, Sigmaringen 1982, S.219。

满怀骄傲地承认：这是我的妻子，这是那个冠有我姓氏的女人！如果你无法做到，那我们就无须再谈论此话题了。请在三到四周内给我回复。我不希望你在仓促之间说什么话或做出什么事。我不希望你像是受人威胁一般采取行动。”[625] 在和黑塞深入谈话之后，妮依暂时放弃了她的打算，却决定一有机会就得再提此事。1930 年春出现了一个令人惊喜的转折，让妮依离自己的目标迈出了决定性的一步：汉斯·博德梅尔，就是黑塞在苏黎世的那位有钱朋友兼赞助人，在一次晚餐时提议为黑塞和他未来的妻子建一座房子——作为礼物。黑塞当即表示赞成，很久以来他就在考虑买房子的事了，因为“卡萨·卡木齐”—— 妮依把这幢破别墅叫作“霉堡”——的居住环境非常简陋，随着屋子年久失修，情况更是越来越糟。不过黑塞希望新建的房子只在他生前为其所用，等他去世之后，应该把房子重新还给汉斯和艾尔熙·博德梅尔。黑塞再也不想因财产而给自己带来任何负担。7 月份时，他们就找到了一块合适的地皮，占地 11000 平方米，位于蒙塔尼奥拉的南边，从那儿能眺望到山谷和湖泊。妮依随即开始和建筑师一起投入了房屋和花园的设计工作。

妮依计划着未来的新家该如何分配各个空间，按照黑塞的要求，房子将有两块分隔较远的居住区组成。而与此同时，黑塞已经投入了新作品的创作中，该书题为：“东方之旅”。这个故事开头写道：“我命中注定要参与一次伟大的历程，因为我有幸加入那个‘联盟’，才能和这些同伴一起加入那次独一无二的旅行。这在当时是多么奇妙！它像彗星一般辉煌，却很快就被人遗忘，甚至背负上了坏名声。也正因此，我决定试着简短地叙述一下这次奇异的旅行。”[626] 叙述者从一开始就表明他想要描述的这次奇幻旅程远远超过了他的表述能力。读

625 见：Ninon Hesse. Lieber, lieber Vogel. Briefe an Hermann Hesse, ausgewählt und erläutert von Gisela Kleine ,Frankfurt/Main 2000, S.258。

626 见：Hermann Hesse, Sämtliche Werke, Bd.4，Frankfurt/Main 2001, S.535（Die Morgenlandfahrt)。

者也由此明白这实际上并不是一次真正的旅行。前往东方的旅行者经历的一系列故事只发生在作者的脑海里，这是一次朝圣之旅，它通向梦想家和诗人所在的超现实王国，因为“我们的东方并不只是一个国家和地理上的概念，而是灵魂的故乡，心灵的年少时代，它既无处不在，又无处可寻，它是所有时代的归一”[627]。这次神奇之旅是从“大战结束后”[628]就开始的，后来被简称为“H.H.”的主人公代表着当年的赫尔曼·黑塞，他是被称作“男生团”的流浪群体一员，这些流浪者都是青年联盟运动的成员。1920年春夏之际，在图林根流浪运动领导人弗里德里希·穆克·拉姆贝提的带领下，人们载歌载舞地穿行在各地，并吸引了成千上万的追随者。这场流浪运动的影响力颇大，以至于这个“放荡不羁的舞蹈群体”[629]令大部分城市都陷入了骚乱。当时住在图林根的童话作家丽莎·特茨纳亲身经历了这场闹剧，她把这件怪事告诉了黑塞。这为他小说中的幻想内容增添了一些历史真实性——虽然其本意是掩盖其真实背景。

“男生团”由于其领导者拉姆贝提的性丑闻很快名声扫地，同样的，东方之旅“联盟”也面临着“被解散”的危险。因为每一个加入这个群体、加入这个抽象精神王国的成员，都是来自世界各地、来自不同时代的诗人、追求真理者、教徒或理想主义者，他们遭到来自怀疑论者、讽刺者以及现实主义者的质疑，后者认为这场奇异之旅不过是疯狂的幻象罢了。东方朝圣者的幻想就相当于是信仰的崩塌，是叛教。因为联盟中的某位兄弟突然消失，赫尔曼后来被人视为叛徒，但在此之前，他和这群志同道合的人一直都是行进在“十字军”东征般的路上，他们穿过上施瓦本地区和瑞士，最后来到了意大利边境。他们这一路没有使用火车、轮船、汽车或飞机等常用交通工具，而是像传统的朝圣者那样步行，“为了寻找并膜拜那些与我们联盟的古老历史和信仰

627 见：同上，第546页及下页。

628 见：同上，第538页。

629 见：同上。

有关的遗迹和记忆”[630]。每一个东方朝圣者都追寻着自己的梦，“然而所有的梦最终都汇成了一股洪流，带着我们心底的敬畏和共同的信仰，所有人都许下了共同的誓言！”[631]

和黑塞以往的写作风格一样，他在《东方之旅》中也融入了自己身边的朋友，他甚至将自己作品中的人物加入了朝圣者联盟，其中有诗人劳歇尔，音乐家帕勃罗，画家克林索尔，瓦苏代瓦，悉达多和歌尔德蒙；赫尔曼遇到的魔术师于博是以黑塞的好友约瑟夫·英格勒特为原型的，另外还有代表朗格的约瑟夫·伯恩哈特·“朗格斯”，作曲家奥特玛·舍克以及“凶残的路易斯，他的梦想是在圣地开辟一块油田，蓄养奴隶。他和安瑟姆手挽手一起走，安瑟姆正在寻找他童年时的蓝色鸢尾花。我遇到了并爱上了妮侬，也就是那个著名的‘奥斯兰德’，她那乌黑的秀发下面是一双深色的眼睛，她嫉妒法特梅，那是我梦中的公主，不过也许她自己就是法特梅，只是她不知道而已。我们不断行进，就如曾经的朝圣者、凯撒大帝和十字军一样，想要去解救圣地，或是去学习阿拉伯魔法，西班牙骑士也曾沿着这条道路行进，德国智者、爱尔兰僧侣，还有法国诗人也曾走过这条朝圣之路”。[632]

穿越时空的朝圣之旅在瑞士布莱姆加藤宫举行了联盟庆典，也迎来了这次旅行的高潮。黑塞选择用好友马克斯·瓦瑟梅尔的城堡来举办这次假想的庆典，他将现实和诗歌、梦境与真实世界诗意地融合在了一起：“城堡男主人马克斯和提理出来迎接我们，我们听到奥特玛·舍尔在宫殿侧翼的大厅内弹奏莫扎特的曲子，发现花园里住满了鹦鹉和其余能说话的动物，我们在喷泉旁聆听仙女阿尔蜜达唱歌，可爱的海因里希·冯·欧富特丁恩旁边是占仆师朗格斯的大脑袋，他头上的卷发在风中飘扬，他还友好地朝我们点了点头。花园里蓝孔雀在鸣叫，路易斯在用西班牙语和穿靴子的猫谈话，而此时，汉斯·雷索姆因为

630 见：同上，第 540 页。

631 见：同上，第 545 页。

632 见：同上，第 545 页及下页。

被假面舞会情形所惊，开始不断赞美前往卡尔大帝之墓的朝圣之旅。那是我们这次旅行中最值得庆贺的一次：我们携带了魔法波，它冲走了一切事物，见此美景，当地人纷纷跪地膜拜。城堡主人朗诵了一首和我们的东方之行相关的诗，森林里的动物们纷纷跑到城墙边上来偷听他的朗诵，河里的鱼儿游来游去，泛着银光，为我们增添了喜庆的气氛，我们也用烤饼和红酒招待它们。”[633]

当赫尔曼·黑塞和他的同伴们到达意大利边境的莫尔比奥山谷时，风波突起。那个忠诚的仆人雷奥突然不见了，随之一起消失的是联盟中那份珍贵的信件。这是联盟瓦解的导火索，成员们陷入了纷争，团队也开始四分五裂。现在连赫尔曼·黑塞，也就是此次旅途的记录者，也开始怀疑这个联盟是不是真实的？在找寻联盟信件的原件时，在讨论真正的传统时，信念也崩塌了。赫尔曼·黑塞成了怀疑论者，他怀着自杀的念头独自一人在一座无名的大城市里生活了十年之久，直到他根据某个指引找到了神秘的仆人雷奥。赫尔曼·黑塞在联盟“最高法院”的记录中发现，原来联盟一直存在。当他在联盟档案馆看到几百万份文字和图片，而他只能看懂其中一小部分时，他就明白，想要为联盟撰写历史的做法是狂妄之举。雷奥的真实身份居然就是联盟最高裁判人，他释放了赫尔曼·黑塞，允许他参加见习，只要他通过最后的考验，他就可以成为最高领导层的一员。赫尔曼得在联盟档案馆里探索自己的生命历程，深刻体察自己的内心——这并不是惩罚，而是一种自我考核。

他惊喜地发现，写有他名字的档案层是一小片塑料，那是一个双面人。它呈现赫尔曼·黑塞的同时也呈现了他的联盟兄弟雷奥。通过玻璃似的表面可以看到雕像的内部，那儿正在发生神奇的转变，“我的形象正在非常缓慢、温和却一刻不停地流入——或者说融入——到雷奥的形象中。我认识到，我的形象有能力渐渐融入雷奥的形象，与他融为一体，滋养他，并且让他变得更强。随着时间的流逝，似乎一些

633 见：同上，第 548 页。

物质都从一个形象渗入了另一个形象中，最后只剩下了一个形象：雷奥。他必须变强大，而我则得变得弱小。”[634]叙述者的形象渐渐缩小，他的创造物雷奥的形象却越来越强大。这象征着，“与诗人相比，其虚构的形象要毫无例外地比他更加有活力、更美好、更快乐，而且一定程度上更正确、更现实。”[635]雷奥是联盟的神秘中心，没有他，魔法就消失了。他象征着诗的灵魂，叙述者赫尔曼·黑塞必须明白，他并不能支配雷奥，而是要仰仗他的馈赠，因为这创造力就是一件赠礼。

认识到创造者隶属于创造物，这对黑塞而言并不新鲜，但是随着年龄的增长，这种认知变得越发强烈。黑塞开始注重历史性，《东方之旅》是一部针对自我的戏剧，其中的背景便是他的自我想象，同时还使用了黑塞喜爱的文学素材和主题，在《世界文学文库》中，他就介绍过这些主题。真实的世界不再出现在他的作品中，魔剧场的小舞台扩张成了精神世界的教堂，永恒最终战胜了时间。用心的读者会注意到，黑塞凭借完美的不朽者联盟重新回到了《赫尔曼·劳歇尔》的世界，回到了超验的王国，那是因为虔信而追求美的隐世生活态度，他回到了青春期的艺术信仰，回到了加入“法语文学社”时期年轻的浪漫主义者曾秉持的理想。黑塞的故事并不是发生在真空世界的，这并不是因为他随着年龄增长而开始怀旧；黑塞安静地告别了克林索尔时期高涨的个人主义，他始终非常重视友情和集体生活，包括随之带来的社会责任和奉献意识，这些都与德国以及欧洲的政治变革同时发生，可见，面对现实生活中的这些变化，瑞士公民赫尔曼·黑塞并不是毫无触动。

因为当时一些民族主义作家拒绝接纳犹太作家，1930年11月10日，黑塞退出了普鲁士艺术学院，日益强大的纳粹党让黑塞感到非常不安，在1930年9月的选举中，纳粹党刚刚被选举成为第二大党派。黑塞在1931年5月14日写给好友约瑟夫·英格勒特的信中说，他担心德国将开始一场新的战争：“从1919年起，我看到的，我相信的，包括我在《荒

634 见：同上，第590页。

635 见：同上，第550页。

原狼》及其他无数文章中提到的那样，都是‘悲观主义’，尽管编辑们经常会嘲笑我的这个想法，但我还是一直在谈论、在警告这种悲观主义蔓延的现象。”与托马斯·曼不同，黑塞认为纳粹运动并不是单纯的“怪物”，他觉得纳粹会给和平带来致命的威胁。黑塞在写给一位年轻读者的回信中称，尤其是德国青年必须要承担起自己的责任，要努力实现自己的理想，而不是寄希望于一位“元首”。

1931年1月末，赫尔曼·黑塞和妮侬·杜宾在圣莫里茨滑雪时遇见了托马斯·曼，这位作家因为此前被授予了诺贝尔文学奖而举世闻名。黑塞一开始还曾嘲笑曼因为得奖而被视作德国思想的代表并因此马不停蹄地在世界各地参加种种仪式，而此时，原本不过是泛泛之交的两人因为度假而相遇，在香塔莱拉酒店里共同度过了几周之后，两人已经成了挚友。黑塞在谈到托马斯·曼的作品时都会给予高度评价，而恰好《纳尔齐斯和歌尔德蒙》也在一本杂志举办的调查中被评为“20世纪30年代佳作之一”。在酒店度假的还有曼的妻子卡蒂亚和女儿伊丽莎白，出版商萨穆埃尔·费舍尔及其妻女和女婿戈特弗里德·贝尔曼·费舍尔。犹太作家雅各布·瓦瑟曼也带着妻子和儿子加入了他们。妮侬对这位自恋的诺贝尔奖得主并不太热情，但这却得到了卡蒂亚·曼的真心赞许，她们俩会一起去山上漫步。这位经验丰富的作家妻子建议她的新朋友千万别放弃自己的利益，提醒她不要没结婚就搬入新房子里去。不过搬家前要结婚的话，时间实在太紧迫了，而且妮侬自己也得先和她的丈夫弗雷德·杜宾办理离婚手续。

7月2日，黑塞在“卡萨·卡木齐”度过了自己在此地的最后一次生日，随即他就动身去巴登疗养，以此逃避搬家的琐事。妮侬和黑塞的儿子马丁一起负责搬家事宜，黑塞兴致高昂地给妮侬写了一首诗：

致在新家的首日

当苦闷侵蚀你，

当你满心忧虑，
惧怒让你抓狂，
且用精神疗伤。[636]

新房子非常豪华，由于其红色的外墙，这儿被称作“玫瑰之家”，这幢房子其实是两栋相邻、有独立入口的房子组成的，只有位于这两幢房子中轴线上的两间卧室之间有一扇门联通彼此。妮侬的住宅区占了整幢房子的一大半，包括工作间、厨房、餐厅以及会客间。一楼是公共区域：中间是工作间，里面摆放着一张老式写字桌，另有一个带露台的多功能房间，旁边还有一个可以接待客人、喝茶或听音乐的大书房。黑塞的“工作室”在二楼，离这片生活区相当远，从他的书房可以望到卢加诺、蒙塔尼奥拉和卢加诺湖。妮侬房间的西南方向是圣·萨瓦托尔山脉和日内罗索山脉。

10 月，黑塞在托马斯和卡蒂亚·曼的劝说下，决定将他和妮侬的关系合法化。他告诉艾尔熙和汉斯·博德梅尔，他们俩将于 1931 年 11 月 14 日在蒙塔尼奥拉民政厅领结婚证，但不会举办大型的庆祝活动：“鉴于妮侬在这个夏天结束了她的第一次婚姻，加上造房子等事务，我又欠了她两个人情，所以我尽管很反感这个仪式，但也别无他法。”[637] 婚姻并没有让妮侬的生活变得轻松一些。1932 年起，她开始写《伤痛日记》，她在日记中表示自己对丈夫的冷酷无情非常失望。她不知道自己还能坚持多久，“千百次沉入水下，又一次次浮上来。是什么让这个人反复坚持着向上浮呢？”[638] 让她坚持下来的，是他们之间的精神联系，是妮侬对黑塞作品的热诚和推崇，就算是在最绝望的日子里，她都保持着这份热情。黑塞非常感谢妮侬对他的忠诚，他已经决定死后让妮侬

636 见：Gisela Kleine, Nino und Hermann Hesse, Sigmaringen 1982, S.227。

637 见：Hermann Hesse. Sein Leben in Bildern und Texten, hrsg.von Volker Michels, Frankfurt/Main 1979,S.245。

638 见：Gisela Kleine, Nino und Hermann Hesse, Sigmaringen 1982, S.236。

管理自己的遗作。

黑塞偶尔也会感到自己没有爱人的能力，但也明白他对此无法做出任何改变。他这位年轻的妻子情绪低落，态度疏离，这是她自我保护的盔甲，却让黑塞备感压抑："那段日子里，你那耷拉的脸，以及你低落的情绪，让我很难对你产生信任。有些事我能明白，但不是所有事情我都清楚，毕竟我是一个五十六岁的男人，我怎么才能了解一个二十岁的女人在想些什么呢。但是我感觉你有时会让人觉得你过的纯粹就是奴隶般的生活，这让我非常郁闷。而且这整个夏天你甚至非常不尊重我得专心工作、隐居生活的需要，而你明知道我创作时必须要这么做才行。"[639] 此时，妮侬便以自己惯用的方式请求黑塞的谅解，并表示一切都会变好："我不是故意耷拉着脸，赫尔曼。一定程度上我也不想这样，但这也反映了我内心的经历——这是一层冰，我有时候会戴上这层面具，将自己与世隔绝，这是我保护自己的方式。我也是在爸爸去世之后才第一次感受到——这种冰冷的感觉 ——而且我总认为它可以保护我，可以避免让我伤心难过。不过如果你认为这是一种病的话，我愿意试着克服这种心理。我也不希望自己因病而逃避，我不是一个怯懦的人。"[640]

这一时期的照片里呈现的也不是一个快乐的已婚女性形象，镜头前是一个淡漠、古板的陪同人员，一动不动地站在丈夫身边，与他没有丝毫身体接触。妮侬向她的姐姐抱怨称黑塞是"一个强势的人"[641]，在婚后的前几年里，照片里的她总是一副筋疲力尽的憔悴模样。黑塞内心其实非常尊重她的固执性格，而且也为她身上的力量感到惊叹不已，这从他写给妮侬的一篇小说中就能看出来。十年前，他为可爱的少女露特写了《皮克多变形记》，十年之后，在童话《鸟》中，黑塞讲述的不是一个年轻妻子和一位年迈老人之间的幸福生活，而是一个

639 见：同上，第 238 页及下页。

640 见：同上，第 239 页。

641 见：同上，第 242 页。

被驯化的故事。黑塞自己就是这只“鸟”，也就是故事标题中的主角；这个昵称是妮侬根据黑塞的外貌给他起的。这种罕见的鸟只生活在“蒙塔克村庄”（蒙塔尼奥拉！）周围的森林里，它们能机智地躲开村民们设置的捕鸟器，关于这种鸟，当地有很多传说。有人说这种神秘的鸟从前“是一位王子，也是一位魔法师，他曾经在山坡上拥有一幢红色的房子，在周边都享有名望。后来该地区开始实行新的法规，勒令人们不得施魔法、作诗、变形或做类似的事情，否则就将被打上卑鄙下流的名号，因此，有不少人开始失业了。”[642]

黑塞借此影射纳粹专政，因为纳粹分子给诗歌创作套上了意识形态上的镣铐。按照传说，在魔法鸟被宣布“自由”之前，一位名叫“奥斯兰德林，又称妮侬的女士”[643]抓住并驯服了它。这个灵活的“捕鸟者”将这只热爱自由的鸟儿驯化成了一只安居巢穴的动物，因为她在这方面拥有丰富的实践经验，比如准备一种美味的诱饵“比绍夫面包”。实际上妮侬只是用切尔诺维茨地区的一种古老方法来烘焙这种水果甜面包罢了，圣诞节前这段时间，黑塞非常喜欢吃这种面包。黑塞在1933年9月18日送给妮侬的三十八岁生日礼物是一本样书，封面上画着一位捕鸟人，她同时也是一位吹笛子的魔法师，她背后的笼子里坐着一只“鸟儿”。

图片中的笼子也是比喻，象征着驯化，诚如当时的德国文化创作者们所面临的那般。除了童话《鸟》之外，早在《东方之旅》中，黑塞就开始批判不断扩张的邪恶力量，这种力量便是日益激烈的意识形态斗争。海因里希·魏刚特在1932年5月也曾这样解读黑塞的小说。这位评论员在《新评论》中撰文称：“包括悲苦的嘲讽、美妙的语调以及金色的色调在内，黑塞的这部小说其实就是一份宣言，是一群追求权利、被迫遭到排挤的普通人联合发起的宣言与反抗。他们追求美和思想，在孤独的境地中集结了各个时代的同道中人，一起抗议对诗

---

642 见：Hermann Hesse, Sämtliche Werke, Bd.9，Frankfurt/Main 2001, S.203f（Vogel)。

643 见：同上，第204页。

歌创作的亵渎。”[644]

《东方之旅》和1930年出版、卖出了将近两万册的小说《纳尔齐斯和歌尔德蒙》相比，算不上是一本成功的书作。但这部小说却像是一种呼号，它反对滥用集体理想，而民主社会主义和共产主义却美化了这些集体理想。一些年轻的读者请他谈谈对政党的看法，黑塞在回信中称，手持武器或是利用读者传播暴力的世界观并不是诗人该做的事情。他在《致共产主义者的信》中提到，真正的诗人“会坚持不懈地追求独立，当受人逼迫不能按照自己的意愿创作时，要立马停止写作”[645]。黑塞的儿子海纳经弗里茨·罗伊特霍尔德介绍在苏黎世的杰尔莫里商场结束了室内装饰师的学徒工作，海纳最近开始信仰共产主义，鉴于此，黑塞建议儿子好好思考一下，因为每一场革命都会带来血光之灾。对黑塞而言，暴力是不可能实现理想的：“我不会允许自己参加革命或杀害他人。”[646]

在1933年1月30日希特勒上台后，黑塞写下了这首《回绝》诗：

宁愿被法西斯杀害，
也不要做法西斯！

我们没有忘记战争。我们知道，
锣鼓喧天、摇旗呐喊是如此迷惑人心，
我们聋了，我们不会被说服的，
即使你们依旧给民众下从前那般的迷药。

644 见：Siegfried Unseld, Hermann Hesse. Werk und Wirkungsgeschichte, Frankfurt/Main 1985, S.149。

645 见：Hermann Hesse. Die Antwort bis du selbst. Briefe an junge Menschen, hrsg.von Volker Michels, Frankfurt/Main 2000, S.181。

646 见：Hermann Hesse. Gesammelte Briefe Bd.2, hrsg. von Ursula und Volker Michels, Frankfurt/Main , S.339。

我们仍不相信“我们的存在
能够拯救全世界”。[647]

黑塞很高兴自己身在瑞士远离了德国的政治变革。在《东方之旅》完结之后，他就着手创作另一本书，这本书囊括了他所有的经历和观点，而且终将成为他在哲学、美学和道德上的最后一部巨著:《玻璃珠游戏》。1932年他写完了《玻璃珠游戏故事的引言》。之后这一工作就停滞了。最初黑塞只是想把这部作品当作《东方之旅》的后续，用来呈现其中的永恒精神共同体，但在政治局势的影响下，黑塞开始将其中的乌托邦世界当作所有现实文化的对立面，他希望这种乌托邦设想能在将来消灭当时与思想背道而驰的极权主义以及“骚乱时代”藐视权威的个人主义。“我不能告诉你《玻璃珠游戏》要表达什么”，黑塞在1933年1月28日写给戈特弗里德·贝尔曼·费舍尔的信中说，“我能告诉你的也就是你现在在前言中读到的那些。另外我还能透露一点：原本我只是想写一个玻璃珠大师的故事，他叫作克内希特，他生活的时代也就是前言所述内容终结的那个时代。其余的我也不知道了。我需要一个纯净的创作氛围，我这次不会去写久远的过去或者是没有时间限制的童话，而是写一个指日可待的、虚构的未来。那个时代的世界文化和今天的一样，却多了精神文化，那是一个值得生活、值得为其奉献的世界——这是我想描绘的美好愿景。”[648]

647 见：Hermann Hesse, Sämtliche Werke, Bd.10，Frankfurt/Main 2001, S.568（Absage)。

648 见：Hermann Hesse. Gesammelte Briefe Bd.2, hrsg. von Ursula und Volker Michels, Frankfurt/Main , S.367。

第十四章

流亡人士：托马斯·曼和贝尔特·布莱希特来到蒙塔尼奥拉。德国政权更替。创作《玻璃珠游戏》。出版商萨穆埃尔·费舍尔去世。黑塞为瑞典杂志《博尼尔斯文学杂志》撰文。来自德国的抨击。弟弟汉斯自杀。受到流亡者阵营的批判。彼得·苏尔坎普接管萨穆埃尔·费舍尔出版社。播种和创作：《花园里的时光》。德国舆论沉默，瑞士舆论纷纷庆贺：黑塞的六十岁生日。和妮侬冷战。难民潮。克内希特大师生平介绍：玻璃珠游戏完结。

1933年2月27日，希特勒一手策划了国会纵火案之后，德国纳粹党下达了“保护国家和人民”的紧急命令。3月24日，国会通过了一项“授权法”，纳粹德国开始用极端血腥的方式排除异己，连赫尔曼·黑塞也未能幸免。这场国家暴政针对的便是社会民主党派人士、共产主义者、工会成员、犹太人、左派知识分子以及右派异己分子。那些能逃过秘密警察追捕的人最后都逃到了国外。“我家里的床铺也准备好了，随时准备接待第二天逃离德国来到此地的客人”[649]，黑塞在1933年3月初写道。

第一位到来的是时事评论家海因里希·魏刚特，他是社会主义杂志《文化意志》的出版人，这份杂志如今被禁了，他在德国看不到自己有何未来。随后到来的是托马斯·曼夫妇。他们在纳粹夺权期间正好在阿罗萨旅行，如今不知该继续流亡还是回慕尼黑。托马斯·曼当时因为发表了一次主张共和党派的演讲而引起了右翼分子的不满。对《魔山》的作者而言，纳粹主义是“可怕的心灵扭曲者和大肆喧嚣者

649见：Bernhard Zeller, Hermann Hesse in Selbstzeugnissen und Bilddokumenten, Reinbek bei Hamburg 1963, S.116。

集结而成的可悲混合体”，希特勒是“一头长着可怕魔爪的畜生”。[650]1933年春，托马斯·曼在蒙塔尼奥拉逗留了数周，但他依旧时时处于惊恐不安之中，一夜之间，他就从德国代表人物成了被遗弃之人。”当托马斯·曼后来回忆起在蒙塔尼奥拉遇见赫尔曼·黑塞的情形时，他提到“在那些动荡的日子里，只有同他谈话才能令人感觉安心舒适，才能让人镇静下来”[651]。曼和黑塞都认为，纳粹主义其实是畸形的产物，是毫无思想的大众社会体制造的产物。在托马斯·曼理性的共和主义观念中，依旧对没有灵魂的“西方”民主感到非常不满，一战期间，以及在《一个非政治人物的反思》中，他都对此进行过猛烈的批判。托马斯·曼觉得自己是精神的贵族，是歌德在那个时代的代言人，而如今他突然成了被排斥、被蔑视之人，成了“非德意志人”，成了政治流亡者，这自然让他感到无比愤慨。面对德国发生的种种事件，托马斯·曼在自己的日记里记录了当时内心的矛盾。托马斯·曼的妻子和黑塞的妻子都是犹太人，在提契诺逗留期间，曼在日记中写道，从“国家历史”的角度来看，应该对此时发生在德国的种种事件给予正面的评价。他在4月20日，也就是希特勒生日当天，在日记中写道，“某种程度上我或许可以理解”……“反犹暴动”[652]。考虑到自己在慕尼黑的家，曼一开始并没有公开声明反对纳粹政权。同时他还希望自己的小说《约瑟夫和他的兄弟们》仍然可以在德国出版。

同样的，著名的剧作家贝尔托·布莱希特也希望能结识赫尔曼·黑塞。布莱希特此前才刚刚庆祝自己的先锋派戏剧在德国大获成功，但

650见：Hermann Kurzke, Thomas Mann. Das Leben als Kunstwerk. Eine Biographie, München 1999, S.357。

651见：Hermann Hesse – Thomas Mann. Briefwechsel, hrsg. Von Anni Carlson, Frankfurt/Main 1968, S.124。

652见：Thomas Mann. Tagebücher 1933–1934,hrsg. von Peter de Mendelssohn, Frankfurt/Main 1977, S.54。

这位《三便士歌剧》的作者此时却不得不在纳粹分子采取行动前确保自己的安全。布莱希特在卡罗纳期间住在另一个同样流亡到瑞士的朋友家中，也就是信仰共产主义的作家库尔特·克莱伯家中。库尔特·克莱伯及其妻子、童话作家丽莎·特茨纳和布莱希特三人一起拜访了黑塞。他们一起玩硬地滚球，还讨论了在第三帝国被列为不受欢迎作家的黑名单。当然，布莱希特的书也在禁书名单上。1933 年 3 月，他的书和名单上其他成千上万本书一样均被公开焚毁。不过黑塞并没有被纳粹分子列入“黑名单”，他的书作可以继续公开发行，但销量下降了许多。1933 年上半年，黑塞只拿到了 500 马克的酬金。黑塞知道自己的故乡发生了什么。1933 年 3 月 25 日，黑塞在写给赫尔曼·库巴赫的信中提到："德国眼下有 3 到 4 万人因其主张的思想而遭到拘禁，许多人遭到迫害，许多人牺牲。几乎所有人都遭到残酷对待，一部分人甚至受到严重虐待。德国在精神上遭遇的大屠杀比任何其他法西斯统治的地方（例如意大利）都严重、粗暴和惨烈。犹太人也遭到了迫害，这是这个残暴血腥的暴政政府做的最为卑鄙之事。”[653] 尽管如此，黑塞还是坚持拒绝签署任何公开声明或者通过德国流亡者成立的媒体斥责纳粹政府。他不认为这些是作家的责任；不过黑塞和德国的年轻读者保持着通信联系，他建议他们不要加入纳粹政党，而是要努力让自己的个性得到更好的发展。

不过对黑塞来说，远离政治并不是件易事，随着越来越多的犹太人遭到迫害，黑塞不得不正视妮侬家人的命运。随着从政治流亡者那里得到更多德国局势相关的信息，作为一名在德国公开出版书作的德裔瑞士作家，黑塞越发觉得焦虑不安。1933 年夏天，黑塞在日记中写道："我觉得自己有义务要表示抗议，但除了继续保持个人和作品的

653见：Materialien zu Hermann Hesses <Das Glasperlenspiel>. Erster Band, hrsg. von Volker Michels, Frankfurt/Main 1981, S.63。

中立性之外，我又别无他法”[654]。和1914年战争爆发时一样，黑塞也非常理解德国当时高涨的爱国主义。他在提到支持纳粹运动的作家兼好友路德维希·芬克和埃米尔·施特劳斯时写道：“我首先看到的是他们如何热爱‘他们’的人民和祖国，这种爱强烈、盲目、血脉相承、根深蒂固，任何灾难、强权或理性都无法损害这样的爱，尽管它有可能带来恶劣的后果，但这是一项美德，一种强大的力量。”[655]黑塞表示自己没有能力拥有这种无条件的爱，他通常只会将身心献给一些超验的东西，比如上帝、人性、思想或道德。“总之，理论上我是个博爱的圣人，而实际上，我只是个不愿被人打扰的自私自利者。”[656]

政权的更替也对黑塞新书的创作产生了越来越大的影响。在纳粹上台之后，他删除了《玻璃珠游戏故事的引言》初稿中所有可能会激怒新任领导人的内容，在该部分内容中，黑塞批判了在右翼分子当中广受欢迎的纳粹作家恩斯特·格拉芙·佐·莱温特洛写的《有关战争罪责的谎言》。黑塞曾批判过粗制滥造、推崇人种学的《绿血》一书，而今在他进行自我审查的过程中，该文也被删除了。黑塞还删掉了《玻璃珠游戏》最终章节部分的提纲，按照原本的提纲，游戏大师约瑟夫·克内希特拒绝让自己团队为专制政权服务。黑塞在日记中写道，他决定将来更多地运用隐晦的手法来写作，不然原先的前言定然不能在德国出版，“因为其中有太多受到时代限制和影响的东西”[657]。他决定重写。

如何在批判纳粹专制政权的同时又不招来非议？黑塞开始研究解决这个问题的方法，他的解决之道既简单又复杂：玻璃珠游戏大师约瑟夫·克内希特的故事发生在22世纪，而且是采用从2400年开始倒叙

654 见：Hermann Hesse, Sämtliche Werke, Bd.11, Frankfurt/Main 2001, S.684f.(Tagebuch vom Juli/August 1933)。

655见：同上，第680页。

656见：同上，第681页。

657见：同上，第673页。

的手法来讲述。这么一来，黑塞就跳过了第三帝国——按照纳粹分子的愿望，这个帝国要存在上千年；而如今在黑塞笔下，千年不过是倏忽而过的事罢了。理想学校的乌托邦不受国家监管，只为自由思想服务，在当时德国教育事业深受纳粹意识形态影响的现状下，这个设定就是进行思想反抗的征兆。黑塞后来在谈到该书的构思时写道：“为了创造一个能让我找到庇护、力量和生活勇气的地方，就不能像我之前打算的那样仅仅只是回忆和美化过去。尽管现实非常残酷，但我必须让人意识到思想王国和精神帝国是真实存在且坚不可摧的，因此我便描述了一个乌托邦世界，将场景投射到了将来，可怕的当下到那时已然成了被逾越的过去。令我惊讶的是，卡斯塔里恩世界就这么产生了。不需要任何设计或构思，在我不察觉的前提下，它就已经形成了。”[658]

卡斯塔里恩暗指德尔菲附近的圣泉“卡斯塔利亚”，每个人在进入阿波罗神庙之前，都要在圣泉洗净自身，阿波罗是智慧、自由和音乐之神。洗去尘世污垢之后，黑塞笔下的“卡斯塔里恩人”便只能为思想和缪斯服务。将注重顺从、服务和牺牲且等级分明的宗教团队与希特勒政权对比，这一想法乍看充满了矛盾，因为玻璃珠游戏者团队并不是为了维护真正的权力，而只是以游戏的形式来保护文化。此外，隐秘晦涩的《玻璃珠游戏故事的引言》中的内容对当时的读者来说也包含了不少自相矛盾的成分。其中提到的个人理想甚至就像是纳粹拥护者或纳粹高层说出来的话：“消除个性，个体要尽可能完全融入教育和学术机构的各个等级，这是我们思想生活的其中一项最高原则。”[659]此外还有作品中提到的“鼎盛时期的罗马教会”[660]，以及卡斯塔里恩团体崇拜的个人和某“类”人群等。作家声称他保证约瑟夫·克内希特

658见：Hermann Hesse, Ausgewählte Briefe, Frankfurt/Main 1976, S.438。

659见：Hermann Hesse, Das Glasperlenspiel. Versuch einer Lebensbeschreibung des Magister Ludi Josef Knecht samt Knechts hinterlassenen Schriften, Frankfurt/Main 1972, S.8。

660见：同上，第9页。

不会搞“个人崇拜”[661]，他要描述的是一个有个性、独一无二的人：“我们详细翻阅那个时代的传记，想看看主人公曾有过多少兄弟姐妹，他在儿童期、青春期都受过哪些心灵创伤，他曾为了爱情、为了获得他人认同做过哪些斗争。现如今，我们关心的不是某位主角的病况，不是其家族历史，也不是其性生活、消化系统或睡眠方面的问题。甚至连他此前接受的思想教育，他从最喜欢的学术和书籍中受到的教育，对我们来说都不甚重要。只有那些因天性或教育影响而使个人得到提升并几乎完美地适应其等级功能的人，才称得上是主角，才能引起我们的兴趣。”[662]

在批判公民个人理想的同时，黑塞不仅描述了一个个体至上的历史新纪元，同时还介绍了自己早期的创作阶段。修正后版本的引言部分于1934年12月发表在《新评论》上，该文引起了读者的误解，还激怒了不少读者。黑塞对现代性的批判，在描述所谓的“小品文时代”[663]时藐视且几近嘲讽的态度，与纳粹宣传官员——比如魏玛共和国时期的约瑟夫·戈培尔及当时的“文化布尔什维克主义”——的口吻十分类似，尽管黑塞批判的并不仅仅是20年代，而主要是世纪末的市民文化。1934年1月，黑塞在写给雨果·马提的信中提到：“在当今社会，在这个文化价值被当作废物拍卖的荒芜时代，在布尔什维克主义的破坏下，诗意般的语言传统被破坏殆尽，我在这样的废墟中只看到消极悲哀。”[664]站在2400年往回看，当前不过是一个颓废的时代，“思想

661见：同上。

662见：同上。

663见：同上，第14页。

664见：Hermann Hesse. Gesammelte Briefe Bd.2, hrsg. von Ursula und Volker Michels, Frankfurt/Main , S.410。

遭到了前所未有的压制，丝毫没有自由”[665]，虚伪的知识分子招摇撞骗，破坏了所有的思想。对真理的追求、在犀利嘲讽中产生的乐趣、恶意的悲观主义决定了文化创造者的态度。大众化的小品文如同“洪水般涌现，没有任何教育价值，只不过是知识的碎片”[666]，而毫无方向的文化消费者只能接受这样的小品文。其后果便是肆意性、相对主义和虚无主义：“他们坚持不懈地学习开汽车，玩高难度的卡牌，苦苦思索该如何解开字谜——因为面对死亡、恐惧、疼痛甚至是饥饿时，他们无法得到任何防护，他们无法从教堂得到慰藉，也无法在思想中寻求庇护。尽管读了很多书，听了很多报告，但他们却不敢努力让自己在面对恐惧时变得更强，让自己克服对死亡的害怕。他们战战兢兢地活在当下，不相信有任何未来。”[667]随着思想和道德的衰落，文明也无法得到进一步发展：“人们知道，或预感到：当思想不再纯净、清醒，当精神不再受到尊重，那么，船只和汽车很快也不能正常运作，无论是工程师的标尺，还是银行和交易所的算法，也都将失去准确性和权威性。随之而来的只有混乱。”[668]

文化崩塌的时代也是新生的时代。为了拯救价值观，“一小群真正的思想者站了出来，他们虽然食不果腹，但依旧勇敢且宁死不屈”，他们是东方之旅联盟的核心成员，励志在“苦行僧般英勇的利己主义中融入规范和章程”[669]。黑塞希望读者在看过前言之后，能“通过这个通俗易懂的简短引言了解玻璃珠游戏的思想和故事内容”[670]。该引言也

665见：Hermann Hesse, Das Glasperlenspiel. Versuch einer Lebensbeschreibung des Magister Ludi Josef Knecht samt Knechts hinterlassenen Schriften, Frankfurt/Main 1972, S.18。

666见：同上，第19页。

667见：同上，第18页。

668见：同上，第30页。

669见：同上，第19页。

670见：同上，第10页。

描述了小品文时代，不过其内容既不简短也不通俗易懂。引言长达30多页，内容极其抽象。作者引用了一位名叫皮尼尔斯·慈恩哈斯的历史学家得出的研究成果。该研究搜集了所有与玻璃珠游戏有关的资料。按照作者的说法，这种游戏其实是一门暗语。卡斯塔里恩教会的人员会利用这种暗语来谈论所有与科学、艺术等跨学科内容相关的话题："人类在这个极具创造性的时代创造的知识、崇高的思想以及艺术品，将来的时代将要学习的知识财富，所有这些庞大的思想价值都玩转在玻璃珠游戏者手中，就像管风琴演奏家在演奏他的管风琴一般，而且这是一个完美的管风琴，其做工和踏板触碰到了整个精神层面，其音区非常广，理论上来说，可以在游戏中用这种乐器重塑整个精神世界。"[671]

作者认为，毕达哥拉斯学派、诺斯替教派、经院哲学家、人类学家、"17以及18世纪的数学家们"[672]和浪漫派哲学家们都是玻璃珠游戏大师。所有的游戏大师都有一个想要"实现知识总和的理想"，他们致力于融合"科学和艺术，科学和宗教"。这个游戏是科隆音乐高等学院一位"来自卡尔夫，名为巴斯蒂安·佩洛特"[673]的人发明的。佩洛特——黑塞在这里暗指卡尔夫那家制造塔楼大钟的工厂主亨利希·佩洛特，1894年时，黑塞曾在那儿当过学徒——用玻璃珠来替代字母、数字以及音符。他用"给小孩数球用的装置为模型，里面安装了几十条金属线，线上排列着不同大小、形状、颜色的玻璃珠。金属线就是线谱，玻璃珠则是音符。他用玻璃珠编写乐谱或发明新的主题，并不断加以改变、改进、变化或合并"[674]。随后，数学家将"这种游戏"改良成了数学—天体学模式，接着，逻辑学家和语言学家也开始使用这种游戏。无论是在雕塑艺术还是建筑中，都有人模仿玻璃珠游戏，而玻璃珠游戏者们也总能在这些新模式中发现新的关联和相似处。

671见：同上，第11页。

672见：同上，第12页。

673见：同上，第26页。

674见：同上，第27页。

300年之后，玻璃珠游戏终于发展成了一门“世界语言”，跨越了任何国家、文化以及宗教上的隔膜——而这当中起到关键作用的便是音乐。音乐是这个游戏的理想形式和最高原则。作者提到了音乐方面的“一位大师”，也就是约翰·塞巴斯蒂安·巴赫，在作者的观念中，音乐甚至要比古典文学和哲学——比如歌德、席勒和德国唯心主义——更加重要：“好几代人以来，差不多整个20世纪之后，我们就一直认为这个文化时期最伟大的成就是数学和音乐，而不是哲学或文学，此文化时期指的便是从中世纪末到我们生活的这个时代。”[675]玻璃珠游戏者团体借助音乐在世界各地广受推崇，每个国家都有一位最高“游戏领导者”监督游戏的发展，“主要就是音乐”[676]。同时，这个游戏也被神化了，在这个神化的音乐领域，所有矛盾都在思想和感官上实现了统一。

游戏理论的灵感主要来自黑塞的侄子、音乐学家卡尔罗·伊森伯格。1934年8月，卡尔罗用一架租来的钢琴花了两个星期的时间给黑塞介绍了从1600年到巴赫时代的古典音乐，同时还给他介绍了乐理和对位法。伊森伯格教会了黑塞音乐艺术的一些理论和实践知识，这在黑塞描述游戏大师克内希特生平的过程中起到了关键作用。因为约瑟夫·克内希特接触音乐的过程（“克内希特在演奏，大师演奏了第二声部和第三声部……大师演奏了三个声部”[677]）和约翰·尼古拉斯·福克在1802年出版的《巴赫传》当中的描述明显有类似之处。黑塞在文中多次提到了翼琴（一种击弦键琴），可见他在卡尔罗·伊森伯格指点下读过福克写的《巴赫传》并深受启发。1934年9月9日，黑塞拜访了卡尔罗·伊森伯格，随后不久他便完成了《玻璃珠游戏引言》的第四稿，也就是最终稿。在这部作品中，拥有惊人发现并在玻璃珠游戏发展过

675见：同上，第23页。

676 见：同上，第37页。

677见：Hermann Hesse, Sämtliche Werke, Bd.5，Frankfurt/Main 2001, S.45（Das Glasperlenspiel)。

程中带来关键性转折的人物是一位音乐历史学家，这自然不是偶然。按照作者的说法，“在约翰·塞巴斯蒂安·巴赫的儿子弗里德曼从前的遗物中重新发现了巴赫的11份手稿”[678]，此事引发了人们对过去的反思，前往东方的旅行者们也随即开始“以非常古老而纯粹的方式来演绎”[679]早期的赋格曲。根据中国的传统思想，音乐衰落之后往往就伴随着国家和道德的瓦解：“音乐是天地和谐的结晶，是光与暗的统一。”[680]文中另一处提到：“无论在古老的中国还是古希腊传说中，但凡音乐盛行的时代，人民生活总是美好和平的。玻璃珠游戏和……音乐崇拜是紧密相关的。”[681]

黑塞向来就非常了解音乐、数学、天文学之间的关联以及希腊哲学家毕达哥拉斯的“和谐“理念，该理念也同样给柏拉图、波爱修、开普勒和莱布尼茨等思想家提供过灵感。1925年，黑塞针对天文学家约翰·开普勒的《宇宙的和谐》写了一篇书评，其中就包含音乐游戏理论中出现的所有观点：“这并不只针对人类的音乐，而是整个宇宙的音乐，这是创造的音乐，让人愉快地相信这是世界和谐统一的基础。受到毕达哥拉斯和柏拉图思想的影响，这种信念和纯真的基督教信仰能够很好地互相包容。”[682]毕达哥拉斯认为行星运转时会产生音乐，黑塞在写完《玻璃珠游戏引言》后，于1934年9月写了一首纲领性的诗歌，该诗就是以毕达哥拉斯的这一理念为基础的。“宇宙的音乐”这一理念直接引自波爱修的说法（“musica mundana”[683]）：

678见：同上，第21页。

679见：同上。

680见：同上，第24页。

681见：同上，第13页及下页。

682见：Hermann Hesse, Sämtliche Werke, Bd.18，Frankfurt/Main 2001, S.557（Von der Gegenwart vergangener Literaturen）。

683 即“宇宙的音乐”；见：Anicius Manlius Severinus Boethius, Fünf Bücher über die Musik, hrsg. von Oscar Paul, Leipzig 1872, Reprint Hildesheim 1985, S.7.。

玻璃珠游戏

我们怀着敬畏之心聆听
宇宙的音乐和大师的音乐，
虔心恭候受人尊敬的大师
带来的天赐时刻。

神奇的符号充满魔力，
我们神奇地得到了升华，
永恒、激情和生命
凝结成清晰的存在。

它如星空般澄澈，
赋予我们生命的意义，
无人能逃脱它的轨迹，
只能向着神圣的轨道前进。[684]

玻璃珠游戏者起初是为上帝服务的。游戏本身没有什么意义，它仅仅是作为祭品的音乐。真正的艺术家会不断探寻天堂的法则，试图模仿宇宙的和谐并在自己的作品中反映这种宇宙法则，同样的，玻璃珠游戏大师也会用神秘的方式来进行音乐训练。他们的游戏是声音的完美结合，以对位的方式将各种独立的声音结合在一起并最终达成更高层次的统一，也就是和谐。克莱因在自杀时、克林索尔在创作的狂喜中、悉达多在冥想中、哈里·哈勒尔在魔剧院中经历的体验也出现在了玻璃珠游戏者身上。不过和黑塞早期注重现实生活的作品不同的是，

684 见：Hermann Hesse, Sämtliche Werke, Bd.10，Frankfurt/Main 2001, S.338（Das Glasperlenspiel).。

他如今更关注纯粹的思想性。玻璃珠游戏者团队以及修道院中父权至上的世界也表明，黑塞如今已经告别了当年迫切探究母性神化主题的阶段，因为在妮侬的照顾下，黑塞现在的生活颇为幸福，也就不再需要幻想得到母性的关爱。在卡尔夫那位强势的父亲死后将近二十年——黑塞在讣告中满怀虔敬地称其为“圣人” ，黑塞在妮侬的影响下终于开始接纳父权世界。黑塞的关注点从母亲转移到了父亲，绝对性和个性已然不再重要，更重要的是禁欲主义和团体生活——这一点和托马斯·曼的观点惊人的相似。托马斯·曼在他的代表性小说《约瑟夫和他的兄弟们》中也描述了父亲和母亲之间的神秘斗争，约瑟夫以“禁欲”的方式来反抗黑暗的母权，他在乱伦和同性恋的欲望间挣扎，这更显得其父亲雅各布的法则世界更加光明、幸福，也就是思想最终战胜了肉体及肉体的矛盾。荣格曾批判过弗洛伊德的升华理论，在分析荣格的观点时，黑塞在 1934 年提到了以下转变：“人们在某些情况下是有能力遵循欲望去追求超自我、思想、宗教和文化目标的。有人会为思想牺牲自己，世上有圣人也有殉道者，对我们而言，这是世界史上唯一能给我们带来慰藉和正能量的一点。”[685]

黑塞在这几个月间沉浸在 18 世纪的虔信主义中，那是他父亲的精神世界，为此，黑塞拜读了约翰·阿尔布莱希特·本格、弗里德李希·奥汀格尔和尼古拉斯·路德维希·格拉夫·冯·亲岑多夫等人的作品，仔细研究了当时的礼拜仪式和教会管理方式。这些研究有助其创作一位 18 世纪的神学家，这也是黑塞计划创作的传记中的一部分。他要描绘一个既有个性，但同时又跨时代的典型人物。黑塞想呈现一位主角，他在多次重生的过程中经历了人类史的重要阶段。最终，黑塞决定主角就是生活在 22 世纪的约瑟夫·克内希特。之后，他又在这本书的主要章节，也就是涵盖几百页的《约瑟夫·克内希特大师生平介绍》中，添加了一些虚构人物的生平，比如一位会“招雨”的异教徒，一位基

685 见：Hermann Hesse, Sämtliche Werke, Bd.19，Frankfurt/Main 2001, S.495（Über einige Bücher).。

督教的“告解神父”，一位印度“瑜伽师”。那位虔信神学家——这是黑塞对父亲的一种纪念——的生平介绍却成了残篇。

1933年和1934年，不断有人前来蒙塔尼奥拉拜访黑塞，继海因里希·魏刚特、托马斯·曼和贝尔托·布莱希特之后，法国作家、诺贝尔奖得主罗曼·罗兰、黑塞的出版商萨穆埃尔·费舍尔、女作家安妮特·科尔伯和宗教哲学家马丁·布伯也都来了蒙塔尼奥拉。画家、插图画家贡德尔·博尔莫在1933年从德累斯顿逃亡到了瑞士，黑塞让其住在“卡萨·卡木齐”。这两人一开始只是惺惺相惜，但后来却建立了长久的合作。早在1933年9月，新版的《赫尔曼·劳歇尔》就收录了这位年轻艺术家的插图。1934年1月，为了更好地帮助流亡此地的同胞，黑塞加入了瑞士作家联盟。1934年8月，黑塞曾递交请愿书，希望不要将奥地利犹太作家亚瑟·霍利彻驱逐出境——但请愿无效。由于瑞士对境内逗留有着严格的规定，获得官方许可的流亡人数自然就比较少。瑞士只是过境地，逃亡者只能在那里做短暂的停留，等找到其他可以去的国家后，就必须离开瑞士。“种族迫害”不能作为申请避难的理由，因此，大部分犹太难民都无法得到瑞士官方的认可而留在瑞士，包括共产分子也被认为“不是难民”。

1934年10月，和往年一样，黑塞又去了巴登，再次见到了托马斯·曼夫妇。尚未到达巴登，黑塞就听说自己的出版商费舍尔于10月15日在柏林去世了。黑塞立即停止旅行计划，写了一篇言辞友善的悼文悼念这位值得信赖的商人，其中赞美了费舍尔的公正，但也略微提到了费舍尔在对待他的创作主张时往往冷酷无情的态度。黑塞在悼文中称，最后几次见到费舍尔时，他那“求助般的微笑”[686]令其印象深刻。这样的暗示当然是有原因的，长久以来，纳粹分子都一直密切监视着德国的犹太出版社。费舍尔出版社曾删去了安妮特·科尔伯小说《秋千》

686见：Hermann Hesse, Sämtliche Werke, Bd.12，Frankfurt/Main 2001, S.330（Erinnerung an S. Fischer).。

中的一个脚注，为此，某家瑞士报社批评费舍尔在面对强权时表现出的是投机主义，为了维护自己的出版社，黑塞当时还专门给编辑部写了一份措辞严厉的信，其中提到“非犹太”出版社，比如雷克拉姆出版社，在这种情况下定然更会见风使舵，它们早就要求黑塞删掉《世界文学文库》中所有与犹太文学相关的标题。而费舍尔的《新评论》是第三帝国唯一一份还能让他发表与犹太人、持反对意见的天主教徒和新教徒相关文章的杂志。

面对德国寄来的微薄酬金，黑塞必须另辟蹊径赚钱。尽管他写的诗歌、回忆录和散文继续刊登在《新评论》上，包括《新苏黎士报》和《巴塞尔民族报》等瑞士报刊也会发表他的书评，但《慕尼黑报》却不愿再刊登黑塞的文章，而此前，黑塞已经为其写稿长达三十年之久。所以，黑塞接受了瑞典杂志《博尼尔斯文学杂志》[687]的邀请，为其撰写德国新文学相关的文章。这使他不得不评论一些不受欢迎的作家写的书作。1935年1月，黑塞和该出版社签约。同年3月，斯德哥尔摩出版了黑塞的第一部评论集。随后，黑塞在第二部评论集里介绍了托马斯·曼的散文集《大师的痛苦和伟大》，另外还评论了卡夫卡、格特鲁特·冯·莱福特、恩斯特·布洛赫、斯蒂芬·茨威格和西格蒙德·弗洛伊德的作品。在11月份出版的第三部评论集中，黑塞还介绍了犹太哲学家弗朗茨·罗森维格的书信集，但此举却招来了纳粹作家、文学评论家威尔·维斯普的憎恨。在莱比锡文学杂志《新文学》中，维斯普猛烈抨击了那些与民族观背道而驰的作家和出版社，认为这些人的言论完全就是在造谣、污蔑整个民族。维斯普的一位女同事批判黑塞，称黑塞最为欣赏的就是犹太作家，称其想方设法在犹太出版社出版书作，甚至在国外的犹太报纸上贬低德国文学：“他将德国当代文学泄露给德意志的敌人，泄露给犹太人。我们可以看到，当一个人习惯坐在犹太人的桌边吃他们提供的面包时，他就已经堕落了。德国作家赫尔曼·黑塞从很早以前就开始评论犹太文学，他就是个叛国者。为了他热爱的犹太人和布

687译者注：即 Bonniers Litterära Magasin。

尔什维克文化，黑塞一直在国外传播危害祖国的错误言论。”[688]

黑塞对此并不在意，也没有在这件事上多做辩护或回击维斯普关于种族主义的言论，他坚持声称自己不是“第三帝国的德意志人”，而是一个瑞士人，所以也没有“人民的叛徒”一说。于是，《新文学》编辑部便开始更加猛烈地攻击黑塞，指责他在“最困难的时期抛弃人民”，好“以买来的瑞士国籍自保”[689]。这一言论击中了黑塞的弱处。因为就在 1935 年 11 月 27 日，也就是黑塞在巴登短暂停留期间，他的弟弟汉斯自杀了。汉斯生前是巴登一家公司里的会计。这些年，他的工作都不太顺利，后来还得了抑郁症并因此被免职。那天早晨他离开家之后却迟迟没有到公司，警察在旷野上发现了汉斯的尸体。他之前应该是在绝望中用一把小刀隔断了动脉。

黑塞本就了解汉斯的情况，却没有好好关心过他，所以他对汉斯的死深感自责。汉斯的自杀让黑塞想起自己当年从莫尔布隆神学院出逃的经历，只不过当时并没有造成严重的后果。他当时虽然多次想到要自杀，但后来都挺过来了——黑塞现在明白，这种自杀的念头就像是致命的种子，深埋在他那虚弱的弟弟体内，到了最后，它彻底击败了汉斯。因为赫尔曼取得了更大的成就，汉斯从小就生活在哥哥的阴影之下，而赫尔曼打小就会以嘲讽的态度居高临下地瞧羞涩不安的弟弟，虽然汉斯不像赫尔曼那般有想法，也没有受过良好的教育，但他心肠很好而且颇有忍耐力。几天之前，黑塞还去工厂门口接了汉斯，晚上他们俩一起在宾馆吃饭下棋。当时汉斯看上去还很精神，他们一起回顾童年，忘记了害怕和烦恼。在 11 月份阴冷灰暗的一天，当黑塞站在汉斯的墓前，看到那一大群参加葬礼的人时，他意识到，自己的弟弟虽然郁郁寡欢、毫不起眼，而且也没取得多大成就，但他还是深受家人、朋友和同事们的爱戴。在小说《追忆汉斯》中，黑塞写到：“我

688见：Materialien zu Hermann Hesses <Das Glasperlenspiel>. Erster Band, hrsg. von Volker Michels, Frankfurt/Main 1981, S.134。

689见：同上，第 138 页。

意识到和我的弟弟相比，我已经很幸运了，我可以做自己喜欢的职业，从事一份更高尚的工作，也正因此，我的日子也过得更好一些，或许我不该奢望等我死后我的坟墓边上也能有这么多亲朋好友前来与我告别。”[690]

1936年，黑塞依旧和去年一样忙于应对各种舆论争议，而与此同时，他也遭到了另一方，也就是流亡者的攻击。1月11日，巴黎流亡杂志《新日报》对黑塞的新出版人，也就是萨穆埃尔·费舍尔的继任者戈特弗里德·贝尔曼进行了猛烈批判。由于费舍尔出版社在纳粹德国依旧运作良好，这出乎了很多人的意料，《新日报》出版人莱奥波德·施华驰尔特便指责贝尔曼与纳粹宣传部有勾结，说他是“受纳粹出版业保护的犹太人”[691]。在黑塞和托马斯·曼、安妮特·科尔伯一同起草的抗议信中，黑塞大力维护自己的出版商，并指出“费舍尔出版社是在德国之外的德语国家以另一种方式捍卫祖国。”[692]随后，黑塞本人也因此遭到了攻击。1936年1月19月，流亡人士创办的《巴黎日报》认为黑塞和被视为“第三帝国遮羞布”[693]的《法兰克福报》合作，这就证明黑塞也在参与美化纳粹文化政策的做法。但其实黑塞已经很久没在《法兰克福报》上刊登文章了。愤怒的黑塞写信给好友赫尔曼·库巴赫称：“眼下我真是出离愤怒，我遭到了双重攻击：我在德国的同仁们对我进行了猛烈抨击，还建议当局对我下禁令——因为我认为犹太人和流亡者也都是正常人，同时还对他们写的书作表示赞许。另一方面我又

690见：Hermann Hesse, Sämtliche Werke, Bd.12，Frankfurt/Main 2001, S.373（Erinnerung an Hans).。

691见：Hermann Hesse, Politik des Gewissens, Bd.2, Frankfurt/Main 1977, S.614。

692见：Materialien zu Hermann Hesses <Das Glasperlenspiel>. Erster Band, hrsg. von Volker Michels, Frankfurt/Main 1981, S.139。

693见：Hermann Hesse, Politik des Gewissens, Bd.2, Frankfurt/Main 1977, S.560f.。

受到这群流亡人士的攻击，他们集结在一起恨不得掐断我的脖子。”[694]

由于黑塞不想和1914年时那样陷入政治争斗，他最终放弃了和《博尼尔斯文学杂志》的合作。针对他的这一举动，纳粹宣传部门公开发文表示“赞许”，所有书局都收到了这一声明，黑塞的书作也因此得以解禁：“针对各方观点，我在此明确表示，我已经和国民教育与宣传部长、帝国文学保护监察委员会党代表达成了一致意见，我们认为作家赫尔曼·黑塞将来不应再受到攻击，而且今后也不应限制其作品在帝国出版。”[695]不过托马斯·曼的做法却截然不同。三年他来一直流亡在外，但他此前还是希望自己的书能继续在德国得以出版，甚至可以回到慕尼黑的家中。曼的孩子艾丽卡和克劳斯也过着四处流亡的日子，如今，应孩子们的要求，曼在《新苏黎世报》上表示自己也是流亡者，同时表达了对纳粹德国的不满。对于曼的这一做法，黑塞表示非常遗憾，他在1936年2月5日写给曼的信中称：“前方形势如此恶劣、严峻，除了工作，我们没有其他地方可以寻求避难。您为德意志人民带来的慰藉和能量某种程度上变得消极了，这是两败俱伤的事。而我也受到了影响，我知道这么说很自私，但我也因此失去了您这位战友。一战期间，罗曼·罗兰是我的战友，1933年以来，您就是我最好的战友。”[696]黑塞认为现在他在德国已经没有志同道合者，只剩他孤单一人了。

黑塞打算永远忠于德国读者。但自从1935年《纽伦堡种族法》颁布之后，和许多其他犹太公司一样，费舍尔出版社也面临被“强制雅利安化”。流亡者指责费舍尔出版社叛国，戈特弗里德·贝尔曼被迫将出版社迁址国外。他原本打算去苏黎世，但遭到了瑞士出版商行会的阻挠，他们认为费舍尔将会是一个强有力的竞争对手。为了避免自

694见：Materialien zu Hermann Hesses <Das Glasperlenspiel>. Erster Band, hrsg. von Volker Michels, Frankfurt/Main 1981, S.139。

695见：Joseph Mileck, Hermann Hesse. Dichter, Sucher, Bekenner, Frankfurt/Main 1978, S.277。

696见：Hermann Hesse – Thomas Mann. Briefwechsel, hrsg. Von Anni Carlson, Frankfurt/Main 1968, S.97。

己的出版社被纳粹势力利用，面对强制性的国家政策，贝尔曼想出了一招妙计。《新评论》的出版人彼得·苏尔坎普在和费舍尔家族协商之后，组建了出版社集团，而戈特弗里德·贝尔曼则负责维也纳的分社，也就是专门为流亡者服务的出版社。托马斯·曼、弗朗茨·威尔夫和卡罗·楚戈梅尔等被驱逐的作家都将出版权交给了贝尔曼。但黑塞却必须按照纳粹当局的意愿继续在帝国境内的出版社出版自己的书作。贝尔曼坚持认为，像黑塞这样杰出的作家不应继续和“被雅利安化”的柏林出版社合作。但黑塞和彼得·苏尔坎普之间的关系要比和戈特弗里德·贝尔曼之间更好。贝尔曼一直希望把维也纳的分社搬回苏黎世。黑塞向苏尔坎普承诺会一直忠于老东家新成立的这家出版社。

从1934年末开始，《玻璃珠游戏》的创作就遇到了瓶颈。虽然黑塞单独发表过从该小说主要内容中挑选出来的个别篇章，比如《祈雨师》和《告解神父》，但黑塞依旧无法将全文组织成整体，可能也是因为黑塞受政治事件的影响被迫想采取一种全新的、远离现实的叙述方式。此外，他还写了和《玻璃珠游戏》思想接近的一些诗歌。1935年7月，《克洛纳》杂志上刊登了几篇题为“年轻的约瑟夫·克内希特之诗”。《吹肥皂泡》一诗的第一节就表达了黑塞后期创作阶段所写的抒情诗的主旨，但同时也影射了他当时正在创作的散文巨作，因为《玻璃珠游戏》虽未完全成型，但注定即将完美完结：

> 这是学术和思想的结晶，
> 许多年以后，有这样一位老人，
> 他的晚年作品，那些看似杂乱无章的内容，
> 却凝结了甜美的智慧。[697]

黑塞的诗歌写于安静冥思的时刻、在花园劳作的时刻或闲适散步

---

697 见 Hermann Hesse, Sämtliche Werke, Bd.10，Frankfurt/Main 2001, S.336（Gedichte des Sommers 1933）。

的时刻，其中的思想代表了他自己的观念，黑塞自身的认知在其中得到了具象体现。大部分诗行内容看似简单轻巧，实则均是经过了反复斟酌思量的，这是一种精致的简化过程，无论是内容、形式，还是思想和措辞，都符合音律规则。思想只有动听才有意义，“和谐”是其中的关键，黑塞抒情诗的核心，他对观点和音调的完美融合，包括超越一切矛盾之后内心深处的宗教观，都体现了这种和谐——就像是一首优美的古典诗作，它绝不逊于默里克或艾辛多夫的抒情诗：

干枯的树叶

每一朵花都会结出果实，
每个清晨都会变成夜晚，
世上没有任何永恒之物，
只有变化，只有逃离。

即使最美的夏天
也会变成万物枯萎的秋天，
秋叶啊，请你耐心等一等，
即使风想将你带走。

继续玩你的游戏，不要挣扎抵抗，
让它悄悄的发生，
让折断你的风
带你回家。[698]

对黑塞来说，发展和消逝都是他惯用的隐喻手法，他深切地感受着大自然的变化，而且经常是一整天都会待在花园劳作，切身经历四

698见：同上，第324页。

季的转变。当他听到德国传来的坏消息而抑郁不快时，大花园就成了他的避难所。就像在盖恩霍芬和伯尔尼时一样，花园里的劳作也是为了让超负荷工作的眼睛得到休息，对治疗痛风也有好处。黑塞带着锄头、篮子、耙子，头戴草帽，来到一块坡地上除草、浇水或“烧土”。清晨是一天中最好的时光，天气尚未变热，邮差也还没送来信件，黑塞往往得花一整个下午的工夫来回复信件，因为他觉得写信也是一种责任。黑塞在写给格奥尔格·莱因哈特的信中提到，除草这个活有点像宗教活动：“人们跪在地上拔草，就像做礼拜一样，只是单纯地做礼拜，不过这礼拜永远做不完，往往刚拔干净第三、第四块田里的草，第一块田里又冒出了青草。”[699]

黑塞觉得田间劳作有神奇的治愈功效，但是对于他的妻子妮依来说，这却是项繁重的活。妮依特别害怕每年 9 月底到 10 月底期间收摘葡萄酿酒的那几个礼拜，就算平时，她也不太喜欢在陡峭、狭窄的露台花园干活。不过画家君特·博梅尔却和妮依不同，他是黑塞忠实的“花园劳作伙伴”，为了能和自己崇拜的诗人待在一起，他乐意干些脏活累活。在和黑塞一起浇水、烧土、铺花园小路、收摘葡萄的时刻，他能见到这位“山中智者”的另一面，他见识了黑塞幽默、童真，甚至偶尔淘气的个性。有一次正当他们俩在花园劳作时，突然下起了暴雨，他们不得不赶紧回家。等到乌云散尽，湿漉漉的花园在阳光照耀下闪闪发光，黑塞见此情形兴奋异常，他穿着田间劳作的鞋子，像个流浪僧人一般在书房光滑的地板上跳起了舞，一边快乐地咂着嘴，一边手舞足蹈。

黑塞会自豪地向重要的客人们展示自己的花园，花园就在斜坡上，按照提契诺的传统方式建造了石墙、阶梯和小路，里面还有“中国式的”竹林，好几块菜地和花圃，另有一个种着药草的花园和罗马式的水池。而黑塞的读者则可以通过他的一首诗《花园里的时光》了解他家的花园，

699见：Hermann Hesse. Freude am Garten, hrsg.von Volker Michels, Frankfurt/Main 1998, S.190.。

该文于1936年9月在维也纳的贝尔曼·费舍尔出版社出版。黑塞在文中详细地介绍了花园劳作所需要的装备、器具和使用这些设备的技巧。他觉得自己在这一方面特别擅长。园丁走的这条路通往“鲜花森林”，那里有一片蔷薇花海，蔷薇沿着花岗岩石蜿蜒而上，一路上还会经过种有剑兰、荷包牡丹和茉莉花的花圃，路上还能看到一株因霜寒裂成两半的老仙人掌。园丁一路穿过藤蔓植物沿着山坡而下，直到红房子消失在高高的黄杨树后。接着，他检查蔬菜是否得到了充足的水分，给几株孤零零立在那里的花浇了水，紧接着，叙述者小小地赞美了一下妮侬，因为这儿是她的领地：

> 虽然这些蔬菜
> 几乎都是这位女士播种照料的，然而偶尔
> 我也觉得自己需要参与其中，因为这项工作着实过于繁重，
> 而且主妇除了料理花园还有许多别的职责……
> 我仔细地扫视这一大片菜圃；
> 它们确实长得不错，就算是能干的农妇
> 或女园丁也不会做得比这更好了。[700]

这首六音步诗总体散发着闲适惬意的气息，但其中偶尔也出现了诙谐的声调，尤其是用庄严的语气来描述日常事物时：

> 第五行里长势良好的是我的西红柿（我之所以说是我的西红柿，因为它们都是我种植、照料的，其余蔬菜都是我妻子料理的，它们的存在都得归功于她的付出）。[701]

700见 Hermann Hesse, Sämtliche Werke, Bd.9，Frankfurt/Main 2001, S.606（Stunden im Garten）。

701见：同上，第607页。

然而黑塞不光是会浇花除草的园丁。对他来说，最有趣的游戏当属焚烧泥土，过滤灰烬，为此，妮依称他为“烧炭工”，他喜欢在火红的炭火前沉思冥想。火焰对于黑塞来说就是“万物回归为一体”，是用思想来达到纯粹、澄澈的境界：

我不情愿地
在强而有力、节奏稳定的晃动中解体。
这些节奏又让人不知疲倦地回忆起
那首我时常哼唱的歌曲，我不知道它
和曲作者的名字，接着我突然意识到：是莫扎特！
这是他的一首双簧管四重唱……这时我的脑海里出现了
一个思想游戏，这是我多年来一直在探索的
玻璃珠游戏，这是一个伟大的发明
它以音乐为结构，以冥思为基础。
约瑟夫·克内希特是一位大师，我感谢他让我拥有了美好的幻想。
在快乐愉悦的时候，这对于我来说就是游戏和幸福，
在痛苦迷茫的时候，这对我来说是就是慰藉和思考，
此处，围着火堆，筛着灰烬，我经常会玩这种玻璃珠游戏，
尽管我已和克内希特不同……
远处马厩里那片花海正对着我，
午后蓝天下，蔓藤后面传来阵阵芳香，
我听着音乐，看见了过去和将来的人们，
看见智者、诗人、研究者和艺术家一起齐心合力
正在造一座安有千百扇门的思想殿堂——我打算
终有一天要将它写下来，但这一天尚未来临。[702]

702见：同上，第614页。

黑塞提到写《玻璃珠游戏》的时机尚未到来，这表示黑塞打算在合适的时候好好完结这项创作计划。1937 年 2 月，也就是黑塞 70 岁生日那年，《新诗集》出版，但约瑟夫·克内希特的故事依旧进展缓慢。托马斯·曼的书作此时已经被禁止在德国出版，在黑塞生日之际，曼在《新苏黎世报》撰文希望黑塞“早日顺利完成这部勇敢的心灵冒险和梦想之作《玻璃珠游戏》”[703]，并认为以黑塞的声望不久就可以获得诺贝尔文学奖。黑塞已经在一年前荣获瑞士的戈特弗里德—克勒文学奖，在他生日之时当地也举办了很多庆祝活动，不过德国境内却对此没有做出太多的回应。报刊上要么没有提及黑塞的生日，就算提到了，也没有多做评论。只有特奥多尔·豪斯在《帮助》上发表了一篇长论祝贺黑塞，黑塞对此十分感激。戈特弗里德·贝尔曼在祝贺黑塞的同时，也希望黑塞能再次与他合作，《简约》杂志另辟蹊径，在祝贺黑塞的同时却没有提及这位前合作者的名字。蒙塔尼奥拉又是另一番情形：来访者络绎不绝，其中包括作家汉斯·卡洛萨、鲁道夫·斌蒂、马克思·皮卡德、恩斯特·维西特和斯蒂芬·茨威格，另外还有神话研究者卡罗·克热依，流亡人士、年轻的作家彼得·怀斯和出版商彼得·苏尔坎普。每天都有访客和好奇者突然来访，这让黑塞应接不暇。露易丝·林泽尔非常崇拜黑塞，她曾将自己的第一部小说寄给黑塞并希望通过这种方式结交黑塞。1937 年 11 月，黑塞在写给林泽尔的信中称：“今年一整年我几乎都是在早上看信、回信，一天下来眼睛都不堪重负，下午则要接待来访者。今年已经有上百个人来访了。他们坐在我家喝茶聊天，带来我的朋友们让他们转达的问候或介绍信；这些来访者带来了自己的忧虑和恐惧，在抱怨和忏悔中显得万分绝望；其中有偷了父母的钱偷跑出来的中学生；有安静的老者，他们向我讲述自己的过往岁月，还说认识我的某位阿姨；还有些流亡人士，衣衫破旧，身无分文，他们需要别人的安慰和救济。所以我每天入睡时脑袋里都装满了这些陌

703见：Materialien zu Hermann Hesses <Das Glasperlenspiel>. Erster Band, hrsg. von Volker Michels, Frankfurt/Main 1981, S.181。

生人的故事，随着年龄的增长，我越来越不愿打断他们的谈话，也不愿借工作来回避这些人。所以我不知道什么时候才能找出手稿继续写下去，重读手稿向来就是一种折磨人的工作，我很怕面对这样的工作。”[704]

黑塞的创作遭遇到瓶颈，这也导致他和妮侬之间的关系再次变得紧张起来，黑塞曾在《花园里的时光》中将妮侬描述成一位忠实的家庭主妇和勤劳的女园丁，但是妮侬并不愿成为这样的主妇，她认为自己是受过教育、有学术抱负的女性。此外，她得接受一次妇科手术，这更让她觉得异常害怕、无助。那年春天，也就是在黑塞生日前不久，妮侬独自去了希腊旅行，这让黑塞再次感觉自己被冷落了。对彼此的不满让他们俩在很长一段时间里都处于冷战之中，他们互不说话，在家也只用书信交流，而且信中的语气都很尖酸刻薄，为了避免碰面，他们只把信放在一个特定的地点。妮侬称呼黑塞为“鸟儿”，而黑塞则称妮侬为“考依波统”[705]，暗指她就像晚三叠纪的石头一样固执不堪。妮侬小心翼翼地写道：“早上好，鸟儿，妮侬已经在你门口附近徘徊两次了，却不敢走得更近！”黑塞也尽量避免直呼她的名字，这让他的指责听起来没有那么严厉，但其中的不满之情还是非常明显：“考依波统应该更好地关心鸟儿的饮食。”[706]黑塞经常会为了一些小事大发雷霆，比如某本书放错了位置或者某根香蕉长了霉点等。为了避免发生这些不快，妮侬渐渐开始变得谨小慎微，连周围的人都看到了她的这种变化，但她还是无法事事让黑塞满意。自从她开始负责操持家务之后，她就觉得自己不堪重负、敏感易怒。甚至连送信员来得稍晚一点都会遭到她的指责，因为妮侬认为别人打乱了她的时间表。村子里的人都私下议论说：那位作家的太太态度冷淡，而且非常高傲。但是黑塞本人却十分和蔼可亲，因为他待人总是十分友好，而且会与其他

---

704 见：同上，第 182 页。

705 译者注：原文 Keuper，即晚三叠纪。

706 见：Gisela Kleine, Nino und Hermann Hesse, Sigmaringen 1982, S.274。

人聊聊天。黑塞非常担心妮侬会太过自闭——这也是妮侬自我保护的方式，同时，他也担心妮侬的完美主义，于是，他再次表示妥协让步，想以此打破两人之间的隔阂："小考依波统，我似乎做错了一些事情。因此我只想说：我今天早上七点起床，为了怕踢到百日草盆栽而惊动你，只能蹑手蹑脚走过你楼上的小花园，我这么做不是为了让你生气，而是想让你高兴。"[707]

1938年3月12日，德国军队入侵奥地利，希特勒早就妄图将奥地利纳入第三帝国。德国对奥地利的镇压引发了一场新的逃亡，很多人逃到了提契诺。妮侬的许多朋友和亲属也被迫流亡，需要他们收留或给予金钱方面的援助。这让黑塞感觉回到了一战期间在伯尔尼战俘援助机构工作的时候，他需要处理一大堆事。黑塞帮犹太亲友向当局申请允许他们暂时居住在瑞士，但大部分申请都被驳回了，因为瑞士当局几乎不再发放暂居许可，这让妮侬感到十分沮丧。1939年3月，随着《慕尼黑协定》的签订，德国军队入侵捷克斯洛伐克，妮侬开始担心身在布拉格的姐姐莉莉。此时，盖世太保解散了贝尔曼·费舍尔在维也纳的出版社，黑塞只能决定继续和之前的柏林出版社彼得·苏尔坎普合作。戈特弗里德·贝尔曼及时和家人一起逃到了瑞士。1938年3月，贝尔曼在斯德哥尔摩又设立了第二家为流亡作家服务的出版社。

新的难民潮从他身边涌过，黑塞越发强烈地感觉灾难即将来临，就在此时，他又开始了《玻璃珠游戏》的创作。该书的一部分章节已经在《克洛纳》杂志上连载发表了。在黑塞写给格奥尔格·莱因哈特的信中强调了自己身为作家的使命和责任："您可能会觉得：世界已经走向灭亡，善心的黑塞还在追求什么必要的目标呢！我坚信，我所追求的尽管只是一个游戏，却比那些将军、国家领导人和人民所做的更正确、更有必要，这些人不管是否自愿，都是在为战争服务，都是在时刻准备作战，我不想与之同谋。对我来说，在这痛苦之中，唯一一

707见：同上，第706页。

个小小的慰藉便是没有人可以强迫我为战争服务。”[708]

1939年9月1日，德国入侵波兰，黑塞对此并没有感到震惊。两天之后，英国和法国宣布对德开战，二战开始了。连瑞士都开始进行战时动员以应对可能的攻击。黑塞的儿子布伦诺、海纳和马丁此时已经成家有了孩子，他们也应征加入了军队。德国国防军快速占领了一个个国家——开始是波兰，然后是挪威、丹麦、比利时、荷兰，1940年6月还攻占了法国北部——黑塞对此甚感震惊，他不敢想象整个欧洲会落入纳粹德国之手。在此期间，苏联军队在1940年入侵了罗马尼亚，因为德国和苏联签署了互不侵犯条约，妮侬的家乡切尔诺维茨被苏联占领。黑塞尽可能向逃亡到法国收容所的亲友提供帮助，给他们寄去食物和书籍。时局的发展让黑塞备感震惊，他甚至做起了噩梦。1939年3月，他在《梦境日记》中记录了自己在深夜和希特勒会面的情形：“我开始跟他说话时还能克制自己的脾气，然后就开始怒火中烧，他行为卑劣，当我满腔怒火地说话时，他幸灾乐祸地模仿我虚弱但刻意拔高的声调。我已经将他视为敌人。”[709]字里行间都能很明显地看到黑塞——被压抑的——愿望，他想直接干掉希特勒，但同时他又害怕暴露自己是其对手的身份。

黑塞从不赞许前线士兵的英雄主义。早在一战期间，黑塞就认为这是错误的理想主义。他始终认为，每个人都应该懂得自己个人的社会责任感。他笔下的主人公约瑟夫·克内希特就代表了辩证的服务观，克内希特的僧侣理想中融入了自我意识和公共意识。黑塞在1941年11月写给一位读者的信中称：“中世纪时期，大多数修道院不仅是苦行或出世之人的修炼地，同时还孕育了文化、知识、音乐和教育业，人

708见：Materialien zu Hermann Hesses <Das Glasperlenspiel>. Erster Band, hrsg. von Volker Michels, Frankfurt/Main 1981, S.202f.。

709 见：Hermann Hesse, Sämtliche Werke, Bd.11, Frankfurt / Main 2001, S.706（Traumtagebuch. März 1940）。

们还会在此处照料老弱病残。”[710]对黑塞来说，这种服务的最高形式便是自我牺牲，信徒会为了真理献出自己的生命——就像最后死去的克内希特一般。黑塞的这个想法是受了好友胡戈·巴尔的启发，巴尔多年以来都热衷于研究基督教殉难者。殉难不是黑塞的选择。他不想成为一个反抗者，而是成为一名思想和精神的引导者。《玻璃珠游戏》描述的并不是黑塞浪漫艺术宗教的终结，而是其巅峰，它并不代表黑塞就此告别了用艺术来疗伤的阶段。事实正好相反，正是因为恐惧，艺术才成了更为重要的疗伤方式，写作是一种神圣的行为，是一种神秘的过程，就像是圣餐的变体一般，面包和红酒变成了基督的肉和血，言词在写作中拥有神秘的含义。《玻璃珠游戏》不止是一首诗，而是一场圣礼。黑塞认为自己是卡斯塔里恩世界的大祭司，他用自己的书让那些无法言说的、对思想的信仰变得有形，并以此带来一种能创造世界、保护世界的力量。他在小说前言中曾提到：“必须让人们看到，有些事物既无法证明其自身存在，又有可能不存在，但只要虔诚而有良知的人认为它们是存在的，它们就可能真的存在，没有什么比让人们进一步认识到这件事更加必要。”[711]

黑塞在《克内希特大师生平介绍》中就介绍了这样一位虔诚而有良知的人。约瑟夫·克内希特是个孤儿，也就没有任何相关的家族史，仿佛没有过去，这是一个典型的主角式人物，小说中前十个章节在介绍克内希特的生平时都是延续了歌德《威廉·迈斯特》中的传统教育小说模式。黑塞选择了克内希特[712]这个名字，这就暗示他不会像歌德一样试图描述主人公寻求自我解放的过程，克内希特并不是自己生命的主宰者，他从一开始就准备为更高的体制服务。在小说的第一章，拉

710见：Materialien zu Hermann Hesses <Das Glasperlenspiel>. Erster Band, hrsg. von Volker Michels, Frankfurt/Main 1981, S.217。

711见：Hermann Hesse, Sämtliche Werke, Bd.5，Frankfurt/Main 2001, S.7（Das Glasperlenspiel）。

712译者注：克内希特，德语原名为Knecht, 意指“仆人”。

丁语小学12岁的孩子通过考试进入了艾斯赫尔兹精英学校，他是在宗教团体成员、年迈的音乐大师面前通过考试的——这是一次命运般的邂逅，也是理解小说内容的关键，因为这当中体现了玻璃珠游戏的主题，也就是约瑟夫·克内希特将沉迷于音乐和音乐中的精神世界。音乐大师让这位考生演奏一曲，然后指导他演奏多声部的赋格曲，"他在眼前的赋格后感受到了思想，规范和自由、服务和统治在其中达到了完美的统一，他对这种思想和这位大师叹服不已，在这短短的几分钟里，他看见这种音乐思想指引、主宰并诠释了自己、自己的生命和整个世界。"[713] 约瑟夫·克内希特意识到，音乐高于艺术，它就是一种世界秩序。规范和自由达到了完美统一，在这样的和谐统一中，第一声部演奏出的主题被纳入了第二声部，同时还产生了变化，只有这样才能在一气呵成的声部"赋格"中、在不断变化的声调中体现出生命的本质，音乐带来的震撼体验让克内希特见识到了一个全新的世界。当约瑟夫离开大师的房子后，他眼前的世界"产生了变化，变得更加迷人"。他明白了自己的天职，他终将成为一位游戏大师——而且那位年迈的音乐大师也确信，这个孩子"有成为音乐大师的天赋，他能为宗教团队带来激情和章程，他有敬畏之心，能为团队服务。"[714]

在作者眼中，约瑟夫·克内希特的一生"阶段分明"[715]，他就像是传说中的圣人，且终将成为后世楷模。在艾斯赫尔兹精英学院，克内希特接触到了团队的思想和组织，但他一开始对此是持怀疑态度的。克内希特被派到华尔采尔修道院，这是一家西妥教会的修道院，同样隶属于卡斯塔里恩宗教团队。在前往华尔采尔之前，由于克内希特成绩良好，他被允许去蒙特港拜访尊敬的音乐大师，大师教会了他冥想的艺术，这是学习玻璃珠游戏的重要前提。华尔采尔的这所学校推崇

713见：Hermann Hesse, Sämtliche Werke, Bd.5，Frankfurt/Main 2001, S.46（Das Glasperlenspiel）。

714见：同上，第47页及下页。

715见：同上，第40页。

缪斯女神，根据一个古老的传说，这里是“培养高明玻璃珠游戏者的圣地”[716]。黑塞在描写这座修道院时是以莫尔布隆为原型的，游戏大师托马斯·冯·德·特拉夫（以托马斯·曼为原型）也在这个修道院，这位大师很快注意到了这位天资卓越的学生。克内希特在修道院结识了两位好友，不过这两人个性却截然不同：一位是旁听生、追求自由的普林尼奥·特西格诺利，克内希特和他公开讨论了卡斯塔里修道院团体的特权。另一位名叫卡洛·费洛蒙梯（以卡尔罗·伊森伯格为原型），他让克内希特学到了“古典音乐”的本质。多年以后，克内希特结束了华尔采尔的学业，即将开始自由学习阶段——这也是卡斯塔里恩教育理念的一部分，他作为团队特使被派往玛利亚费尔的本笃会修道院。为了让天主教会和卡斯塔里恩宗教团队建立外交关系，克内希特得在此地做好先期准备。他在这里遇见了雅各布斯神父，后者是研究本笃教历史的专家。神父认为玻璃珠游戏是值得商榷的，觉得这不过是为艺术而艺术，他让克内希特想想自己在文化上担负的社会责任，同时认为玻璃珠游戏者在秉持严肃宗教观的同时缺乏“知识和美学上的智慧”[717]。天主教神父的批判在克内希特心中第一次播下了怀疑的种子，他也开始质疑起玻璃珠游戏的本质和卡斯塔里恩宗教团队的教育目标。在玛利亚费尔，克内希特见到了几百年间累积起来的宗教财富和天主教大弥撒带来的美与震撼，他开始扪心自问：“卡斯塔里恩文化是否有可能只是西方基督教文化的一种世俗形态或临时模式，会不会终有一天又会被吸纳进基督教文化。”[718]

回到华尔采尔后，40 岁不到的克内希特就被选为已辞世的玻璃珠游戏大师托马斯·冯·德·特拉夫的接班人，作为大师，他就此进入了团队的最高阶层。在教会高层眼里，克内希特之所以能登上高位，不仅是因为他优秀地完成了在玛利亚费尔的外交使命，更是因为年迈

716 见：同上，第 74 页。

717 见：同上，第 149 页。

718 见：同上，第 156 页。

的音乐大师对他做出的积极评价，他的言论左右了选举委员会的决定。年迈的音乐大师是卡斯塔里恩世界神秘的核心人物，黑塞在小说中多次暗示，这位大师的原型就是约翰·塞巴斯蒂安·巴赫，这位大师把毕达哥拉斯理论融入了《赋格的艺术》[719]和《音乐的奉献》[720]中，认为音乐是用来描述天堂规则的。黑塞已经认识到了这其中的关联，这也是他选择小说主角人名的原因，因为当巴赫在1747年将自己的《音乐的奉献》献给普鲁士国王腓特烈二世时，他在献词中称自己是“卑微、顺从的仆人”[721]。此外“音乐的奉献”这个非凡的主题也让人联想到了献祭时提倡的《古老的毕达哥拉斯行为规范》（托马斯·亚历山大·斯勒扎克著），上面提到，不应该将流血的动物献祭给神明，而应该献上音乐，也就是音乐的奉献。因此，全书以奉献作为隐喻也不是一种偶然，这是作者在以隐晦的方式纪念约翰·塞巴斯蒂安·巴赫，全书贯穿了这种奉献思想，连主人公约瑟夫·克内希特最后都献出了生命。

约瑟夫·克内希特的结局早在《祈雨师》传说中就已经确定了，黑塞写的这一传说发表在1934年5月的《新评论》上。石器时代，在一次旱灾中，祈雨师牺牲了自己，只有通过以死献身的仪式，才能驱赶恶魔，才能让农作物和子民们得以生存。同样，当卡斯塔里恩世界原本精湛的技艺开始失去意义，且逐渐脱离尘世时，为了让卡斯塔里恩继续生存下去，克内希特离开了宗教团队最高领导人的位置，打算将余生献给教育事业，好好教育好友普林尼奥·特西格诺利的儿子提托。他不想再当游戏大师，他想成为一名教育大师。克内希特知道，宗教团队应该从根本上进行自我改革和革新，而他自己也需要全新的发展。

719见：Hans-Eberland Dentler, Johann Sebastian Bachs “Kunst der Fuge”. Ein pythagoreisches Werk und seine Verwirklichung, Mainz 2004。

720见：Hans-Eberland Dentler, Johann Sebastian Bachs “Musicalisches Opfer”. Musik asl Abbild des Sphärenharmonie, Mainz 2008。

721见：同上，第22页。

改变——这是他从赋格艺术中得到的灵感——才是唯一持久的事物："我觉得，我的生命应一步步超越过去，应一层层向上进步，应该永远有进步的空间，就像音乐会不断地用各种节奏处理、演奏、完善一个个的主题那样，永远不知疲倦，永远保持清醒，在当下，它永远都是完美的。"[722]

克内希特和提托在阿尔卑斯山下的贝尔朋特第一次见面时，悲剧就发生了：他和这位年轻的学生比赛游泳，约瑟夫·克内希特此前刚刚爬过山，虚弱的他不幸溺死在冰冷的山间湖泊之中，他的学生活了下来，但他意识到自己要为老师的死负责："他不断自责，觉得自己要对大师的死负责，但就在这时，神圣的念头一闪而过，他突然感到，这份罪责改变了他和他的生命，同时还将迫使他做出从未做过的、非常伟大的事。"[723]因此，死亡并不是结束，而是一个新的开始，它象征着重生，是灭亡后的再生，是必要的改变和进一步的发展，就像约瑟夫·克内希特还是学生时曾写下的一首诗那般——这首诗被收入了《约瑟夫·克内希特的遗作》中：

阶段

正如每朵花都会凋谢，每个年轻人都会变老，
每个生命阶段都会绽放其光彩，
每种智慧和道德也会在相应的时代大放异彩
却从不会永恒存在。
生命在每个生命阶段
结束后迎来新生
要勇敢，不要悲伤

722 见：Hermann Hesse, Das Glasperlenspiel. Versuch einer Lebensbeschreibung des Magister Ludi Josef Knecht samt Knechts hinterlassenen Schriften, Frankfurt/Main 1972, S.367。

723 见：同上，第 394 页。

要赋予其全新的职责。
每一个开始都蕴含着魔力，
这会保护我们，帮助我们活得更好。

我们应该高兴地穿越空间，
不要将任何地方视为故乡而眷恋不已，
世界精神不会束缚我们，
它会让我们从一个阶段升华到另一个阶段。
我们不应该局限于一种生活
舒适的生活只会让人虚弱无力，
只有那些随时准备离开的人，
才能摆脱让人颓废的安逸生活。

死亡的时刻也许会来临
给我们带来新生，让我们进入新的空间，
生命的呐喊从未停止
现在就开始吧！心灵，再见即是重生！[724]

1942年4月29日，黑塞从巴登给自己的姐姐阿黛尔寄去了一张明信片，并告诉她自己的小说已经完结："亲爱的阿迪斯，昨天我终于写完了"约瑟夫·克内希特"一书的最后几行。想你的赫尔曼。"[725]黑塞在5月2日写给作家鲁道夫·雅各布·胡姆的信中称，为了写完最后的20页，他"几乎花了将近一年的时间"[726]。黑塞和妻子妮侬在"维

724 见：Hermann Hesse, Sämtliche Werke, Bd.10，Frankfurt/Main 2001, S.407（Stufen）。

725 见：Ralph Freedman, Hermann Hesse. Autor der Krisis. Eine Biographie, Frankfurt/Main 1982, S.474。

726 见：Materialien zu Hermann Hesses <Das Glasperlenspiel>. Erster Band, hrsg. von Volker Michels, Frankfurt/Main 1981, S.223。

瑞纳霍夫”一直住到5月底。他的妻子帮他一起整理、修改《玻璃珠游戏》的各部分手稿，5月28日，黑塞将小说寄给了费舍尔出版社。此外他们准备出一本收录了各种抒情诗的诗集。然而黑塞没有想到，这份小说手稿在柏林出版社的抽屉里待了有7个月之久。彼得·苏尔坎普努力争取获得当局许可来出版这部巨著，不过这事儿可不容易，因为黑塞如今已经成了不受纳粹德国欢迎的作家。黑塞在写给爱丽丝·罗伊特霍尔德的信中称：“这段时间我读到了一份奇怪的文档，有人给我寄来了一份从德国偷运出来的声明，这是一份在德国被列为‘绝对机密’的文档，是当局发送给各大报刊编辑部的。其中提到，尽管各个报纸可以提到我过65岁生日一事，但必须同时强调，这位作家的作品是受到“一种主流意识引导的”，并提醒人们注意，尽管我是一位有天赋的作家，但我绝不是青年的领袖，虽然二十年前我可能确实是年轻人的领袖。能看到这份文档是件好事，这样我就可以提前知道全德国的报刊上会写些什么内容，也就不需要再去翻阅这些内容了。”[727]

不过黑塞还是一直希望自己的最后一部作品可以在德国出版，因为这本书标志着思想上的反抗，是“人类和爱的乐园”，是对纳粹德国和战争的一种回答，是开给所有德国人的秘方。

727见：同上，第223页及下页。

第十五章

彼得·苏尔坎普为自己的出版社与当局交涉。《玻璃珠游戏》在瑞士出版。苏尔坎普被逮捕。约瑟夫·伯恩哈德·朗格去世。新一轮攻击：汉斯·哈贝事件。黑塞获得歌德奖和诺贝尔文学奖。苏尔坎普在德国出版《玻璃珠游戏》。名誉博士和荣誉市民。“同伴和兄弟”：托马斯·曼在黑塞70岁生日之际献给这位告解神父、传道士和教育家的致辞。姐姐阿黛尔去世。抑郁敏感。决定支持彼得·苏尔坎普。

1942年，黑塞不安地等待着柏林方面的回复。帝国文学院迟迟没有给出出版许可。彼得·苏尔坎普坚持不懈地同纳粹宣传部进行抗争，后者正是其出版社的监管部门。同奥托·弗拉克、曼弗雷德·豪斯曼、奥斯卡·勒尔克一样，纳粹当局认为黑塞也是这家出版社旗下那些世界观“可疑”的作家——尽管《玻璃珠游戏》的新章节已经得到许可被刊登在《新评论》上。纳粹文化机构要求苏尔坎普除去出版社名称中的萨穆埃尔·费舍尔这一犹太名。最终，双方妥协，把出版社的名称定为“苏尔坎普出版社，前身为萨穆埃尔·费舍尔出版社”。

这几个月间，《玻璃珠游戏》出版许可的批复迟迟未来，黑塞对此深感不安，而同时，他的身体状况也每况愈下。4月16号他在写给托马斯·曼的信中称：“早在几年前我就患了风湿病，而近两年来更是越发严重了，一年半以来，我无法握拳，无法提物，有时我甚至连笔都握不住。”[728] 托马斯·曼自1938年起便流亡到了美国，他经常会在写给黑塞的信中抱怨自己的境况。黑塞的健康顾问朗格医生给他注

728 见：Hermann Hesse – Thomas Mann. Briefwechsel, hrsg. Von Anni Carlson, Frankfurt/Main 1968, S.152。

射了一些蜂毒和维生素液，因为苏黎世市立医院开给他的普通药剂没什么效用。黑塞还跟托马斯·曼说，他还因“剧烈的眼部痉挛”饱受折磨，甚至连信都看不了。

这个夏天黑塞过得非常轻松闲适。海纳同妻子和孩子一起骑自行车去了蒙塔尼奥拉，随后，黑塞和妮侬去了伯尔尼同马丁和布鲁诺见面。马丁在伯尔尼工作，是一名自由摄影师，而此时布鲁诺也成了一个小有名气的画家。黑塞很爱他的儿子们——虽然他们也和黑塞一样性格非常难以相处，黑塞还会在经济上资助儿子们。他一直鼓励儿子们坚持走自己的道路，也不会强迫他们接受自己的想法。虽然他的儿子们非常尊重父亲民主的态度，但他们还是觉得自己终身都处于父亲巨大的阴影之下，正如布鲁诺在一篇日记中写道：“唉，我写的东西真是拙劣、不够完美，父亲是一个这么伟大的人物，如此睿智、沉着，每一个细微的动作都饱含深意或充满优雅和力量，他不会犹豫畏缩，他的一切都完美而圆满，简直是太美好了。”[729]

妮侬和黑塞在马克斯和提列·瓦瑟梅尔家的布莱姆加藤宫住了几天。然而，过去的糟心事又开始冒出来了。11 月的时候，米娅的房子被烧成了灰烬，她所有的家具，包括黑塞写给她的所有信件和黑塞从前的无数手稿都被烧毁了。黑塞担心此次不幸事件会给前妻带来重大的精神打击，马丁和布鲁诺匆匆赶回阿斯科纳陪伴母亲。黑塞听到这个消息时正在巴登疗养，11 月 20 日，彼得·苏尔坎普也来到这里拜访黑塞。在此期间，这个出版商瘦了足有 48 斤，显然这是因为他在过去几个月和当局不断交涉、太过辛劳所致。苏尔坎普带回了黑塞的手稿，也就是小说没能获得德国方面的出版许可。黑塞当即决定把这本书交到苏黎世的弗雷茨 & 瓦斯姆特出版社出版，一年前，黑塞的《新诗集》就是在那儿出版的。1943 年 3 月 20 日，他们签订了合约。在双方一致同意的情况下，彼得·苏尔坎普把黑塞作品的所有国外版权都还给了

729 见：Uni Rothfuss, Hermann Hesse privat. In Texten, Bildern und Dokumenten, Berlin 1997, S.164。

黑塞，这样他的全部作品才能在瑞士得以出版。

《玻璃珠游戏》于 1943 年 11 月 18 日以上下册的形式在瑞士出版发行，收到良好反响的同时也不乏批判意见。对黑塞来说，这些批评是意料之中的。他在 12 月底写给奥托·克拉蒂的信中称："期待小品文作家们喜欢上一本嘲讽小品文及小品文时代的书本身就是一件蠢事。"[730]首先，巴塞尔的《民族报》就对小说中提到的"小品文时代"非常反感。最让黑塞感到深受打击的是来自鲁道夫·雅各布·胡姆的批判，这位作家原本是黑塞的好友，他在 12 月 10 日苏黎世《世界周报》上撰文称，卡斯塔里恩修道院里全是"垂垂老去、疲惫不堪的思想巨人"。他认为思想和现实世界之间出现了一条深深的鸿沟，而黑塞所描绘的破败之景使这个世界看起来就像是一个乌托邦。胡姆称，《玻璃珠游戏》更确切地说是反映了黑塞的问题，而不是现实问题："这是一部关于黑塞和他内心世界的小说，从中可以看到他在这个极度危险的时代意图退缩的态度。"[731]黑塞愤怒地回应道："您完全误解了这部我花了11年半才完成的小说，您想在我肩上狠狠地敲一记，这让我感到很惊讶。人们往往会忘记，就算是朋友有时也会干出出乎你意料的事。但如果我能够向您许下什么新年愿望的话，那么我的愿望是：请不要再写任何与我有关的文章了。"[732]当然也有很多人是对这部小说表示赞许的，罗伯特·法埃斯在伯尔尼《联邦报》上写了一篇详尽的书评，说黑塞"从病理学角度挖掘了天性问题"，同时对克内希特"亲切、超然的开朗

730见：Materialien zu Hermann Hesses <Das Glasperlenspiel>. Erster Band, hrsg. von Volker Michels, Frankfurt/Main 1981, S.233。

731见：Materialien zu Hermann Hesses <Das Glasperlenspiel>. Zweiter Band, hrsg. von Volker Michels, Frankfurt/Main 1981, S.28。

732见：Materialien zu Hermann Hesses <Das Glasperlenspiel>. Erster Band, hrsg. von Volker Michels, Frankfurt/Main 1981, S.236。

心态”[733]表示赞许。著名的日尔曼学家埃米尔·施戴格写道：“很久没有一本书能够这样让我充满力量了。”[734]

战事越是激烈，对内的恐怖统治就越血腥。自从斯大林格勒战役的失利和美国加入战局之后，希特勒针对犹太人的灭绝政策就执行得更加彻底，所有占领区内的犹太人均被逮捕，他们被运到集中营后惨遭大批屠杀。纳粹在社会各个领域都妄图执行灭绝政策。4月中旬，彼得·苏尔坎普因为“有意图叛逆的重大嫌疑”[735]被党卫队国家安全部逮捕，随后被送往拉文斯布吕克的盖世太保监狱。长久以来，除了宣传部之外，还有一些纳粹头目，比如博尔曼和希姆勒，都在试图肃清苏尔坎普出版社。他们从一个密探那里拿到了给苏尔坎普定罪的充分证据，其中包括苏尔坎普拜访赫尔曼·黑塞的瑞士之行。1945年1月21日，苏尔坎普被转移到萨克森豪森集中营，他在那儿遭到了严重虐待，身受重伤，2月2号，他被转移到波茨坦的一个小诊所里。5月10号，德国宣布投降，两天之后，柏林的这家出版社在最后的战火硝烟中被毁，黑塞作品的剩余卷册也被尽数焚毁。

战争刚结束后的几周，在不安和未知中，黑塞收到消息，他的好友约瑟夫·伯恩哈德·朗格于6月3日因为脑溢血去世。自从朗格1944年春天中风之后，他就一直没能恢复健康。黑塞在寄给朗格的女儿玛尔莉的一封吊唁信里，给自己的这位好友画了一副画像，画中的人物亲切和善。朗格曾经在黑塞生死存亡之际给了他莫大的帮助，而事实上，他自己也只是一个需要帮助的普通人：“在我的心中，他不再是过去那个愤世嫉俗之人，而是一位开明、值得信赖、讨人喜欢的

733见：Materialien zu Hermann Hesses <Das Glasperlenspiel>. Zweiter Band, hrsg. von Volker Michels, Frankfurt/Main 1981, S.18。

734见：Materialien zu Hermann Hesses <Das Glasperlenspiel>. Erster Band, hrsg. von Volker Michels, Frankfurt/Main 1981, S.238。

735见：同上，第50页。

朋友，他那纯真的赤子之心就赢得了大家的喜爱，而同时，他还是一名知心好友、医生和极具天赋的学者。”[736]

黑塞的朋友日渐稀少。斯蒂芬·茨威格早在1942年就流亡到巴西并在那儿结束了自己的生命；1943年末，歌唱家伊罗娜·杜丽戈和画家汉斯·施图岑艾格相继去世。黑塞最喜爱的侄子卡尔罗·伊森伯格，也就是《玻璃珠游戏》中的费洛蒙梯，1944年也在波兰过世了，只不过黑塞直到如今才收到消息。妮侬担心她的许多亲戚早已葬身在集中营内。有些读者在写给黑塞的信中会抱怨战后德国百废待兴的糟糕局面，认为德国人是受害者，但这样的消息却会引发“玫瑰之家”主人们的怒火。黑塞在写给他的表妹范妮·席勒的信中称：“我们自然非常同情那些非纳粹德国人，但我们无法理解自从兴登堡任命希特勒上台后德国人的反应，无法理解为什么在你们的‘共和国’，任何民主的进步都会遭到一步步的摧毁，无法理解为什么德国人没有进行真正彻底的反抗，而现在，这些人又否认自己也要为我们的世界遭受的灾祸负责。如今，我不需要跟你多说什么，你也和他们一样麻木不仁，就是因为你们的这种态度，才让希特勒等人执掌大权，让你们能忍受他们的所作所为，甚至是他们的胡作非为。”[737]

黑塞在提契诺过着隐居的生活，因此对战败的德国人饱受流离失所、食不果腹之苦，对人们因反希特勒运动失败而不幸牺牲的情况，都不甚了解。对他来说，现在应该是德国人感到羞愧、勇于认罪的时刻，这些曾经的侵略者不应抱怨自己如今自食恶果。黑塞收到了一些读者的来信，这些基督徒、自由派人士或社会主义者曾被纳粹政府驱逐或

736 见：“Die dunkle und wilde Seite der Seele.” Hermann Hesse. Briefwechsel mit seinem Psychoanalytiker Josef Bernhard Lang, hrsg. von Thomas Feitknecht, Frankfurt/Main 2006, S.25。

737见：Hermann Hesse. Gesammelte Briefe Bd.3, hrsg. von Ursulá und Volker Michels, Frankfurt/Main , S.268。

遭到迫害，有些人因为自己坚持的信念而被捕入狱，如今，这些人在“联军的启蒙教育和惩罚教育”[738]中也被认为是有罪的，读了这些人的来信后，黑塞改变了自己的看法：“有些人待在完好的房子里，每日饮食无忧，在过去十年里虽有过愤怒和担忧，却没有直接受到威胁，更没有遭遇迫害，这样的人有什么资格去评判那些饱经磨难的人呢？”[739]这是黑塞在1945年8月写在日记里的想法，不过他在接下来的几年间并没有坚持这个观点。他不想超然世外，他想要针砭时弊，他想要鼓励人们勇于悔过。为了回答亟待解答的历史问题，他从高高在上的卡斯塔里恩世界出来，屈尊进入了政治中，正如雅各布斯神父——其原型是黑塞钦佩的巴塞尔学者雅各布·布克哈特——向玻璃珠游戏者们要求的那样。

然而终有一天，他也成了被攻击的对象。如同1936年时那般，这次攻击来自一位颇有声望的流亡人士。起因是黑塞写信向斯图加特美占区一家报纸的编辑部表示不满，因为这家报纸未经黑塞允许刊登了他的一首诗《致和平》并且对其内容做了删减。这家报纸的管理层是美国人，黑塞在信中称删去逗号的这种行为是“野蛮行径”——该报的主编是作家汉斯·哈贝，他之前从奥地利流亡到美国，现在是这儿的文化官员，但黑塞的攻击其实是有点夸大其词的。这位“主编”的回复相当辛辣，充满嘲讽意味：“我非常明白，对一位作家而言，印错一个单词或者放错一个逗号是件令人不快的事。但我们这些人看到世事时并不是站在提契诺阳光灿烂的角度，我们认为，在我们生活的这个世纪，野蛮行径可不是用错一个逗号。”[740]随后，哈贝一一列举了所谓的野蛮行为：毒杀犹太人、占领捷克斯洛伐克、侵占波兰和荷兰、强制劳动、纳粹法庭。鉴于这些罪行，他质疑黑塞为何没有像托马斯·曼、斯蒂芬·茨威格或弗兰茨·韦弗尔那样“大声控诉”纳粹暴政。哈贝

738见：Hermann Hesse, Sämtliche Werke, Bd.11，Frankfurt/Main 2001, S.728（Rigi-Tagebuch. August 1945）。

739见：同上，第729页。

740见：Hermann Hesse, Politik des Gewissens, Bd.2, Frankfurt/Main 1977, S.698ff。

认为黑塞在德国没有发言的资格。

黑塞为此深受打击，他想通过司法程序控告哈贝。他在写给表弟弗里茨·龚德特的信中怒气冲冲地称自己不是“被打败、被占领的日尔曼奴隶”，同时表示自己也没有兴趣“与一个小官员进行无谓的口舌之争”[741]。之后他动员自己的朋友和同事们采取行动——其中也包括托马斯·曼，黑塞把哈贝信件的副本寄给了他们，另外还附上了自己的说明，黑塞称写信人哈贝的父亲是“某位贝凯西先生，几十年前在维也纳从事新闻业，靠的全是武力和勒索，在当时，他是最令人闻风丧胆的新闻业强盗之一”[742]。这次的口诛笔伐甚至针对了对方的家族史，该事件在维也纳报业引起了轩然大波，编辑们纷纷认为应该维护“自己的”作家，抵制这个美占领区的官员。托马斯·曼甚至联系上了白宫的杜鲁门总统。白宫方面斥责了这家军方报刊，连身在巴登诺伊海姆美军第 12 司令部的汉斯·哈贝也受到了训斥。这位主编拒不让步，反而指控黑塞在瑞士策划了这场抵制自己的行动。黑塞担心继纳粹之后，美占领区也会禁止其在德国出版作品，因此，他发表了一系列声明来澄清自己对纳粹主义的态度。其中最重要的一封声明是《致阿黛尔的一封信》，在这封长信中，黑塞提及了自己家族的德国—瑞士—波罗的海血统，从而表明自己这一生都是排斥种族主义及纳粹主义的。

这个立场也解释了为什么黑塞会以几近审判般的态度劝告当初的好友路德维希·“乌戈尔”·芬克，他劝芬克承认自己加入纳粹党的罪行，而不要写信告诉黑塞自家儿孙的情况给他徒增烦恼。纳粹上台之后，芬克就加入了纳粹党，1933 年 10 月，他和很多作家一样签名宣誓对希特勒效忠。黑塞拒绝为芬克的诗歌集《玫瑰园》题词，因为这会让读者产生误会，以为他和芬克“有相近的想法和认知”[743]。不过黑

741见：Hermann Hesse. Gesammelte Briefe Bd.3, hrsg. von Ursula und Volker Michels, Frankfurt/Main , S.288。

742见：同上，第 298 页。

743见：同上，第 509 页。

塞也会给芬克一家寄去食品接济他们，并建议芬克向法庭递交一份免罪申请书。黑塞称："如今重要的不是你相信了希特勒和他的骗局，重要的是你不是因为自私，而是因为你有一颗纯洁的心才这么做的……你被蒙骗了，但你不是胆小鬼，也不是自私自利的人。你想为你的民族和你的理想服务，即使这会让你身陷危难之中。这就表明，比起如今成千上万名整日惶恐不安的人，你是更加无辜的。"[744]

1946年是荣耀的一年。8月，黑塞获得了法兰克福歌德奖，但由于身体原因，同时也因为害怕再次回到废墟中的德国，他并没有亲自领取这个奖项。在"喜剧小屋"举办的庆祝活动上，黑塞让人朗读了他的《致谢词和道德认知》。黑塞并不认为接受这个奖是"谅解了德国官方，在战争年代，当时的德国曾禁止过他的作品"，黑塞认为，这是委员会授予他的荣誉，这个委员会"在希特勒严格的审查制度下还能一直公正、甚至是勇敢行事"[745]。借此契机，他警告人们要当心当今的"思想疾病"，这是如今给人类带来灾祸的源头，提醒人们要小心"对技术和民族主义的极度狂热"[746]。黑塞认为，按照歌德的思想，我们必须同这两种世界性的疾病做斗争，只有这样，欧洲才"可能重新成为一个有重要意义的概念，一个宁静的贮水池，一个饱含最珍贵记忆的宝藏，一个心灵的避风港，成为我和我的朋友们所向往的、充满魔力的'东方国度'"[747]。一万六千马克的奖金被黑塞用于了慈善事业，其中的3000马克捐给了卡尔夫的"贫民"。

为了躲开潮水般涌来的信件以及媒体的打扰，10月26日，黑塞和妮侬去了伯尔尼拜访马丁和他的家人，随后又被马克斯·瓦瑟梅尔接往普雷法格尔的纳沙泰尔湖。应他的医生朋友，同时也是当地疗养院院

744见：同上，第406页。

745见：Hermann Hesse, Sämtliche Werke Bd.14,Frankfurt/Main 2001, S.475。

746 见：同上，第476页。

747见：同上，第476页及下页。

长奥托·里根巴赫的邀请，黑塞决定在那里做为期 6 周的疗养。11 月初，黑塞还没到疗养院就收到一位瑞典记者发来的消息，称他获得了诺贝尔文学奖。此前，妮依已经独自去苏黎世过冬了，她也打算在那儿继续自己的学业，黑塞给她传了个信，信中称不上有多高兴，更多地倒是忧虑之情："斯德哥尔摩这件事还不是很确定，如果这是真的，那请你立刻给弗雷茨出版社打电话，问问他们能不能帮我印一些东西来回应潮水般的来信，也许像明信片那样就行，一面印着我的照片，另一面印上几句感谢的话。用哪张照片我还得再选选，我还得拟几句致谢词。"[748]

和黑塞不同的是，妮依对此感到异常高兴，她觉得自己过去几年中所有的困苦和牺牲都得到了认可。在写给丈夫的信中，她表示希望这项荣誉能够稍微减轻他的沮丧之情，因为被授予诺贝尔奖就相当于是在世界范围内恢复了他的名誉，这也有助于他和他的德国读者们达成互相谅解。黑塞给妮依泼冷水，称："你并没有好好理解我对这该死的奖项、这整个闹剧的态度……我已经无法和写这封信的你沟通了。"[749]这次得奖也得益于托马斯·曼的多次推荐，黑塞想努力表达自己的感激之情，但他同时也提到了自己最看重的东西："这一年里我获得了许多我期盼已久的美妙礼物：夏天的时候，我有幸邀请到我的两位姐妹来我家做客数周，这期间我让她们品尝美食，身着华衣，安慰她们，直到她们不得不重新回到昏暗的日尔曼。随后我获得了歌德奖。之后我最残酷、最凶恶的对手罗森博格[750]在纽伦堡被绞死。现今 11 月，我获得了诺贝尔奖。刚才提到的第一件事，也就是和我的姐妹们团聚一事，对我来说是一次美好、也唯一真实的事。其他的事我目前还没能完全接受。我能够越来越快地感觉到自己正在失去某种东西，而人

748 见：Hermann Hesse. Gesammelte Briefe Bd.3, hrsg. von Ursula und Volker Michels, Frankfurt/Main , S.385。

749 见：Gisela Kleine, Nino und Hermann Hesse, Sigmaringen 1982, S.319。

750 罗森博格是一个狂热的反犹分子，是希特勒的首席参谋——作者注。

们称之为成功。在整整一个星期内，瑞典和其他国家的记者们不断跟踪、围堵我，因为他们没有我家的地址，这也真是出人意料……希望一切都会慢慢变好，这样我也能感到一些乐趣。向您致以亲切的问候，我想起了1904年与您在慕尼黑费舍尔居住的旅店内初相识的日子。”[751]

黑塞躲在纳沙泰尔湖疗养，但还是收到了上百封来信，其中有一封是来自彼得·苏尔坎普的，这也是唯一一封让黑塞开心的来信。苏尔坎普于1945年10月获得了英国军事管理局的出版许可，1946年12月，他终于第一次出版发行了《玻璃珠游戏》的德语版本，这本书以上下册的形式出版并纳入了《黑塞全集》，该书出乎意料地达到了一万册的销售量。1947年，《玻璃珠游戏》又发行了一万册单行本。据其称，如果纸张够用的话，《纳尔其斯和歌尔蒙德》《荒原狼》和《东方之旅》随后也将出版。

1946年11月22日，苏尔坎普向他的作家表达了祝贺，并希望他能够在这个幸福时刻忘却“一切的苦难”[752]。黑塞读出了其中隐含的讽刺之情，他误以为自己的出版人不明白自己曾经经历了哪些苦难，觉得自己得在回信中再次强调自己遭遇到的不幸：“我善良的苏尔坎普啊，我毫不怀疑您在这些年经受了炼狱般的折磨，但是您不知道，在过去两年多的时间里，我生活在怎样的一个地狱里。”[753]举世欢庆的时候，只有这个得奖者却缩进了他那满载苦难的蜗居生活中。这样看来，黑塞也不会前往瑞典参加诺贝尔颁奖典礼。黑塞建议妮侬代领这个奖项，朋友们也都建议妮侬代替黑塞前往斯德哥尔摩。但妮侬认为这不合适，“但是，如果能够像‘老鼠’一样躲在大厅角落里观看这场颁奖典礼，

751见：Hermann Hesse. Gesammelte Briefe Bd.3, hrsg. von Ursula und Volker Michels, Frankfurt/Main , S.387f。

752见：Hermann Hesse/Peter Suhrkamp. Briefwechsel 1945–1959, hrsg.von Siegfried Unseld, Frankfurt/Main 1969, S.44。

753 见：同上，第46页及下页。

我还是乐意去的”[754]，妮侬在写给女伴的信中称。

后来她并没有前往斯德哥尔摩，而是从苏黎世出发去了纳沙泰尔湖，好在斯德哥尔摩颁奖典礼那天陪伴着她的丈夫。12 月 10 日，他们夫妻应里根巴赫医生夫妇之邀去医生家里参加一个小型的庆祝会。医生夫妇给黑塞准备了一个惊喜：一个合唱队给黑塞献上了一支小夜曲。孩子们朗读诗歌，女主人则朗诵了一则自己拟的电报：第一份祝愿来自天堂，署名“克努普”，第二份祝愿来自诺亚方舟，第三份祝愿来自西奈山。黑塞喜欢这个推动气氛的小节目，他很开心能够逃脱“喧闹”的官方庆典。正当人们在里根巴赫家中津津有味地享用着鳟鱼和烤鸡时，瑞士大使正在斯德哥尔摩市政厅金色大厅的晚宴上代领这个奖并朗读得奖者的获奖感言：“我向各位致以衷心、诚挚的问候。首先我很遗憾不能作为来宾亲自参加这个典礼、亲自向各位致以问候和感谢。我的身体一直都很虚弱，另外，1933 年开始的灾祸……毁了我在德国的全部心血，这更让我完全丧失了工作能力。这个奖同时也是对我为德语和德国文化所做贡献的赞赏和肯定，从这个奖项中，我看到了和谐共处的信号，以及所有民族开始在思想上交流合作的美好愿景。”[755]

疗养院的宁静生活结束了。只要黑塞一离开屋子，记者们就会围追堵截，试图采访到他。这场侵犯到他个人生活的闹剧快把他逼疯了，1947 年 1 月 6 日，他在写给理查德·梅齐希的信中称：“整个世界都挤进了我的脑子里，荣誉、祝贺、博士头衔和 7000 封信件简直要把我完全砸死。对此，我什么都不能做，但是就算我要对此有所反应，也不能要求我身为一个受害者还能对此心怀感激。”[756]黑塞得到了全世界的认同，但此事也对其生活产生了多方面的影响。黑塞获得了 145342

754见：Gisela Kleine, Nino und Hermann Hesse, Sigmaringen 1982, S.319。

755见：Hermann Hesse, Sämtliche Werke Bd.14,Frankfurt/Main 2001, S.477 (Worte zum Bankett anläßlich der Nobel–Feier)。

756见：Hermann Hesse. Gesammelte Briefe Bd.3, hrsg. von Ursula und Volker Michels, Frankfurt/Main , S.397。

克朗的奖金，但也让黑塞收到了很多求助信。人们希望能得到这位知名作家的帮助，好让他们获得在瑞士的居留权或者得到一个职位。因为蒙塔尼奥拉的房子也被好奇的人们包围了，黑塞不得不直接从普雷法格尔出发前往巴登疗养。但是身在巴登依然有人纷纷前来向他表示祝贺。理查德·胡赫、马丁·布伯、安德烈·纪德和汉斯·卡罗萨相继来访。一项项荣誉也纷至沓来：7 月 7 日黑塞获得家乡卡尔夫的荣誉市民称号，伯尔尼大学哲学系授予他名誉博士称号。他写信给汉斯·博德梅尔称，他觉得德国突然爆发了一场"黑塞热"，他感觉自己就像是"一只被人们打扮成将军的猴子"。[757]

德语版的《玻璃珠游戏》获得了一致好评，反响热烈。诺贝尔奖也为这部作品增色不少。不同于瑞士其他评论家的是，卡尔·库恩认为卡斯塔里恩兄弟会并不是回撤到了象牙塔，而是回到了试图用教育来实现统治的"思想的力量"[758]。日耳曼学家汉斯·迈耶认为《玻璃珠游戏》是一次反抗专制的精神革命；他最终把黑塞定义为一个"人文主义者"[759]。著名的苏黎世文学评论家马克斯·莱希纳感觉自己在读这部作品时恍若被领到一个"帝国"，在这里"真和善只通过美而显露出来"[760]。托马斯·曼在所有的句子后面都加上了一个感叹号，并且在黑塞七十生日之际用他 1947 年 7 月 2 日发表在《新苏黎世报》上的一篇文章来回忆他们俩共同的岁月和经历，从某种程度上，这也是两个诺贝尔奖得主之间的惺惺相惜。曼从《玻璃珠游戏》中看到了自己同黑塞日益亲密的好友关系："外部世界发生的事情，尤其是可怜的德国不可避免地日渐衰弱，这是我们之前早就预见到并且后来也一同经历了的——尽管隔着遥远的距离，有时我们甚至无法进行任何交流，但

757见：同上，第 422 页。

758见：Siegfried Unseld, Hermann Hesse. Werk und Wirkungsgeschichte, Frankfurt/Main 1985, S.193。

759见：同上，第 195 页。

760见：同上，第 193 页。

是我们的心始终都在一起，我们都存在于对方的脑海里。我们所走的道路是不一样的，彼此隔着一定的距离，但是又因为精神上的契合，我们殊途同归——不管怎样我们都是同伴，是兄弟——或者说是同僚；因为我喜欢把我们之间的关系看作是《玻璃珠游戏》约瑟夫·克内希特和本笃教神父雅各布斯之间的关系，就像两个圣人或主教互相问候时一样，他们俩在这场礼节和耐力游戏中不断鞠躬问候彼此——就像克内希特钟爱的、略带讽刺意味的中国礼仪一样，而且他发现，托马斯·冯·特拉夫大师也很擅长这种礼节。”[761]

回信带来的压力让黑塞觉得痛苦不堪，因为自从得了诺贝尔奖之后，来信的数量翻了几番。这期间妮依负责和出版社的所有往来，阅读黑塞书作新版中被修正过的地方，同时还负责把那些在阐述黑塞作品时颇有见地的信件归档。黑塞得以独自全心全意地回复无数来自朋友和读者的信件。这些回信带有关怀心灵、传教般的意味，黑塞被他的读者们视为告解神父、传道士和教育家——多年前他在虔信的父母家里所受的教育此时产生了影响，而在黑塞年轻时，他对这些观念是持排斥态度的。他建议一位饱受爱情折磨的女性读者不要沉溺于自己的感觉中，而应该融入到团体中去为大家服务：“一个人不能得到、不能独自拥有他所钟爱的东西，这是命运中最常发生的事，这意味着：把这份由爱而生的热情和心意从你所爱之物身上抽离，并把它投入到其他的目标中：比如工作、社会服务和艺术。这才是你通往爱情之路的方向，才能让你的爱变得更有意义。现在正灼烧着你内心的熊熊烈火不仅是你自己的财富，也是全世界、全人类的财富，只要你让这团火催生出丰硕的果实，折磨就会变成喜悦。”[762]就算是约翰内斯·黑塞也说不出这么恰如其分、能表达虔敬派理念的话语来。

761见：Materialien zu Hermann Hesses <Das Glasperlenspiel>. Erster Band, hrsg. von Volker Michels, Frankfurt/Main 1981, S.276。

762见：Hermann Hesse. Die Antwort bis du selbst. Briefe an junge Menschen, hrsg.von Volker Michels, Frankfurt/Main 2000, S.313。

比起这些有时非常私密的信件，黑塞更讨厌一些官方组织出于自己目的而试图让他参加某些活动的行为。他向一位同学抱怨说："公众、媒体、各种国家以及国际团体借着国际性活动、人文主义项目以及政治项目的缘由不断地追踪骚扰我，这简直……太不幸了。"[763] 于是，1948 年 10 月，黑塞拒绝加入慕尼黑美术学院，他担心自己以后无法成为一名单纯的作家，害怕自己为政界所利用。在回拒信中，黑塞称他还没有忘记德国要求瑞士"将德语区归还德国"[764] 的那段历史。随后他同样拒绝了东德美术学院荣誉会员的头衔，因为他从中窥见了对方企图借用名人效应来赚取钱财的意图。作家、卡夫卡的好友马克思·布罗德请黑塞在以色列独立号召书上签名，黑塞也同样拒绝了。以色列自从宣布独立以来就和毗邻的阿拉伯国家之间战火纷争不断，黑塞虽然会友好地对待犹太人，但还不至于在领土问题上支持其决定。他认为"世界领导人们警告、请求、祈求甚至恐吓知识分子的做法是错误的"[765]。黑塞只想帮助独立、具体的个人。他会给身陷困境的作家朋友——例如从 1933 年起就在精神病院接受治疗的作家罗伯特·瓦尔泽，或者好友艾米·巴尔—海宁丝——寄去食品。他还会接济妮侬那贫困潦倒的姐姐莉莉和她的丈夫，他们自从逃离罗马尼亚之后就失去了国籍，从 1948 年初起，他们也一起住在玫瑰之家。

1949 年 9 月 24 日，黑塞最爱的姐姐阿黛尔去世，享年 76 岁。作为牧师的妻子，她终老于虔信派教区科恩塔尔，约翰内斯·黑塞也长眠于此。当妮侬带来阿黛尔的死讯时，黑塞正让妹妹玛茹拉代替他在图书馆里举办诵读会。第二天早上，玛茹拉就回到德国准备葬礼事宜。就像当年父母和弟弟汉斯过世时一样，黑塞马上坐下写起了讣告，讣

763 见：Hermann Hesse. Ausgewählte Briefe, Frankfurt/Main 1976, S.290。

764 见：Hermann Hesse. Gesammelte Briefe Bd.3, hrsg. von Ursula und Volker Michels, Frankfurt/Main , S.500。

765见：同上，第 480 页。

告称："阿黛尔绵长的爱在我生命中永不褪色。当然我的生命中还有更强烈的爱，更热烈的爱情和友情，但是就算是我最亲近的人，我的妻子和儿子，我的一些最亲密的朋友，也没有像阿黛尔那样陪我一起度过童年，拥有同样的故乡，我们的所有记忆都根植于同一片土壤……阿黛尔是我们中唯一一个承袭了父母的特点并将这些特点都完美和谐地集于一身的人：来自北方的父亲那浅蓝色眼眸和母亲那闪烁的黑色眼眸、始终全心全意地奉献自己的爱，她拥有身为母亲的那种诚挚并令人迷恋的气质。尽管阿黛尔是个温柔、脆弱的人，但她并没有遗传到父母亲不好的一面，例如他们的忧郁和无趣。她对心灵的痛苦有自己的理解方式。我们这些兄弟姐妹虽然个性开朗，但总会郁郁寡欢，而她在我们当中是最开朗、善良的一位。"[766]

黑塞所描绘的姐姐阿黛尔的美好形象和他自己的沉郁敏感形成了鲜明的对比，1949 年秋，黑塞又开始陷入了这样的沉郁敏感之中。他的这种敏感个性也让妮侬饱受折磨。她在日记中抱怨丈夫的专制暴躁："黑塞十分苦闷，几乎不吃任何东西，终日阴着脸，散步时一言不发，晚餐时黑塞心情好转了一些，8 点我们又吵了起来。之后他抱着极度绝望的心情上床睡觉。"[767]日记里其他内容也反映了这段时间的紧张气氛。"我被他的举动吓得退了几步，"妮侬写道："我想干脆钻到车轮下算了。" 1949 年 10 月 8 日，她写道："他发了很大的脾气，不再跟我说话，8 点，我在帮他读书信前问他我到底犯了什么罪过，之后我们谈了谈，黑塞向我道了歉。我到底该离婚还是自杀呢？"[768]《旧约》中约伯的故事给了她安慰，同约伯一样，她选择屈服于她的命运："忍受是解脱之道。"[769]索性她还有好友"山岭主人"艾尔熙·博德梅尔相

766见：Hermann Hesse, Sämtliche Werke Bd.12, Frankfurt/Main 2001, S.457ff. (Gedenkblatt für Adele)。

767见：Gisela Kleine, Nino und Hermann Hesse, Sigmaringen 1982, S.301。

768见：同上。

769见：同上，第 336 页。

伴，妮侬会把所有不快的事都说给艾尔熙听。住在隔壁“卡萨·卡木齐”的画家汉斯·普尔曼也非常能理解她，因为每当他拜访完黑塞回家之后，他经常会说：“什么都别说了！我刚去了黑塞家，我需要卧床休息一周。”[770]苏尔坎普却为黑塞强大的存在而折服，他觉得黑塞的目光中“迸射出犀利的光芒”[771]。黑塞依旧非常看重他的出版商，苏尔坎普顽强而聪明，他带领出版社跨过了种种艰难险阻。不过现在出版社里正上演一场争论，不是在苏尔坎普和黑塞之间，而是在苏尔坎普和戈特弗里德·贝尔曼·费舍尔之间。流亡在外的费舍尔回到了德国，想要重掌大权，他想把苏尔坎普从管理层中踢出去，只让他做一个没有固定职位的出版顾问。黑塞支持苏尔坎普为自己的职位而斗争，并许诺会帮助他。苏尔坎普则向费舍尔要求获得一个有分量的职位。他们两人的关系就这么破裂了。戈特弗里德·贝尔曼·费舍尔向战后赔偿法庭提出诉讼，要求禁止苏尔坎普出入出版社。1950 年 4 月，这场诉讼以和解告终：戈特弗里德·贝尔曼·费舍尔重新赢回了在柏林和法兰克福的两家出版社，苏尔坎普则可以建立一个自己的出版社。原费舍尔出版社的作家们则可以自己决定去哪家出版社。

1950 年 5 月初，贝尔曼·费舍尔和他的妻子前往蒙塔尼奥拉表达自己的招揽之意，但黑塞早已做了决定。5 月 8 号，他在给贝尔曼·费舍尔的信中表明了自己要继续同苏尔坎普合作的决定：“他在同纳粹的斗争中做出了卓越的贡献，也曾为您的出版社劳心劳力，现在，因为你们之间的‘友好’协议，这个上了年纪、身体欠佳的人已经陷入了严峻、至少是困难的境地，我是绝对不可能就这样丢下他不管的。”[772]原费舍尔旗下 48 位作者中的大多数，也就是 33 位作者，都效仿黑塞决

770见：同上，第 241 页。

771见：Hermann Hesse/Peter Suhrkamp. Briefwechsel 1945–1959, hrsg.von Siegfried Unseld, Frankfurt/Main 1969, S.469。

772见：Hermann Hesse. Gesammelte Briefe Bd.4, hrsg. von Ursula und Volker Michels, Frankfurt/Main , S.60。

定加入苏尔坎普出版社，其中包括贝尔托·布莱希特、马克斯·弗里希和赖因霍尔德·施耐德。两年后，在黑塞 75 岁生日之际，苏尔坎普出版社出版了六卷本的《黑塞文集》。

第十六章

“请勿来访”：来看黑塞的游客络绎不绝。音乐之夜。希尔斯玛利亚之旅。妮侬买了一辆车。妮侬是希腊考古学家。《晚年散文集》。黑塞获得德国书业和平奖。同两个德语国家保持适当距离。一众朋友过世：托马斯·曼逝世。八十大寿。《黑塞文集》。小园丁和模仿者：黑塞饱受批评。彼得·苏尔坎普去世。黑塞评论恩斯特·荣格尔。蒙塔尼奥拉的荣誉市民。一根断枝的呻吟。因脑溢血过世。圣·阿博迪墓地的葬礼。

随着年纪变大，黑塞愈发不喜欢抛头露面了。他的日程安排得非常精细，所有人都必须遵守他的时间安排。妮侬严格限制了访客的来访时间。有来电时，由妮侬接电话并决定来电者是否可以和她的丈夫通话。晚年的黑塞很少离开瑞士南部的蒙塔尼奥拉，他全身心地投入到了编辑、出版早期作品的工作中。但他并不是隐居的老人，通过信件，他和全世界保持着联系。据统计，他收到的来信中，有保存价值的就达一万五千封，而他都对这些信做过回复。他是本世纪写信最多的作家之一。过完八十五岁寿辰后，第二天早晨八点半，他就开始写信回复之前收到的九百封来信。从世界各地来访的客人也是络绎不绝，导致这位高龄老人应接不暇，门前不得不挂上了免访牌。黑塞比以前更加离群索居，因为他在蒙塔尼奥拉的家已经被导游们视为旅游景点，来卢加诺度假的人一定要去一趟科利纳多罗见一见这位诺贝尔奖获得者，哪怕只是远远地望一望也好。还有整个年级的小学生也会来这里，他们成群地挤在房子周围，甚至有好奇者想方设法进入黑塞的住宅区并一直尾随他到葡萄园转角处为止。黑塞请他的画家好友君特·博梅尔在花园大门上装了一个写有“请勿来访”的牌子。有些专门来看他的游客为此非常失望，只好在牌子上留言道："好吧，那就不来了！"还有些不怎么文明的人则写了"去死吧你！"甚至还有个喜欢恶搞的人试图将博梅尔写在牌子上的"勿"字刮掉。有坏心眼的人还在上面写了："托马斯·曼向你问好"[773]。那时托马斯·曼恰好是"玫瑰之家"的常客之一。1952年，他从美国回到欧洲，现在和他的妻子卡蒂亚以及女儿艾丽卡生活在苏黎世湖边上。黑塞在大门上贴了一张纸，是给那些看客中的聪明人看的：

孟夏之言（中国古文）

当一个人老去，完成了他的使命，
他有权利安静地等待死亡的降临。
他不需要人群。他认识他们，也看够了他们。
他需要的，是宁静。
去拜访他，同他攀谈，用闲言碎语来折磨他
这些都不合时宜。
应当从他的门前悄悄走过，
就如同房子里无人隐居。[774]

为了躲开络绎不绝的游客和提契诺炎热的天气，从1949年开始，黑塞和妮侬每年夏季都是在上恩加丁河谷度过的。这个地方是黑塞和他的第一任妻子米娅以及他的朋友"乌戈尔"芬克发现的。芬克那时是尼采的崇拜者，而尼采的《查拉图斯特拉如是说》正是在这里写的。他们住在希尔斯玛利亚的"森林之家"，在多次度假中，他们先后在

773见：Gunter Böhmer, "In Hesses Nähe", in: Hermann Hesse in Augenzeugenberichten, hrsg.von Volker Michels, Frankfurt/Main 1991, S.296f。

774见： Hermann Hesse. Sein Leben in Bildern und Texten, hrsg. von Volker Michels, Frankfurt/Main 1979, S.302。

此地碰到过托马斯·曼和卡蒂亚·曼一家、哲学家西奥多·阿多诺、历史学家卡尔·雅各布·布克哈特、德国总统特奥多尔·豪斯、黑塞在莫尔布隆时的同窗好友、牧师汉斯·弗尔特，还有音乐家埃德温·菲舍尔、克拉拉·哈斯奇以及皮耶尔·福尼尔。与世界著名的大提琴演奏家皮耶尔·福尼尔的会面给黑塞留下了深刻的印象。1953 年 8 月，福尼尔在这家酒店举办了一次私人范围内的巴赫独奏音乐会。这次音乐之旅让黑塞又回到了卡斯塔里恩世界。“我走过去，进到里面，找到一个座位坐下，那位大师正坐在那儿给大提琴调音，我觉得我周遭那原本充斥着倦怠、失望、不满的世界消失了，只留下塞巴斯蒂安·巴赫那纯净、严谨的音乐气氛，就像我从原本让人觉得日渐疏远的高地山谷中一下被带到了更高、更清晰、更秀丽的世界中，我所有的感官都张开了，并变得更为敏锐了。我这一整天只做了一件事：从日常生活中逃离出来，向着卡斯塔里恩靠近。我在这里停留了一个或者一个半小时，听了两首巴赫组曲的独奏，期间还有几次短暂的休息和交谈。用这样有力、精准、严肃的方式演奏出来的音乐对于我来说，就仿佛饥渴之人获得了面包和红酒一样，这种音乐是食粮，是浴水，它使灵魂的一半又重获了勇气与生命力。为了得到救赎，为了避难，我曾在面临德国的罪行和战争时建立了一个思想王国，此时，它又对我敞开了大门，将我带进了一个明快、盛大、甚至从未出现在音乐厅中的庆典。我带着一颗痊愈的感恩之心从那里出发，而且此后很长时间都依靠从那里得到的力量和慰藉生活。”[775]

音乐是黑塞的一大爱好。如果没有人帮他朗诵，黑塞通常会播放唱片或者收听广播节目，他最喜欢的是巴赫和莫扎特，也喜欢韩德尔、泰勒满、维瓦尔第。有时他的“鸟儿”会听着听着睡着，妮侬就此作了一首打油诗：

775 见：Hermann Hesse, Sämtliche Werke Bd.12,Frankfurt/Main 2001, S.605（Engadiner Erlebnisse）。

每当夜晚八点钟，
巴赫莫扎特来临。
大师的音乐里，
还伴有鼾声。[776]

黑塞的双手因为关节炎而变得僵硬，他已经操作不了那种老式留声机的手柄了，只能由他那忠诚的助手兼邻居君特·博梅尔帮忙。黑塞的读者在圣诞节时送了他一个新式的唱片播放器，但是他在拆开包装时就把那极其易损的机器给弄坏了。他不屑地评价其是："文明垃圾！"[777]因此那台一直被保存着的老式留声机还是得继续服役。妮侬在使用她那辆汽车时也遇到了类似的问题——那是一台英国标准汽车公司生产的淡灰色、带有推拉天窗的 14 型轿车，是她在黑塞获得诺贝尔奖不久后购置的。倒车进库和出库对她来说一直是一个不小的挑战。在试驾前她的丈夫给了她一个危险的建议：不知道怎么办时就踩油门，"像魔鬼一样出发，使劲儿冲向墙角和树丛。"[778]结果不久后这辆车上就布满了擦撞的坑凹和刮痕。

尽管充满了不可预估的危险性，黑塞还是很喜欢她太太开车载他，他 75 岁生日那天也坐了她太太开的车。他们一路经过卢加诺、贝林佐纳，穿过梅索尔奇纳山谷，到达梅索科时，发动机因为过热而抛锚了。他们在一家乡村旅店里庆祝生日时，当时的联邦总统特奥多尔·豪斯正在斯图加特符腾堡国家剧院里谈论着他生命中的这位引路人。致辞中最精彩的句子是："在我看来，在当代所有人中，黑塞写的德语是

776 见：Ninon Hesse. Lieber, lieber Vogel. Briefe an Hermann Hesse, ausgewählt und erläutert von Gisela Kleine ,Frankfurt/Main 2000, S.35。

777 见：Gunter Böhmer, "In Hesses Nähe", in: Hermann Hesse in Augenzeugenberichten, hrsg.von Volker Michels, Frankfurt/Main 1991, S.292。

778 见：Gisela Kleine, Nino und Hermann Hesse, Sigmaringen 1982, S.325。

最美的。”[779]这位备受尊敬的大师却很高兴，因为他不用出现在斯图加特现场。他觉得这类庆典是有问题的，特别是年轻人有时会被强制要求参加。他不想成为高高在上的作家：“施瓦本小学收到通知，要他们在7月2日当天安排一个‘纪念时刻’为我庆贺，在这样的场合下，学生们定然会打哈欠，老师们也会抱怨不迭，还不如让他们下午放半天假，皆大欢喜多好。但官员们却想不到这样的主意。”[780]

从1949年冬天起，黑塞每年都会在妮侬的陪同下去巴登疗养。她的果敢使她的丈夫在当“疗养客”时免受那些纠缠不休的崇拜者逼迫和打扰。她自己因此也有机会开车去附近的苏黎世进行自己的考古研究。上午，当黑塞泡温泉和做按摩时，她就在图书馆研究希腊诸神的起源和本质，主要研究的是狄奥尼索斯、阿波罗和赫拉。她悄悄地把宙斯的夫人赫拉当作榜样，因为在她看来赫拉既是宙斯的爱人，又是他的姐姐，能力丝毫不逊于宙斯。她希望自己的婚姻也能如此：双方能在能力上互相取长补短。

希腊是妮侬精神上的第二故乡。1952年8月28日到10月3日，她游历了阿格利司、科夫、萨默斯、塞萨利和波奥蒂亚。与她同行的是在雅典生活的作家和翻译家赫尔穆特·冯·德·斯戴恩，他是希腊神话的活字典。不在黑塞身边的几周里，她几乎每天都给黑塞写信，她觉得应该让黑塞看到、经历到自己的一切，她的发现、她破译出来的东西也需要得到黑塞“阿波罗式”目光的审查。她满怀热情地讲述着她的所见所闻，以及她在神话故址的游历，提到了德尔法的卡斯塔里亚圣泉和奥林匹亚。黑塞的回复总是充满了认可和关怀的话语。他提醒这位游者，不要对自己过分苛求，还讲述了他自己在蒙塔尼奥拉

779 见：Hans Völter, “Ein Tag bei Hermann Hesse, 9.9.1953”, in: Hermann Hesse in Augenzeugenberichten, hrsg.von Volker Michels, Frankfurt/Main 1991,394。

780 见：Hermann Hesse. Gesammelte Briefe Bd.4, hrsg. von Ursula und Volker Michels, Frankfurt/Main , S.153。

所经历的新鲜事：赶走了公猫波尔菲，秋叶的凋零，圣萨尔瓦托尔的森林大火等。他还描述了她不在的日子里“魔法花园”里的情况：“朱顶兰马上就要开花了，淡红色的风信子明天就得被摘下来了，但是第二批小一些的花朵你可能还来得及见到……我希望你度过了一段美好的时光，也希望你不要太思念这里。再见！想你的鸟儿。”[781]

从他们晚年的合照能看出他们对彼此的依赖和尊重。日益增长的年龄让他们双方的心态都淡然了不少，妮依找到了新的自由，而黑塞对创作也慢慢松懈下来了，他早就完成了自己的巨著《玻璃珠游戏》，这也是两人关系日减缓和的主要原因。战后第一次来到蒙塔尼奥拉的访客都察觉到了这种新的和谐相处关系。汉斯·克洛萨在第一次见到他们时，看到黑塞对待妻子的粗鲁行为还顿觉诧异，现在他发现，他们已经共同生活得非常舒适和自在：“这两个人身上有种欢快、自由自在的感觉。”[782]

黑塞的《晚年散文集》里也散发着这种欢快的气息。散文集里都是一些美妙的小短篇，黑塞以轻松的心态平和地回忆一些故事和轶事。虽然可以明显看出，作者试图保持自己的距离，但这些遭遇并不是按“年代顺序”编排，而是重新编写过的，同时被提升到了一种超验的境界。其中一篇回忆童年的《乞丐》显然是在描写他的父亲，某种程度上与短篇故事《儿童的心灵》相对应，其中可以看到黑塞早年受到的伤害。这些作品是黑塞当年在一战结束时面对“父性世界”的崩塌而写的。安德勒·基德在法语版《东方之旅》的前言中谈到了黑塞的晚期风格：“黑塞的文字中除了情绪的起伏和思想外，表达方式也是适度的。这种适度来自于他对命运、对谦逊和和谐的理解——从宇宙万物的角度

781见：Gisela Kleine, Nino und Hermann Hesse, Sigmaringen 1982, S.349。

782见：同上，第 345 页。

出发——同时他还感到了事物之间相互依赖的关系。”[783]

1955年，黑塞被授予德国书业和平奖时，彼得·苏尔坎普建议妮侬去领这个奖项。这一次她没有排斥，甚至在出发之前还给朋友写信称："我现在准备收拾行装前往法兰克福——我还和博德梅尔女士一起练习了该怎样'领奖'，这位女士在我们这儿待了八天 ——当我在走廊碰到她时，我鞠了一躬说：'总统先生！尊敬的各位来宾！（……）'刚才我还进行了彩排，准备了礼服、外套、帽子，他（黑塞）非常开心我能这样光彩照人。"[784]

10月9日，特奥多尔·豪斯总统亲自在"法兰克福宫"酒店迎接妮侬，他用敞篷车将她送到了保罗教堂。妮侬以令人惊讶的熟练度完成了所有规定仪式，而此时，黑塞正在花园里烧"炭"。每天晚上他都收听收音机里关于奖项授予仪式的报道。在妮侬代为宣读的感言里，他回忆了他这一生和书业的关系以及卡尔夫的家族出版社，还谈到了他在图宾根和巴塞尔做书商的时光。致辞的重点是他在一战初创作的和平诗，当时虽然黑塞还写了很多爱国诗，但他此时丝毫没有提及此事。他的批评者指责他不通世故，因为他坚持自己的和平观，觉得应该远离权力中心，他用自己的理想主义回击称："可是诗人要做的不是去迎合和歌颂现实，而是去超越现实，尽可能去呈现美、爱和和平。"[785]

那些批评者 ——其中也包括很多黑塞的忠实读者——很难理解黑塞对待两个德国的中立态度。在他们眼中，他只能支持联邦德国，反对民主德国，因为一边是融入西方自由民主体制的国家，而另一边则是由一党统治的国家，其实就是苏联共产党的"管辖区"。按照他们

783 见：Siegfried Unseld, Hermann Hesse. Werk und Wirkungsgeschichte, Frankfurt/Main 1985, S.149。

784 见：Gisela Kleine, Nino und Hermann Hesse, Sigmaringen 1982, S.338。

785 见：Hermann Hesse, Sämtliche Werke Bd.14，Frankfurt/Main 2001, S.495. (Dankadresse anläßlich der Verleihung des Friedenspreises des Deutschen Buchhandels)。

的观点，与美国结盟、重新进行军事武装才能跻身“自由世界”。与此相对的是，黑塞把反共主义看作是由“恐惧制造者和战争煽动者”所营造的一种“布尔什维克恐怖”[786]，为的是要引发东西方的对立。他认为幕后主使者是美国的军事工业家们和贸易者们。由美国鼓吹的反布尔什维克主义以危险的方式导致西德出现了越来越多的纳粹主义支持者。黑塞对美国的评价相当负面，而托马斯·曼的观点与之一致。曼曾在1950年警告要防止“在英美保护下产生新的纳粹主义”。他认为“法西斯的西德”[787]很快就要到来。为了解释自己前往民主德国参加歌德纪念活动并在1949年8月接受魏玛歌德奖的行为，曼在报刊上发表了一篇文章称，共产主义“更加看重精神的力量，因为他们会对其进行修正并用教条来限制精神，这就是注重精神力量的证据”。曼认为，与法西斯主义不同的是，共产主义是“一场人性的民主运动”[788]。

黑塞和曼都反对美国的资本主义。他也希望有一条资本主义和社会主义之间的第三条道路。这让他遭到西德方面的谩骂，东德则更看重他。而反对重新武装和核武器的人对他比较有好感。黑塞写信声援由苏联资助举办的“反核战全球母亲会议”，对此，一位瑞士记者提出了颇具挑衅的问题：“赫尔曼·黑塞是一个共产主义者吗？”[789]随之，黑塞收到了一大批愤怒读者的来信。他告诉一位试图为他解释东德现状的读者：“您以为我是住在月球上的吗？早在一战时，我就认清了

786见：Hermann Hesse, Sämtliche Werke Bd.15，Frankfurt/Main 2001, S.721. (Antwort auf Briefe aus Deutschland)。

787见： Thomas Mann, Tagebücher 1949–1950, hrsg. von Inge Jens, Frankfurt/Main 1991, S.451。

788见：Thomas Mann, Essays 1945–1955, Bd.6, hrsg.von Hermann Kurzke und Stephan Stachorski, Frankfurt/ Main 1997, S.137。

789 见：Hermann Hesse, Sämtliche Werke Bd.15，Frankfurt/Main 2001, S.782. (Die politischen Schriften)。

历史政治现状，此后，我一直对此都有清醒认识。”[790]他的此番公开声明让民主德国的人士非常满意，他们觉得这表明黑塞是他们的盟友。他的作家同行们，比如约翰内斯·贝歇尔、安娜·西格斯和阿诺德·茨威格对其极为追捧。但是黑塞却没有炒作自己来赚取利益。他在写给一位卡尔夫读者的回信中谈到了自己身为作家的信条：“抛开我和马克思之间的种种差别不说，我和他之间的最大的区别是：马克思想改变整个世界，我只想改变个人。他针对的是大众，而我针对的是个人。”[791]

1955年8月12日，托马斯·曼在过完他80岁生日的几周后，于瑞士的州立养老院中去世。曼一直患有脑血栓，黑塞曾经告诫过曼要“少管闲事”[792]，不要死在他前面。这是一次悲痛的告别，因为这几年他们之间的友情越来越深了。卡蒂亚·曼和托马斯·曼来过蒙塔尼奥拉好几次，他们也会在西尔斯马里亚避暑时见面。由于健康原因，黑塞不能前往苏黎世的齐尔西山参加托马斯·曼的葬礼，他为此写了一篇“告别词”，后来该文被刊登在8月16日的《新苏黎世报》上。黑塞写道：“我带着深切的悲痛和托马斯·曼告别。他是德国散文的大师，虽然得到了很多荣誉和成就，但其实我们还未完全理解他。几十年来大部分德国民众一直无法读懂他在讽刺和文采背后那种与心灵、忠诚、责任和爱相关的内容。而正是这些使他的作品和思想超越了我们这个喧嚣的时代，并具有永远的生命力。”[793]

“我一想到您我就感到心痛，”黑塞安慰曼的遗孀时说，“我身

790见：Hermann Hesse, Politik des Gewissens, Bd.2, Frankfurt/Main 1977, S.853f.。

791见：Hermann Hesse, Sämtliche Werke Bd.15，Frankfurt/Main 2001, S.770.（Die politischen Schriften)。

792见：Hermann Hesse – Thomas Mann. Briefwechsel, hrsg. Von Anni Carlson, Frankfurt/Main 1968, S.237。

793见：同上，第261页。

边再也没有第二段这样亲密、长久、忠诚并让我受益匪浅的友谊了。”[794]曼的死讯让他又有了“同一种空落落、孤零零”的感觉，就如同当年他的妹妹去世时一般。黑塞最小的妹妹玛茹拉在1953年3月17日去世了，那时她73岁。马茹拉被葬在弗恩塔勒的墓园里，就在她爸爸旁边。最后一位亲爱的家人离他而去，身处悲痛中的黑塞开始考虑妹妹遗物中的那些信件和纪念物该如何处理。黑塞希望这些文件可以被收录在马尔巴赫的席勒国家博物馆文学档案库里。马尔巴赫的黑塞档案馆基本上都是他一手建立的，1906年，黑塞曾亲自从盖恩霍芬来到这里，为的就是把自己第一部诗集的手稿亲手交给这个刚刚建立起来的博物馆。

黑塞的几位赞助者都先后离世了，先是弗里茨·罗伊特霍尔德，接着是苏尔坎普出版社的最后一位赞助人格奥尔格·莱茵哈特，1957年，约瑟夫·英格勒特和汉斯·博德梅尔也过世了。黑塞并不畏惧死亡，甚至有时非常渴望它的到来，尤其是当他被眼疾折磨得痛苦不堪而无法书写的时候：“每当我想到死亡时，我就想象……它能让我舒服地摆脱那折磨了我半生的痛苦疾病。”[795]

比起死亡，黑塞更加担心的是蒙塔尼奥拉周围小山丘的开发工程。在写给他的出版商彼得·苏尔坎普的一封信中，他强烈地抨击了现代文明：“在这片原本充满田园气息的土地上，噪音、汽车越来越多，城市愈加拥挤，可以呼吸的空间越来越小，可以想象这个世界到底发生了何事。这是历史的激浪，在它们面前，我们这些老人只能投降，连最后几口喘息都已是奢望。存在即合理，过时了的东西必须被淘汰，花园必须要用来做体育场和汽车道，空气必须被飞机和喇叭噪音糟

794见：同上，第260页。

795见：Ralph Freedman, Hermann Hesse. Autor der Krisis. Eine Biographie, Frankfurt/Main 1982, S.502。

蹋。”[796] 写下这些灰心的文字几天后，黑塞在圣·阿博迪的一处墓园里为自己和妮依买了一个墓穴，它在距蒙塔尼奥拉到卢加诺的公路北边10公里处。

因为预计到黑塞80大寿那天人们又会蜂拥而至，黑塞和妮依逃到了圣哥达的一个小城市阿姆部里皮奥塔，他们在一所旧农宅里和亲友一起庆祝生日。在斯图加特的演唱厅里，马丁·布伯以“赫尔曼·黑塞为精神所作的贡献”为主题发表了一篇颇受瞩目的颂词，他从黑塞第一部小说《德米安》谈到其最重要的巅峰之作《玻璃珠游戏》：“赫尔曼·黑塞作为叙述者只为思想服务，他讲述了思想和生活之间的矛盾，以及思想和他自身之间的矛盾。正是通过这样的方式，黑塞让人们认识到了这条通往整体和统一的、充满荆棘的道路。”[797] 苏尔坎普编辑出版了七卷本的《黑塞文集》来向他的好友、作家致敬。马尔巴赫的席勒国家博物馆也办了一个黑塞展，第一次全面回顾了黑塞的作品。

但这也收到了一些不太友好的回应。青年日耳曼学家卡尔海茨·德施纳借此在他的文学评论文《俗套、惯例和技巧》指责黑塞是个模仿者，而他把自己眼中的一流作家，如罗伯特·穆齐尔、赫尔曼·布洛赫、戈特弗里德·贝恩、汉斯·亨尼·杨恩等，与“模仿者们”——维尔纳·博尔根吕、汉斯·卡洛萨、恩斯特·威夏尔特、鲁道夫·宾丁和黑塞—— 进行了对比。他称黑塞经常会运用“完全老掉牙的表达方式，其特征便是那些甜腻的浪漫作风和幼稚敏感、滑稽无味的做法，尤其是在他的作品《纳尔齐斯与歌尔德蒙》中”[798]。黑塞的诗歌在他看来也是陈腐老套的。“黑塞的诗歌就是在模仿20世纪德国伟大诗人的

796 见：Hermann Hesse. Gesammelte Briefe Bd.1 hrsg. von Ursula und Volker Michels, Frankfurt/Main , S217。

797 见：Über Hermann Hesse, Bd.1, hrsg.von Volker Michels, Frankfurt/Main 1976, S.316。

798 见：Karlheinz Deschner, Kitsch, Konvention und Kunst. Eine literarische Streitschrift, München 1957, S.115。

诗作，尤其是特拉克尔、里尔克或者勒尔克，他的诗歌完全毫无意义，对于了解文学的人来说，它们根本不值一提。”[799] 面对他的批评，黑塞的反应出奇的冷静。他在给奥托·恩格尔的信中写道：“文学跳梁小丑偶尔的辱骂和嘲讽我根本就不放在心上。”他奉这句话为座右铭：“后生投我以污秽，老朽撢衣不蹙眉。”[800]

这位 81 岁的老人后来也成为了《明镜周刊》的攻击对象。该刊在 1958 年一篇以“在蔬菜园子里”为题的文章中，将黑塞称为诺贝尔获奖者里的小园丁，“因为五十多年来，黑塞一直以偏居一隅的田园生活为乐。”这位匿名作者称，一般读者对于黑塞作品中热衷精神欲望二元论的主题已经感到了厌倦，而黑塞却孜孜不倦地用这样的主题来回顾自己无法解决的青春期问题。据其称，除了德国，没有人会把黑塞当回事，而且黑塞一生中都回避“对现实的政治问题发表清楚而直接的言论”[801]。妮侬非常气愤，试图将这期《明镜》藏起来不让丈夫看到。但这都是徒劳的，因为读者早就把这篇颇具争议的文章寄给他了。当着儿子布鲁诺的面，黑塞评论道：“这份报纸的一个传统便是每周都会攻击一位社会名人。只不过现在轮到了我。”[802]

1959 年 4 月初，黑塞收到消息，彼得·苏尔坎普去世了，享年 68 岁。他去世主要与他以前在萨克豪森集中营所遭受的虐待有关。苏尔坎普一战期间曾是受过高级嘉奖的突击队队长，在被纳粹抓捕前还曾当过几年的田径运动员，但二战结束后，他却患了一身重病：心性哮喘，肺炎，腿也瘸了。健康是除了文学以外他们书信往来中的主要话题。

---

799 见：同上，第 157 页。

800 见：Hermann Hesse. Gesammelte Briefe Bd.4 hrsg. von Ursula und Volker Michels, Frankfurt/Main , S.386。

801 见：Hermann Hesse, Sämtliche Werke Bd.15，Frankfurt/Main 2001, S.799. (Die politischen Schriften)。

802 见：Hermann Hesse. Gesammelte Briefe Bd.4 hrsg. von Ursula und Volker Michels, Frankfurt/Main , S.469。

苏尔坎普写给他的亲密战友黑塞的最后几封信就是从医院里寄出的。黑塞在 1947 年 3 月 28 日写下的那句话同样也很适合苏尔坎普："我最后的时光中，最最清楚的体会就是：在这个世界上，疼痛能让人那么孤独。"[803] 因为苏尔坎普生前没有注意休养，而是一直满怀热情、英勇无畏地为自己的出版社劳心劳力。他出版了马塞尔·普鲁斯特、鲁道夫·亚历山大·施罗德、奥斯卡·罗尔克、瓦尔特·本雅明、萨缪尔·贝克特，西奥多·阿多诺、京特·埃辛、马克思·弗里施、赫尔曼·卡萨克、汉斯·埃里希·诺萨科、马丁·瓦尔泽和贝尔特·布莱希特等人的作品。黑塞的作品长期以来都非常畅销，也在早期为出版社积攒了一些发展资金，使得出版社得以运作良好。苏尔坎普的继任者是西格弗里德·昂塞尔德，其博士论文研究的就是黑塞。8 年前他曾在布莱姆加藤见过黑塞一面。当时黑塞建议这个对未来感到茫然的小伙子去跟彼得·苏尔坎普联系一下。昂塞尔德接受了这个建议，后来也成了苏尔坎普的得力助手。

在最后几年里，黑塞只是偶尔写写书评。他每年为瑞士的报刊提供十几篇书评，也为一些书籍和画册写前言和导语。因此，他在 1960 年 5 月为恩斯特·荣格尔的《在时间之墙前》写的长篇评论才显得令人吃惊。作为一名专注战争主题的作家，荣格尔一直没有得到反战者黑塞的认可。但是自从看过他的系列日记《闪耀》后，黑塞改变了看法，现在他认为荣格尔是"一个真正独立、有着良好品性和天赋、有着高度纪律性的人才，远远胜于其同代人"[804]。荣格尔在《在时间之墙前》中刻画了技术世界带来的毁灭性场景，黑塞发现他自己心中的那种恐惧现在找到了共鸣。他在《斯图加特报》上的书评结尾是这样一段令人注目的评论："荣格尔的文学创作和预言有多'正确'，又或者别

803见：Hermann Hesse/Peter Suhrkamp. Briefwechsel 1945–1959, hrsg.von Siegfried Unseld, Frankfurt/Main 1969, S.477。

804见：Hermann Hesse, Sämtliche Werke Bd.15，Frankfurt/Main 2001, S.557 (Die politischen Schriften)。

人对他有何评判，这些都与我无关。这些争吵都是些无病呻吟和废话。对我来说，能够参与其中，并且这几天颇有收获，这就已经足够了。他这篇优秀的作品教会了我，同时也改正了我对自然科学和科技那落后的认识，但是在人类学和道德的观点上，它没有改变我，而是非常巧妙地支持了我的观点。”[805] 荣格尔当然非常感谢黑塞的这篇友好书评。而此后，这两个如此不同的男人之间偶尔也有了书信联络。黑塞送给这位 65 岁的“后辈”他自己的私人出版物，而后者也在 1961 年 2 月 1 日来信感谢了他。1961 年 2 月 9 日，荣格尔在写给自己的出版人恩斯特·柯莱特的信中透露，他收到了黑塞的“一首优美的诗”[806]。

1961 年 12 月，黑塞患了感冒，久治不愈，身体日渐虚弱。医生们诊断他患了白血病，妮侬必须越来越频繁地带他去贝林佐纳的医院做血液透析。这种日渐虚弱的感觉其实已经是死亡的信号了，但是病患自己并不知情。妮侬没有告诉他详细病症，以免他胡思乱想。但是黑塞在 1961 至 1962 年之间写的一首诗却透露出，他已经知道他将要去往何处了。这首诗的前两段为：

心神不宁，想要旅行，
从梦的碎片中惊醒，
听到它在窃窃私语，
那是深夜里我的竹林。

不愿安静，不愿躺卧，
把我从旧轨道上撕裂，
横冲直下，放手去飞，

805见：Hermann Hesse, Sämtliche Werke Bd.20，Frankfurt/Main 2001, S.353 (Nach der Lektüre von Ernst Jüngers Buch “An der Zeitmauer”)。

806见：Verlagsbriefwechsel Ernst Klett – Ernst Jünger (1948–1976), im Archiv des Klett Verlags Stuttgart。

在无尽之中消失殆尽。

妮依读到这首诗时备感震惊，因为诗中表达了对死亡的渴望：

我想要像鸟儿一样振翅高飞，
跨越一切界线，
飞到那个至今
依然金光灿灿的时代。[807]

1962年6月1日，在黑塞85岁生日前一天，他被授予“蒙塔尼奥拉荣誉市民”称号。授奖的前一天，整个村庄就兴奋起来了，当地的鼓号队“自由乐团”在“玫瑰之家”前演奏了几曲。人们在车库里准备了红酒，还有“啤酒棒”（一种零食），黑塞在他的致谢感言中用意大利语回忆了他在蒙塔尼奥拉度过的四十多年时光。第二天上午，镇上的居民代表穿着隆重地来到了黑塞家中。庆典在一种无拘无束、有些“地中海”风格的气氛下进行。人们欢歌笑语，喝着瓦特兰德白葡萄酒，吃了火腿小面包和用香肠、奶酪做成的博康奇尼。一张大合照记录下了黑塞接受荣誉市民证书的时刻。真正的生日其实是在第二天，就像是80岁生日时那样，他们也是先在圣哥达庆祝，后来去了法伊多。马克斯·瓦塞梅尔邀请和黑塞要好的亲朋好友来参加黑塞的生日宴，其中包括艾尔熙·博德梅尔和黑塞的家庭医生克莱门特·莫洛博士。餐后，伯尔尼莱斯特乐团表演莫扎特四重奏。妮依在写给姐姐莉莉的信中称“赫尔曼因为激动有些发抖，他的肩膀一直在抖，但他还是冷静了下来。他真是太坚强了，谢天谢地！”[808]

8月初，黑塞给他的作家好友格特鲁德·冯·莱福特写了一封信，

807见：Hermann Hesse, Sämtliche Werke Bd.10，Frankfurt/Main 2001, S.397 (Einst vor tausend Jahren)。

808见：Gisela Kleine, Nino und Hermann Hesse, Sigmaringen 1982, S.407。

信上说，他“大多数时候情况还可以，对文学和音乐还有兴趣”[809]。这是他的最后一封信。他在花园里短暂散步时总会经过一棵长着着树瘤的槐树。每次走到那棵树前面，摸到那颗树瘤时，他都很开心。这个扭曲的树瘤对他来说已经成了他自己生存现状的象征：生命已经有了死亡的征兆，但是还没有完全终结。一整周，黑塞都在写一首诗，终于在8月8日写完了，他把诗放进了妮侬的床头柜里。当她晚上看到时，她急忙跑到书房去找黑塞以示感激：“这是你最美的一首诗！”[810]这首诗使她看到了希望，因为他依然活着，依然坚强，依然对生活充满兴致：

一根断枝的呻吟

折断的树枝，
在树上挂了一年又一年，
在瑟瑟秋风中嘎吱嘎吱唱着自己的歌。
没有树叶，没有树皮，
光秃秃，毫无生气，倦于如此漫长的生命，
等待着渐渐死去。
它的歌声顽强坚韧，
高傲中暗藏着忧愁，
度过今夏，
还有漫长的一冬。[811]

809 见：Hermann Hesse. Gesammelte Briefe Bd.4 hrsg. von Ursula und Volker Michels, Frankfurt/Main , S.427。

810 见：Gisela Kleine, Nino und Hermann Hesse, Sigmaringen 1982, S.409。

811 见：Hermann Hesse, Sämtliche Werke Bd.10，Frankfurt/Main 2001, S.398 (Knarren eines geknickten Astes)。

黑塞的精力已经快用光了。下午，他和《盖特露德》法语版的译者聊了很长时间的现代法国文学，同一天，他又和往常一样同妮依一起看了两个小时的生日贺信，还听着莫扎特的钢琴交响曲。10点，妮依回到了她自己的房间。第二天早上8点左右，黑塞的卧室门依然紧闭，这有些不寻常。妮依知道黑塞一向不喜欢被人打扰，于是她捧着本书站在他门前等着。接近10点钟时，妮依打开了门。她轻声唤着“鸟儿”，俯身去探他，但是他没有任何反应。他的嘴角挂着干了的血迹，身体依然还是温热的。但是她听不到他的呼吸了。妮依急忙冲冲出去给莫洛医生打电话。50分钟后，这位医生和一位护工来了。他能做的也只是确定死亡时间为早上7点到9点之间。这一天是周四，1962年8月9日。医生认为黑塞死于脑溢血，他是在睡眠中平静死去的，就像他自己所希望的那样。

黑塞的儿子马丁和海纳先后赶到。布鲁诺一家在奥地利，因此没能被及时通知到。艾尔熙·博德梅尔赶来陪伴她的朋友妮依。8月9日晚上，妮依睡在行军床上守灵。入殓的时候，出版人西格弗雷德·昂塞尔德也来了。葬礼于8月11日下午4点在圣·阿博迪的墓园里举行，那是一个炎热的夏日，扶灵的是他的儿子海纳和马丁以及两个身着军装的孙子西弗和西蒙。黑塞在莫尔布隆的同窗好友汉斯·弗尔特致了悼词。于是，黑塞的人生之环终于完满了：他从莫尔布隆出发开始了自己选择的诗人之旅。在卡斯塔里恩的标志下，他终于在生命的终点又回到了莫尔布隆的精神世界。

附录　黑塞年表

1877 年 7 月 2 日　诞生

出生地：卡尔夫。父亲约翰·黑塞（1847—1916 年），母亲玛丽·根德尔特（1842—1902 年）。

1881 年　4 岁

黑塞一家搬到瑞士巴塞尔。

1884 年　7 岁

进入小学。

1886 年　9 岁

回卡尔夫，就读于当地的拉丁语学校。

1891 年　14 岁

进入莫尔布隆神学校。

1893 年　16 岁

退学。

1894 年　17 岁

成为钟表工厂的学徒。

1895 年　18 岁

在图宾根的赫肯豪尔书店当店员，开始写诗。

1899 年 22 岁
自费出版了处女诗集《浪漫诗集》，并重回巴塞尔，在一家书店当店员。

1901 年 24 岁
在来希书店出版了“赫尔曼·劳歇尔”。

1904 年 27 岁
出版《乡愁》，并和玛利亚·贝诺丽（米娅）结婚，定居博登湖边的盖恩霍芬。

1906 年 29 岁
出版《在轮下》。

1911 年 34 岁
至亚洲旅行，经过了新加坡、苏门答腊、斯里兰卡和印度。后将此经历写成《印度纪行》出版。

1914 年 37 岁
《艺术家的命运》出版。第一次大战爆发，参与战俘慰问工作。

1915 年 38 岁
罗曼·罗兰到访。

1916 年 39 岁
父亲去世。妻子患精神病。黑塞也因神经衰弱进入疗养院。

1919 年 42 岁
以辛克莱为笔名发表《德米安》。和妻子分居。移居到提契诺。

1922 年 44 岁
《悉达多》出版。

1923 年 46 岁
与妻子离婚。取得瑞士国籍。

1924 年 47 岁
和露特·温格结婚。三年后离婚。

1925 年 48 岁
到慕尼黑拜访托马斯·曼。

1927 年 50 岁
出版《荒原狼》。

1930 年 53 岁
出版《纳尔齐斯与歌尔德蒙》。

1931 年 54 岁
搬入新居，和妮侬结婚。

1932 年 55 岁
出版《东方之旅》。

1936 年 59 岁
获得瑞士最高文学奖戈特弗里德·凯勒奖。

1939 年 62 岁
被纳粹列入不受欢迎作家名单。

1943 年 66 岁
《玻璃珠游戏》出版。

1946 年 69 岁
荣获诺贝尔文学奖。

1951 年 74 岁
出版《黑塞全集》（六卷）。

1957 年 80 岁
全集增补为七卷。

1962 年 8 月 9 日 85 岁
逝世。